»Ich heiße Sanni Prinz, bin sechsunddreißig Jahre alt und mit Mark verheiratet. Das Einzige, was ich derzeit noch besitze, sind acht Euro Bargeld und ein Holzinstrument, das in landestypischen Farben bemalt ist.«

Der neue Comedy-Roman von Steffi von Wolff: die Geschichte einer Frau, die auf einen Heiratsschwindler hereinfällt und sich unversehens auf einem Jahrmarkt der Irrsinnigkeiten wiederfindet.

Steffi von Wolff, geboren 1966, arbeitet als Autorin, Redakteurin, Moderatorin, Sprecherin und Übersetzerin. Sie wuchs in Hessen auf und lebt heute mit Mann und Sohn in Hamburg. Ihre Romane sind eine Frechheit – und Bestseller.
www.steffivonwolff.de

Die Presse über die Bücher von Steffi von Wolff:
›Schräg, schrill und komisch.‹ Rheinische Post
›Zum Brüllen!‹ woman
›Nicht ladylike, aber saukomisch.‹ BamS

Steffi von Wolff im Fischer Taschenbuch Verlag:
Fremd küssen (Band 15832)
Glitzerbarbie (Band 16077)
Aufgetakelt (Band 17538)
ReeperWahn (Band 16588)
Die Knebel von Mavelon (Band 16701)
Rostfrei (Band 16589)
Gruppen-Ex (Band 17161)

www.fischerverlage.de

Steffi von Wolff

Gruppen-Ex

Roman

Fischer
Taschenbuch
Verlag

Veröffentlicht im Fischer Taschenbuch Verlag,
einem Unternehmen der S. Fischer Verlag GmbH,
Frankfurt am Main, Juli 2009

Satz: Pinkuin Satz und Datentechnik, Berlin
Druck und Bindung: Norhaven A/S, Viborg
Printed in Denmark
ISBN 978-3-596-17161-3

Für meine Freundin Gabriella. So halt.

1. Kapitel *Die Vorstellung beginnt!*

Albert Camus: Caligula
3. Akt, 1. Auftritt
(Seite 47, ziemlich weit unten)

Warum geben manche Leute ihren Kindern eigentlich so komische Namen? Ich werde das nie begreifen, zumal die Neugeborenen in ihren Taufkleidchen sich ja gar nicht dagegen wehren können. Wie kommt jemand darauf, seinen Nachwuchs Titus zu nennen? Bei Titus denke ich automatisch an diesen römischen Kaiser. Ich stelle mir eine Szene vor, in der er es nicht schafft, während einer ausschweifenden Orgie Trauben *so* zu essen, dass ihm der Saft *nicht* am Kinn runterläuft – was mit daran liegt, dass er auf einer Ottomane hängt und sowieso schon viel zu viel gefressen hat, weswegen er quasi bewegungsunfähig ist. Glupschaugen und ein Völlegefühl muss ich mir beim Namen Titus ebenfalls vorstellen und eine aufgeblähte Wampe, weil der Magensaft mit dem Traubenkonsum überfordert ist und langsam zu rebellieren beginnt. Auf Blähungen und ihre Konsequenzen möchte ich gar nicht weiter eingehen.

Jedenfalls sieht ein Titus nicht aus wie dieses unsägliche, kleine Geschöpf in Menschengestalt, das eigentlich während des Fluges auf seinem Sitz bleiben sollte, es aber nicht tut. Es ist blond gelockt, schätzungsweise fünf Jahre alt und schreit seit sechs Stunden nach Bionade Ingwer-Orange und, jetzt kommt's: nach gedünstetem Fenchelgemüse. Ist denn das zu fassen? Hätte ich das vorher gewusst, ich wäre Economy geflogen. Aber wie konnte ich ahnen, dass die Ausgeburt des Teufels mit mir in einem Flugzeug sitzt?

Die Mutter, eine relativ gelassene Frau Anfang dreißig, nimmt das alles nicht so tragisch. »Der Titus mag natürlich überhaupt kein Fenchelgemüse«, erklärt sie mir nun zum sechsten Mal. »Der Titus möchte gar nichts Gedünstetes. Er hasst gedünstete Speisen. Der Titus ist schlau. Er informiert sich vorher, was es gibt und was nicht, und dann will der Titus das haben, was es nicht gibt. Und dann macht der Titus Theater. Schau doch mal, Titus, ich hab den Laptop angemacht. Willst du nicht eine DVD gucken? *Hügel der blutigen Augen* vielleicht? Oder *The Texas Chainsaw Massacre*? Hm?«

Habe ich da richtig gehört? Sie erlaubt ihrem Sohn, der noch nicht mal in die erste Klasse geht, Filme zu schauen, die in Deutschland auf dem Index stehen? Na ja, das ist nicht meine Sache. Natürlich wäre ich eigentlich dazu verpflichtet, das Jugendamt zu informieren, aber dann würde die Mutter bestimmt behaupten, ich hätte mich verhört, und letztendlich wäre ich die Gelackmeierte. Davon mal abgesehen, will der Titus auch gar nicht DVD schauen. Er kann froh sein, dass ich von Natur aus so freundlich und zuvorkommend bin, ihn nicht einen Kopf kürzer zu machen, so wie die in den Filmen das ja gern mal tun. Dann wäre der Titus nämlich still. Jetzt reißt der Titus seiner Mutter zum x-ten Mal die Brille von der Nase, und sie bückt sich nicht etwa, nein, hilfesuchend dreht sie sich wieder halb zu mir um. Ich suche zum x-ten Mal diese verdammte Brille, die natürlich unter dem Sitz liegt, und drücke sie der Mutter in die Hand. Natürlich müsste ich das nicht tun. Aber ich bin von Natur aus ein höflicher Mensch. Zuvorkommend. Ja, auch brav. Widerworte gebe ich selten, und meistens füge ich mich meinem Schicksal. Ich weiß nicht, ob man das gut erzogen oder einfach schüchtern oder nicht selbstbewusst nennt. Aber ist das nicht auch völlig egal?

Noch eine halbe Stunde. Dann bin ich zu Hause. Bei *meinem Mann*. Bei Mark. Mark ... ich hebe meine rechte Hand und schaue den schönen Ring an. Er ist schlicht, mein Ehering, aus Platin, aber Mark hat es sich nicht nehmen lassen, mich zusätzlich noch mit einem Beisteckring zu überraschen. Viele kleine baguetteförmige Brillanten nebeneinander. Perfekt. So perfekt wie unsere Liebe.

Während Titus dem Sitznachbarn zur Rechten das hohe C ins Ohr kreischt, weil es kein gedünstetes Fenchelgemüse gibt, schalte ich auf Durchzug und schaue aus dem Fenster. Noch fünfundzwanzig Minuten. Wir haben schon an Höhe verloren. Gleich werden wir in Hamburg landen.

Ich hieß mal Sanni Hohenfeldt, und seit genau einhundertachtzehn Tagen heiße ich Sanni Prinz. Nicht dass mir mein Nachname nicht gefallen hätte, doch, doch, aber Mark heißt nun mal Prinz, und weil ich Mark ohne Ende liebe, habe ich auf meinen Nachnamen verzichtet und den Namen Prinz angenommen, womit ich mich sehr wohlfühle.

Wenn ich die Beziehung zwischen Mark und mir mit einer Krankheit vergleichen müsste, ich würde eine heftige Sommergrippe mit Fieber und Schüttelfrost wählen, die sich irgendwann als Allergie entpuppt. Sie kommt ganz plötzlich, setzt sich fest und birgt lauter Überraschungen in sich. Man weiß nie, ob es schlimmer wird oder besser, aber eins ist sicher: Die Allergie bleibt. Ach, herrlich. Wenn ich ganz ehrlich bin, hätte ich niemals geglaubt, dass es mich so dermaßen heftig erwischen würde. Natürlich hatte ich Beziehungen, immerhin bin ich schon über dreißig, aber nie war es so, dass ich auch nur ansatzweise daran dachte zu heiraten. Den ersten Mann in meinem Leben hätte ich sowieso nicht heiraten können, er hieß Bubeli und war mein grüner Sittich. Als ich fünfzehn war, folgte Udo, das war zwar ein Mensch, aber die Beziehung zu ihm hielt nur knappe drei Monate. Ich bitte Sie, was ist das für ein Mann, der es emotional nicht verkraftet, alle drei Teile des Weißen Hais am Stück zu schauen und dabei Schillerlocke auf Butterbrot zu essen? Eben. Ich liebe gruselige Filme. Schon immer. Weil man den Fernseher ausschalten kann, wenn's zu schlimm wird. (Nicht geeignet halte ich solche Filme allerdings für kleine Kinder, aber das ist ja, wie gesagt, nicht meine Sache.)

Die erste längere Liaison hatte ich mit Bernhard Brummer, er hieß wirklich so. Bernhard war angehender Rechtsanwalt und musste in Stresssituationen, also meistens vor Prüfungen, grundsätzlich Ausdruckstango mit weißen Klappstühlen tanzen; ich konnte dem nicht ganz folgen und gab der Beziehung deshalb keine Chance.

Ach, und den Rest der Männer kann man einfach vergessen.

Bis Mark kam.

Meine Sommergrippe. Meine lebenslange Allergie.

Ich schließe die Augen und spule den Film zum tausendsten Mal ab.

»Lass uns doch mal zum Ulmenhof radeln«, hatte Beate mir damals vorgeschlagen. Das war an einem Sonntag. Also hatten wir die Räder rausgeholt und waren losgefahren. Es war ein superschöner Frühlingstag, nicht zu heiß und nicht zu kalt. Genau richtig für eine ausgedehnte Tour mit anschließendem Einkehren in ein Gartenlokal. Auf dem Rückweg – wir waren leicht angeschickert, weil wir ein paar Gläser Weißwein getrunken hatten – gackerten wir herum und schubsten uns gegenseitig während des Fahrens. Und so trug es sich zu, dass ich ein wenig strauchelte, vom Weg abkam und mit dem Vorderrad gegen eine Wurzel knallte. Das wiederum hatte zur Folge, dass ich stürzte, und zwar aufs Steißbein. Beate, die immer noch vor sich hin kicherte, bekam von alldem nichts mit und fuhr weiter. Wer nicht weiterfuhr, war ein Mann in meinem Alter, der offenbar alleine unterwegs war, jedenfalls war niemand bei ihm.

»Hey«, war das Erste, was Mark zu mir sagte.

Ich lag da, auf dem Rücken wie ein von böser Knabenhand umgedrehter Käfer, und sagte gar nichts. Ich strampelte auch nicht mit den Beinen, sondern schwieg eine halbe Minute und brüllte dann los, weil mich eine Wespe gestochen hatte. Mark deutete das als Schockreaktion und brachte mich in die stabile Seitenlage, was aber ein Fehler war, weil ich so direkt auf dem permanent anschwellenden Stich lag.

Aber das spielte alles überhaupt keine Rolle.

Nichts spielte mehr eine Rolle.

Nichts, was vorher war.

Nur das Jetzt zählte.

Ab diesem Abend waren Mark und ich ein Paar. Es musste

nicht drüber gesprochen, nichts dazu gesagt werden; es war einfach so.

Es war das Wunder meines Lebens.

Jedes Mal, wenn ich am Flughafen vor diesen Förderbändern stehe und auf mein Gepäck warte, habe ich Angst, dass es nicht dabei sein könnte. Ich bin schon viel geflogen, und nur ein einziges Mal ist mein Koffer anstatt in Frankfurt in Florida gelandet, aber seitdem bekomme ich Panikattacken, weil ich die Vorstellung, dass fremde Menschen meine Sachen auspacken und meine Kleidung unmodern oder schlicht nicht schön finden könnten, einfach nicht ertragen kann.

Zum Glück verkürzt der Titus mir die Wartezeit.

»Titus«, sagt die Mutter, »gleich sind wir beim Papi zu Hause, und der hat schon eine SMS von mir bekommen und macht dir gerade Fenchelgemüse. Und du, Titus, hör doch mal auf die Mamili, der Papi kauft auch Bionade Ingwer-Orange.«

»Bionade ist kacko-facko«, motzt der Titus und schleudert seinen Wilde-Kerle-Rucksack auf den Boden. »Ich will Wurstsaft.«

Mit einem milden Lächeln, das mich – natürlich nur innerlich – sehr aggressiv macht, hebt die Mutter den Zeigefinger und macht dann einen großen Fehler. Sie sagt: »Es gibt keinen Wurstsaft, Titus. In Gruselfilmen trinken die auch nie Wurstsaft. Da trinken sie immer nur Bluuut. Huuuh, Titus, huuuh!«

Der Titus dreht innerhalb einer Nanosekunde total durch.

»Wenn's keinen Wurstsaft gibt, will ich Wurstsaft. Ich will

immer das, was es nicht gibt. Mach Wurstsaft, mach Wurstsaft!«

Allmächtiger, steh mir bei. Wüsste ich, dass ich ein solches Kind bekomme, ich würde schon während der Vorwehen Gespräche mit adoptionswilligen Paaren führen und die nötigen Formulare ausfüllen.

Da kommt mein Koffer. Und – danke, Herr im Himmel – da kommt auch mein Didgeridoo auf dem Gepäckband zu mir. Das Didgeridoo ist nämlich mein ganzer Stolz.

Denn ich, Sanni Prinz, komme gerade aus Australien. Drei Monate war ich dort, und wenn es Mark nicht gäbe, ich hätte ohne Probleme weitere drei Monate bleiben können. Ein wunderbarer Kontinent. Und immer warm. Das mit den giftigen Tieren ist zwar nicht so schön, aber man soll nicht klagen und jammern. Ich meine, welche deutsche Jeans kann schon von sich behaupten, dass eine Taipan-Giftschlange in ihr wohnen wollte? Schade eigentlich, dass ich sie nicht mitgenommen habe, dann hätte ich sie jetzt dem Titus schenken können. Mit dem Köpfchen voran hätte ich die Schlange in sein Gesicht gedrückt. Selbstverständlich lächle ich gütig weiter.

»Ich will doch keinen Wurstsaft! Ich will das da!« Der Titus deutet auf mein Didgeridoo, das ich selbst in landestypischen Farben bemalt habe und auf dem ich wirklich schon ganz gut spielen kann. Dann reißt er sich von seiner Mutter los, die jetzt telefoniert, wahrscheinlich mit dem Papi, und klettert wie ein Wiesel auf das Förderband, um nach dem Didgeridoo zu schnappen. Aber da hat er nicht mit Sanni Prinz gerechnet. Ich reiße das von Termiten ausgehöhlte gute Stück an mich und halte es so hoch, dass der Titus auf gar keinen Fall drankommen kann.

Die Wurstsaft-Mutter kommt böse dreinblickend näher. »Was haben Sie denn mit dem Titus gemacht?«, will sie aufgeregt wissen. Ich möchte entschuldigend beide Hände heben, aber das geht ja nicht, weil ich ja schon beide Hände gehoben habe, um das Didgeridoo vom Titus fernzuhalten. Also lächle ich weiter und sage: »Ich schütze mein Blasinstrument vor Ihrem Sohn.«

»Aber der Titus tut doch nichts«, kommt es verteidigend, während der Titus im Begriff ist, an mir hochzuklettern. Leider bin ich zu höflich, sonst würde ich ihn abschütteln wie ein lästiges Insekt. Warum kann sie ihn nicht einfach an die Leine nehmen?

»Ich will das haben, ich will das haben!«, krakeelt der kleine Mistkerl weiter. Lange kann ich die Arme so nicht mehr halten.

»Herrje, jetzt geben Sie dem Titus doch das Holzstück!«, ruft die Mutter.

»Nein«, entgegne ich beherrscht. »Dieses Holzstück gehört mir.«

»Aber der Titus ist doch noch ein Kind!«

Genau. Und Kinder gehören nicht auf einen Flughafen. Kinder gehören vor einen DVD-Player. Von mir aus für immer.

»Titus, mein Schatz, komm. Die Frau mag uns nicht. Sie ist böse, böse, böse, und das Holzstück ist doof, doof, doof.«

»Uuäääh!«, macht der Titus. Die Leute gucken schon, und mir ist die Situation mehr als unangenehm. Jedenfalls lässt der Titus von mir ab und fängt an, seine Mutter wegen irgendwas anderem anzupöbeln. Endlich, endlich kann ich gehen. Titus' gebrülltes »Ich will Senf-Eis haben!« höre ich noch, nachdem die automatische Glastür sich hinter mir schließt.

Ich liebe es, wenn mich jemand vom Flughafen abholt. Man kann sich in die Arme fallen, und der Abholende, sofern er erwachsen ist, beginnt jeden Satz mit dem Wort *wie.* »Wie war der Flug?«, »Wie war der Urlaub?« oder »Wie war das Wetter?«. (Wenn Kinder dabei sind, gibt es nur eine Frage, und die beginnt mit *hast*: »Hast du mir was mitgebracht?«) Dann hakt man sich unter und schiebt gemeinsam den Rollwagen aus dem Flughafengebäude und ist einfach nur glücklich. Ganz besonders schön ist es natürlich, von seinem Mann abgeholt zu werden. »Ich werde pünktlicher als eine Atomuhr sein«, hatte Mark mir kurz vor meinem Abflug versprochen.

Ganz besonders unschön ist es allerdings, wenn man aus der Sicherheitszone in die Empfangszone kommt und vor lauter Vorfreude strahlt und schnell geht, weil man es nicht erwarten kann, und dann ist keiner da. Mir ist das schon zwei-, dreimal passiert, und ich fühlte mich jedes Mal so, als sei ich sozial gestrauchelt. Ich hatte immer den Eindruck, mitleidig angeschaut zu werden, so nach dem Motto: »Ach, die Arme. Hat wohl niemanden, der sie abholt.« Oder: »Hat er sie doch versetzt.«

Jedenfalls stehe ich jetzt hier mit meinem Koffer und meinem Didgeridoo, und kein Mark ist da. Obwohl Atomuhren doch als äußerst zuverlässig gelten. Habe ich ihm eine falsche Uhrzeit genannt? Nein. Ich habe ja extra aufs Ticket geschaut, und das Flugzeug ist absolut pünktlich gelandet.

Ach, er wird die Autoschlüssel nicht gefunden haben. Ich habe Mark direkt nach der Hochzeit mit einem Porsche Cabrio überrascht. Spätestens da habe ich gewusst, dass er der Richtige für mich ist. Er hat nämlich nicht etwa gesagt: »O wie toll, danke! Aber das sind ja gar keine Ledersitze!«, nein, er hat gesagt: »Sanni Prinz, du spinnst wohl. Was soll ich denn mit einem Porsche? Das ist doch viel zu teuer. Außerdem brauche ich nur dich. Dich allein!« Sehen Sie. Das ist wahre Liebe. Natürlich habe ich trotzdem darauf bestanden, dass er den Wagen behält. Und er hat letztendlich zugestimmt. Mein Argument, es sei unhöflich, Geschenke abzulehnen, hat gezogen.

Jetzt muss er aber langsam mal kommen. Ich warte schon eine Viertelstunde. Außer mir wartet niemand mehr. Alle sind entweder abgeholt worden oder von selbst gegangen. Bald werden die nächsten Leute hier eintreffen, die Ankommende abholen wollen.

Ich ziehe meinen Koffer langsam hinter mir her, weil ich beschließe, schon mal mit der Rolltreppe hochzufahren und dort zu warten. Verfehlen können wir uns dann nicht. Und glücklicherweise ist der Fuhlsbütteler Flughafen klein und überschaubar.

Nach einer weiteren Viertelstunde beginne ich mir Sorgen zu machen. Ich werde Mark anrufen. Nicht dass da was passiert ist.

Aber Mark geht nicht ans Handy. Beziehungsweise die Handyfrau sagt mir, dass *the person temporary not available* ist. Das finde ich nun äußerst merkwürdig, weil Mark extra noch meinte: »Ich hab das Handy immer bei mir, damit ich erreichbar bin, falls was ist.« Und die ganzen drei Monate war er auch immer sofort dran. Jetzt mache ich mir wirklich und ernsthaft Gedanken, wähle die Nummer unseres Festnetzanschlusses und bin leicht irritiert, als ich höre, dass die Nummer nicht existiert. Was soll das heißen, die gewählte Rufnummer ist nicht vergeben? Das ist doch die richtige Nummer. Ich bin doch nicht bescheuert. Die ist doch abgespeichert. Gut. Neuer Versuch. Ich rufe in Marks Büro an. Das heißt, ich versuche es. Aber mein Handy funktioniert auf einmal nicht mehr. Es ist wie ausgestellt. Tot. Aber der Akku war doch geladen! Das hab ich doch extra vor dem Abflug noch gemacht. Und während des Fluges war das verdammte Ding doch gar nicht an. O mein Gott, bitte mach, dass Mark nichts passiert ist.

Während ich zu einem Taxistand haste, male ich mir die schlimmsten, grauenhaftesten Szenarien aus. Mark, der gefesselt nach einem Überfall in einer Holzhütte in einem einsamen Wald liegt, während seine Entführer vor ihm sitzen und über die Lösegeldhöhe diskutieren. Mark, der einem Trickbetrüger zum Opfer gefallen ist, der ihn niedergeschlagen und ausgeraubt hat. Aber Trickbetrüger kündigen doch keine Telefonanschlüsse. Ich verstehe das alles nicht.

Glücklicherweise gibt es hier genügend Taxen. Der asiatische Fahrer hievt meine Sachen in den Kofferraum, ich nenne ihm die Adresse, und los geht es.

Entweder habe ich ein Hirntrauma, oder irgendetwas stimmt hier nicht. Im Grunde genommen bin ich mir ganz, ganz sicher, dass ich mit Nachnamen Prinz heiße; seinen Nachnamen vergisst man schließlich nicht so schnell. Und wo bitte in Dreiteufelsnamen ist unser Klingelschild? Ich meine, das Klingelschild ist schon da, aber da steht ein ganz anderer Name. *Kaiser* steht da. Möglicherweise ist Mark in meiner Abwesenheit namensmäßig befördert worden, aber das hätte er mir doch erzählt. Immerhin haben wir täglich telefoniert. Ich überlege kurz und gehe in mich. Ja, ich heiße Prinz und nicht Kaiser. Und das ist ganz sicher unser Klingelschild. Das weiß ich deswegen, weil sich daneben noch die Reste eines rosa Kaugummis befinden, den gleichgültige Menschen, die noch nie etwas von Mülltrennung gehört haben, vor meiner Abreise dort hingeklebt haben. Ich habe es zum Großteil mit einem kleinen Messer abgekratzt, aber ein kleiner Rest ist geblieben. Eben neben unserem Klingelschild.

Die Haustür geht auf, und eine große, blonde Frau Anfang dreißig steht vor mir. Ich weiß nicht, ob es eine Nachbarin ist. Jedenfalls habe ich sie in der kurzen Zeit vor meiner Abreise nicht kennengelernt. »Guten Tag«, sagt sie und will an mir vorbeigehen, stolpert aber versehentlich über mein Didgeridoo.

»Entschuldigen Sie bitte«, sage ich schnell und stelle mein Didgeridoo neben mich.

»Ach, das macht nichts«, die Frau lächelt und betrachtet ihren rechten Fuß, an dem der Knöchel langsam anschwillt. »Schmerzen sind was ganz anderes. Ich wurde mal beim Joggen von einer Suppenschüssel am Kopf getroffen, die ein betrunkener Heißluftballonfahrer abgeworfen hat.«

»Von einer Suppenschüssel?«, wiederhole ich und halte mich an dem Didgeridoo fest.

»Mmhmm«, sie nickt. »Wie sich herausgestellt hat, stand

der Betrunkene kurz vor der Hochzeit. Dann hat sich die Braut aus dem Staub gemacht, kurz vor dem Polterabend. Und dann …«, sie kommt näher, »… hat er das ganze Porzellan, das die Leute mitgebracht hatten, genommen, hat einen Heißluftballon geklaut und ist damit davongefahren. Einfach so. Dabei hat er sich sinnlos betrunken. Und danach hat er eben das ganze Zeug aus dem Ballon geworfen.«

»Wie schrecklich.«

»Nicht wahr? Na ja, ich muss dann mal weiter.«

»Warten Sie bitte«, ich stelle mich direkt vor sie. »Ich … also, wissen Sie vielleicht, ob hier irgendwo im Haus Leute wohnen, die Prinz heißen?«

Sie überlegt so lange, wie eben jemand überlegt, der von einer Suppenschüssel am Kopf getroffen wurde, also sehr lange. »Ja, doch«, kommt es dann. »Da wohnte ein Mark Prinz hier. Aber der ist vor ein paar Tagen ausgezogen. Von einer Frau weiß ich nichts. Ich wohne aber auch erst seit zwei Monaten hier.«

»Wissen Sie, wohin er gezogen ist?«, frage ich wie eine Kommissarin im Tatort, die durch gewollt gelangweiltes Nachhaken ihre Gesprächspartner zu weiteren, hoffentlich hilfreichen Aussagen bewegen will.

»Nein«, sie schüttelt langsam den Kopf. »Ich weiß nur von Nachbarn, dass er ins Ausland wollte.«

Ins Ausland! Möglicherweise zu mir, nach Australien. Jetzt ist alles klar. Am liebsten würde ich die Frau umarmen. »In welches Land?« Eigentlich weiß ich die Antwort ja schon.

»Das weiß ich auch nicht«, meint sie, während ihr Fuß die Form eines Heißluftballons annimmt. »Ach doch, jetzt erinnere ich mich wieder. Als wir uns im Treppenhaus getroffen haben, hat er's mir erzählt. Er meinte, überallhin, aber auf gar keinen Fall nach Australien. Und gelacht hat er dabei. Ich hab mich damals noch gefragt, warum. Immerhin gibt es schlimmere Kontinente als Australien.« Sie nickt, um ihre Aussage zu bekräftigen, dann schaut sie auf ihre Armbanduhr. »Ups, ich muss los. Mein erster Patient wartet.« Sie dreht sich um und geht die Straße entlang. »Ich bin nämlich Logopädin«, ruft sie mir noch zu, als ob der Logopädenberuf der einzige sei, bei dem Patienten auf einen warten.

»Ja, danke«, sage ich. »Auf Wiedersehen.«

Ich verstehe immer noch nichts.

Ich weiß nicht, ob Sie das Gefühl kennen, dass irgendetwas Schlimmes passiert ist, das man aber nicht wahrhaben will. Dieses Gefühl habe ich gerade. Ich meine, es kann zum Beispiel tausend Gründe geben, warum ein Handy nicht funktioniert, aber mein Handy hat immer funktioniert, sogar im australischen Busch. Es hat sogar funktioniert, nachdem ich es auf eine kleine Anhöhe gelegt habe, die sich letztendlich als schlafendes Känguru entpuppt hat; und nachdem das Känguru vom Klingeln des Handys aufgewacht und mit ihm davongelaufen ist und es mir im Davonlaufen noch aus seinem Beutel zugeschleudert hat und das Handy auf den Boden gefallen ist, selbst da hat es noch funktioniert.

Aber jetzt wird es schon komplizierter: Welche Gründe kann es haben, dass der eigene Ehemann überallhin wollte, aber auf keinen Fall nach Australien? Welche Gründe kann es haben, dass er mich nicht vom Flughafen abgeholt hat? Wieso steht auf unserem Klingelschild ein anderer Name? *Wo ist*

Mark? Kann mir das bitte jemand in kurzen, knappen und vor allen Dingen in nachvollziehbaren Sätzen erläutern?

Was soll ich denn jetzt machen, wo soll ich hin? Es ist nämlich so, dass ich in Hamburg niemanden kenne. Ehrlich nicht. Ich komme aus Würmelingen, einem kleinen Kaff in Nordrhein-Westfalen, wo meine Eltern – Gott hab sie selig – Fabriken besaßen, und bin direkt nach meiner Hochzeit hierhergezogen. In der kurzen Zeit, die ich vor meiner Abreise nach Australien hier war, habe ich niemanden kennengelernt außer den Leuten am Kiosk, beim Bäcker und denen im Supermarkt. Wobei man das auch nicht unbedingt kennenlernen nennen kann. Man hat geredet, sein Wechselgeld nachgezählt, gefragt wie's denn so geht, und das war's dann auch schon.

Ich bin so durcheinander. Zwischen Mark und mir, das war wirklich Liebe auf den ersten Blick. Ich weiß, dass Mark mich liebt. Es wird sich alles aufklären. Es muss.

Ich werde jetzt einfach bei diesen Kaisers klingeln und nachfragen. Und in weniger als einer Minute werde ich wissen, wo Mark sich befindet. Bestimmt hat er den Leuten die neue Adresse gegeben. Vielleicht hat er in meiner Abwesenheit ein Haus mit einem schönen großen Garten gekauft und will mich damit überraschen. Moment. Damit hätte er mich aber auch überraschen können, nachdem er mich vom Flughafen abgeholt hat. Das passt alles nicht zusammen.

Während ich auf den Klingelknopf drücke, hoffe ich, dass niemand öffnet. Warum, weiß ich auch nicht. Es öffnet aber jemand, und ich gehe langsam durch das Treppenhaus und klettere dann die Holzstufen in den ersten Stock hoch. Das Didgeridoo und meinen Koffer lasse ich unten stehen. Es ist ein schönes Treppenhaus. Im Eingangsbereich hängt ein alter Kronleuchter, eine Wandmalerei aus dem 19. Jahrhundert zeigt Hafenmotive und Segelboote, und das gedrechselte Treppengeländer hat irgendjemandem mal eine Menge Arbeit gemacht. Und die Wohnung erst! Mark und ich hatten uns sofort in sie verliebt. Typischer Hamburger Schnitt mit Flügeltüren und Parkett und Fenstern, die fast bis zum Boden gehen. Direkt an der Küche schließt ein großer Balkon an, fast schon eine Terrasse, den ich mir nach meiner Rückkehr pflanztechnisch vornehmen wollte. Also jetzt. Meine alten Möbel, alles antike Erbstücke, passen hier so wunderbar rein. Die Wohnung war sündhaft teuer, aber wir haben sie sofort gekauft. Sie ist für uns gemacht. Wir gehören hier einfach hin. Die Wohnung hat eine positive Ausstrahlung. So wie wir.

Endlich stehe ich vor der Wohnungstür. *Keine Werbung* steht auf dem Aufkleber, der unter dem Briefkasten angebracht ist. Der Aufkleber ist auch neu. Ich mag nämlich Werbung gerne. Wobei ich mich allerdings immer wieder frage, warum bei manchen Artikeln immer dabeisteht: »Nur solange der Vorrat reicht!« Ja, wie lange denn sonst, bitte?

Die Tür geht auf. »Ja bitte?« Ein Mann Ende sechzig steht vor mir. Er wirkt ein bisschen wie ein Professor für Biologie oder Geschichte oder beides.

Plötzlich weiß ich überhaupt nicht, was ich sagen soll.

»Ja bitte?«, kommt es wieder.

»Äh«, ich räuspere mich kurz und sage dann unbeholfen: »Das ist meine Wohnung.«

Der Mann schaut mich an, als hätte ich einen Schlag, dann

schüttelt er den Kopf. »Sie müssen sich irren. Das ist meine Wohnung«, werde ich informiert.

Wie soll ich dem Professor denn jetzt bloß alles in launigen Worten erklären? Ich sehe es noch kommen, dass er die Polizei ruft oder die Seelsorge und ich auf einer Wache oder in einer Gummizelle in Erklärungsnot gerate.

»Ich habe hier aber gewohnt, bevor ich nach Australien geflogen bin«, fange ich nochmal an.

Er rückt seine Lesebrille gerade. »Es ist oft so, dass Leute irgendwo wohnen, bevor sie irgendwo hinfliegen«, sagt er sachlich.

»Verstehen Sie bitte. Ich ... ich habe ... mein Mann und ich haben hier gewohnt. Dann bin ich für drei Monate weggeflogen, und jetzt bin ich wieder da. Und dachte eigentlich, dass ich immer noch hier wohne, hahaha.« Das Hahaha kommt eher verzweifelt aus meinem Mund.

»Das sehe ich«, sagt der Mann, hinter dem mittlerweile seine Frau steht, die schlohweiße Haare hat, argwöhnisch dreinschaut und einen Topflappen in der Hand hält. Automatisch bekomme ich Hunger. Im Flugzeug habe ich vor Vorfreude nichts runterbekommen. Ich bin so hungrig, dass ich auch Fenchelgemüse essen würde. Oder Senf-Eis mit Wurstsaft.

»Ich heiße Sanni Prinz.« Vielleicht hilft das ja. Vielleicht schafft die Tatsache, dass ich ihm meinen Namen verrate, dass langsam, aber stetig ein Vertrauensverhältnis zwischen uns aufgebaut wird. Möglicherweise bekomme ich ja sogar eine warme Mahlzeit.

Die Frau schiebt ihren Mann zur Seite. »Prinz?«

Ich nicke. »Das verstehe ich jetzt nicht«, sagt sie. »Also sind Sie die Frau von dem Herrn Mark Prinz?«

JA! »Ja.«

»Der hat uns gar nicht erzählt, dass er verheiratet ist. Wir hatten den Eindruck, er sei alleinstehend. Er hat auch mal solche Andeutungen gemacht, von wegen die Ehe sei nichts für ihn. Seltsam.«

2. Kapitel *Was verstehst du nicht?*

Henrik Ibsen: Die Wildente
4. Akt
(S. 81, so etwa in der Mitte)

Ich liege in meiner ehemaligen Wohnung auf einem gepolsterten Möbelstück und versuche, nicht zu sterben. Mein Gehirn oder zumindest Teile davon weigern sich, den Tatsachen ins Gesicht zu sehen. Was ich da eben gehört habe, das kann und will ich nicht glauben.

Frau Kaiser möchte unbedingt, dass ich ein Gläschen Likör trinke, aber ich mag keinen Likör. »Kindchen«, sagt sie dauernd. »Kindchen, ach Kindchen, nun nehmen Sie doch ein Likörchen.«

Herr Kaiser ist ratlos und rastlos. Er läuft wie ein Tiger im Käfig auf und ab. »Wie leid mir das tut.« Er bleibt kurz stehen, läuft dann aber weiter. »Aber was sollen wir tun? Da sind auch uns die Hände gebunden.«

Ich nippe doch am Gläschen und trinke ein Schlückchen vom Likörchen. Es ist zwar erst zehn Uhr morgens, aber das macht dem Likörchen nichts aus. Und mir auch nicht. Mein Mann hat mich offensichtlich verlassen. Er hält nichts von der Ehe. Davon habe ich nichts gemerkt. Und ich hatte nicht nur in Gedanken Sex mit ihm, das darf man mir wirklich glauben.

»Wann war denn das?«, will ich matt wissen und lehne mich wieder zurück.

»Vor zwei Wochen haben wir den Kaufvertrag unterschrieben, und vor einer Woche sind wir eingezogen. Das mit den Möbeln, wissen Sie, das war uns ganz recht. Wir sind ja nicht mehr die Jüngsten. Deswegen wollten wir unbedingt eine möblierte Wohnung haben. In der Schweiz haben wir wiederum unsere ganzen Möbel verkauft.« Frau Kaiser schüttelt den Kopf. »Ach je, ach je. Wenn wir das gewusst hätten, oder, Max? Also, also, also.«

»Das geht doch nicht. Das geht doch nicht«, kann ich nur dauernd sagen.

»Haben Sie denn niemanden hier in der Stadt, zu dem Sie jetzt gehen können?«, will Frau Kaiser besorgt wissen.

Nein. Hab ich nicht. Meine Eltern sind tot, Geschwister habe ich keine, auch keine Onkeln und Tanten und Cousinen und Cousins und was weiß ich. Meine Freunde, also die Leute, die ich aus Würmelingen kenne, befinden sich gerade auf einer Weltreise, die noch ein knappes Jahr dauern wird. Sie waren mit mir in Australien und sind dann weitergereist. Da es eine Basic-Weltreise sein soll, wurden nur Rucksäcke, aber keine Telefone mitgenommen. Ich kann da jetzt niemanden erreichen. Die Fabriken meiner Eltern, die *Würmelingener Wurstwaren,* haben wir kurz nach der Hochzeit verkauft. Mark meinte, wir würden jetzt viel Geld dafür bekommen, aber in einigen Jahren könnte das schon ganz anders aussehen. Viele Millionen Euro haben die vier Fabriken mir gebracht. Beziehungsweise uns.

Mir wird schlecht. Ein Riechfläschchen wäre jetzt schön.

Ich richte mich auf. »Darf ich mal Ihr Telefon benutzen?«, frage ich Frau Kaiser, und die nickt natürlich sofort und holt das Telefon, bei dem es sich tatsächlich noch um ein Uralt-

Modell mit Wählscheibe handelt. Umhüllt ist es mit grünem Samt, und da, wo der Samt für die Wählscheibe ausgestanzt wurde, befindet sich eine Brokatbordüre. Die Kaisers müssen es mitgebracht haben, denn wir hatten selbstverständlich eine hypermoderne Telefonanlage. Während ich die Nummer von Marks Büro wähle, fällt mir auf, dass ich zum ersten Mal in meinem Leben wirklich eine Wählscheibe benutze. Wir hatten immer nur Tastentelefone. Es ist allerdings auch möglich, dass ich derzeit einfach nur so durcheinander bin, dass ich mich an meine früheren Telefoniergewohnheiten schwer erinnern kann.

Das Freizeichen ertönt dreimal, dann nimmt jemand ab, und ich könnte vor Erleichterung aufjaulen.

»Riemenschneider Consulting, Lützow, guten Tag«, leiert eine Frauenstimme herunter. »Hallo?«, sagt Frau Lützow, nachdem ich nicht gleich etwas hervorbringe.

Ich versuche, mich zu räuspern, bringe aber eher ein Krächzen hervor und bin dann erst imstande, einen Satz zu formulieren: »Sanni Prinz. Ich möchte bitte, ich möchte bitte ... meinen Mann sprechen. Mark Prinz.« Ich habe es geschafft!

»Hier ist Riemenschneider Consulting«, sagt Frau Lützow.

»Warum?«, will ich verzweifelt wissen.

»Wie bitte?«, fragt Frau Lützow irritiert.

»Warum ist da Riemenschneider?«

»Die Firma heißt so.«

»Warum denn?«

»Wer sind Sie eigentlich?« Frau Lützow möchte offenbar klare Fakten.

»Ich bin die Frau meines Mannes«, informiere ich Frau Lützow und schließe kurz die Augen, weil ich genau weiß, dass ich Schwachsinn von mir gebe. Und sie weiß es auch.

»Das freut mich«, kommt es. »Aber was hat das mit uns zu tun?«

»Die Nummer ist mein Mann. Ich meine, mein Mann hat eine Nummer.«

»Hier ist kein Gefängnis, hier ist eine Firma für Anlageberatung«, sagt Frau Lützow, und ich weiß, dass sie gerade den Kopf schüttelt und mit den Fingern auf der Tischplatte trommelt.

»Aber das geht doch nicht«, rufe ich Frau Lützow ins Ohr. »Wo ist denn dann die Nummer meines Mannes?«

»Da ich mein Geld nicht als Magierin verdiene, kann ich Ihnen da leider nicht weiterhelfen.« Frau Lützow versucht jetzt auch noch, witzig zu sein, eine Tatsache, die ich alles andere als witzig finde. Nichts ist hier witzig. Rein gar nichts.

»Falls es Ihnen weiterhilft: Wir sind erst seit ein paar Tagen hier. Vorher war hier ein Unternehmensberater. Möglicherweise war das ja Ihr Mann.«

»Mark Prinz ...«, sage ich schnell.

»Warten Sie mal«, antwortet Frau Lützow und schaltet die Warteschleife ein. Während *Guantanamera* in der Instrumentalversion in mein Ohr dudelt, muss ich blödsinnigerweise daran denken, dass ich in Australien gar nicht danach gefragt habe, wie ich das Didgeridoo reinigen soll. Trocken, feucht? Verträgt es Reinigungsmittel, oder verzieht es sich dann? Mir fallen plötzlich auch die ganzen Sachen ein, die mein Vater mal ersteigert hat und die jetzt den Kaisers gehören. Wer kann schon von sich behaupten, ein Holzklosett von König Ludwig zu besitzen? Ich kenne niemanden. Mein Vater hatte unter anderem eine Vorliebe für skurrile antike Sachen und hat diese Dinge gesammelt. Irgendwo hier muss auch noch eine Perücke vom Alten Fritz herumliegen. Ich werde Frau Kaiser noch den Zettel für die Pflegehinweise heraussuchen, wenn sie es möchte. Sonst nisten sich die Motten ein.

»Ich bin wieder da«, sagt Frau Lützow. »Die Unternehmensberatung hieß Prinz, ja. Der Inhaber Mark Prinz. Aber der ist aus Hamburg weggezogen. Wohin, weiß hier keiner. Sonst noch was?«

»Danke«, flüstere ich und lege auf, ohne mich weiter von Frau Lützow zu verabschieden. Warum auch? Ich werde bei Riemenschneider Consulting sowieso nie mehr anrufen.

Kaisers zwingen mich, noch ein Viertelstündchen auf meiner Chaiselongue liegen zu bleiben, die ja jetzt ihre ist. Das muss ich auch; ich wäre sonst umgekippt. Zum tausendsten Mal sage ich mir, dass es sich hier um einen tragischen Irrtum handeln muss. Es kann doch nicht sein, dass er diese Wohnung samt Mobiliar einfach so verkauft hat. Vielleicht hat Mark einen Doppelgänger. Das wäre immerhin eine Möglichkeit. Aber wieso sollte ein Doppelgänger die Wohnung verkaufen? Der Doppelgänger hat doch gar keine Unterlagen und auch keine Befugnisse. Ich muss diesen möglichen Handlungsstrang später weiter überdenken. Oder neu.

»Der Sekretär da gehörte meiner Mutter«, erkläre ich Frau Kaiser und deute auf das zweihundert Jahre alte, kostbare Stück.

Frau Kaiser ist das alles schrecklich unangenehm.

Mir ist das alles aber noch viel unangenehmer.

Ich habe also keine Wohnung mehr. Und auch keine Einrichtung. Er hat alles verscherbelt. Ohne das vorher mit mir abzusprechen. Ohne mich überhaupt darüber zu informieren. Er hat die Wohnung mit Gewinn verkauft. Klar. Fünf Zimmer, hundertsechzig Quadratmeter, dann die ganzen Möbel. Meine Möbel. Antiquitäten, für die Händler ihr Leben gegeben hätten. Kaisers haben sechshunderttausend Euro bezahlt. Fünfhunderttausend Euro hatte ich bezahlt. Das sind dann hunderttausend mehr. Na ja, klar, die Einrichtung. Die wertvollen Antiquitäten. Die skurrilen Sachen.

»Wir haben die Gegenstände, die wir nicht in der Wohnung haben wollten, in Kisten gepackt und in den Keller getragen«, sagt Herr Kaiser reumütig. »Wenn Sie möchten, können Sie wenigstens das mitnehmen. Verstehen Sie mich bitte nicht falsch, aber es ist ja nicht so, dass wir Ihnen etwas gestohlen haben. Wir haben ja ordnungsgemäß gezahlt. Emmi, nun sag doch auch mal was.«

Emmi nickt. »Das hat alles seine Richtigkeit. Aber die Sachen aus dem Keller, die können Sie gern haben.«

Eine Viertelstunde später stehe ich in Kaisers Keller und wühle wie eine Obdachlose in meinem ehemaligen Eigentum herum, das mir jetzt gönnerhafterweise wieder zugesprochen wurde. Die Kaisers scheinen es mit dem Skurrilen nicht so zu haben, fast die komplette Sammlung meines Vaters befindet sich hier unten. Da fällt mir ein, dass es ja nett ist von den Kaisers, mir die Sachen überlassen zu wollen, aber wohin soll ich denn damit? Unten im Hausflur stehen mein Koffer und das

Didgeridoo. Das muss ich ja auch tragen. Ich kann die Sachen jetzt also nicht mitnehmen. Und ich habe Kaisers sowieso schon viel zu lange aufgehalten.

»Sie können kommen und die Sachen holen, wann immer Sie wollen«, sagt Frau Kaiser. »Ach Kindchen, ich würde Ihnen ja anbieten, bei uns zu bleiben erst mal, aber heute Nachmittag reisen unsere Kinder und die Enkelkinder an, da ist die Wohnung voll, und die bleiben eine Zeit, weil mein Mann nämlich die Tage einen runden Geburtstag feiert.«

Um ehrlich zu sein, hatte ich gehofft, eventuell bei den Kaisers wohnen zu können, natürlich nur vorübergehend, aber warum sollte etwas, das ich hoffe, wahr werden?

»Das ist nicht nötig«, sage ich mit fester Stimme und versuche, Haltung zu bewahren. »Ich werde bei einer Freundin unterkommen. Ich fahre gleich hin.«

Welche Freundin?

»Da bin ich aber beruhigt.« Frau Kaiser schließt den Kellerraum sorgfältig ab. Dann bringt sie mich gemeinsam mit ihrem Mann zur Haustür.

Ich nehme meinen Koffer und mein Didgeridoo und trete raus auf die Straße. Ich werde zur Bank gehen. Ich muss jetzt etwas unternehmen. Und während ich Kaisers nochmal zunicke, bete ich inständig, dass sich doch noch alles als ein ganz, ganz dummes Missverständnis entpuppt.

Wenn dieser Bankangestellte jetzt nochmal »Puha« sagt, drehe ich durch. Ich habe von jeher eine Aversion gegen diese gekünstelte Freundlichkeit und diese antrainierte rhetorische Professionalität. Und zusätzlich hat sich Herr Ingwersen auch noch dieses unverbindliche und gleichzeitig nervtötende »Puha« angeeignet. Er sagt »Puha«, während er konzentriert auf seinen Flachbildschirm schaut. Dann schüttelt er den Kopf. »Das sieht ja wirklich und in der Tat und ganz und gar nicht gut aus«, meint Herr Ingwersen und lächelt mich gewinnend an, so als ob er mir gerade eine wahnsinnig positive Mitteilung gemacht hätte.

»Wie meinen Sie das?«

»Ich ...«, er setzt ein strahlendes Lächeln auf und winkt einem vorbeilaufenden Kunden zu, »... ach hallo, guten Tag, Herr Becker, puha, was macht die Hüfte? Alles neu, alles neu macht der Mai, sag ich immer, hahaha ... ja, also, die Sache ist folgendermaßen: Sie haben nichts mehr auf Ihrem Konto. Puha.«

»Auf meinem Konto? Wir reden hier nicht von einem Konto. Ich habe sechs Konten bei dieser Bank. Meine Eltern waren bei Ihnen ebenfalls Kunden. In der Würmelingener Filiale.«

»Das habe ich puha auch gar nicht bestritten«, sagt Herr Ingwersen und lächelt. »Möglicherweise habe ich mich auch falsch ausgedrückt. Ich meinte natürlich, dass auf keinem dieser Konten ein Bargeldbestand besteht.«

»Aber warum denn nicht?« Wäre ich drogenabhängig, jetzt wäre der passende Zeitpunkt für den Goldenen Schuss.

»Weil das Geld abgehoben wurde.« Herr Ingwersen zwinkert mir zu. »Übrigens sind das sehr schöne Kontonummern, die Sie haben. Leicht zu merken. Hat auch nicht jeder. Puha.«

Guten Tag. Mein Name ist Sanni Prinz. Ich habe sechs

Konten, auf denen sich nicht ein Cent befindet, dafür aber superklasse Kontonummern, die man sich gut merken kann. Also hören Sie mal, das hat auch nicht jeder.

»Wie kann das sein?«, will ich von Herrn Ingwersen wissen. »Da waren Millionenbeträge drauf. Teilweise war das auch längerfristig angelegtes Festgeld. Das kann man nicht einfach alles so abheben. So mir nichts, dir nichts.«

»Tja«, sagt Herr Ingwersen und kratzt sich am Kinn. »Die Festgeldkonten waren puha jeweils zum Quartalsende kündbar. Und von dieser Kündigung hat Ihr Mann ganz offensichtlich Gebrauch gemacht. Es hatte alles seine Ordnung. Er hatte ja puha auch alle Vollmachten. Also, falls ich etwas dazu sagen soll, dann finde ich, dass das vielleicht ein falscher Weg war.«

Weil ich zu schwach bin, um zynisch zu reagieren, nicke ich nur langsam, dann schüttele ich den Kopf, dann nicke ich wieder. Als sei ich eine Marionette und jemand würde lustig an den Fäden ziehen.

»Heißt das, ich kann jetzt auch nichts abheben?«, frage ich Herrn Ingwersen fast ängstlich.

Der lacht laut auf. »Das ist ja eine witzige Frage«, keucht er dann. »Was wollen Sie denn abheben? Die Konten sind leer. Da ist doch gar nichts mehr drauf.«

»Aber ich brauche doch Geld. Ich könnte ... einen Kredit aufnehmen. Vorübergehend natürlich nur.« Herr Ingwersen muss mir doch helfen. Immerhin steht auf dem Tisch so ein Pappaufsteller. *Sprechen Sie uns an – wir helfen Ihnen gern.*

Herr Ingwersen beugt sich ein Stück zu mir nach vorn, stützt beide Hände auf den Tisch und funkelt mich durch seine randlose Brille an. »Ein Kredit muss abbezahlt werden«, sagt er dann. »Wenn Sie mir einen Arbeitsvertrag vorlegen können und die ersten drei Monatsgehälter bei uns eingegangen sind, dann können wir puha mit Sicherheit ins Geschäft kommen. Aber ohne Sicherheiten geht selbst bei uns nichts. Das verstehen Sie sicher, Frau Prinz. Puha.«

»Ich gebe Ihnen mein Didgeridoo.« Ich deute auf das gute Stück. »Das habe ich selbst bemalt.«

»Ein Didgeridoo als Sicherheit für einen Kredit reicht leider nicht aus. Da muss ich noch nicht mal puha meinen Vorgesetzten fragen.«

Mir fällt noch etwas anderes ein. »Ich könnte Ihnen ein Holzklo vorbeibringen. König Ludwig hat es benutzt. Und noch mehr antike Sachen.«

Herr Ingwersen horcht auf. »Das ist natürlich etwas anderes. Haben Sie die entsprechenden Expertisen, die die Echtheit der Sachen bescheinigen?«

Mein Vater hat auf so was nie Wert gelegt. Er hatte ja auch nie vor, die Sachen wieder zu verkaufen. Warum auch? Geld war ja immer genug da. Ich musste mir nie über das Thema Geld Gedanken machen. Ich habe immer gut gelebt, ach was, luxuriös. Wir hatten ein Schwimmbad im Keller und einen Pool draußen; wir hatten viele Autos, die immer alle vollgetankt waren. Wir haben die ganze Welt bereist. Ja, wir waren sehr reich, aber meine Eltern sind trotzdem nie abgehoben, sondern waren bodenständige Menschen, die geschätzt haben, was sie hatten. Und mein Vater hat hart für das viele Geld gearbeitet. Lieber heute als morgen, das war das Motto meiner Eltern. Sie haben das Geld mit vollen Händen und mit viel Lust ausgegeben, ohne dabei arrogant oder überheblich zu sein. Und ich bin genauso, glaube ich. Oder war. Ich habe mich nie für etwas Besseres gehalten. Warum auch?

»Es gibt keine Expertisen«, sage ich, und Herr Ingwersen sagt »Puha«. Ich glaube, so langsam will er, dass ich gehe. Er streckt mir die Hand entgegen, und automatisch ergreife und schüttele ich sie.

»Ähem«, macht Herr Ingwersen. »Verabschieden können wir uns gleich. Wenn Sie vorher bitte noch so freundlich wären, mir Ihre EC-Karten auszuhändigen.«

»Was?«

»Die EC-Karten. Die sind ja puha nun sowieso überflüssig. Ich werde sie vernichten.«

Weil ich nichts mehr zu verlieren habe, hole ich mein Portemonnaie raus und zunzele die Karten daraus hervor. Meine Hände zittern, während ich sie Herrn Ingwersen gebe.

»Danke«, meint er fröhlich, nachdem er kontrolliert hat, ob ich ihm auch wirklich alle gegeben habe. »Haben Sie denn puha noch Konten bei einer anderen Bank?«

»Nein«, sage ich leise.

»Ich frage das nur, weil ich da auch noch drei Kreditkarten in Ihrer Geldbörse sehe. Wenn Sie also nur bei unserer Bank Konten unterhalten haben, muss ich puha davon ausgehen, dass die fälligen Kreditkartenbeträge auch von diesen Konten abgebucht wurden. Liege ich da richtig?«

Ich nicke.

»Sehen Sie? Und da sich ja auf den Konten keine Guthaben mehr befinden, darf ich Sie puha nun ebenfalls um die Aushändigung der Kreditkarten bitten.«

»Die Kreditkarten«, wiederhole ich.

»Richtig.« Herr Ingwersen strahlt nun über das ganze Gesicht. Vielleicht bekommt er pro eingezogener Karte Provision.

Also zunzele ich auch die Kreditkarten heraus. Mein Portemonnaie sieht plötzlich ganz schön leer aus. Herr Ingwersen holt eine Schere aus einer Schublade und zerschneidet alle Karten. Er geht sehr sorgfältig vor und runzelt dabei die Stirn, so als müsse er sich während dieses Vorgangs unglaublich konzentrieren.

»Dann wünsche ich Ihnen einen schönen Tag«, sagt er und nickt mir zu. »Nehmen Sie das alles nicht so schwer. Es kommen auch wieder bessere Zeiten. Sie sind ja noch so jung.« Dann greift er unter den Tisch und drückt mir zwei Bonbons in die Hand, auf denen sich das Logo der Sparkasse befindet. »Mit Süßigkeiten im Magen sieht die Welt gleich ganz anders aus«, sagt Herr Ingwersen. »Puha.«

Bevor ich in eine öffentliche Telefonzelle gehe, wo immer auch eine sein mag, brauche ich Sagrotan. Und wenn ich Sagrotan kaufe, habe ich kein Geld mehr, um zu telefonieren. In meinem Portemonnaie befinden sich noch exakt zehn Euro. Ich könnte natürlich herumlungernden Jugendlichen ihre Handys klauen und sie mit meinem Didgeridoo niederknüppeln, sollten sie es wagen, Einwände zu erheben. Und dann? Wen sollte ich anrufen?

Ich brauche jetzt einen Kaffee. Egal, dass mir dann nur noch acht oder neun Euro bleiben, aber ich muss jetzt einen Kaffee haben.

Zwei Minuten später setze ich mich mit meinem Pappbecher auf eine Bank und überlege meinen nächsten Schritt. Nach weiteren zwei Minuten wird mir klar: Es gibt keinen. Ich werde als Obdachlose enden, in Mülltonnen nach Getränkedosen suchen, die Colareste enthalten, oder mit geschickten Zungenbewegungen noch die letzten Krümel aus Sandwichverpackungen herausholen. Ein Passant kommt vorbei und wirft fünfzig Cent in meinen Kaffeebecher, so als ob er mich schon mal mental auf mein restliches Leben vorbereiten wollte.

Fazit: Ich heiße Sanni Prinz, bin sechsunddreißig Jahre alt und mit Mark verheiratet. Ich habe braune Haare, die mit Sicherheit bald grau werden, und dunkle Augen, die von einigen Menschen zusätzlich als »warm« bezeichnet werden. Wo diese Menschen gerade sind und wer das überhaupt mal von meinen Augen gesagt hat, das weiß ich nicht mehr. Das Einzige, was ich derzeit noch habe, sind acht Euro Bargeld und ein Holzinstrument, das in landestypischen Farben bemalt ist. Und schmutzige Wäsche, in der der Staub Australiens wohnt.

Würde irgendjemand eine Vermisstenanzeige aufgeben, könnte die im Radio vom Moderator so vorgetragen werden:

»Vermisst wird seit heute Morgen die 36-jährige Sanni Prinz aus Hamburg. Frau Prinz ist bekleidet mit einer ausgewaschenen Jeans, braunweißen Turnschuhen, einem T-Shirt mit der Aufschrift Crocodiles x-ing und einer grauen Sweatshirtjacke. Frau Prinz wirkt ungepflegt und verwirrt. Sie trägt außer einem Koffer ein Didgeridoo bei sich, das sie fest umklammert.«

Und wenn das noch ein paar Tage so weitergeht, kommt noch der folgende Satz hinzu: *»Sie benötigt dringend Medikamente und ist nicht in der Lage, sich zu orientieren.«*

3. Kapitel

Weiß Gott! Ich lege mich so oft zu Bette mit dem Wunsche, ja manchmal mit der Hoffnung, nicht wieder zu erwachen.

Johann Wolfgang Goethe: Die Leiden des jungen Werther
Zweites Buch, 3. November
(die ersten beiden Sätze)

»Darf ich ganz ehrlich zu Ihnen sein?«, fragt mich Polizeihauptkommissar Wurzel, und ich nicke. Ich bin ja froh, wenn überhaupt noch jemand ehrlich zu mir ist. Nachdem ich meinen Kaffee ausgetrunken hatte, habe ich es gerade noch hierher aufs Polizeirevier geschafft. Nach und nach, also von Minute zu Minute oder von Sekunde zu Sekunde, breitet sich ein grauenhafter Schock in mir aus. Meine Hände sind kalt, und wenn das so weitergeht, werde ich Schüttellähmung bekommen. Mein Gehirn will nicht wahrhaben, was in den letzten Stunden passiert ist. Um es auf den Punkt zu bringen: Ich bin völlig fertig mit den Nerven. Aber vielleicht kann Herr Wurzel Klarheit in die ganze Sache bringen. Erwartungsvoll schaue ich auf seinen Mund. Ich hoffe, dass er gleich die richtigen Worte zu mir sagen wird.

Herr Wurzel sagt: »Es sieht ganz und gar nicht gut aus für Sie.« Er stellt seine Kaffeetasse, auf der sich ein lachender Pumuckl befindet, auf den Tisch und nimmt dann seine Brille ab, um sie mit einem Stofftaschentuch zu reinigen. Die Pumuckl-Tasse muss schon sehr alt sein, denn der Pumuckl sieht so aus, als hätte er schon viele Stunden in der Spülmaschine verbracht. Herr Wurzel scheint von meinem Schicksal emotional gebeutelt zu sein; er sieht so aus, als hätte er wahrhaftig Mitleid mit mir. Lautstark schnäuzt er sich in sein Taschentuch.

»Aber was soll ich denn jetzt tun?«, frage ich ihn verzweifelt. »Können Sie denn gar nichts über ihn finden? Wenn er das nicht zum ersten Mal gemacht hat, dann muss er doch schon angezeigt worden sein. Solche Leute müssen doch im Computer erfasst werden.«

Herr Wurzel sieht mich ernst an. »Das System lügt nicht«, werde ich informiert. »Und in meinem System steht nichts von einem Mark Prinz. Vielleicht ist das ja gar nicht sein richtiger Name.«

Ich bekomme einen Schreck. Dann ist Prinz ja auch gar nicht mein richtiger Name. Bin ich dann auch eine Betrügerin? Also, wenn Herr Wurzel mit seiner vagen Vermutung richtigliegt. Aber vielleicht hängt das System ja auch, und gleich funktioniert es wieder tadellos.

Doch Herr Wurzel erstickt meine Hoffnung mit dem Satz »Das System hängt nie, es ist ein gutes, zuverlässiges System« im Keim. »Das ist alles sehr unschön«, sagt er ein paar Sekunden später. »Aber wir müssen den Dingen sehenden Auges in die Tatsachen blicken.«

Ich verstehe nicht ganz, was er meint, verzichte aber auf eine Nachfrage.

»Die Anzeige habe ich jedenfalls aufgenommen, die kommt später ins System.« Er mache das alles handschriftlich, erklärt mir Herr Wurzel. Dabei könne er besser nachdenken.

»Und dann?«

»Tja, das wird sich zeigen. Aber nach all dem, was Sie mir jetzt erzählt haben, hat er das tatsächlich nicht zum ersten Mal gemacht. Er geht gewieft vor. Und absolut glaubwürdig. Ein geschlitztes Ohr hat er, der Mann.«

Ich stehe auf. Herr Wurzel auch. »Das Problem ist nur …«, beginne ich leise, »… dass ich überhaupt kein Geld mehr habe.«

»Wer hat heutzutage denn noch Geld?«, fragt Herr Wurzel mich verbittert. »Ich kann Ihnen mal meine Gehaltsabrechnung zeigen, da fallen Sie um. Unterm Strich bleibt kaum mehr was nach.« Er öffnet die Tür und lässt mich rausgehen. »Kann ich Sie irgendwo telefonisch erreichen?«

Ich schüttele den Kopf. »Momentan leider nicht. Mein Handy funktioniert nicht mehr.«

»Diese Handys«, sagt Herr Wurzel. »Da steckt bestimmt ein fehlerhaftes System hinter. Na ja, dann machen Sie's mal gut. Und halten Sie die Augen auf Durchzug.«

Ich verlasse die Davidwache und laufe ziellos und verzweifelt herum. In St. Pauli tobt doch angeblich das Leben, und vielleicht kann ich mir mit Didgeridoo-Spielen die Übernachtung in einem Hotelzimmer erarbeiten. Also laufe ich die Reeperbahn entlang und suche mir ein Plätzchen, an dem viele Leute vorbeikommen. Zu dumm, dass Herr Kaiser einen runden Geburtstag feiert. Sonst hätte ich jetzt schon in einem bequemen Bett liegen können. Oder von mir aus auch wie eine Küchenmagd zusammengerollt neben dem Kohlenkasten, wobei sich in der Küche gar kein Kohlenkasten befindet.

Ich setze mich auf meinen Koffer und fange an, auf dem Didgeridoo »Ick heff mol en Hamborger Veermaster seh'n« zu spielen, aber niemand bleibt stehen und hört mir zu. Es wirft auch niemand Geld in meinen Pappbecher, den ich vor mich gestellt habe. Vielleicht sollte ich nach einem Stück Karton suchen und mit Eddingstift eine rührselige Geschichte draufkritzeln. Aber ich habe keinen Eddingstift. Und einen zu kaufen wäre zu teuer.

Hier laufen komische Gestalten rum. Da – eine Frau in meinem Alter und ein relativ dunkelhäutiger Mann gehen Hand in Hand vorbei, was an sich nichts Außergewöhnliches ist, aber die Tatsache, dass beide an einer Leine jeweils einen Alligator hinter sich herziehen, macht die Sache sehr wohl außergewöhnlich. Die Alligatoren sind in Zank und Hader verstrickt und schlagen sich gegenseitig mit ihren Schwänzen. »Ich überlege, doch wieder mit den Auftragsmorden anzufangen, Lindi«, sagt der Mann, und diese Lindi zuckt mit den Schultern und meint: »Tu, was du nicht lassen kannst, Oscar.« Der Mann sagt: »Ich brauche den Kick. Immer nur im Restaurant stehen, das ist nichts für mich. Ich muss mal wieder jemanden erwürgen oder köpfen. Oder von mir aus ertränken.« »Wenn du meinst«, sagt Lindi, und ich überlege kurz, »Spiel mir das Lied vom Tod« auf dem Didgeridoo zu blasen, lasse es dann aber, weil ich nicht der Anlass für einen neuen Kick sein möchte. Die beiden gehen weiter, und ich höre nach einer Viertelstunde mit dem Spielen auf. Es bringt ja doch nichts. Ich klemme mir mein Didgeridoo unter den Arm und laufe ziellos weiter.

Nein, ich fange nicht an zu heulen. Heulen kann ich später

immer noch. Ich bin so einsam. Ich bin so alleine. Ich habe niemanden. Ich bin betrogen worden. Ich bin um alles gebracht worden, was ich hatte. Ich bin ein Nichts, ein Niemand, eine Aussätzige. Ich werde Sozialhilfe beantragen müssen. Ich will aber keine Sozialhilfe beantragen. Das ist so demütigend.

Wo soll ich nur hin? Ich bin so müde. Der Jetlag macht sich bemerkbar. Ich möchte baden, mich danach mit Körperlotion einreiben und mich dann in ein frisch bezogenes Bett legen. Ich hatte mich so darauf gefreut, Mark alles zu erzählen. Er wollte ja auch was Leckeres kochen. Anlässlich meiner Heimkehr. Und Sex wollten wir auch haben. Mark hatte am Telefon kurz vor meinem Abflug gewisse Andeutungen gemacht, und ich bin auf dem Flughafen rot geworden.

Ich bin ein verklebtes, hungriges Etwas ohne Heimat.

Wenn ich das später mal meinen Kindern erzähle, werden sie mir nicht glauben. Ja, stellt euch vor, Mama war in Australien, und als sie zurückkam, hatte sie gar nichts mehr. Nur einen leeren Kaffeebecher mit fünfzig Cent drin. Das war eine tolle Erfahrung. Glaubt mir. Das prägt fürs Leben. Das macht hart. Was einen nicht umbringt, macht einen stärker.

Vor einem Gebäude, an dem ein Schild mit der Aufschrift *Panoptikum* prangt, bleibe ich stehen. Ich habe einen solchen Hunger, dass ich kaum noch klar denken kann, traue mich aber nicht, mein letztes Geld für etwas Essbares auszugeben. Davon mal ganz abgesehen, werde ich immer müder. Aber ich weiß immer noch nicht, wo ich hinsoll. Ich kann doch nicht mitten auf der Straße schlafen, und wo ein Asylantenheim oder eine Notunterkunft für Wohnungslose ist, weiß ich auch nicht. Ich würde auch so gern mal duschen.

Verzweifelt versuche ich, eine Lösung zu finden, aber ich bin ratlos und habe zum ersten Mal in meinem Leben Suizidgedanken. Berechtigte, wie ich finde.

»Hier, bitte schön.« Ein Ehepaar steht vor mir, und die Frau drückt mir eine Karte in die Hand. »Falls Sie ins Panoptikum wollen, brauchen Sie jetzt keinen Eintritt mehr zu bezahlen«, blökt die Frau mich an. »*Er* will nämlich nicht.«

Er zuckt zusammen und blickt ein bisschen schuldbewusst drein. Man scheint sich gestritten zu haben. »Ich mag keine Wachsfiguren«, rechtfertigt sich der Gatte. »Es gibt doch nichts Langweiligeres als Wachsfiguren. Ich meine, die sind doch aus Wachs. Da kann ich mir die Leute doch lieber im Fernsehen angucken.«

»Einige sind aber schon tot«, keift die Frau giftig.

»Die aus deinen alten Spielfilmen sind doch im wahren Leben auch schon alle tot«, gibt der Mann zurück.

»Du gehörst geschlagen. Einfach nur geschlagen«, sagt die Frau. Dann zieht sie ihren Mann hinter sich her. An der nächsten Ecke bleibt sie stehen und fängt an, mit ihrer Handtasche gezielt auf ihn einzuprügeln. Er scheint das gewöhnt zu sein; anstatt sich zur Wehr zu setzen, schaut er auf seine Uhr.

Ich seufze, blicke auf die Karte in meiner Hand und gehe ins Panoptikum.

Herbert Grönemeyer ist erst kürzlich fertig geworden. Er steht da mit einem Mikrophon in der Hand, sein linker Zeigefinger ist ausgestreckt. Sein Gesichtsausdruck scheint ein wenig verbissen, aber so klingen seine Lieder ja auch. Fast höre ich ihn »Bochumichkommausdir« herauspressen oder

»Gibmiiirmaiiin Härzzurück ... je eher, je eher du gehst, um so leichterumsoleichterwirrrrrrdsfürmich«. Irgendwie singt Grönemeyer immer so, als hätte er Darmverschluss. Ich gehe ein Stück näher. Herbert sieht mitgenommen aus. Das Haar schütter, der Ansatz eines Doppelkinns ist zu erkennen. Ich wandere weiter, bewundere Julia Roberts in ihrem Brautkleid, dann Albert Einstein, der vor einem Pult steht und eine graue Strickjacke anhat. Die Beatles fehlen genauso wenig wie Michael Jackson, der natürlich eine Glitzerjacke trägt und ... hahaha ... dessen Gesichtsfarbe irgendwie wächsern wirkt. Vor Dietrich Genscher und Helmut Kohl bleibe ich stehen. Die beiden sitzen an einem gedeckten Tisch, auf dem sich Teller und Platten mit Saumagen befinden. Sofort beginnt mein Magen wieder zu knurren. Verflixt nochmal. Ich habe immer noch keine Unterkunft, und das Panoptikum schließt bald.

Was wird aus mir, wo soll ich hin?

Und dann, ganz plötzlich, habe ich eine Idee.

Da kommt der Sicherheitsdienst. Luft anhalten. Bestimmt ist das ein halbblinder Kriegsveteran, der wirres Zeug vor sich hin murmelt, einen Gehstock benötigt und froh ist, seine abendliche Runde absolviert zu haben, weil das Rheuma ihn doch sehr beeinträchtigt. Der den Job aber machen muss, weil seine Rente sonst nicht reicht.

Der Schein einer Taschenlampe durchleuchtet den Raum, und ich grusele mich ein wenig, weil ich das Gefühl habe, zwischen lauter Untoten zu stehen. Verzweifelt halte ich das Tablett fest, auf das ich zwei Weingläser gestellt habe, und versuche, mich nicht zu bewegen. Auf gar keinen Fall möchte ich, dass meine Augen flackern. Und dann fällt mir eine furchtbare Tatsache ein: Dieser Mann vom Sicherheitsdienst, ob halbblind, ob Kriegsveteran oder nicht, der arbeitet doch bestimmt nicht erst seit gestern hier. Der kennt doch garantiert seine Pappenheimer und weiß ganz genau, wer mit wem an einem Tisch sitzt und ob da noch eine Servierkraft dazugehört. Ich habe mich so zwischen Genscher und Kohl platziert, dass es aussieht, als würde ich ihnen gerade Wein bringen. Die Gläser sind aber gar nicht voll. Ich habe den ganzen Kram hinter einem Vorhang gefunden. Bitte, bitte, lass den Mann weitergehen, ohne mich bemerkt zu haben. O bitte!

Im nächsten Moment scheint mir das Licht der Taschenlampe direkt in die Augen. Dann wandert der Kegel weiter nach unten, und das nackte Grauen packt mich. Meine Hände zittern, und die Gläser auf dem Tablett bewegen sich.

»Moin«, sagt eine Stimme, die eindeutig zu einer Frau gehört. »Frau Prinz, nehme ich an.«

4. Kapitel *Wozu noch leben also? Was erwartet mich?*

Euripides: Helena
(Weiter geht's mit: Erwähl ich, solchem Leiden zu entgeh'n, die Hand usw., aber das wird zu lang.)

Ich bin fassungslos. Was geht hier vor? Wer ist das und vor allen Dingen: Woher kennt die Frau meinen Namen?

»Stellen Sie das Tablett ab und kommen Sie mal her«, sagt die Frau, und ich gehorche automatisch. »Ich nehme an, Sie haben kein Geld mehr auf dem Konto und keinen Platz zum Schlafen. Weiterhin nehme ich an, dass Sie momentan schockiert sind, nicht wissen, wo Ihr Mann sich gerade befindet, und das alles nicht glauben möchten.«

»Ja, aber ...«, sage ich verwirrt.

»Sie kommen mit zu mir.« Die Frau nickt mir zu. »Was zu essen kriegen Sie auch.«

Eine halbe Stunde später sitze ich – immer noch mehr als verwirrt – auf einem Sofa im Gelsenkirchener Barockstil und schaufele Gulasch mit Nudeln und Gurkensalat in mich rein. Um mich herum sitzen die Sicherheitsbeamtin, die mir verraten hat, dass sie Gundula Köber heißt, drei weitere Frauen und zwei Männer. Ein bisschen komme ich mir vor wie in einer Psychotherapiegruppe, die sich wöchentlich trifft und in der jeder sein Herz ausschütten kann, wenn er dran ist.

»Nein, dumm ist er nicht«, sagt die kleinste der Frauen, die sich Dodo nennt. »Ich meine, bei aller Liebe, bei aller Liebe, aber das muss man ihm lassen, dumm ist er nicht. Ich meine, jetzt mal im Ernst, hätte er es sonst sechsmal, sechsmal geschafft?« Sie pustet ihren viel zu langen schwarzen Pony aus dem Gesicht und schaut alle der Reihe nach an. Dodos dunkle Augen flackern. Sie scheint ständig unter Strom zu stehen. Und sie knackt dauernd mit den Fingergelenken, eine Tatsache, die mir Ohrenschmerzen bereitet. Dodo ist eine stämmige Person und wirkt, als hätte sie mal Kraftsport gemacht. Sie hockt im Schneidersitz da und schaut mich die ganze Zeit durchdringend an, so als wolle sie mich hypnotisieren.

»Und das ist wirklich wahr?«, will ich wissen und kaue auf einem Gulaschstück herum.

Der drahtigere der beiden Männer steht auf, sieht uns mit wissendem Blick an, der auch ein wenig überheblich ist, greift nach einem herumliegenden Instrument und räuspert sich. Dann fängt er an, auf dem Saiteninstrument herumzuzupfen und theatralisch zu singen: »O lodernde Flammen, o brennendes Rom. Seht her, nun macht doch schon. Die sechste im Bunde, o Schande, o Graus, schlimmer kann's nicht kommen in diesen Etablissements.« Er lässt das Instrument sinken und sieht uns der Reihe nach an. Offenbar erwartet er tosenden Applaus. Er hat einen Mittelscheitel, schulterlange Haare, helle Augen und eine Nase, die etwas zu klein geraten ist für sein rundes Gesicht. Ein bisschen wirkt er wie ein Künstler, der irgendwie nicht ernst genommen wird und damit emotional nicht gut umgehen kann.

»Etablissements reimt sich nicht auf Graus«, wird er von dem anderen Mann informiert, der sehr groß ist, rote Locken und einen roten Vollbart hat und einen stattlichen Bauch vor sich her trägt. »Setz dich hin und halt die Klappe, Nero.«

Beleidigt legt der Barde sein Werkzeug nieder. »Beides endet aber mit s«, sagt er. »Nun reichet mir den Kelch mit Wein, mich dürstet nach einem guten Tropfen edlen Gebräus.«

»Nero!«, rufen alle im Chor.

Wo bin ich hier?

»Nero kann es nicht ertragen, dass niemand ihn singen hören will«, bekomme ich von der Frau zu meiner Linken erzählt. »Deswegen singt er immer.«

Ach so.

»Ihr glaubt, dass ich einen Riss in der Schüssel habe«, meint Nero bekümmert. Niemand widerspricht ihm. »Den habe ich auch. Seitdem ich ausgebeutet und verlassen wurde, wird nichts wieder so sein wie vorher. Wäre ich nicht schwul, so würde ich mir eine Frau wie Agrippina suchen. Eine Frau mit Biss und Verstand. Eine Frau mit Herz.«

Gundula mischt sich ein. »Hier sind genug Frauen mit Herz«, sagt sie bestimmt. »Iss jetzt deinen Nachtisch auf.«

Gundula scheint die Normalste in dieser merkwürdigen Runde zu sein. Ich schätze sie auf Mitte fünfzig. Sie trägt eine dunkle Bundfaltenhose und eine gestreifte Bluse, und ihre graumelierten Haare sind zu einem Knoten zusammengebunden. Gundula trägt eine Brille, die sie wohl nicht mehr ständig suchen muss, seitdem sie an einer Kette um ihren Hals baumelt. Gundula ist ein klein wenig mollig, was ihr gut steht, hat kleine, kräftige Hände mit kurz geschnittenen Fingernägeln und wirkt in ihrer Gesamterscheinung sehr tatkräftig und auch realistisch. Ich glaube, ich mag sie. Und hier scheinen alle auf sie zu hören, denn Nero kratzt folgsam die Glasschale mit dem Vanilleeis leer. »Brennen, brennen soll er wie Rom«, flüstert er vor sich hin.

Dodo seufzt. »Dieses Trauma«, sie zuckt mit den Schultern. »Wir alle leiden noch unter diesem entsetzlichen Trauma.« Wie zum Beweis beginnt ihre rechte Körperhälfte unrhythmisch zu zucken. »Das sind die Nerven«, sagt sie. »Die Nerven.«

Dodo heißt mit Nachnamen Prinz. Nero auch. Genauso wie die anderen drei: Chris, Harriet und Vivian. Ich bin fassungslos.

»Ich hatte damals im Lotto gewonnen«, erzählt Dodo weiter. »Zwei Millionen Euro. Die Besitzerin des Kiosks, in dem ich immer gespielt habe, hat mir gratuliert. Mark muss damals auch in dem Kiosk gewesen sein. Jedenfalls hat er mich wohl verfolgt und mich irgendwann angerempelt und als Wiedergutmachung auf einen Kaffee eingeladen.« Sie schnaubt auf. »Ich blöde Kuh. Nach zwei Wochen waren wir verheiratet.« Sie überlegt kurz. »Ich glaube, es waren noch nicht mal zwei Wochen. Jedenfalls hat er mir versprochen, das gewonnene Geld zu verdoppeln. Oder zu verdreifachen. Und ich war so blauäugig, ihm alles zu geben. Und sogar noch mehr. Einen Kredit habe ich auch noch aufgenommen. Damit sich die Geldanlage richtig lohnt.« Kunstpause. »Drei Tage später kam er nicht mehr nach Hause.«

Selbstverständlich frage ich nicht: ›Aber warum denn nicht?‹ Stattdessen frage ich mit dünner Stimme: »Wie ging es dann weiter?«

»Was ist denn das für eine blöde Frage?«, fährt Dodo mich

an. Ihre Augen flackern jetzt noch wilder als vorher. Mit dem einen schielt sie nun auch. Und andauernd pustet sie ihren Pony aus dem Gesicht. Warum kann sie ihn nicht einfach kürzen? Das kitzelt doch. »Wie soll es wohl weitergegangen sein? Glaubst du etwa, er kam dann wieder und hat sich entschuldigt oder was? Ich habe natürlich nie wieder was von ihm gehört. Nie. Wieder. Ich bin jetzt fünfunddreißig und stehe vor den Scherben meines Lebens.«

»Nicht nur du, Dodo, nicht nur du«, mischt sich Gundula, die Sicherheitsbeamtin des Panoptikums, ein. »Sei nicht immer so egoistisch. Den anderen geht es nicht besser als dir.«

»Pah!«, macht Dodo und ist dann ruhig.

»Es ist eine Katastrophe«, sagt Nero leidend und streichelt sein Zupfinstrument so vorsichtig, als sei es verletzt. »Wäre Gundula, die gute Seele, nicht gewesen, um uns gestrauchelte Existenzen aufzunehmen, wir alle wären jetzt schon tot oder zu Massenmördern mutiert.«

»So weit wollen wir es nicht kommen lassen, Nero«, kommt es von Gundula, die mir zwischenzeitlich noch eine Portion Gulasch aufgefüllt hat.

»Jedenfalls sehe ich es nicht ein, noch zu irgendjemandem nett zu sein«, fängt Dodo wieder an. »Nett ist ein Wort, das nicht mehr zu meinem Sprachschatz gehört. Nett ist vielleicht der Hund vom Nachbarn, aber ich bin es nie wieder. Nie, nie wieder.«

»Du betrügst unbescholtene Mitbürger«, mischt sich Vivian ein, eine sehr hübsche, große Frau mit grünen Augen und blonden, halblangen Haaren. Sie hat Naturlocken und eine schlanke Figur. Der einzige Makel an ihr sind ihre abgeknibbelten Fingernägel. Ansonsten wirkt sie perfekt. Aber auch ein bisschen verrückt.

Alle hier wirken verrückt. Der zweite schwule Mann, Chris, also der mit dem Vollbart, genauso wie dieser Nero. Und der wiederum scheint mir genauso verrückt zu sein wie Dodo, Vivian und die dritte Frau, Harriet. Harriets herausragendste Eigenschaft ist ihre Oberweite. Sie hat hellbraune glatte lange Haare, die sie zu einem Zopf gebunden hat, und blaue Augen. Ansonsten macht sie einen eher tumben und ein bisschen schwerfälligen Eindruck. Ein wenig wie diese Magd Lina in *Michel aus Lönneberga*. Aber ich kann mich auch irren. Wer weiß, was in ihr steckt. Allerdings sagt mir mein Gefühl, dass alle miteinander hier nicht ganz richtig im Kopf sind. Nicht komplett nicht richtig, aber ein wenig.

Ich war bislang immer nur mit Menschen zusammen, die *normal* waren. Also mit Menschen, die nicht davon singen, dass sie Rom brennen lassen möchten und die sich nicht dauernd mit flackernden Augen den Pony aus der Stirn pusten. Die Menschen, mit denen ich zusammen war, führten ein geregeltes Leben und haben vernünftige Sätze von sich gegeben. Die meisten zumindest. Mark ja auch. Jedenfalls bin ich vorher noch nie mit einem solchen Haufen konfrontiert worden. Und wenn ich mal ganz ehrlich sein soll, hatte ich auch nie das Bedürfnis, solche Leute kennenzulernen. Ich bin anders. Ich gehöre nicht hierher. Ich fühle mich sekündlich unwohler. Es ist nicht so, dass ich mich als etwas Besseres fühle, ganz und gar nicht. Ich kann mit den Leuten einfach nichts anfangen. Ich will hier weg. Aber wohin sollte ich denn gehen?

»Wenn die unbescholtenen Mitbürger, wie du sie nennst,

so blöd sind, mir zu glauben, dann kann ich ihnen leider auch nicht helfen«, blökt Dodo Vivian mit schriller Stimme an und pustet ihren Pony so heftig nach oben, dass sich ein schwarzes Haar löst, hochfliegt und sich dann langsam auf den Weg nach unten macht, um auf dem gekachelten Couchtisch zu landen. Dabei dreht es sich spiralförmig.

Vivian schüttelt den Kopf und schaut mich dann an. »Sie gibt sich als Neusteuereinzugsermächtigte aus«, sagt sie. »Und knöpft den Leuten Geld für Steuern ab, die angeblich ganz neu verabschiedet wurden, die es aber natürlich überhaupt nicht gibt.«

»Aha«, sage ich und nicke verständnisvoll.

»Kanarienvogelsteuer«, sagt Vivian verächtlich. »Steuern für neue Fenstergriffe, da man einen Vorteil gegenüber den alten Griffen hat, weil die neuen nämlich besser funktionieren. Die Krönung ist die Sauerstoffsteuer. Angeblich ist jeder Bürger verpflichtet, dem Staat für die Luft, die er einatmet, Geld zu geben.«

»Wenn's doch funktioniert«, sagt Dodo böse. »Von irgendwas muss ich ja auch leben. Und ich hab alles Recht dazu. Ich bin schließlich auch betrogen worden.«

»Kinder, es wird sich nicht gestritten«, Gundula hebt beschwichtigend ihre kleinen, kräftigen Hände hoch. »Nicht in meinen vier Wänden. Ich vertrage das nicht. Das wisst ihr auch *ganz genau.*«

»Ich streite mich nicht«, rechtfertigt sich Dodo. »Ich informiere lediglich über bestehende Tatsachen. Das, was du machst, ist auch nicht besser, Vivian. Wie kann man bitte freiwillig in einem Schlachthof arbeiten?«

»Das ist wenigstens ehrlich verdientes Geld!« Nun wird Vivians Stimme ebenfalls laut. »Ich wollte ja eben nichts sagen, Gundula, aber du scheinst es nie zu lernen, dass man kein Fleisch mehr essen sollte. Du machst es immer wieder. Dabei habe ich dir schon hundertmal erzählt, wie grausam es ist, Fleisch zu essen. Wir sollten alle damit aufhören.«

»Warum arbeitest du in einem Schlachthof, wenn du kein Fleisch isst?«, will ich wissen.

»Weil ich einen Job brauche«, herrscht mich Vivian an. »Weil ich leider nichts gelernt habe. Und weil ich leider alles, was ich hatte, verloren habe. Du wirst dir auch einen Job suchen müssen, meine Beste. Oder glaubst du, dass Gundula uns alle hier versorgen kann, ohne dass wir unseren finanziellen Beitrag dazu leisten?«

Wenn ich ganz ehrlich bin, habe ich mir darüber noch keine Gedanken gemacht. Wahrscheinlich, weil ich mir noch nie Gedanken über so etwas machen musste.

Einen Job suchen.

Ja, welchen denn?

Wie macht man das?

An wen wendet man sich da?

Das ist alles komplettes Neuland für mich. Genauso wie die Bekanntschaft dieser Leute.

»Wir werden schon etwas für dich finden«, meint Nero und hüstelt. »Selbst ich habe etwas gefunden. Wenn es nicht anders geht, verdinge ich mich als Statist beim Theater. Oder als Souffleur. Irgendwann werde ich entdeckt, und dann komme ich ganz groß raus. Ich weiß es. Es dauert nur seine Zeit. Doch der Tag wird kommen, an dem der Intendant mir auf die Schultern klopfen und ›Warum war ich so blind und habe nicht schon früher Ihr Naturtalent erkannt?‹ zu mir sagen wird. Ihr werdet es erleben. Das werdet ihr.«

Harriet, die bislang am stillsten von allen war, kichert. »Nero, du kannst absolut gar nichts. Nichts kannst du. Wie sollte jemand auf die Idee kommen, dich zu entdecken? Du kannst noch nicht mal singen. Du bist die letzte Nullnummer.«

Gleich werden spitze Gegenstände fliegen. In der Luft liegt eine unangenehme Atmosphäre.

»Vielleicht bin ich eine Nullnummer«, sagt Nero wütend. »Bislang vielleicht noch. Aber das wird sich alles ändern. Und lieber bin ich Statist, als dass ich einem solch beschämenden Tagewerk nachgehe wie du. An der Stange tanzen und geifernden alten Säcken die Titten hinhalten und sich Geldscheine in den Stringtanga stecken lassen. Das ist ja ekelhaft.«

Aha. Harriet ist also eine Table-Dancerin. Wie interessant.

»Du tust ja gerade so, als sei ich eine Nutte«, gibt Harriet zurück. »Was bitte ist schlimm an meinem Job?«

»Du nimmst Geld dafür, dass Männer sich an deinem Körper aufgeilen«, sagt Nero. »Das ist widerlich.«

»Bloß weil du schwul bist, sagst du das«, meint Harriet. »Wärst du nicht schwul, würdest du auch auf meine Titten glotzen.«

»Ich muss auch so auf deine Titten glotzen. Was bleibt mir auch anderes übrig? Sie machen achtzig Prozent deiner Gesamterscheinung aus. Wenn man dich anschaut, muss man automatisch auf deine Titten starren.«

»Was kann ich für meine Titten?«, fragt Harriet, die nun wirklich sauer ist.

»Das heißt Brüste«, sagt Gundula mit fester Stimme. »Ich verbitte mir diesen ordinären Ton.«

»Wenn's doch Titten sind«, sagt Nero sauer.

Gegen halb elf gehen wir schlafen. Davor habe ich geduscht. Herrlich. Ich hätte zwar lieber gebadet, aber wenn keine Badewanne da ist, geht das ja nicht. Hundemüde bin ich, aber viel zu aufgekratzt, um gleich einschlafen zu können. Ich muss die neuesten Tatsachen erst verdauen.

Die ganze Mischpoke ist also quasi verwandt mit mir. Bei allen hat Mark den Mr. Charming gespielt, und alle hat er dazu gekriegt, ihn zu heiraten. Sogar zwei Schwule. Er ist so weit gegangen, es auch mit Schwulen zu treiben, ohne Rücksicht auf Verluste und nur, damit er sie ausnehmen konnte bis aufs Hemd. Ist denn das die Möglichkeit?

Was Mark wohl gerade macht? Sich ein neues Opfer suchen? Oder räkelt er sich gerade am Strand in der Südsee oder segelt an der Küste von Porto Cervo entlang? Auf einer Dreißig-Meter-Yacht, die natürlich bar bezahlt wurde, damit man nichts nachverfolgen kann. Oder hat er möglicherweise gerade Sex mit einer anderen, die noch nichts von ihrem Glück ahnt?

Und was für ein irrer Zufall, dass alle diese Leute heimlich im Hamburger Panoptikum übernachten wollten! Wie gut, dass Gundula immer Dienst hatte und sie alle mitgenommen hat. Vielleicht waren ja noch mehr da, an den Tagen, an denen Gundula keinen Dienst hatte. Sind sie von Gundulas Kollegen verjagt worden? Wo sind diese Menschen, wenn es sie gibt, jetzt? Jedenfalls haben insgesamt sechs Leute bislang Glück gehabt, mich eingerechnet. Wir haben zumindest vorübergehend ein Dach über dem Kopf und eine Schlafstatt.

Harriet, mit der ich mir ein Zimmer teile, schnarcht leise vor sich hin. Sie hat heute frei und muss nicht in ihrem Table-Dance-Laden herumhüpfen. Die Matratze, auf der ich liege, ist unbequem und viel zu weich. Mein Rücken tut weh. Außerdem sind meine Muskeln verspannt.

Einen Job suchen. Ich bin nicht arbeitsfaul, das nicht, aber ich weiß nicht, was ich kann. Schreibmaschine schreiben jedenfalls kann ich wenigstens. Und ich habe einen Beruf, darauf hat mein Vater bestanden. Also bin ich Chemielaborantin geworden. Aber nach ein paar Monaten stellte man eine Überreaktion auf diverse Stoffe, mit denen man als Chemielaborantin in Kontakt kommt, bei mir fest, und ich konnte meinen Beruf nicht mehr ausüben. Seitdem habe ich eigentlich nichts gemacht.

Während ich mich unruhig hin- und herwälze, muss ich an die vielen schönen Stunden mit Mark denken, was meine gute Laune nicht gerade fördert. Mark, der mir einfach so rote Rosen mitgebracht hat. Mark, der mit mir *Sex and the City* geschaut hat, ohne sich über die Inhaltsleere der Serie zu beklagen. Nein, er hat sogar gesagt: »Weißt du was, wir bestellen uns jetzt noch 'ne Pizza zum Gucken.«

Dann der Heiratsantrag. Ganz romantisch während einer Bootsfahrt auf dem Rhein. »Ich will für immer mit dir zusammenbleiben«, hatte er gesagt, und dann haben wir auf dem Boot miteinander geschlafen und sind fast gekentert.

Mark, der sich morgens im Bett liebevoll an mich geschmiegt und gesagt hat, ich würde nach Kümmel riechen.

Ruckartig setze ich mich auf. Nach *Kümmel*? Kümmel stinkt doch total. Wie unverschämt war das denn?

Ich lege mich wieder hin. Und ich Vollidiot habe das natürlich nicht bemerkt.

So blind war ich.

Ich schließe die Augen und versuche, die schönen Kopfbilder nochmal entstehen zu lassen.

Aber es kommen keine mehr. Dafür kommen andere. Mark, der nie wollte, dass ich in seine Firma komme. Mark, der meinte, er möchte nicht über seine Vergangenheit sprechen, da gebe es nichts, sein Leben habe erst richtig angefangen, nachdem ich aufgetaucht sei. Mark, der lächelnd und kopfschüttelnd gemeint hat, ich sei ganz schön blauäugig und naiv, was Geldsachen angeht, und er würde das jetzt mal in die Hand nehmen. Ich sehe mich noch hingebungsvoll nicken und weiß noch, dass ich damals gedacht habe: ›Oh, endlich jemand, der sich um mich und meine Angelegenheiten kümmert.‹ Er hat sich ja auch um alles gekümmert. Mehr als das. Ich musste nie etwas machen.

Aber jetzt werde ich etwas unternehmen müssen.

Und ich werde versuchen, Mark zu finden. Egal wie.

Er ist mir nämlich eine Erklärung schuldig.

Wir sitzen am Frühstückstisch. Zur Feier des Tages hat Chris Brötchen besorgt. Auf meine Nachfrage hin, was gefeiert werden soll, meinte er, das wüsste er jetzt auch nicht. Mir ist noch etwas eingefallen, was ich unbedingt fragen will.

»Was hat die Polizei eigentlich gesagt, nachdem ihr Mark angezeigt habt?«

Zehn Augen starren mich an, als hätte ich so etwas gesagt wie: »Ach, so schlimm war das damals mit dem Contergan jetzt auch nicht. So was passiert nun mal.«

Nur Gundula lächelt ein wenig resigniert.

»Wie meinst du das?«, fragt mich Dodo schließlich und bestreicht mit zitternder Hand eine Brötchenhälfte mit Olivenpaste aus biologischem Anbau.

»Wie soll ich das meinen? Ihr müsst doch Anzeige erstattet haben. Was hat die Polizei euch geraten?«

»Keiner war bei der Polizei«, antwortet mir Gundula stellvertretend für alle.

»Wie bitte?« Das kann ich gar nicht glauben. »Und warum nicht?«

»Weil sie sich geschämt haben«, sagt Gundula und trinkt einen Schluck Kaffee. »Geschämt in Grund und Boden. Weil sie auf einen Heiratsschwindler reingefallen sind. Alle miteinander.«

Das erste Mal fällt das Wort Heiratsschwindler, und ich komme mir vor wie in einer dieser schäbigen Vorabend-Soaps. Da passiert so was auch ständig, und man hockt vor dem Fernseher und denkt: ›Herrje, mir würde das selbstverständlich nie passieren.‹ Und ein wohliger Grusel nimmt von einem Besitz. Man fühlt sich gut, weil man selbst natürlich viel schlauer ist als die Leute, die auf so jemanden reingefallen sind.

»Aber ihr müsst ihn doch anzeigen. Die Polizei ist doch so etwas gewohnt«, sage ich irritiert. »Die müssen sich doch mit ganz anderen Sachen herumschlagen.«

»Wir haben lange darüber gesprochen«, erklärt Vivian mit fester Stimme. »Und ich habe mich auch stellvertretend für alle anwaltlich beraten lassen. Der Anwalt meinte, da könne man nichts machen. Weil Mark im Prinzip nichts Unrechtes getan hat.«

Ich glaube, ich höre nicht richtig. »Soll das ein Scherz sein?«, fahre ich Vivian barsch an und erschrecke vor mir selbst, denn normalerweise bin ich immer die Ruhe selbst und lasse mich nicht dazu verleiten, laut zu werden. »Laut ist unfein«, hat meine Mutter immer gesagt, und mein Vater: »Wer schreit, hat unrecht.« Plötzlich vermisse ich meine Eltern so sehr, dass mein Herz sich zusammenzieht. Warum mussten sie auch auf diese blöde Idee kommen? Mit Ende fünfzig hätten sie sich doch wirklich ein anderes Hobby zulegen können als ausgerechnet einen Tanzkurs. Und wo steht geschrieben, dass man nach dem Absolvieren eines Tanzkurses einen Abschlussball feiern muss? Hätte damals der blöde Kursleiter nicht auch noch vorgeschlagen, zu vorgerückter Stunde eine Polonaise zu tanzen, würde heute alles ganz anders aussehen. Aber nein. Papsi und Mamsi führten die Polonaise an, er ganz vorn, sie hinter ihm, und weil sie schon etwas getrunken hatten, verwechselte Papsi das bodentiefe Fenster mit der Terrassentür, und er und Mamsi stürzten aus dem sechsten Stock der Tanzschule nach unten. Würde Papsi noch leben, wüsste er mit Sicherheit, was jetzt zu tun wäre. Und Mamsi würde erst mal Schokoladenpudding für mich kochen. Mit Vanillesoße. »Bei Kummer und Sorgen hilft Pudding«, war sie sich immer sicher, und meistens hatte sie recht.

»Ich gebe hier wieder, was der Anwalt mir gesagt hat«,

klärt Vivian mich auf. »Wenn wir alle so blöd gewesen seien, keine Gütertrennung zu vereinbaren und keine Eheverträge aufsetzen zu lassen, dann sei das die Quittung, hat der Anwalt gesagt. Und er hat weiterhin gesagt, dass es ja wohl nicht angehen könne, seinem Mann absolute Kontovollmacht zu erteilen und sich dann, wenn's schiefgeht, zu beklagen. So. Also hat Mark im Prinzip nichts Unrechtes getan. Man kann ihm auch keine kriminellen Machenschaften vorwerfen. Er hat lediglich von etwas Gebrauch gemacht, zu dem wir alle, die wir hier sitzen, ihn bevollmächtigt haben. Im Vollbesitz unserer geistigen Kräfte. Der Anwalt meinte, da seien ihm die Hände gebunden und kein Richter dieser Welt würde ihn verurteilen. Also nicht den Anwalt, sondern Mark.«

»Und das soll ein Rechtsstaat sein«, sagt Nero bitter und kratzt sich an der Nase.

»Das heißt, er kann lustig weiter herumrennen und Leute heiraten, die er dann ausnimmt wie Weihnachtsgänse?«, möchte ich wissen.

Vivian nickt. »Korrekt«, sagt sie und köpft ein Ei. »Ist das von glücklichen Hühnern?«, fragt sie Gundula streng und fängt erst an zu essen, nachdem Gundula die Eierpackung geholt und ihr das Gütesiegel gezeigt hat.

Ich kann es immer noch nicht glauben. »Heißt das, wir haben nichts in der Hand?« Alle schütteln den Kopf. Ich schüttle ihn automatisch mit. Und mit einem Mal packt mich eine Wut, wie ich sie noch nie verspürt habe. »Ich will jetzt von euch allen wissen, um wie viel Geld Mark euch gebracht hat«, sage ich aufgebracht. »Und woher das Geld überhaupt kam. Ich will alles wissen.«

»Warum denn?«, fragen mich Harriet und Chris synchron.

»Vielleicht hat Mark ja eine bestimmte Taktik, die er immer wieder anwendet. Vielleicht können wir ihn so irgendwie finden …«, ich schlucke, »… und um ganz ehrlich zu sein, ich möchte mich mit meiner Geschichte nicht mehr so alleine fühlen. Bei euch ist es ja nicht so frisch, bei mir schon.« Ich schlucke wieder und versuche mit aller Gewalt, mich zusammenzureißen, aber nachdem mich alle betreten anschauen und Gundula dann auch noch den Fehler macht, »Armes Mädel« zu sagen, kann ich nicht mehr und fange an, so laut zu heulen wie ein verzweifelter Wolf in der arktischen Tundra, der den Anschluss an sein Rudel verloren hat.

Nach zwanzig Minuten heule ich immer noch. Zwar nicht mehr so laut, aber dafür nervtötend. Jedenfalls habe ich den Eindruck, wenn ich mir mein Umfeld so anschaue. Dodo massiert sich schon die Schläfen und Chris meine Füße. Er behauptet, dass die Fußmassage meine Nerven dazu anregen würde, den Tränenstrom zu stoppen. Aber er muss etwas falsch machen, denn die Tränen strömen immer weiter. Zwischendurch verbrauche ich geschätzte vierhundert Kleenex-Tücher. Und wütend bin ich auch immer noch. Ich könnte die ganze Wohnung kurz und klein schlagen. Die anderen haben beschlossen, mich noch nicht detailliert darüber zu informieren, wie Mark bei ihnen vorgegangen ist. Nach und nach soll ich das erzählt bekommen. Man ist sicher, dass ich die geballte Information auf einmal nicht verkraften und möglicherweise versterben würde.

»Ob wir einen Arzt rufen sollen?«, fragt Vivian besorgt.

»Wozu? Ihr geht es nicht anders als uns damals«, sagt Nero. »Und haben wir einen Arzt gebraucht? Davon mal ganz abgesehen – wisst ihr, was ein Arzt ohne Krankenversicherung kostet?«

Ich richte meine verheulten Augen auf ihn. »Bin ich etwa auch nicht mehr krankenversichert?« Das ist ja entsetzlich.

Nero setzt sich zu mir auf den Fußboden. »Natürlich nicht«, sagt er voller Mitleid. »Du kannst ja die Beiträge nicht mehr bezahlen. Und ich verwette meinen rechten Hodensack darauf, dass Mark alles gekündigt hat. Alles. Das hat er bei uns ja auch gemacht.«

»Buhuhu«, fange ich wieder an, und weitere fünf Minuten vergehen. »Ich weiß ja gar nicht, was er noch alles gemacht hat«, greine ich weiter. »Ich habe ja überhaupt keine Unterlagen. Eigentlich gibt es mich gar nicht mehr.«

»Deinen Ausweis hast du aber noch?«, fragt mich Chris, der wie ein Besessener massiert.

Matt nicke ich. »In meiner Umhängetasche.«

Ein paar Sekunden später weiß ich, dass ich jetzt sozusagen auch keine Existenz mehr habe. Mein Ausweis ist seit gestern abgelaufen. »Ich habe noch einen Reisepass«, flüstere ich. »Mit dem war ich doch in Australien.«

Aber wir finden den Reisepass nicht. Er ist weg. Fast kommt es mir so vor, als wollte die Welt, dass es mich nicht mehr gibt.

Mir ist schon viel Unangenehmes passiert in meinem Leben. Ich bin mal mit meinen neuen Rollschuhen einen Abhang hinabgefahren, habe nicht mehr bremsen können und bin in einem Schotterhaufen gelandet, was mir außer zwei blutenden Knien auch eine blutige Nase eingebracht hat. Ich bin in der Schule zweimal beim Spicken erwischt worden, was mir jeweils eine Sechs eingebracht hat. Ich habe mal einen Apfel geklaut und bin auch dabei erwischt worden, was mir eine Woche Stubenarrest eingebracht hat und zusätzlich das Vergnügen, tausendmal den Satz *Ich darf nicht stehlen* zu schreiben. Aber all das ist nichts im Vergleich zu der Demütigung, im Bezirksamt Hamburg-Altona vor einer Mitarbeiterin des Sozialamts zu sitzen, die mich ausfragt, als ginge es um Leben und Tod. Ich merke ihr an, dass sie mich und auch ihren gewählten Job ganz und gar nicht mag.

»Der Höchstsatz, den das Sozialamt in Ihrem Fall vorübergehend, ich betone vorübergehend, zahlen wird, beläuft sich auf 351 Euro«, bekomme ich erklärt, während mir schwarz vor Augen wird. 351 Euro. »Noch vor ein paar Monaten waren es 347 Euro«, sagt die Frau. »Im Juli wurde der Satz um vier Euro angehoben.« Sie macht eine Pause, um mir die Gelegenheit zu geben, den Staat für diese Leistung überschwänglich zu loben, aber nachdem ich nur dasitze und schweige, redet sie weiter. »Sie sind gesund und arbeitsfähig«, sagt die Sachbearbeiterin, und fast klingt es wie ein Vorwurf. »Sie werden sich eine Arbeit suchen müssen, und das so schnell wie möglich.«

»Ich bin ... mein Mann hat ... es ... ich ...«, stammle ich herum und bin unfähig, einen klaren Satz zu formulieren.

»Ja, ja, es sind immer die Männer«, seufzt die Sachbearbeiterin. »Man sollte sie alle in einen Sack stecken.« Sie schaut auf die Formulare, dann auf ihre Uhr. »Warum waren Sie eigentlich nie arbeitslosenversichert?«

Lustige Frage. »Weil es nie nötig war«, antworte ich leise und schaue auf das Formular. *Antrag auf Hilfe zum Lebensunterhalt.* Das wird jetzt wohl nötig sein. Ich beginne mit den Zähnen zu knirschen. Das habe ich als Kind oft getan, wenn mir etwas schrecklich unangenehm oder peinlich war und ich mich in Grund und Boden geschämt habe. Gerade fühle ich mich wieder so.

Nach einer halben Minute lege ich den Kuli, der sowieso fast nicht mehr schreibt, zur Seite und stehe auf. Nein. Ich werde keine entwürdigenden Formulare ausfüllen. Die Sachbearbeiterin hat ja recht. Ich kann ja arbeiten. Und das werde ich auch tun. Die anderen tun es ja auch. Es muss ja nicht unbedingt ein Schlachthof sein.

»Schon fertig?«, will die Sachbearbeiterin wissen. Sie öffnet eine Tupperdose, in der sich ein Apfel und ein Butterbrot befinden.

»Danke«, ich nicke ihr zu. »Das ist alles nicht mehr nötig. Vergessen Sie's.« Woher mein plötzlicher Anflug von Stolz kommt, weiß ich auch nicht.

»Das passt gut«, sagt die Sachbearbeiterin. »Jetzt ist sowieso Pause.«

5. Kapitel *Das Frauenzimmer ist wieder da!*

Johann Wolfgang Goethe: Stella. Ein Trauerspiel
1. Akt
(Seite 15, im ersten Drittel)

Ich laufe zurück in die Hein-Hoyer-Straße auf dem Kiez, in der sich Gundulas Wohnung befindet.

»Und?«, will Chris wissen, der gerade dabei ist, Gundulas Terrakottakübel mit Kräutern zu bepflanzen. Nero kniet auf den Fliesen der großen Terrasse und reinigt die Fugen mit einer alten Zahnbürste.

Auf dem wackeligen Tisch steht eine Thermoskanne mit Kaffee, und ich gieße mir eine Tasse ein. Dann lasse ich mich auf einen der Klappstühle fallen. »Ich konnte es nicht«, sage ich.

»Was konntest du nicht?«, fragen die beiden synchron. Chris stemmt die Hände in die Hüften, und weil er eine grüne Latzhose und einen Strohhut trägt und in der einen Hand eine kleine Schaufel hält, sieht er aus wie einer dieser professionellen Gärtner, die manchmal in Gartenmagazinen abgebildet sind. Oft lehnen diese fotografierten Gärtner auch über einer frisch geschnittenen Hecke und lächeln milde, so als ob sie Mitleid mit den Lesern hätten, die es leider noch nicht fertiggebracht haben, den Mutterboden korrekt mit Humus zu düngen.

»Pass auf, Nero«, sagt Chris. »Der Thymian, der duftet zu stark. Setz den lieber einzeln.«

»Ich setze überhaupt nichts«, kommt es von Nero. »Ich putze hier nur. Du hast gesagt, dass du die Pflanzen setzt.«

Chris tritt Nero leicht in den Hintern. »Ich kümmere mich ein bisschen um Sanni.«

Nero richtet sich auf. Er trägt schon wieder ein wallendes Gewand, ein dunkelgrünes, und deutet auf die ganzen Kräuter. »Wenn ich die setze, setzt du doch nachher sowieso wieder alles um. Ich mache doch in deinen Augen eh immer alles falsch. Außerdem bekomme ich vom Setzen schwarze Ränder unter den Nägeln, und wenn ich Pech habe, eine Nagelbettentzündung. Darauf habe ich keine Lust.«

»Ich könnte die Kräuter setzen«, sage ich hilfsbereit, weil mir einfällt, dass es in einem Sprichwort heißt, dass Arbeit von den Sorgen ablenkt. »Wo sind eigentlich die anderen?«

Chris zupft an einer üppigen Basilikumpflanze herum. »Gundula ist einkaufen, und wo der Rest ist, kann ich dir nicht sagen. Das ist ja hier kein Gefängnis. Ich selbst werde heute Abend nicht da sein, vielleicht kannst du das den anderen mitteilen. Ich treffe mich mit einer Dame.«

»Ich dachte, du bist … äh, anders.«

Chris sieht mich hoheitsvoll an. »Du kannst ruhig schwul sagen. Das ist kein Problem für mich. Ich hoffe, es ist auch kein Problem für dich.«

»Natürlich nicht.« Immerhin bin ich ja sozusagen mit Chris verwandt. Wenn auch nicht richtig, aber doch irgendwie. Ach je.

Er streicht sich den Bart. »Ich treffe mich ja auch nicht aus Jux und Dollerei mit der Dame«, erklärt er mir ernst. »Ich bekomme Geld für jede Stunde, die ich mit ihr zusammen bin.«

»Wo soll denn die Kirschtomate hin?«, will Nero wissen, der jetzt doch angefangen hat, die Pflanzen zu setzen.

»Die kommt extra«, sagt Chris.

»Ist das eine Antwort auf meine Frage? Das ist keine Antwort«, echauffiert sich Nero wütend und knallt die Kirschtomate auf die Fliesen.

»Warum?«, frage ich Chris. »Warum bekommst du Geld dafür?«

»Ich verbringe den Abend mit einsamen Damen, die allein in der Stadt sind. Warte mal.« Er geht in die Wohnung und kommt kurz darauf mit einer Visitenkarte zurück, die er mir stolz unter die Nase hält.

> *Christoph Herkules S.*
>
> Frauenbegleitung. Auch für Behinderte.
>
> Du bist einsam und allein?
> Bei mir wirst du es nicht mehr sein.
> Bin witzig, spritzig, weltgewandt,
> und hab dazu auch noch Verstand.
> Scheu dich nicht und ruf mich an,
> damit ich's dir besorgen kann.

Chris ist unheimlich stolz. »Ich habe meinen Nachnamen extra nicht ausgeschrieben, das klingt geheimnisvoller, findest du nicht? Professioneller auch. Und ich habe mir einen Zweitnamen zugelegt, der mich interessanter macht. Herkules klingt nach einer starken Männerschulter, an die eine Frau sich vertrauensvoll anlehnen kann. Das ist so wichtig.« Er nickt selbstgefällig.

»Schon …«, sage ich langsam. »Aber auf der Karte steht ja gar keine Telefonnummer.«

Chris reißt mir die Karte aus der Hand. »Das stimmt.«

»Wie hast du denn die Frau gefunden, die sich heute Abend mit dir treffen will?«, frage ich, jetzt doch neugierig.

»Sie hat mich nach dem Weg gefragt«, erklärt mir Chris und zwirbelt einzelne Strähnen seines roten Vollbarts. »Und sie sah einsam aus. Also hab ich sie gefragt, ob sie heute Abend schon was vorhat.«

»Was bedeutet *besorgen*?«, frage ich weiter. »Du möchtest wohl nicht mit den Frauen schlafen, oder?«

»Was denn, was denn? Wo steht da besorgen? Nero!«

Der Barde, der gerade konzentriert eine Salbeipflanze aus dem Kunststoffbehälter zieht, wird rot, was einen sehenswerten Kontrast zum grünen Umhang bildet. »Ich fand das gut so«, sagt er.

Chris rauft sich die Haare. »Du hast schon wieder alles falsch gemacht! Hatte ich dir nicht gesagt, dass da *beweisen* stehen soll? Und hab ich dir nicht noch die Telefonnummer aufgeschrieben?«

»Du gehst doch sowieso nie ans Telefon.« Nero riecht hingebungsvoll am Bohnenkraut. »Wir dürfen nicht so viel Erde in die Töpfe tun. Ein Gießrand ist zwingend notwendig«, sagt er dann zu sich selbst.

»Bald werde ich sowieso unter der Erde liegen. Dann könnt ihr einen Gießrand für mich freilassen.« Chris knallt den Spaten auf den Tisch. »Das wirst du mir noch büßen, Nero. Und wie du mir das büßen wirst.«

»Tu Buße, tu Buße, o schillernder Held, Ha-ha-ha-hauptsache bald haben wir Geld«, trällert Nero vor sich hin und fängt an, die gesetzten Kräuter zu gießen.

Abends sitze ich mit Gundula zusammen. Noch sind wir alleine. Harriet, Vivian und Dodo sind aushäusig und kommen erst später. Nero ist im Theater, und Chris trifft sich ja mit dieser Frau, der er's besorgen wird oder auch nicht.

Endlich ist es mal ein bisschen ruhiger. Gundula hat eine Flasche Wein aufgemacht, und wir hocken gemütlich auf dem Sofa und essen belegte Brote.

»Seitdem Vivian hier ist, esse ich viel zu schnell«, klagt Gundula. »Gut ist das für meinen Magen nicht. Aber wenn sie einen so anschaut, wenn man Putenbrust isst, da vergeht einem ja der Appetit.« Genüsslich beißt sie in ein Brot, das mit Salami belegt ist.

»Warum tust du das eigentlich?«, frage ich sie. »Ich meine, es ist doch nicht selbstverständlich, so viele Leute zu beherbergen.«

Gundula schaut mich verständnislos an. »Ja, aber ich hätte euch doch nicht wegschicken können. Wohin hättet ihr denn gehen sollen? Außerdem hab ich gern Gesellschaft. Harriet war die Erste, die ich im Panoptikum aufgelesen habe«, erinnert sie sich. »Das war vor zwei Jahren. Das Mädchen hockte neben Elvis und war am Ende mit den Nerven. Seit diesem Tag hat sie unter kein Dokument mehr ihre Unterschrift gesetzt.« Gundula rückt ihre Brille gerade. »Mark Prinz.« Sie sagt diese beiden Worte wie eine pure Anklage, womit sie ja auch recht hat. »Dieser Filou. Den Himmel auf Erden hat er ihr versprochen. Weißt du, Harriet war schon einmal verheiratet. Mit einem Weltenbummler und Tierforscher, der auch Bücher geschrieben hat und damit sehr reich geworden ist. Eines Tages erhielt Harriet einen Anruf. Ihr Mann, er hieß Raoul Glocke, er ist …«

Ich unterbreche sie atemlos. »Wir reden von *dem* Raoul Glocke?«

Gundula nickt. »Genau von dem.«

»O mein Gott.« Ich fächere mir mit dem Handrücken Luft zu. »Der *Schildkrötenmann*! Ich habe seine Bücher gelesen. Er hat auf Tobago mit Schildkröten *gelebt* und gehörte dort sozusagen zur *Familie,* sie haben ihn als ihresgleichen *aufgenommen.* Nach ein paar Monaten sah er selbst aus wie eine Schildkröte, weil er sich so extrem angepasst hatte.«

Wieder Nicken. Gundula freut sich. »Ja, er schwamm auch mit ihnen. Und er hat behauptet, Ansätze eines Panzers hätten sich auf seinem Rücken gebildet. Nur das mit dem Eierlegen hat nicht geklappt. Obwohl er sich mit den Weibchen in den Sand eingegraben hat. Das hat ihm lange nachgehangen. Aber er hat sich von diesem Schicksalsschlag erholt und brach zu neuen Ufern auf. Sein nächstes Projekt war …«

Wieder unterbreche ich sie aufgeregt: »Das Verhalten der europäischen Nacktschnecke im nordwestthüringischen Berufsverkehr auf dicht befahrenen Asphalteinbahnstraßen im Frühherbst, beobachtet von 1978 bis 1991 im Wandel der Zeit vor der Wende bis kurz danach.« Ich bin am Ende mit meinen Nerven. Nie hätte ich gedacht, dass ich Raoul Glocke einmal persönlich kennenlernen würde! Na ja, zumindest fast. Verstohlen schaue ich mich um und hoffe inständig, dass Raoul Glocke zur Tür hereinkommt, »Hallo!« ruft und erwartet, dass ich ihm auf seinen Rücken klopfe, der selbstverständlich schon teilweise verhornt ist. Möglicherweise zieht er seinen Kopf sogar reflexartig ein, und ich kann ihn mit einem Salatblatt aus der Reserve locken.

»Es war tragisch«, flüstert Gundula und verschlingt den Rest ihres Salamibrotes.

»Wieso das denn?« Ich will unbedingt noch mehr über Raoul Glocke erfahren. Fast komme ich in Versuchung, die Sache mit Mark nicht mehr so schlimm zu finden; wegen Raoul Glocke eben.

»Er wurde getötet.« Gundula macht eine Kunstpause. Dabei vertilgt sie hastig eine Brotscheibe mit Corned Beef.

»Von Mark?« Ich bin entsetzt.

»Natürlich nicht!«, ruft Gundula, als ob ein Mark Prinz niemals etwas so Schlimmes tun würde. »Nein. Viel schlimmer.« Noch schlimmer? »Er wurde von einem Pelikan ermordet.« Gundulas Augen verengen sich zu Schlitzen. »Ja, von einem Pelikan. Das war an einem Hafen in ... ach, ich weiß nicht wo, jedenfalls irgendwo da, wo es Pelikane gibt. Raoul hat mit anderen Forschern zu Abend gegessen, die Stimmung war gut und brodelte nach zu viel Alkoholkonsum über, und Raoul hat einem Pelikan, der zutraulich war und nah an den Tisch herankam, eine Brotscheibe hingeworfen.«

Begeistert nicke ich. »Ein guter Mensch.«

»Der Pelikan hat die Brotscheibe natürlich sofort gierig gefressen ...«, Gundula tut jetzt so, als ob die Tatsache, einem Pelikan Brot zu geben, ein Verbrechen sei, das geahndet werden muss, »... aber Raoul Glocke hatte die Brotscheibe vorher mit Sambal Oelek getränkt. Sambal Oelek ist grauenhaft.

Schärfstes Chili. Damit sind die Pelikane völlig überfordert. Der Pelikan hat natürlich einen Riesenschreck bekommen, als er, nachdem er reflexartig geschluckt hatte, das Sambal Oelek schmeckte. Seine Augen wurden groß wie Teller, dafür gibt es Zeugen, und er hat sich mit letzter Kraft und panischen Flügelschlägen erst mal in eine Pfütze gestürzt und diese leergetrunken.«

»Das arme Tier. Und was geschah dann?« Der Tierfreund Raoul Glocke hat so etwas getan? Hatte er etwa zwei Gesichter?

Bitter redet Gundula im Flüsterton weiter, als hätte sie Angst, dass Dritte diese Geschichte mitbekommen und gegebenenfalls Anzeige gegen Gundula erstatten könnten. »Die Gruppe der Betrunkenen johlte natürlich lautstark herum. Man machte sich über den Pelikan lustig. Das ist nicht gut für die Psyche eines Ruderfüßers.«

Ich nicke verständnisvoll. Gerade für Ruderfüßer muss es schlimm sein, ausgelacht zu werden. Da bleibt was hängen im Schnabel oder sonst wo, und zwar für immer.

»Doch dann drehte der Pelikan den Spieß um. Sein Ehrgefühl, womöglich gepaart mit sehr viel Wut, setzte sich durch, eventuell war auch das Sambal Oelek mit daran schuld. Jedenfalls flog er direkt in das Gesicht von Raoul Glocke und hackte ihm beide Augen aus.«

Ich rufe: »Wie bei Alfred Hitchcock!«, und kann es kaum erwarten, dass Gundula weiterspricht. Meine Hände sind schon feucht.

»Raoul stand natürlich schreiend auf und wollte flüchten, aber weil er ja keine Augen mehr hatte, konnte er nichts sehen.

Und von den angetrunkenen Kumpanen war keiner mehr dazu in der Lage, die Situation deeskalieren zu lassen. Fassungslos hat man beobachtet, dass Raoul blindlings ins Hafenbecken sprang. Und leider knallte er mit dem Kopf gegen die Reling eines Fischkutters. Er versank wie ein Stein in der Tiefe. Als man ihn endlich geborgen hatte, war sein Lebenslicht bereits ausgepustet.«

»Und was geschah mit dem Pelikan? Hat man ihn festgenommen?« Ich beiße mir auf die Lippen. Herrje, bin ich blöde.

Doch zum Glück reagiert Gundula gar nicht auf meine bescheuerte Frage. »Harriet hat es mit Fassung getragen. Die Ehe war sowieso nicht die beste. Wenn Raoul mal nicht in der Weltgeschichte unterwegs war, hat er sie betrogen. Wenigstens hat sie alles geerbt. Alles. Aber das ist nun auch weg. Das hat jetzt Mark Prinz. Aber Harriet fällt schon wieder auf die Füße. Sie spielt mit dem Gedanken, ein Buch über das ganze Desaster mit Raoul und Herrn Prinz zu schreiben.«

»Das ist nicht die schlechteste Idee«, muss ich zugeben.

»Ja, aber es gibt da ein kleines Problem«, sagt Gundula. »Sie ist Analphabetin. Außer ihrem Namen kriegt sie kein Wort hin.«

»Dann ist die Idee wohl doch nicht so gut«, korrigiere ich mich. Schade eigentlich. Dieses Buch hätte ich zu gern gelesen.

Wir schauen auf, weil die Wohnungstür zugeschlagen wird. Im nächsten Moment steht Chris im Wohnzimmer. Eine Sekunde später stürmt ein Giftzwerg an ihm vorbei und kreischt: »Ich will Staubkuchen. Ich will nichts essen, nur Staubkuchen.«

O mein Gott.

»Ihr könnt euch nicht vorstellen, was passiert ist«, sagt Chris mit zitternder Stimme, dreht sich um und deutet jemandem mit einem Nicken an, doch endlich näher zu treten. »Das ist das Möhrchen. Komm doch rein.«

Zaghaft betritt das Möhrchen nun auch das Wohnzimmer.

Der Titus ist ja schon da.

Kraftlos sinke ich in die Polster zurück. Die Frau vom Flughafen und ihr debiler Sohn! Bleibe ich denn vor nichts verschont?

»Das Möhrchen wird euch gleich eine irrwitzige Geschichte erzählen«, erklärt uns Chris aufgeregt. »Komm doch, Möhrchen. Es ist alles in Ordnung.«

Nichts ist in Ordnung. Nichts. Was ist hier los? Mal wieder verstehe ich nichts. Noch nicht mal Bahnhof.

»Guten Abend«, sagt Gundula zum Möhrchen und ignoriert, dass der Titus immer noch Staubkuchen verlangt.

»Ha-ha-hallo«, kommt es vom Möhrchen. Natürlich hält das Möhrchen ein Handy in der Hand.

»Heißen Sie wirklich Möhrchen?«, will Gundula wissen. Als ob es darauf ankäme.

Die Frau schüttelt den Kopf. »Ich heiße Morgáchrd«, sagt sie ungewohnt schüchtern und scheint auch Probleme damit zu haben, das ch im Namen richtig auszusprechen. »Das kommt aus dem Keltischen. Meine Eltern hatten damals auf dem Standesamt Probleme, sich mit der Namensgebung durchzusetzen.«

»Ich will doch keinen Staubkuchen!«, brüllt der Titus. »Ich will das da! Das da gehört jetzt mir!« Er hat sich mein Didgeridoo geschnappt und fängt an, die Farbe mit seinen süßen kleinen Fingernägeln abzukratzen. Des Titus' Tage sind gezählt, so viel ist sicher. Wie ein Dumdumgeschoss springe ich auf und will dem Titus das Didgeridoo wegnehmen, aber er keckert laut und rennt vor mir davon. Erst will ich ihn verfolgen, doch dann bleibe ich wie angewurzelt stehen.

Weil das Möhrchen nämlich sagt: »Ich weiß nicht, wo ich hinsoll. Ich habe nichts mehr. Mein ganzes Geld ist weg. Und meine Konten sind gesperrt. Und mein Mann ist auch nicht mehr da. Er … er hat alles mitgenommen.«

Weitere Ausführungen sind überflüssig.

Auch der Name des Mannes.

6. Kapitel

Du bist selbst schuld daran; dem Kerl hättst du's doch gleich ansehen können, dass er dich betrügen würde.

J. M. R. Lenz: Der Hofmeister
2. Akt, 7. Szene
(Herr von Seiffenblase sagt das. Auf Seite 36.)

Das Möhrchen ist fix und fertig. So wie ich es war und bin. Und der Titus muss später erschossen werden. Aber alles zu seiner Zeit.

Was mich vor allen Dingen wundert, ist Gundulas Gelassenheit. Mit stoischer Ruhe steht sie auf, holt Gläser und Schnaps und drückt dem Titus ein Stück Gebäck in die Hand, von dem sie behauptet, es sei Staubkuchen, was den Titus aber gar nicht mehr interessiert; er hat ja jetzt mein Didgeridoo.

Dann geht sie ins Bad, holt einen nassen Waschlappen und drückt ihn dem Möhrchen in den Nacken, weil das Möhrchen vor lauter Aufregung jetzt auch noch Nasenbluten bekommen hat. Mittlerweile sind auch Vivian und Nero nach Hause gekommen. Gebannt lauschen sie Möhrchens Geschichte – genauso wie Chris, Gundula und ich.

»Als ich Mark traf, war ich völlig durcheinander«, erzählt es mit weinerlicher Stimme. »Ich hatte eine Scheidung und einen zermürbenden Sorgerechtsstreit hinter mir. Mein Ex wollte unbedingt den Titus haben, aber ich lasse mir den Titus doch nicht wegnehmen.«

Über diesen Punkt wäre ich bereit zu diskutieren.

»Mein Ex war total sauer auf mich, weil der Richter mir drei der Häuser zugesprochen hat und einen hohen Bargeldbetrag …«

»Wo sind denn die Häuser?«, fragt Nero interessiert. »Im Ausland? Ich meine, dann könnten wir doch mal alle zusammen Urlaub dort machen.«

Nero wird vom Möhrchen mit einem vernichtenden Blick bedacht. »Diese Häuser befinden sich nicht mehr in meinem Besitz.« Es schluckt und kippt einen Schnaps. »Jedenfalls habe ich in dieser Zeit Mark kennengelernt. Ich hatte einen Babysitter für den Titus und wollte allein ins Kino, weil ich einfach mal unter Leute musste. Mark hat mich vor dem Kino angesprochen und gesagt, ich würde so einsam und unglücklich aussehen. Wir waren dann nicht im Kino, sondern sind essen gegangen. Mark hat mich eingeladen. In ein indisches Restaurant.« Es stockt. »Die hatten dort ein ganz ausgezeichnetes Mango-Lassi. Mit hohem Fruchtanteil. Ich finde, das macht mit die Qualität eines Restaurants aus. Wenn der Fruchtanteil im Getränk nicht groß ist, dann wird meistens auch mit dem Essen Schindluder getrieben. Dieses Restaurant jedenfalls war erstklassig. Und der Fleischanteil mehr als akzeptabel.«

Herrje, nervt diese Gestalt. Wen interessieren denn jetzt Frucht- und Fleischanteile?

»Natürlich habe ich Mark mein Herz ausgeschüttet. Er war so liebevoll und fürsorglich.«

Mir kommt ein entsetzlicher Gedanke: »Wann war denn das?«

Es muss gar nicht lang überlegen. »Jetzt haben wir Mitte

Juli. Die Scheidung war Anfang April. Und Mitte April habe ich Mark kennengelernt.«

Eine Faust boxt in meinen Magen. »Aber ... da war ich doch schon mit ihm verheiratet. Direkt nach der Hochzeit bin ich nach Australien geflogen.«

»Dafür kann ich ja nichts«, rechtfertigt sich das Möhrchen. »Ich meine, ich hab ihn ja nicht gefragt, ob er verheiratet ist, wenn er mich fragt, ob ich ihn heiraten will.«

»Keinen Streit, Kinder, ihr wisst, das vertrage ich nicht«, sagt Gundula. »Rede weiter, Möhre.« Offenbar mag sie keine Verniedlichungen. Und Möhre klingt ja auch strenger als Möhrchen.

Noch ein Schock. Was kommt denn bitte noch alles auf mich zu?

»Mark hat sich auch von Anfang an super mit dem Titus verstanden«, klagt das Möhrchen weiter. »Der Titus ist da sehr wählerisch. Der akzeptiert nicht einfach jeden so einfach. Da braucht der Titus Zeit. Da muss man sich langsam seinen Weg bahnen zum Titus hin, wenn man sein Herz gewinnen will. Der Titus lotet schon sehr genau aus, wen er annimmt und wen nicht. Aber wenn man den Titus erst mal für sich gewonnen hat, dann hat man ihn für immer. Da passt dann kein Blatt Papier mehr zwischen.«

Ach Gottchen.

»Ich setze dem Titus keine Grenzen«, langsam redet sich das Möhrchen in Rage. »Wenn er in den Waldkindergarten will, dann geht er, wenn er nicht will, dann bleibt er eben zu Hause. Und er kriegt auch nicht gesagt, wann er abends ins Bett gehen soll. Das klappt prima.«

»Wann geht er denn ins Bett?«, fragt Vivian.

»Keine Ahnung«, sagt das Möhrchen fröhlich. »Ich gehe immer so um elf, halb zwölf, aber da ist der Titus noch wach. Manchmal leiht er sich in der Videothek noch einen Splatterfilm aus. Ich hab ihm eine Vollmacht gegeben, weil er ja noch minderjährig ist. Der Titus verarbeitet das unheimlich gut. Nur ein- oder zweimal hat er eine Katze getötet, weil die das in dem Splatterfilm auch so gemacht haben. Das war irgend so ein Ritualstreifen, wo Tiere für eine höhere Macht geopfert wurden. Und hin und wieder kann der Titus nicht schlafen oder hat Albträume. Aber das brauchen Kinder ja. Mein Ex wollte unbedingt, dass ich mit dem Titus zu einem Kinderpsychologen gehe, weil der Titus manchmal so komische Sachen sagt, aber herrje, er ist doch ein Kind.«

»Was sagt er denn so?«, das ist wieder Vivian.

»Ach, was weiß ich. So Sachen halt, dass er sich eine Pistole auf dem Kiez kaufen will und dann in einer Schule damit Amok laufen möchte. Wir waren dann auch mal zusammen auf dem Kiez, haben aber keine passende Waffe gefunden. Der Titus ist da sehr wählerisch. Aber bald wird er fünf, da schenk ich ihm eine zum Geburtstag. Oder einen Sprengstoffgürtel mit Munition, damit liebäugelt der Titus auch.«

Das Geräusch von zersplitterndem Glas ist zu hören, und wir können sehen, dass der Titus im Nebenraum mit dem Didgeridoo eines der Fenster zerstört hat. Keiner von uns traut sich aufzustehen, um dem Titus die Meinung zu sagen.

»Seht ihr«, sagt das Möhrchen mit glänzenden Augen. »Der Titus ist was ganz Besonderes. Und manchmal ein richtiger Schelm.«

»Ich frage mich nur eins«, Nero stochert in seinem Salat herum und scheint wirklich intensiv nachzudenken. Wir sitzen am Esstisch, und die Stimmung ist nicht gerade so, dass man sagen könnte: sie frohlocken. Außerdem stellen wir uns die berechtigte Frage, wo das Möhrchen und der Titus jetzt noch unterkommen sollen. Die Wohnung platzt aus allen Nähten.

»Was denn?« Vivian schneidet Dinkelbrot auf. »Will jemand Hefepaste?«, will sie wissen. Gundula hat den Aufschnitt schnell versteckt, weil sie keine Lust auf noch mehr Zirkus hat.

»Wenn Mark noch mit Sanni verheiratet war, dann konnte er doch das Möhrchen gar nicht heiraten«, sagt Nero. »Das muss doch im Standesamt verzeichnet sein. Und Bigamie ist in Deutschland nicht erlaubt. Also muss er mehrere Ausweise mit verschiedenen Geburtsdaten und -orten haben. Oder?«

Da ist was dran. »Dann hätte er sich aber auch gleich andere Namen zulegen können«, wirft Dodo ein, die mittlerweile auch wieder da ist.

»Vielleicht braucht er den Kick«, sagt Vivian. »Außerdem – wenn er verschiedene Daten hat, ist das ja nicht mehr nachzuvollziehen. Dann gibt es vielleicht zehnmal einen Mark Prinz, aber keiner hat am selben Tag Geburtstag. Und der eine ist in Kaiserslautern geboren, der andere in München und der dritte in Bad Salzschlirf.«

Wenn ich an Herrn Wurzels nicht lügendes System denke, muss ich Nero recht geben. Irgendwas muss Mark da gefingert haben. Aber leider können wir ihn nicht fragen.

»Kurz nach der Hochzeit bin ich mit dem Titus zu meiner

Mutter nach London geflogen. Und als ich zurückkam, wollte Mark mich und den Titus, der ihn mittlerweile sogar Papi genannt hat, natürlich vom Flughafen abholen.«

Ja. Mich auch. Jedenfalls lügt das Möhrchen nicht. In London musste ich ja umsteigen, und es ist mit dem Monster eingestiegen in die Maschine.

»Wir haben hier am Flughafen nach der Landung noch telefoniert, er meinte, er würde es jetzt doch nicht schaffen und wir sollten uns ein Taxi nehmen. Er wollte noch versuchen, Wurstsaft für den Titus zu besorgen. Da dachte ich noch, so einen Mann wie Mark werde ich niemals mehr wieder finden.«

Das stimmt. Im wahrsten Sinne des Wortes.

»Und dann kamen wir nach Hause, und keiner war da. Die Wohnung war leergeräumt. Sogar die Handtuchhalter hat er abgeschraubt. Es war nichts mehr da. Überhaupt nichts. Nur die Klobürste hat er dagelassen. Die habe ich dann aber weggeworfen. Kann ich bitte noch eine Scheibe Brot bekommen?«

Gundula reicht ihr den Korb. »Und dann?«

»Dann kam nach und nach die bittere Wahrheit ans Licht. Ich konnte mit dem Titus ja nicht in einer leeren Wohnung schlafen. Also wollte ich uns ein Hotelzimmer mieten, nachdem der erste Schock verdaut war. Dann stellte sich heraus, dass meine Kreditkarte keine Deckung mehr hatte. Meine anderen Karten auch nicht.«

»Tja, willkommen im Club, sag ich da nur«, meint Chris lapidar und hebt sein Bierglas.

Dodo sieht ihn böse an. »Deine Witze kannst du dir sparen«, sagt sie wütend. »So langsam, aber sicher habe ich keine Lust mehr auf diesen ganzen Scheiß.«

Chris stellt das Glas wieder hin. »Glaubst du, ich bin gern von diesem Dreckskerl ausgenommen und hochgradig verarscht worden?«, motzt er sie an. »Ich glaube, keiner von uns kann das von sich behaupten. Oder?«

Alle außer Harriet, die heute Abend tabledancen muss, nicken.

»Wie kann ein einzelner Mensch nur so grausam sein?«, fragt das Möhrchen in die Runde. »Ich meine, das ist doch alles nicht richtig. Das ist doch unser Geld gewesen und unsere Häuser und so.«

Diese Frage sollte man allen Einbrechern und Betrügern dieser Welt stellen. Wobei Dodo ja auch eine Betrügerin ist.

»Was willst du jetzt tun, Möhre?« Gundula bleibt immer realistisch und arbeitet die wichtigen Punkte ab.

»Zur Polizei gehe ich auf gar keinen Fall«, sagt das Möhrchen verbittert, und eine Zornesfalte bildet sich auf seiner Stirnmitte. »Diese Schmach. Ich sehe die Beamten jetzt schon feixen und sich heimlich unter dem Tisch mit den Füßen anstoßen. Und wenn ich gegangen bin, fangen sie schallend an zu lachen. Das tue ich mir nicht an.«

»Wenn du gegangen bist, hörst du es doch aber nicht mehr«, sagt Vivian.

»Ich habe ein sehr gutes Gehör. Schon immer gehabt«, versichert das Möhrchen ihr. »Auf mein Gehör konnte ich mich noch immer verlassen.«

»Aber nicht auf deine Menschenkenntnis«, sagt Dodo. »Da haben wir wenigstens alle was gemeinsam.«

»Irgendwo muss er doch stecken«, sinniert Chris wenig später vor sich hin. »Es muss doch eine Möglichkeit geben, ihn zu finden. Wir könnten uns eine Landkarte besorgen und mit verschiedenfarbigen Stecknadeln die Orte markieren, in denen wir ihm zum ersten Mal begegnet sind, und die, an denen wir ihm zum letzten Mal begegnet sind.«

»Was bringt das?«, fragt Nero.

»Hast du einen besseren Vorschlag?«, wird er von Chris zurechtgewiesen.

»Hab ich nicht«, sagt Nero. »Aber ich kann mich auch nicht daran erinnern, dass Vorschläge für irgendetwas eingereicht werden sollten.«

»Ich suche doch nur nach einer möglichen Problemlösung.« Chris steht auf, verschränkt die Hände hinter dem Rücken und geht langsam auf und ab. Manchmal bleibt er stehen und wirkt dabei ansatzweise wie ein antiker Philosoph und Denker.

Das Möhrchen ist mittlerweile satt und hat ihr Stickzeug hervorgeholt. »Ich sticke so gern, deswegen hatte ich auch mein Stickzeug auf der Reise dabei. Wenigstens das. Ich besticke gerade einen Kissenbezug für den Titus. Seht ihr, das ist hochwertiger Aida-Stoff. Und da sticke ich jetzt im Kreuzstich was drauf.« Niemand fragt ›Was denn?‹, weil das Möhrchen sowieso weiterredet. »Das werden Flammen, die durch den Angriff einer Napalmbombe entstanden sind. Und hier rechts kommt noch ein vietnamesisches Kampfboot hin. Wenn noch Platz ist, unten noch ein, zwei verkohlte Leichen, die im verseuchten Wasser treiben. Ich habe mir dafür extra schlammfarbenes Garn besorgt. Oben hab ich Platz gelassen für zwei Sprüche. *Apocalypse now* und *This is the end*. Der Titus hat ein Faible für den Vietnamkrieg. Ich hoffe so sehr, dass ihm sein neues Schnuffi-Kissen gefällt.«

Mittlerweile kann ich Titus' leiblichen Vater, der sich mit seiner Exfrau ums Sorgerecht gestritten hat, mehr als verstehen. Glücklicherweise schläft der Titus inzwischen auf dem Sofa selig vor sich hin und richtet insofern gerade kein weiteres Unheil an.

»Das mit der Landkarte ist vielleicht wirklich keine schlechte Idee«, ich setze mich zu Chris. »Vielleicht gibt es da irgendwelche aufschlussreichen Erkenntnisse.«

Er nickt. »Ich besorge gleich morgen eine. Und abends setzen wir uns zusammen und überlegen weiter. Seid ihr einverstanden?«

Alle außer Harriet und dem Möhrchen nicken. Harriet, weil sie nicht anwesend ist, und das Möhrchen, weil sie sich auf einen abgetrennten Kopf konzentrieren muss.

Am nächsten Morgen wird es ernst für mich. Ich muss mit der Jobsuche beginnen. Ich kann Gundula nicht auf der Tasche liegen und werde meinen Beitrag leisten. Also schnappe ich mir das von Gundula abonnierte Hamburger Abendblatt und bin froh, dass heute Mittwoch ist und viele Stellenanzeigen ausgeschrieben sind. Alles, was mit Chemie zu tun hat, kann ich schon mal streichen. Ich kann mich auch leider nicht als Steuerfachwirtin oder Lektorin für eine Trilogie über die verschiedenen Facetten des Korans bewerben, weil ich davon absolut keine Ahnung habe. Ein Lidl-Markt sucht eine Kassiererin auf 400-Euro-Basis, das kringle ich mir schon mal ein.

Und Zeitungsausträger werden gesucht. Und Aushilfen in Bäckereien und Schuhgeschäften. Das hört sich doch alles schon mal nicht schlecht an. Gundula hat mir erlaubt, das Telefon für Bewerbungsgespräche zu benutzen, also fange ich an.

Der Lidl-Markt befindet sich in Wilhelmsburg, und mir wird als Allererstes geraten, während meiner Arbeitszeit eine kugelsichere Weste zu tragen, weil »ein paar Kunden schon mal ausrasten, wenn es ihnen an der Kasse zu lange dauert«. Die Inserate, in denen Zeitungsausträger gesucht werden, wurden von einer alzheimerkranken Mitarbeiterin versehentlich aufgegeben, und der Job in der Bäckerei ist schon vergeben. Im Schuhgeschäft geht nur jemand ran, der behauptet, das sei gar kein Schuhgeschäft, sondern eine Tankstelle; die Nummer müsse falsch in der Zeitung abgedruckt worden sein und ich sei schon die hundertste Anruferin. Entnervt lege ich auf und blättere weiter. Eine Agentur sucht freie Kosmetikberaterinnen, die sich allerdings vor Arbeitsbeginn mit einem Startkapital von dreitausend Euro einbringen müssen, um die Grundkosten zu decken. Danach aber verdient man im Monat angeblich hunderttausend Euro. Dann noch das übliche andere: Große Anzeigen, in denen Werbetexter mit Berufserfahrung gesucht werden, Ärzte mit Berufserfahrung und so weiter und so fort. Und wenn ich eines nicht habe, dann Berufserfahrung in irgendetwas.

Hallo! Ich meine, wir sind hier in Hamburg. Das ist eine Millionenstadt. Da muss es doch Jobs geben wie Sand an der Elbe. Das gibt es doch gar nicht. Es muss doch jemanden geben, der mir Geld dafür gibt, dass ich bei ihm oder für ihn arbeite.

Gundula sagt: »Das hätte ich dir gleich sagen können. Der

Arbeitsmarkt ist beschissen. Oder was glaubst du, warum ich zu Unzeiten im Panoptikum arbeite und nebenher noch in diesem Feinkostladen Oliven mit Paprikastücken bestopfe?«

»Vielleicht ist ja in dem Feinkostladen noch ein Job frei«, hoffe ich.

Sie schüttelt den Kopf. »Heutzutage spart jeder, wo er nur kann. Und die Bezahlung wird immer miserabler.«

Das weiß ich ja bereits von Herrn Wurzel.

Jetzt bin ich wirklich ratlos. Weil ich Gundula meine restlichen acht Euro schon sozusagen als Anzahlung für das Wohnen bei ihr gegeben habe, besitze ich buchstäblich nichts mehr.

Das Möhrchen sitzt da, stickt ein Inferno in leuchtendem Rot und wartet auf einen Anruf von ihrer Mutter aus London, die ihm, so hofft das Möhrchen jedenfalls, ganz bestimmt helfen wird. Da ich auf keinen Anruf warte, beschließe ich, ein Stück spazieren zu gehen. Frische Luft ist nicht das Schlechteste.

»Ach Sanni, kannst du den Titus vielleicht mitnehmen?«, fragt das Möhrchen. »Der Titus ist immer so giftig, wenn ich telefoniere, weil er dann nicht im Mittelpunkt steht.«

Natürlich möchte ich den Titus nicht mitnehmen, aber wie soll ich das begründen? Der Titus ist auch total begeistert und tritt mir vor lauter Freude gegen das Schienbein. Ich schnappe ihn und gehe die Hein-Hoyer-Straße entlang, wobei ich auf Aushängeschilder achte, auf denen steht, dass ein Job zu vergeben ist. Aber nirgendwo finde ich welche. Die kompletten Hamburger Arbeitgeber scheinen sich gegen mich verschworen zu haben. Es ist zum Wahnsinnigwerden.

»Ich will das da, ich will das da!« Der Titus deutet aufgeregt auf ein Riesenrad. Auch das noch. Ich kann ihm ja keine Fahrt bezahlen, aber ich schwöre, wenn ich Geld hätte, würde ich den Titus ins Riesenrad setzen und den zuständigen Mitarbeiter darum bitten, die Maschine für mehrere Stunden zu stoppen, wenn der Titus oben angekommen ist in seiner bemalten Gondel. Ich würde den Mitarbeiter fürstlich dafür entlohnen.

»Das geht leider nicht, Titus«, erkläre ich freundlich. »Ich habe kein Geld.«

»Da!« Er deutet auf einen Geldautomaten. »DA! HOL GELD!« Die Leute gucken schon.

»Ich sagte dir doch schon, ich habe kein Geld, Titus. Da ist auch kein Geld für mich im Geldautomaten.«

»WIESO HAST DU KEIN GELD?«, brüllt der Titus. »JEDER HAT DOCH GELD! BIST DU ARM ODER WAS? SIE HAT KEIN GELD UND KRIEGT KEIN GELD AUS DEM AUTOMATEN!«, wird vorbeilaufenden Passanten zugebrüllt, die mich mit einer Mischung aus Verachtung und Ekel strafend anschauen und auch einen gewissen Sicherheitsabstand einhalten. Dabei hat man doch keine ansteckende Krankheit, wenn man mal nicht flüssig ist. Herrjemine, ist mir das unangenehm. Entnervt ziehe ich den Titus weiter mit mir. Und als wären wir mit dem Teufel im Bunde, stehen wir eine Minute später vor dem Haupteingang des Hamburger Sommerdoms. Weil der Titus ohrenbetäubend kreischt, beschließe ich, wenigstens mal mit ihm drüberzulaufen. Aber an jedem Stand fordert er lautstark Popcorn, Schmalzgebäck oder einen Schaschlik-Spieß, und natürlich will der Titus auch mit allen Fahrgeräten seinen Spaß haben. Und andauernd brüllt er: »DIE HAT KEIN GELD! DIE KANN NICHTS BEZAHLEN! DIE KRIEGT KEIN GELD MEHR AUS DEM AUTOMATEN!« Es ist zum Aus-der-Haut-Fahren.

»Es reicht«, sage ich und packe den Titus am Kragen. Er wehrt sich und schlägt nach mir. Eine halbe Sekunde später bekomme ich Herzrhythmusstörungen und lasse den Titus los. Mir wird eiskalt.

Da vorn an einem Schießstand, da steht Mark. Und er überreicht einer blonden, sehr gut gekleideten Frau gerade einen Plüschbären.

7. Kapitel *Auf lodre, meines Herzens heiße Glut, und schreie laut nach Rache, Rache, Rache!*

Molière: Amphitryon
2. Akt, 2. Szene
(Seite 35, recht weit oben. Molière ist übrigens ein Künstlername. Eigentlich hieß der Mann Jean-Baptiste Poquelin. Ich wollte es bloß gesagt haben.)

Ich ziehe den Titus hinter einen Schaustellerwagen und verspreche ihm einen Liter frisches Menschenblut, wenn er fünf Minuten die Klappe hält. Der Titus ist still. Ich hoffe, er schaut nicht auf die Uhr.

Die blonde Frau nimmt den grundhässlichen rosa Plüschbären und juchzt auf, als habe Mark ihr ein Brillantcollier überreicht. Dann drückt sie den Bären an ihre Brust und küsst Mark auf den Mund. Aus meinem Magen schießt Säure hoch. Ich schlucke verzweifelt. Das würde noch fehlen, dass ich mich hier jetzt übergebe.

»Ach Mark, du bist so süß«, sagt die Frau und streicht ihr halblanges Haar zurück.

Mark lacht sein gewinnendes Lachen. »Für dich tu ich doch alles, mein Herzblatt«, sagt er, nein, er gurrt es.

Herzblatt … so hat er mich nie genannt. Mir wurde nur gesagt, dass ich nach Kümmel rieche. Aber das ist ja auch was.

Der Titus löst sich aus meinem Klammergriff und sagt: »Ich muss mal.«

»Gleich, Titus«, flüstere ich. »Einen Augenblick noch.«

Und dann brüllt der Titus: »PAPI, PAPI!«, reißt sich von mir los und rast auf Mark zu. ›Mist‹, denke ich und verkrieche mich hinter dem Wagen. Mein Plan war eigentlich, die beiden Turteltauben zu verfolgen, um mitzubekommen, wo Mark momentan wohnt. Oder die Frau. Und dann wollte ich die Polizei rufen. Aber der Titus macht alles zunichte.

»Papi!« Jetzt ist er bei Mark angekommen und umarmt sein rechtes Bein. »Wo warst du denn, Papi? Du warst gar nicht da, als Mama und ich heimgekommen sind. Wo warst du denn? Und warum hast du denn alle Sachen mitgenommen? Und warum gehst du mit der Frau da hierher und nicht mit der Mama und mir, das hast du doch versprochen ...«

Ich beiße mir auf die Lippen, weil der Titus mir plötzlich unglaublich leidtut.

»He, du Rotzbengel, lass meine gute Hose los!«, schnauzt Mark den Titus an. »Wenn ich nämlich eins nicht ausstehen kann, dann Flecken an meinen Sachen. Und dann mach, dass du wegkommst.«

Der Titus lässt ihn aber nicht los, sondern klammert noch fester. »Ich will mit dir Achterbahn fahren und Autoskooter, und ins Hexendorf will ich, und Wellenflieger will ich mit dir fahren.«

»Also, ich verstehe gar nichts«, sagt die Blonde leicht irritiert.

»Ich verstehe noch weniger«, versichert Mark ihr lächelnd und versucht, den Titus abzuschütteln wie einen Ohrenkriecher. »Hau jetzt endlich ab, du Balg!«, herrscht er. »Sonst versohle ich dir den Hintern. Bist du vielleicht ein kleiner

Trickbetrüger oder was, hm, und willst mir heimlich meine Brieftasche klauen? Hallo!« Er winkt einem Mann vom Sicherheitsdienst, der pflichtbewusst angetrabt kommt. »Der Kleine hier behauptet, ich sei sein Vater, was ich aber ganz sicher nicht bin. Möglicherweise wollte er mich ausrauben. Vielleicht ist ja eine ganze Bande hier unterwegs. Prüfen Sie das mal nach.«

Der Sicherheitsbeamte nickt. »Komm mal mit«, er zerrt den Titus von Marks Hose weg.

Der Titus kreischt immer lauter und noch und noch und noch lauter. »Das ist doch der Papi, der Papi!« Es ist entsetzlich.

»Komm, Schatz«, Mark hakt sich bei der Blonden unter, und kopfschüttelnd tauchen sie in der Menge unter. Und ich kann ihnen verdammt nochmal nicht hinterherhechten, weil ich den Titus ja schlecht in dieser Situation allein lassen kann. Ich werde versuchen, das mit dem Sicherheitsbeamten so schnell wie möglich zu regeln, dann werde ich den beiden folgen, soweit das noch machbar ist.

»Der Junge gehört zu mir«, ich lächle den Mann an.

»Was hat er denn gewollt?«, will der wissen. »Warum hat er gesagt, der Herr sei sein Vater?«

»Er hat so viel Phantasie«, erkläre ich hektisch und schaue Mark und der Blonden nach, die immer weitergehen. »Sie wissen ja, wie Kinder so sind.«

»Also, ich kenne kein Kind, das Fremden gegenüber auf einem Jahrmarkt behauptet, mit ihnen verwandt zu sein«, sagt der Sicherheitsbeamte brummig und kratzt sich am Kinn. »Gehört der auch wirklich zu Ihnen, der Junge?«

»Natürlich gehört er zu mir. Titus, jetzt sag doch auch mal was. Sag, dass du mit mir hierhergegangen bist und dass ich eine Freundin von deiner Mami bin.« Auffordernd schaue ich den Titus an.

»DIE HAT MIR FRISCHES MENSCHENBLUT VERSPROCHEN!«, schreit der Titus. »UND GELD HAT SIE AUCH KEINS! NUR MENSCHENBLUT! NUR MENSCHENBLUT!«

Ich glaube, eine schnelle Abwicklung der Sache kann ich vergessen. Aber mittlerweile ist Mark mit der Frau sowie dem Plüschteddy sowieso verschwunden.

»Was soll das heißen, Sie haben momentan keinen festen Wohnsitz?«, fragt der Sicherheitsbeamte mich jetzt schon zum dritten Mal.

»Das heißt, dass ich keinen habe«, antworte ich und werde langsam, aber sicher genervt.

»Hören Sie mal, jeder Mensch hat einen festen Wohnsitz. Nur Obdachlose nicht«, sagt der Mann und schaut mich böse an. »Sind Sie obdachlos?«

»Nicht wirklich. Ich wohne vorübergehend bei einer Bekannten, bis ich etwas Eigenes gefunden habe. Einen Job suche ich auch gerade«, fasele ich.

»Und in welcher Beziehung stehen Sie zu diesem Kind?«

»Er ist der Sohn einer anderen Bekannten.«

»Warum haben Sie dem Kind Menschenblut versprochen?«

»Das war nur so eine Floskel. Ein Witz. Ich wollte, dass er für fünf Minuten Ruhe gibt.«

»Woher hätten Sie das Menschenblut denn genommen?«

Ich verzweifle fast. »Ich hatte doch nie vor, ihm wirklich welches zu geben. Manchmal verspricht man Kindern doch etwas, damit sie ruhig sind.«

»Also, ich kenne niemanden, der Kindern Menschenblut verspricht.«

»Hören Sie«, sage ich. »Das war alles nur ein Missverständnis.«

»Moin, Knut«, sagt plötzlich ein anderer Mann, der aus dem Nichts aufgetaucht ist.

Knut tippt an seine Mütze. »Moin, Schmolle. Na, wie gehen die Geschäfte?«

»Könnte besser gehen, könnte besser gehen.«

Ich schaue den Mann an und habe automatisch die Gewissheit, dass er mir ohne weiteres frisches Menschenblut besorgen könnte. Und noch so einiges andere mehr.

»Gibt's hier Probleme?«, will Schmolle wissen und grinst mich an. Er hat einen Goldzahn. Ein bisschen erinnert er mich an Kapitän Langstrumpf auf der Hoppetosse. Auch vom Gewicht her. Schmolle ist ein Riese und wiegt schätzungsweise hundertfünfzig Kilo. Sein Gesicht ist von Pockennarben übersät, und sein Kopf ist kahl wie eine Billardkugel. Er trägt eine Kette, an der ein Totenkopf baumelt. Auf seinem schwarzen T-Shirt steht *ICH BIN GUT ZU VÖGELN*, und nachdem Schmolle sich kurz umdreht, sehe ich, dass auf der Rückseite *UND ZU ANDEREN TIEREN* aufgedruckt ist. Vielleicht kannte Schmolle auch Raoul Glocke. Ich werde ihn fragen, wenn sich die Gelegenheit dazu ergibt.

Der Titus strahlt ihn an und fühlt sich sofort bei ihm geborgen. Die Darsteller in den Splatterfilmen sehen bestimmt genauso aus wie dieser Riese.

Der Sicherheitsbeamte schaut Schmolle an, und Schmolle schaut zurück, dann schauen beide mich an.

»Ich glaube, die Dame ist ein bisschen verrückt«, sagt der Sicherheitsbeamte dann und schaut auf seine Armbanduhr. »Gleich ist meine Schicht zu Ende. Was mache ich jetzt mit ihnen?«

Schmolle zwinkert ihm zu. »Überlass sie ruhig mir, Knut. Ich regle das schon.«

»Wenn du meinst«, wieder tippt er sich an die Kappe. Dann dreht er sich um und geht. »Menschenblut …«, murmelt er dabei vor sich hin.

»Na, Junge …«, Schmolle kniet sich vor den Titus und legt ihm beide Hände auf die Schultern. »Willst du Zuckerwatte und einen Kokosmohrenkopf?«

Papi scheint vergessen zu sein. Der Titus nickt strahlend. Schmolle erhebt sich und nimmt ihn an der Hand. »Dann kommt mal mit«, sagt er, und weil ich weiteres Gebrüll vom Titus jetzt einfach nicht ertragen kann, folge ich ihm. Der Titus folgt ihm sowieso.

»Ach, du dicke Kacke.« Schmolle sitzt mir gegenüber, zwischen uns befindet sich ein wackeliger Tisch. Er hat sich hinter seinem Verkaufswagen eine Art Vorbau gebaut, so ähnlich wie auf dem Campingplatz. Über uns befindet sich eine Plastikplane. »So kann ich wenigstens manchmal sitzen, wenn keine Kundschaft kommt oder meine Oma bedient«, hat er erzählt und mir dann einen Eistee spendiert. Der Titus verschlingt eine Süßigkeit nach der anderen und wirkt vorerst sehr zufrieden. Schmolles Oma, die heute auch da ist, versorgt ihn lächelnd mit Nachschub. Schmolle ist sehr stolz darauf, dass die Oma noch so fit ist und immer noch arbeitet. Sie ist wirklich fit. Ohne Unterlass füllt sie gebrannte Mandeln oder Magenbrot in Papiertüten ab und verrechnet sich auch nie beim Wechselgeld.

»Seit Jahrzehnten schon versuche ich, ihr Alter herauszukriegen«, sagt Schmolle. »Aber sie verrät es einfach nicht. Das ist ein bisschen ungünstig für mich. So kann ich schwer kalkulieren, wie lange ich mit ihrer Arbeitskraft noch rechnen kann. Wüsste ich sicher, dass sie beispielsweise fünfundachtzig ist, könnte ich mich schon langsam nach einer neuen Hilfe umsehen, weil die Statistik sagt, dass das ein hohes Alter ist, in dem man bald mit dem Ableben rechnen muss. Ist sie aber erst siebzig, kann es noch dauern.«

»Was ist, wenn sie fünfundneunzig ist?«, frage ich.

»Um Gottes willen, dann müsste sie eigentlich schon tot sein!«, ruft Schmolle entsetzt. »Machen Sie mich nicht unglücklich. Dann wär der Tach am Abend.«

Da ich dieser Rechnerei sowieso nicht ganz folgen kann, hake ich nicht weiter nach. Jedenfalls ist es unmöglich, dass die Oma erst siebzig ist. Denn Schmolle ist fünfundfünfzig, das hat er mir bereits erzählt.

Jedenfalls sagt er jetzt nochmal »Ach, du dicke Kacke« und verschränkt die Arme hinter dem Kopf. »Das ist ja nicht zu fassen. So ein Arschloch.«

In meiner Verzweiflung habe ich Schmolle die Mark-Geschichte erzählt. Vielleicht will ich auch nur Mitleid erregen.

»Und jetzt haben Sie wirklich gar nichts mehr?«

Ich schüttele den Kopf und trinke mein Glas leer.

»Das ist nicht gut«, sagt Schmolle. »Wenn ich Ihnen nur helfen könnte. Aber ich hab ja die Oma. Wenn ich bloß wüsste, wann sie stirbt, dann wäre das mit der Kalkulation einfacher. Aber so sind mir die Hände gebunden. Es ist so schade, weil ich glaube, dass wir auf einer Wellenlänge schwimmen.«

Das kann ich jetzt schwer nachvollziehen, bin aber gespannt auf seine Erklärung, die auch sofort kommt.

»Sie scheinen sich auszukennen, so wie ich. Wer weiß denn heutzutage noch, wie man rasch an Menschenblut kommt«, sagt Schmolle und grinst. Dann hebt er sein Glas und prostet mir zu.

Eingeschüchtert proste ich zurück.

»Früher hatte ich Nutten laufen«, erzählt er mir. »Ich war ein Zuhälter, wie er im Buche steht. In guten Zeiten hatte ich acht Mädels am Start. Und hab richtig gut verdient. Aber ich hab sie teilweise nicht gut behandelt, die Mädels. Wenn die Kohle nicht gestimmt hat, bin ich richtig sauer geworden. Aber so richtig sauer. Da hat's Kloppe gegeben. Natürlich immer so, dass man keine Spuren sieht. Das ist nicht gut fürs Geschäft.«

Ich fühle mich verpflichtet zu sagen: »Natürlich nicht.«

Schmolle seufzt leise auf. »Auf dem Kiez war ich der King. Alle hatten sie Angst vor mir. Wenn ich in die Ritze gekommen bin, hat da sofort ein Bier gestanden, aber sofort. Und zwar ein Bier mit der perfekten Schaumkrone. Und wenn ich nicht bezahlen wollte, dann war das überhaupt kein Thema. Mit einem Schmolle legte man sich nämlich nicht an, wenn

Sie verstehen, was ich meine.« Er ballt die linke Hand zur Faust und macht Boxbewegungen, und ich nicke heftig.

»Ich hatte einen Schlitten, kann ich Ihnen sagen, eine Corvette. Fast 650 PS. Selbstverständlich mit Zentralverriegelung und elektrischer Wegfahrsperre. Das maximale Drehmoment lag bei 819 Newtonmetern. Rot war sie, die Corvette. Auf die Motorhaube hab ich mir vom Erwin, den kennen Sie bestimmt, den Erwin Ross, der hat diese ganzen nackten Weiber gemalt, die auf dem Kiez zu sehen sind, die Pin-up-Girls, also, vom Erwin hab ich mir was auf die Motorhaube malen lassen. Das sah scharf aus.«

»Bestimmt auch eine nackte Frau«, sage ich verständnisvoll und so, als würde ich mich in Schmolles Milieu total gut auskennen.

»Ach wo, nackte Frau«, er schüttelt den Kopf. »Meine Säuglingserstausstattung ist auf der Motorhaube verewigt worden. Meine Mutter hat mir die ganzen Sachen gegeben, als ich volljährig wurde. Meine erste Trinkflasche aus Glas mit Sauger, dem man ansah, dass er benutzt worden war, das hat Erwin super hingekriegt. Meine erste Rassel, mein Spucktuch, mein hellblauer Strampler, auf dem sich eine lachende Sonne, die ein Auge zukneift, befand.« Versonnen denkt er nach. »Die erste Stoffwindel, eine Spieluhr, die *Schlaf, Kindlein schlaf* geklimpert hat.« Er setzt sich auf, und fast meine ich, in seinen Augen Tränen schimmern zu sehen. »Ja, das war auf meiner Corvette drauf. Aber ich habe sie nicht mehr. Noch Eistee?«

»Gern. Was ist denn aus der Corvette geworden?«

»Ich hab sie an einen Liebhaber verkauft und das Geld

an den Deutschen Verband zur Erhaltung der Regenwassertonnen gespendet. Die kriegen nie Spenden, haben sie gesagt. Die wollte ich unterstützen. Regenwassertonnen finde ich wichtig.«

»Sicher.« Ich hatte noch nie eine Regenwassertonne und weiß auch nicht, ob ich die so wichtig finde, aber darum geht es ja nicht. »Aber warum haben Sie die Corvette denn überhaupt verkauft?«

»Weil ich nichts mehr mit meinem alten Leben zu tun haben wollte«, erklärt Schmolle theatralisch. »Soll ich Ihnen sagen, warum?«

Ich nicke. Eigentlich ist das ganz spannend. Und ich habe ja Zeit.

»Eines Tages rief mich Nicole an, eins der Mädels, die für mich anschaffen gingen. Nicole war mit einem Freier, der aufs Außergewöhnliche stand, in eine stillgelegte Kirche nach Niedersachsen gefahren. Dort sind sie durch ein Fenster eingestiegen und haben es in einem Beichtstuhl getrieben. Nachdem sie fertig waren, hat der Freier Nicole das Geld wieder weggenommen und ist abgehauen. Er hat das Mädel einfach in der Kirche zurückgelassen. Da die Kirche ziemlich außerhalb lag und es auch noch Winter und sie leicht bekleidet war, konnte sie unmöglich die sieben Kilometer bis zum nächsten Dorf laufen. Sie hätte sich den Tod geholt.«

»Warum hat sie denn kein Taxi gerufen?« Das wäre doch viel einfacher gewesen.

»Weil ich den Mädels verboten habe, mit dem Taxi zu fahren. Das ist zu teuer«, erklärt mir Schmolle. »Ich also rein in die Corvette und zur Kirche gefahren. Und da … also, als ich ebenfalls durchs Fenster kletterte und im Kirchenschiff stand ... da war es so, als würde sich eine seltsame Ruhe auf mich legen ... und es war, als käme von irgendwoher eine schützende Hand, die mich auf den richtigen Weg zurückbringen wollte.« Er schaut mich an. »Ich bin durch die Kirche gegangen und habe die Stille in mich aufgenommen. Diese kühle Stille, die von Gott kam. Ich habe mich auf eine der Bänke gesetzt und auf die bunten Scheiben geschaut, die mit christlichen Motiven bemalt waren. Jesus und seine Jünger. Jesus am Kreuze. Jesus, wie er das Brot bricht. Jesus, wie er beide Hände hebt und die Menschen segnet. Jesus, wie er an einem mit Essig getränkten Lappen saugt, den böse Buben ihm hingehalten haben. Da wurde mir plötzlich klar, dass mein Leben völlig falsch läuft. Was ist das für ein Mann, der Frauen auf den Strich schickt und sie schlägt, wenn sie nicht genug einnehmen? Was ist das für ein Mann, vor dem die Leute Angst haben? Was ist falsch gelaufen? An meiner Kindheit kann es nicht liegen. Die war gut. Meine Eltern haben alles für mich getan. Es war die schnelle Mark, die mich gereizt hat. Doch damit war von diesem Tag an Schluss.« Er schlägt mit der flachen Hand auf den wackeligen Tisch und bekräftigt mit dieser Geste seine Aussage. »Von da an habe ich alles geändert.«

Der Titus kommt angelaufen und hält Schmolle etwas hin. »Was ist das?«

»Das ist das Gebiss von der Oma«, sagt Schmolle. »Sie nimmt das Gebiss manchmal raus, wenn keine Kundschaft da ist. Damit das Gebiss länger hält.«

»Ich will auch ein Gebiss haben!«, ruft der Titus und stopft sich das Gebiss in den Mund. Dann stößt er Kampfrufe aus, verdreht die Augen und formt seine Hände zu Krallen, um uns damit einzuschüchtern. Er wirkt ein bisschen so wie diese Frau aus der Werbung, die einen Anruf von ihrem Mann mit der Mitteilung bekommt, der Chef komme heute zum Essen. Die Frau rennt panisch einen langen, neonbeleuchteten Gang entlang, öffnet nach kilometerlangem Weg eine Gefriertruhe und bemerkt entsetzt, dass das ganze Eingefrorene an Gefrierbrand leidet. Sie öffnet den Mund, um laut zu schreien, und ihre Augen quellen hervor. Ein Horrorszenario. Bestimmt hat der Titus diesen Werbespot auf DVD.

Der Titus läuft zurück zur Oma.

»Ich habe meine Mädels ausbezahlt und ihnen richtige Jobs besorgt.«

In mir keimt Hoffnung auf, was die Jobsuche angeht. Allerdings bin ich ja nie für Schmolle anschaffen gegangen. Da müssen Prioritäten gesetzt werden.

»Dann habe ich die Corvette verkauft, wie ich ja erzählt habe, und mich offiziell aus dem Ludenmilieu verabschiedet. Zusammen mit der Oma hab ich dann den Wagen hier gekauft. Davon leben wir gut. Zusätzlich designe ich noch Lebkuchenherzen. Das bringt richtig was ein.«

Er steht auf, geht in den Wagen und kommt kurze Zeit später mit einigen Lebkuchenherzen zurück. »Mit Lebkuchenherzen kann man Botschaften übermitteln, ohne ein Wort sagen zu müssen.« Stolz hält mir Schmolle die Herzen hin.

Du hast Mundgeruch, lese ich.

Auf einem anderen steht: *Verpiss dich endlich, ich kann dich nicht mehr sehen!*

Und auf wieder einem anderen steht: *Ich hab ein Verhältnis mit deiner Schwester.*

»Interessant«, sage ich anerkennend und lege die Herzen zurück.

»Das läuft so super«, Schmolle strahlt. »Viele Leute scheuen sich ja, gewisse Sachen auszusprechen, und dafür gibt es eben nun die Lebkuchenherzen. Ich nehme auch individuelle Auftragsarbeiten an. Möchten Sie eins haben?«

»Warum nicht?« Es wäre ja unhöflich, abzulehnen.

»Moment.« Er wühlt in den Herzen herum. »Das hier passt wie die Faust aufs Auge.« Er hängt mir das Lebkuchenherz um den Hals.

Rasch drehe ich es um und lese: *Ich hab dich nur wegen deines Geldes geheiratet!*

8. Kapitel *Ist dies Don Manuel, mein Gatte, mein Geliebter?*

Friedrich Schiller: Die Braut von Messina
3. Aufzug. 3. Auftritt
(Don Manuel ist natürlich total entsetzt und ruft: »Beatrice!«
Das nur so am Rande.)

Am liebsten würde ich Schmolle eine runterhauen, aber er sieht so aus, als würde er sich wirklich darüber freuen, mir das Lebkuchenherz geschenkt zu haben. Begeistert nickt er mir zu, und ich bringe es nichts übers Herz, das Ding wieder abzulegen. Also lasse ich es baumeln.

»Seitdem ich den Berufswechsel vollzogen habe, geht es mir viel besser. Auch gesundheitlich. So bin ich viel draußen. Früher hab ich immer in den Kneipen gehockt, manchmal bis zum Morgengrauen. Das ist nicht gerade gut für den Körper. Der Körper braucht ja auch Tageslicht, um neue Zellen zu bilden.«

Der Titus schreit aus dem Wagen: »Bald seid ihr alle tot! Tot! Tot! Huuuuäääh!«

Schmolle lacht. »Der Junge ist aber auch eine Marke«, sagt er und steht auf. »Ich muss Oma mal ablösen. Das lange Stehen ist nicht gut für ihre Krampfadern. War nett, mit Ihnen zu plaudern. Kommen Sie doch mal wieder vorbei.«

»Gern.« Ich erhebe mich ebenfalls. »Und vielen Dank für das Herz und für die ganzen Süßigkeiten, die Sie dem Titus geschenkt haben.«

»Keine Ursache.« Schmolle schüttelt meine Hand und klettert die beiden Stufen hoch, die vor dem Wagen angebracht sind. Dann bleibt er wie angewurzelt stehen. »Ach, du dicke Kacke.« In seiner Stimme liegt das blanke Entsetzen.

»Was ist denn passiert?« Ich laufe ihm nach, und dann halte ich voller Schreck die Hand vor den Mund.

Auf dem Boden liegt die Oma. Und sie sieht nicht aus, als ob sie noch leben würde. Neben ihr sitzt der Titus und lacht. »Tot! Tot! Tot! Huuuuääāh!« Dann klatscht er in beide Hände.

»Tragen Sie es mit Fassung«, der Notarzt tätschelt Schmolle die Schulter. »Ihre Großmutter hätte in Bälde ihren hundertsten Geburtstag gefeiert. Sie hat ein hohes Alter erreicht, dafür muss man dankbar sein. Und sie ist schnell gestorben. Bei einem Herzschlag stirbt man immer schnell.«

In Omas Handtasche haben wir ihren Ausweis gefunden. Zwar hatte sie allen Leuten verboten, an ihre Handtasche zu gehen, aber jetzt kann sie ja nichts mehr dagegen unternehmen.

Schmolle regt sich auf. »Sie war also neunundneunzig. Wenn ich das gewusst hätte. Dann hätte ich anders planen können. Jetzt stehe ich da. Allein. Ohne Hilfe.«

Ich zupfe ihn am Ärmel. »Ich bin ja auch noch da«, sage ich leise.

Schmolle dreht sich zu mir um. Plötzlich hat er wieder bessere Laune. »Sie hatte ich ganz vergessen«, kommt es dann. Er schlägt sich gegen die Stirn. »Dann habe ich ja jetzt doch kein Problem. Sie suchen ja Arbeit.« Heftiges Nicken meinerseits. »Ja, wunderbar!«, ruft Schmolle. »Wann können Sie anfangen? Und machen Sie sich keine Sorgen ums Betriebsklima. Beim Schmolle arbeitet jede gern.« Er zwinkert mir zu. »Jetzt jedenfalls.«

Ich bin so erleichtert, dass die Oma tot ist, dass ich die ganze Welt umarmen könnte. Verstehen Sie mich bitte nicht falsch, ich wünsche niemandem, dass er stirbt, aber in diesem Fall passt es einfach ganz gut. Außerdem musste Oma nicht leiden. Und sie war neunundneunzig. Ich verabrede mit Schmolle, dass ich den Titus rasch nach Hause bringe und dann wiederkomme. So kann sich Schmolle erst mal um die Formalitäten kümmern.

»Das bin ich Oma schuldig«, erklärt er mir. »Natürlich könnte ich meine Eltern anrufen, aber ich glaube, das wäre zu viel für sie, wenn sie das alleine machen müssen. Es ist so schon alles schlimm genug.« Er schenkt Titus sogar das Gebiss und sagt bewegt: »Sie hätte es so gewollt.«

Der Titus macht ununterbrochen »Huuuuäääh!« und fletscht die Zähne.

Wir werden Reinigungstabs für das Gebiss besorgen müssen. Später.

Beschwingt laufe ich mit dem Titus in die Hein-Hoyer-Straße zurück und bin einerseits glücklich, andererseits ärgere ich mich sehr darüber, dass Mark mir entwischen konnte. Jedenfalls weiß ich jetzt, dass er noch in Hamburg wohnt. Oder sich zumindest momentan hier aufhält. Wer diese Frau wohl ist? Sie sah aus, als hätte sie Geld. Natürlich hat sie Geld. Sonst hätte sie Mark Prinz nicht als Begleiter.

Zu Hause finde ich unter anderem ein aufgelöstes Möhrchen vor. Es liegt auf dem Sofa, flucht und weint gleichzeitig und ist dabei, sich zu betrinken. Gundula steht vor ihm und redet beruhigend auf es ein. Da ich nicht viel Zeit habe, beschließe ich, nicht zu fragen, was denn los ist, sondern schiebe den Titus ins Wohnzimmer.

»Ich muss wieder weg. Ich habe einen Job«, sage ich atemlos.

Gundula winkt mich zu sich. »Warte mal. Ein paar Minuten wirst du noch haben.« Sie deutet auf das Möhrchen. »Eine Katastrophe ist passiert«, sagt sie dann. »Möhres Mutter will sie nicht unterstützen und meint, sie habe sich alles selbst zuzuschreiben. Möhre hat sich so aufgeregt, dass sie sich übergeben musste. Und dann sagte sie, ihr sei seit einiger Zeit morgens immer schlecht. Ich habe eins und eins zusammengezählt und bin rasch zur Apotheke gelaufen, um einen Schwangerschaftstest zu besorgen. Er wurde rosa. Möhre ist schwanger.«

Noch ein Titus! Um Himmels willen. Das geht unter gar keinen Umständen.

»Willst du das Kind behalten?«, frage ich das Möhrchen.

Es blickt leidend zu mir auf. »Was ist denn das für eine Frage? Natürlich nicht. Gleich morgen gehe ich zum Arzt.«

»Das ist gut«, nicke ich. Zum Arzt gehen in einer solchen Situation ist sicher das Beste.

Harriet, die die ganze Zeit in einem Sessel gesessen hat, steht auf. »Sanni, hast du einen Augenblick Zeit für mich?«

»Eigentlich nicht«, sage ich. »Was gibt es denn?«

»Also ... ich wollte dich fragen ... Gundula hat gesagt, dass du meinen verstorbenen Mann gekannt hast und dass du ein Fan von ihm warst. Und sie hat mir gesagt, dass sie dir erzählt hat, dass ich ein Buch schreiben will über Raoul und über Mark.«

»Ja, und?« Ich muss jetzt wirklich los.

»Und Gundula meinte, dass du mir dabei helfen würdest. Sie meinte, du könntest das bestimmt total gut.«

»Wie kommst du denn darauf?«, frage ich Gundula verwirrt, obwohl ich mich eigentlich freue. Ich meine, wer wird schon gefragt, ob er an einer Biographie über Raoul Glocke mitwirken will?

»So habe ich das gar nicht gesagt«, verteidigt sich Gundula. »Ich habe lediglich gesagt, dass sie dich ja mal fragen kann. Weil du ja momentan sowieso nichts zu tun hast.«

»Das ändert sich ab heute«, sage ich mit fester Stimme und mit Stolz. »Ich habe ab heute Nachmittag eine bezahlte Arbeitsstelle auf dem Hamburger Dom. Ich werde Süßwaren verkaufen.«

»Das freut mich ja für dich«, Gundula lächelt gütig.

»Also hilfst du mir nicht bei dem Buch?«, fragt Harriet. Ihre Stimme klingt beleidigt.

»Natürlich helfe ich dir. Das mache ich gern. Heute geht es nicht, aber sofort, wenn ich frei habe«, verspreche ich.

»Wann hast du denn frei?« Harriet will es ganz genau wissen.

»Das weiß ich noch nicht. Ich habe ja noch nicht mal angefangen. Da frage ich doch nicht, wann ich frei habe.«

»Aber dann hilfst du mir?«

»Ja, dann helfe ich dir. Dann schreiben wir zusammen das Buch. Das wird ein Spaß.« Am liebsten würde ich sofort anfangen, aber ich habe Schmolle ja versprochen, gleich zurückzukommen, und ich halte meine Versprechen. Gewisse andere Menschen ja nicht.

»Versprochen?« Harriet ist ganz nervös. »Alleine kann ich das nicht. Ich kann ja nicht schreiben.«

»Versprochen.« Vielleicht bringe ich ihr auch noch Schreiben bei.

»Wann denn?«, fragt Harriet, und jetzt muss ich wirklich los.

»Wenn die Leute nett sind, dann schenke ich den Kindern oft noch einen Lolli«, informiert mich Schmolle. »Wenn die nämlich einen Lolli kriegen, freuen sie sich, und die Eltern fühlen sich verpflichtet, noch mehr bei mir zu kaufen.«

»Okay. Heißt das, ich soll den Kindern dann auch einen Lolli schenken?«

»Das heißt es. Aber nur, wenn sie höflich und gut erzogen sind. Kreischende Blagen, die alles anfassen, kriegen bei mir nichts umsonst.«

»Gut.« So weit habe ich bislang alles verstanden.

»Hier sind die ganzen gebrannten Nüsse. Cashewkerne, Haselnüsse, Mandeln, Pecannüsse, Nussmischungen. Alles aus biologischem Anbau. Es ist ganz wichtig, dass man das den Kunden sagt. Alles, was ein Bio im Namen hat, wird gern genommen.«

Auch das habe ich kapiert.

»Wissen Sie, wie Sie mit der Zuckerwattemaschine umgehen müssen?«

»So schwierig wird das doch nicht sein.«

»Wissen Sie's oder nicht?«

Weil ich mir nicht die Blöße geben will zuzugeben, dass ich mit einer Zuckerwattemaschine nicht umgehen kann, sage ich: »Ja, sicher weiß ich das.«

»Hier ist die Kassette mit dem Wechselgeld. Die Kassette hat hier auf diesem Tisch ihren festen Platz. Stellen Sie die Kassette niemals in Griffnähe der Kundschaft. Hier treibt sich viel Kroppzeug herum, und ehe man bis drei gezählt hat, ist man seine Tageseinnahmen los.«

»Klar. Die Kassette bleibt dort stehen.«

»Hier ist die Preisliste. Und da sind die Lebkuchenherzen. Wie Sie sehen, habe ich einzelne Rubriken eingerichtet und sie beschriftet. Hier ist die Rubrik ›böse‹ mit fiesen, verletzenden Sprüchen. Da haben wir ›Betrug‹, hier ›Verlassen‹ und hier ›obszön‹, das sind sexistische Sachen. So.« Er fährt sich mit der flachen Hand über seinen kahlen Kopf. »Das wäre es so weit. Kann ich Sie denn jetzt ein paar Stunden alleine lassen? Ich muss zu meinen Eltern. Wir müssen ja die Beerdigung und alles besprechen.«

»Sicher. Ich komme schon klar.« Ich binde mir die Schürze um, die er mir reicht.

»Gegen Abend bin ich wieder da. Wann genau, weiß ich leider nicht.«

»Ich kann bis zum Schluss bleiben«, sage ich. »Das ist überhaupt kein Problem.«

»Das beruhigt mich.« Er tätschelt mir die Wange. »Also, bis später dann.«

Er verlässt den Verkaufswagen. »Viel Erfolg!«, rufe ich ihm noch nach. Dann bin ich allein und ein bisschen aufgeregt.

Und da kommen die ersten Kunden. Einer möchte Karamellbonbons und Pfefferminzdrops, und der andere verlangt Rumkugeln. Da der erste Kunde mir das Geld passend gegeben hat und ich es vor dem Bedienen des zweiten Kunden noch nicht in die Kassette gelegt hatte, fällt mir erst jetzt auf, dass die Kassette leer ist. Nicht ein Cent befindet sich darin und Scheine auch nicht. Bestohlen worden kann ich nicht sein. Die Tür ist ja zu. Und da sehe ich den Zettel. *Oma, besorgst du Wechselgeld?* Na prima. Wie stehe ich denn jetzt da mit diesem Fünfzig-Euro-Schein? Die Rumkugeln kosten nur zwei Euro dreißig. Aber ich kann nicht wechseln. Das sage ich dem Kunden auch.

»Was soll denn die Scheiße?«, blökt er mich an. »Wieso kannst'n du nicht rausgeben?«

Freundlich erkläre ich ihm, dass mein Chef es leider versäumt hat, für Wechselgeld zu sorgen, aber das ist dem Kunden, einem ungepflegten Mittzwanziger mit langen Haaren und einem Stirnband, ganz egal. Weil ich nicht weiß, was ich sonst machen soll, sage ich: »Dann behalten Sie die Rumkugeln und bezahlen ein andermal.« Mir ist zwar klar, dass der Typ nie wiederkommen wird, aber ich will ihn loswerden. Brummelnd zieht er ab, und ich atme durch. Das ist aber wirklich eine ärgerliche Situation. Schmolle hätte das doch vorher überprüfen müssen.

»Hallo, Sanni«, sagt da plötzlich eine Stimme. Weil ich mir gerade ein paar Sprüche auf den Lebkuchenherzen durchgelesen habe, muss ich mich erst umdrehen, um den Gruß zu erwidern. Ich will ihn aber gar nicht erwidern. Mein Herz fängt an zu rasen.

»Na, fehlt dir Geld, Sanni?« Mark lächelt mich freundlich an. Er ist allein. Wo ist denn die Frau? Ich kann nicht antworten, nur schlucken.

»Wer hätte gedacht, dass du mal arbeiten würdest«, redet Mark leise weiter. »Aber was bleibt dir auch anderes übrig. Oder?«

Ich sammle mich. »Warum hast du das gemacht?«, will ich wissen. Die Antwort ist er mir schuldig.

Er lacht auf und zeigt seine schönen Zähne. »Ach Sanni, wenn du ganz ehrlich bist, kennst du doch die Antwort. Warum hab ich das wohl gemacht? Weil ich ein Mistkerl bin. Ein durchtriebenes, mieses Schwein ohne den Hauch von Anstand und Ehre.«

»Das bist du wohl«, sage ich. »Du hast mir alles genommen. Alles. Meine komplette Existenz.«

»Nun werde mal nicht theatralisch, ts, ts, ts.« Mark schüttelt den Kopf. »Arbeit hat doch noch nie jemandem geschadet. Da du ja jetzt mitreden kannst, wirst du mir das bestimmt bestätigen.«

Wieder schießt Säure aus meinem Magen hoch. »Du bist ein Betrüger!«

»Sicher bin ich ein Betrüger. Das habe ich doch gar nicht bestritten. Aber ...«, wieder lacht er, »... ich bin ein guter Betrüger. Einer, dem man nichts nachweisen kann. Rechtlich gesehen bin ich auf der sicheren Seite. Die persönliche Seite sieht natürlich anders aus. Ich kann es gut verstehen, wenn man mich als charakterliches Schwein beschimpft. Aber damit kann ich leben. Sehr gut sogar.«

»Ich habe dir vertraut. Ich habe dich geliebt. Ich wollte für den Rest meines Lebens mit dir zusammen sein«, presse ich hervor.

»Das wollen sie alle«, sagt Mark und grinst mich an. Dann wird er plötzlich ganz ernst. »Und jetzt hörst du mir mal zu.« Er beugt sich noch weiter nach vorn. »Falls du irgendetwas gegen mich unternimmst, wirst du das bereuen. Bitter bereuen. Das verspreche ich dir hoch und heilig.«

»Zumindest werde ich versuchen, dein neuestes Opfer vor dir zu warnen«, sage ich, und mein Herz rast jetzt wie ein Gebirgsfluss.

»Das wirst du nicht tun«, sagt Mark. »Dann werde ich dich nämlich anzeigen. Wegen Steuerhinterziehung zum Beispiel. Und wegen seelischer Grausamkeit.«

»WAS?« Ich glaube, ich höre nicht richtig.

»Exakt«, sagt Mark. »Ich bin ja nicht blöd. »Ich habe alles so gefingert, dass es aussieht, als hättest du, während ich noch keine Vollmachten hatte, das Finanzamt betrogen. Gelder veruntreut. Und so weiter. Und ich war während unserer zugegebenermaßen kurzen Ehe vorsichtshalber schon beim Psychotherapeuten. Weil du regelmäßig ausgerastet bist und Gegenstände nach mir geworfen oder mich geschlagen hast. Weil du dich nicht mehr unter Kontrolle hattest. Zeugen gibt es dafür natürlich auch. Du kennst sie nicht. Sie sind gut dafür bezahlt worden. Also pass gut auf mit allem, was du so vorhaben könntest.«

»Du Schwein«, sage ich nur.

»Ach ja, das bin ich wohl«, Mark wirkt gelangweilt. »Und im Übrigen habe ich noch andere Mittel, um dir deinen süßen Mund zu stopfen. Vielleicht sogar für immer. Es gibt Leute in Hamburg, für die bedeutet ein Menschenleben nicht so furchtbar viel, wenn die Kohle stimmt. Sieh dich vor, Herzchen.« Jetzt schaut er mich fast mitleidig an. »Komm, Kleine, die Welt geht doch nicht unter. Aber jetzt muss ich los. Meine zukünftige Frau wartet auf mich. Was soll ich sagen – reich geschieden. Mit Privatjet. Ach, wo ich gerade hier stehe, da bringe ich ihr doch was mit. Was nehme ich? Ich nehme einen Paradiesapfel. Rot ist das Zeichen der Liebe.« Er greift sich einen Apfel am Stiel, der mit Zucker ummantelt ist, und legt mir zwei Euro auf den Tresen. »Stimmt so«, sagt Mark und deutet auf meinen Hals. »Übrigens, der Spruch auf dem Lebkuchenherz, der passt in der Tat zu dir. Glaubst du, ich hätte dich graue Maus sonst auch nur von der Seite angesehen?«

9. Kapitel *Ich verstehe noch nichts – noch gestern Abend waren Sie so ruhig, was machte diese plötzliche Veränderung?*

J. A. Leisewitz: Julius von Tarent
1. Akt, 1. Szene
(Als ob Aspermonte es gewusst hätte!)

Nachdem Mark in den Besuchermassen verschwunden ist, breche ich komplett zusammen. Ich lasse mich auf den Boden des Wagens sinken und zittere am ganzen Körper. Ich heule und lache gleichzeitig, zwischendurch stoße ich hysterische Schreie aus. Dabei reiße ich an meinen Haaren und zerkratze im Affekt meinen linken Unterarm mit den Fingernägeln meiner rechten Hand. Innerhalb kürzester Zeit bildet sich vor Schmolles Süßwarenwagen eine besorgte und auch neugierige Menschentraube. Man stellt sich auf Zehenspitzen, und Kinder werden hochgehoben, um von oben ihren Eltern zu erzählen, was im Wageninnern vor sich geht. Mir ist das alles ganz egal. So egal. Ich bin also eine graue Maus, die man nicht mal von der Seite ansieht. Nur wegen Geld wurde ich attraktiv gefunden. Ich bin also eigentlich eine hässliche Kanalratte. Eine deformierte Kreatur. Ich bin eine Missgeburt, die man in Formaldehyd einlegt und in ein Glas stopft, damit Medizinstudenten sie anglotzen und sich Notizen machen können.

Nie wieder werde ich aufstehen. Ich werde für immer auf diesem Boden sitzen bleiben. Mir ist der Wagen egal und das Wechselgeld auch. Nichts hat mehr einen Sinn. Dass ich nicht aussehe wie ein Model, das weiß ich auch. Aber ich habe doch trotzdem ein Gesicht, das ich in einer Kontaktanzeige durchaus als tageslichttauglich bezeichnen würde. Jetzt schlage ich mit dem Kopf gegen die eine Wand des Wagens und fange wieder an zu heulen. Langsam werde ich richtig hysterisch. Da war mein Geheule in Gundulas Wohnung rein gar nichts gegen. Ich schreie mittlerweile so laut, dass einige Leute, die vor dem Wagen stehen, anfangen zu applaudieren, weil sie offenbar der Annahme sind, das hier sei ein Theaterstück und nicht die bittere Realität.

Da spüre ich eine Hand auf meiner Schulter.

»He«, sagt eine männliche Stimme. »He, alles in Ordnung?«

Mir ist es gleichgültig, wer dieser Mann ist, ich kreische: »Geld! Geld! Geld! Nur wegen des Geldes hat er mich angeschaut! Ich bin nur gut, wenn ich Geld habe! Ansonsten bin ich eine graue Maus!«

Der Mann kniet sich neben mich. »Pscht«, macht er und zieht mich an sich. Und dann liege ich in den Armen des Fremden, heule und zetere weiter und hoffe, einfach nur sterben zu dürfen.

Eine Stunde lang geht das so, dann beruhige ich mich langsam, was auch daran liegt, dass meine Stimmbänder nach und nach versagen. Ich kann nur noch leise sprechen und höre mich an wie eine Greisin.

Der Mann, der sich mir als »Spacko« vorgestellt hat, scheint sehr verständnisvoll zu sein; nicht ein Mal macht er mir einen Vorwurf. Spacko ist in meinem Alter und gehört wie Schmolle zum fahrenden Volk. Er besitzt die Schießbude nebenan und noch eine andere Bude, in der man Bälle gegen Dosen werfen kann. Von irgendwoher hat er Wechselgeld und eine Aushilfe besorgt, die jetzt vorn steht und den Verkauf übernommen hat. »Das ist meine Schwester«, meint Spacko. »Sie heißt Klara. Aber jeder nennt sie Mausi.« Mausi ist ganz in ihrem Element. In jedem zweiten Satz kommt das Wort geilcool vor. Es ist faszinierend. Sie könnte auch noch mit dem Bankangestellten verwandt sein. Die beiden könnten sich einen Wettstreit darüber liefern, wer öfter geilcool oder puha sagt. »Mausi wohnt erst seit kurzem in Hamburg«, erzählt Spacko weiter. »Vorher war sie in Frankfurt und hat da bei einem Supermarkt in der Frischfleisch- und Wurstabteilung gearbeitet und manchmal aushilfsweise in einem Swingerclub. Dort war sie fürs schmackhaft angerichtete Büfett zuständig. Kalt und warm. Aber sie wollte schon immer mal nach Hamburg. Also hab ich ihr angeboten, mit mir zusammenzuarbeiten.«

Mittlerweile ist es nach sechs. Schmolle ist immer noch nicht wieder da. Die Formalitäten, die Formalitäten. Spacko hat mich, als ich wieder imstande war, mich aufzurichten, in den Vorbau verfrachtet, und nun sitze ich hier mit ihm so wie noch vor ein paar Stunden mit Schmolle. Eistee gibt es auch.

Spackos herausragendste Eigenschaft ist die, dass er keine dummen Fragen stellt, sondern wartet, bis man selbst erzählt. Er ist zwei Köpfe größer als ich, trägt Jeans und ein blauweiß gestreiftes Hemd. Er wirkt durchtrainiert und ist sehr muskulös. Und er hat sehr schöne blaue Augen. Nur seine Frisur macht mir Sorgen. Es ist keine Frisur, sondern es sieht so aus, als hätte man Spacko einen Topf aufgesetzt und ringsherum akkurat die Haare geschnitten. Exakt wie bei Prinz Eisenherz. Und seine Brille finde ich auch gewöhnungsbedürftig. Sie hat so dicke Gläser, dass die Augen dahinter überdimensional groß wirken. Deswegen ist die Farbe der Augen auch so gut zu erkennen. »Ich habe auf dem rechten Auge minus neun Komma fünf Dioptrien und auf dem linken minus zehn«, gesteht er mir, nachdem er seine Brille kurz abgesetzt und dann nicht mehr wiedergefunden hat, obwohl sie direkt vor ihm auf dem Tisch liegt. »Irgendwann werde ich mir die Augen lasern lassen, aber momentan habe ich noch Angst vor dem Geruch, der dabei entsteht. Da riecht es nämlich nach verbrannter Hornhaut. Und das ist bestimmt nicht schön. Für mich sind Gerüche unglaublich wichtig. Wusstest du, dass der Geruchssinn durch die Nase geht?«

»Ja, sicher«, sage ich. »Aber das ...«

»Ich finde das wahnsinnig interessant. Man unterschätzt die Nase in vielerlei Hinsicht. Dabei ist sie ein äußerst wichtiges Sinnesorgan. Und untrennbar mit dem Geschmackssinn verbunden. Wenn man sich die Nase zuhält, dann schmeckt man die Speise nicht, die man gerade zu sich nimmt. Solltest du mal ausprobieren. Das ist eine Erfahrung, die jeder mal machen sollte.«

»Ich werde es probieren«, verspreche ich Spacko. Aber nicht jetzt. Wenn ich nur an Essen denke, wird mir schlecht.

Erwartungsvoll starrt Spacko mich durch seine Uhu-Brille an, und ich fühle mich nun dazu verpflichtet, ihm zu erzählen, wie es zu meinem Nervenzusammenbruch gekommen ist. Er reagiert gefühlvoll, sagt aber auch so was wie: »Da hättest du vielleicht mal auf deine innere Stimme hören sollen, die dir Warnsignale gegeben hat.«

»Mir hat keine innere Stimme Warnsignale gegeben«, bringe ich zu meiner Verteidigung hervor. »Ich war mir so sicher, dass das der Mann meines Lebens ist. So sicher wie nie zuvor.«

»Dann solltest du dir vielleicht eine andere innere Stimme zulegen«, sagt Spacko, als ob man innere Stimmen überall kaufen könnte, solange der Vorrat reicht. »Mit einer guten inneren Stimme fährt man einfach besser.«

Mausi kommt an. »Ist gerade nix los«, sagt sie, behält den Wagen aber im Auge. »O Mann, ej, gerade hab ich ein geilcooles Lebkuchenherz an ein Ehepaar verkauft. Beziehungsweise an sie. Der Mann hat sich nicht so darüber gefreut.« Sie kichert. »Da stand drauf: *Er hat nur 12 Zentimeter.* Geht's dir besser?« Damit bin ich gemeint.

»Es geht schon wieder«, antworte ich immer noch matt.

»Also, was ich da so mitbekommen habe, war dein Typ voll das Arschloch, äääächt«, sagt Mausi und betrachtet ihre künstlichen Fingernägel. »Dem würde ich voll gern so richtig geilcool in den Hintern treten. Das hat er nämlich verdient.«

»Danke schön.« Ich lächle verzerrt. »Das bringt mich aber momentan auch nicht wirklich weiter.« Dann seufze ich. »Wäre ich doch bloß in Würmelingen an diesem Tag nicht Rad gefahren. Dann wäre alles anders gekommen.«

»Würmelingen kenn ich«, sagt Mausi. »Da hatten wir von der Abteilung mal eine Betriebsbesichtigung bei den *Würmelingener Wurstwaren.* Mit Verkostung. Die Fleischwurst hat mir am besten geschmeckt. Aber der gekochte Hinterschinken war auch nicht zu verachten.«

»Ja, der ist lecker«, sage ich und muss an Mamsi und Papsi denken, was einen neuen Tränenstrom auslöst. »Die *Würmelingener Wurstwaren* gehörten meinen Eltern«, erkläre ich Mausi dann schluchzend.

»Äääächt?« Mausi sieht jetzt richtig ehrfürchtig aus. »Das ist ja geilcool.« Dann verschwindet sie wieder zu neuer Kundschaft.

Ich bleibe mit Spacko im Vorbau sitzen und diskutiere mit ihm darüber, wie man Mark an den Karren fahren könnte. Spacko meint, das sei nicht so einfach. Er habe schon viel über Heiratsschwindler gelesen, und so, wie ich ihm das alles erzählt habe, könne man da nichts tun.

»Aber ich muss doch etwas unternehmen«, sage ich verzweifelt. »Immerhin hat er mich bedroht.«

»Dafür hast du aber keinen Zeugen.« Spacko sieht ernst aus. »Ich glaube in der Tat, dass man da gar nichts machen kann. Aber auf alle Fälle solltest du dich rechtlich beraten lassen.«

»Ich habe kein Geld für eine Rechtsberatung.« Erzürnt schlage ich mit der Hand auf den Tisch.

»Ein Freund von mir studiert Jura. Den kann ich ja mal fragen. Der ist im letzten Semester, also hat er bestimmt schon eine Menge auf dem Kasten. Er riecht auch gut«, sagt Spacko.

Später, nachdem der Hamburger Dom geschlossen hat, bestellen wir uns Pizza. Ich kann jetzt doch wieder etwas essen. Schmolle ist immer noch nicht da. An sein Handy geht er auch nicht. Weil ich nicht nach Hause gehen will und Schmolle ja auch versprochen habe, so lange zu bleiben, bis er zurückkommt, verbringe ich den Abend eben mit Spacko und Mausi.

Spacko schlägt vor, ein psychologisches Spiel zu spielen, weil man sich dann untereinander besser kennenlernt. Er findet das Spiel auch deswegen gut, weil man nichts dazu braucht außer seiner Stimme. Das Spiel heißt: »Welcher sächliche Gegenstand wäre ich gern?«

Ich frage: »Sind Gegenstände nicht immer sächlich?«, und Mausi glotzt mich verständnislos an.

»Ein Gegenstand lebt doch nicht, der ist doch automatisch sächlich«, versuche ich ihr nahezubringen.

»Wie?«, fragt Mausi. »Also, ich wäre jedenfalls gern Black Beauty.«

»Stopp, stopp, stopp«, wirft Spacko ein. »Das ist ein Pferd. Tiere gelten nicht. Das sind Lebewesen.«

»Vom Gesetzgeber aus gelten Tiere aber als Sachen.« Mausi kennt sich aus. »Das hab ich damals in der Berufsschule gelernt. Und was ich einmal gelernt habe, das vergesse ich nie.« Allzu viel scheint es aber nicht zu sein, wenn man ihren allgemeinen Sprachschatz so bedenkt.

»Hier gelten aber meine Regeln«, sagt Spacko streng. »Und ich sage, ein Tier gilt nicht. Denk dir was Neues aus, wir machen derweil weiter. Ich bin dran. Und ich wäre gern ein Vibrator.«

Erschrocken schaue ich ihn an. »Wieso das denn?«

»Weil wir im Uhrzeigersinn spielen«, werde ich informiert.

»Erst Mausi, dann ich, dann du.« Spacko schaut uns nochmal nacheinander an, um sich von der Richtigkeit seiner Aussage zu überzeugen.

»Das meine ich nicht. Warum willst du ein Vibrator sein?«

Vor allen Dingen: Wie kann man denn *zugeben*, ein Vibrator sein zu wollen?

»Oh, das kann ich dir sagen«, beginnt Spacko und blickt versonnen in den dunklen Himmel, soweit das mit seinen Dioptrienzahlen überhaupt möglich ist. »Der Vibrator wird immer zärtlich angefasst.« *Der* Vibrator. Das hört sich so an wie *Der* Russe. »Er wird gepflegt, damit er lange brauchbar ist. Der Vibrator spendet Freude, und er kann einem wahnsinnig viel über das Innenleben der Frau erzählen.« Spacko wird nun immer aufgeregter. »Mit lauwarmem Wasser wird der Vibrator gereinigt und erhält einen Ehrenplatz im Schrank. Dort ist es warm und trocken. Und herausgeholt wird er nur für die schönen Stunden im Leben. Nicht bei Streit. Ja«, er nickt, um seine Aussage zu bekräftigen. »Ich wäre wirklich gern ein Vibrator. Und du, Sanni?«

»Heißt das jetzt übersetzt, dass du dich nicht geborgen und gut behandelt fühlst?«, frage ich ihn, weil das ja der Sinn des Spieles ist.

Umständlich friemelt Spacko seine Brille von der Nase und tastet nach einem Papiertaschentuch, um sie zu reinigen. »Schon«, gibt er leise zu. »Meine Eltern haben mich nicht gerade gefördert und Mausi auch nicht. Alles mussten wir uns selbst erarbeiten. In der Schule war ich nicht besonders gut und bin auch wegen meiner Kurzsichtigkeit oft gehänselt worden. Nicht nur einmal wurde mir die Sehhilfe entrissen.« Er setzt die Brille wieder auf. »Dabei wünsche ich mir gar nicht besonders viel für mein Leben. Ich möchte einfach nur eine nette Frau finden, die gern mit mir zusammen ist und die ich glücklich machen kann. Aber ich finde keine. Ich weiß nicht, was ich falsch mache. Vielleicht liegt das ja an der Brille. Aber meine innere Stimme sagt mir, dass es nicht daran liegt. Ich bin den meisten Frauen, glaube ich, einfach zu nett. Die wollen einen richtigen Kerl haben, einen, der sich prügelt für sie. Ich hatte noch nie eine richtige Beziehung.« Spacko steht auf und reckt sich. »Ja«, sagt er zu sich selbst. »Der Vergleich mit einem Vibrator ist der richtige. Geborgenheit und Wärme, das hätte ich gern. Ich möchte gern aus einem Schrank herausgeholt werden, um schöne Stunden zu bereiten. Das möchte ich gern.«

Einige Sekunden lang schweigen wir, um Spackos Worte auf uns wirken zu lassen.

Dann sagt Mausi: »Ich glaub, ich wär gern der gekochte Hinterschinken aus der Fabrik deiner Eltern. Jeder würde mich haben wollen. Ich schmecke gut und werde immer gern genommen. Und keiner würde nein sagen, wenn die Verkäuferin fragt, ob's denn auch ein bisschen mehr sein darf. Weil der Schinken so lecker ist. Ich würde im Sommer nie schwitzen, weil ich im Kühlregal liege, und viel reden müsste ich auch nicht. Und oft hätte ich Gesellschaft, weil ich beim Abendbrot serviert werde, bei dem die Familien zusammensitzen und sich gut unterhalten. Ich müsste dann auch keine Angst mehr vorm Sterben haben, weil ich ja immer nachproduziert werde.« Beifallheischend blickt sie erst Spacko und dann mich an.

Spacko beugt sich nach vorn und streichelt ihr kurz über die Hand. Ich sage gar nichts. Glücklicherweise muss ich mir auch nicht mehr überlegen, welcher sächliche Gegenstand ich sein möchte, weil in diesem Augenblick Schmolle wiederkommt.

Er hat zwei Sixpacks mit Flensburger Pilsener dabei und stellt beide auf den Tisch. »Was macht ihr denn hier?«, fragt er Spacko und Mausi.

»Wir leisten Sanni Gesellschaft«, erklärt ihm Spacko und nimmt sich ein Bier; der Bügelverschluss springt mit einem lauten Plopp auf. »Sanni geht es nämlich nicht so gut.«

»Stell dir mal vor, das weiß ich auch«, sagt Schmolle.

»Mit Oma, das tut mir äääächt sooo leid«, mischt Mausi sich ein. »Gerade noch hab ich gesehen, wie sie einen Beutel mit Lakritz verkauft hat, und im nächsten Moment ist sie umgefallen.«

»Ja, es ist tragisch«, meint auch Spacko.

Schmolle sagt: »Wenigstens ging's schnell. Ich hätte es nicht ertragen, Oma zu sehen, wie sie daliegt, mit Schläuchen verkabelt. So war es sicher besser. Meine Mutter ist natürlich völlig am Ende mit den Nerven. Sie ist nur am Heulen. Die Beerdigungskosten fressen ihr ganzes Erspartes auf. Aber ich steuere natürlich auch meinen Anteil bei. Sind Sie denn zurechtgekommen?«, fragt er mich dann.

»Sanni hatte einen extrem geilcoolen Nervenzusammenbruch«, schwabbelt Mausi los. »Sie ist im Wagen zusammengefallen wie jemand, der einfach so umfällt, einfach so, bumm.«

Erschüttert sagt Schmolle: »Ach, du meine Güte. Wie

konnte denn das passieren?«, und bevor ich antworten kann, antwortet Mausi: »Der Mann von Sanni war da und hat sie bedroht.«

Mit zusammengekniffenen Augen betrachtet Schmolle mich und wartet auf meine Reaktion. »Stimmt das?«, fragt er, nachdem ich nichts zugegeben oder abgestritten habe.

Aber Mausi ist noch nicht fertig. »Er hat gesagt, dass er sie anzeigen kann und auch umbringen lassen könnte, wenn er das will. Er meinte, es gäbe hier genug Leute, die das erledigen könnten für ihn. Das hat er äääächt gesagt.« Ups. Gar kein geilcool. »Und dann meinte er noch, dass Sanni hässlich sei und er sie nur wegen des Geldes angeschaut hat.«

Schmolle leert die Flensflasche in einem Zug. »Ich frage nochmal: Stimmt das?« Fast drohend nickt er mir zu; ich soll wohl jetzt endlich eine Reaktion zeigen.

»Na ja«, gebe ich zu. »So ungefähr war es wohl.«

»Jetzt mal langsam.« Schmolle setzt sich. »Hier kommt nicht jemand einfach her und bedroht meine Angestellten.«

Ich habe zwar noch keinen Arbeitsvertrag, finde es aber gut, dass er mich als Angestellte bezeichnet.

»Hier hab immer noch ich das letzte Wort, und in meinem Wagen schon mal erst recht. Hat er wirklich mit Mord gedroht?«

Ich nicke.

Schmolle holt sein Handy aus der Hosentasche. »Wo wohnt der Typ? Ich ruf gleich mal Oscar an, dann kann der feine Herr sich mal anschauen, was ein wirklicher Killer ist. Dem ziehen wir die Ohren lang. Dem flößen wir Blausäure ein. Oder spritzen ihm Luft in die Vene.«

Oscar? Fieberhaft überlege ich, warum bei mir bei den Begriffen Oscar und Mord die Lampen angehen. »Ich weiß leider nicht, wo Mark wohnt«, sage ich betreten. »Er hat es mir nicht gesagt. Er sagte nur, dass er bald wieder heiratet. Eine Frau, die reich geschieden wurde und einen Privatjet besitzt.«

»Geilcool, ein Privatjet.« Mausi ist ganz ehrfürchtig. »Damit kann sie einfach so rumfliegen. Zu Modenschauen und geilcool in den Urlaub. Natürlich nur, wenn sie will.«

Sicher, wenn sie will. Was denn sonst?

»Ich hör mich mal um, wer so eine Dame kennt. Das müsste doch rauszukriegen sein. So ein Mist, dass ich nicht da war. Der wäre drei Köpfe kürzer von hier weggegangen, das schwöre ich euch.« Noch ein Bier wird geöffnet. »Von jetzt ab werde ich aufpassen«, sagt Schmolle. »Damit Ihnen nichts mehr passiert.«

Das finde ich gut.

Gegen ein Uhr bin ich zu Hause und hoffe inständig, dass alle schon schlafen, aber da täusche ich mich. Der Titus sitzt vor dem Fernseher und schaut *Natural Born Killers*, das Möhrchen stickt am Schnuffi-Kissen herum.

»Ich füge noch weitere Details ein«, erzählt es mir. »Tote Ratten, die zwischen den Leichen herumschwimmen.« Es hat sich ein Stück weit beruhigt, lässt die Stickerei aber jetzt trotzdem in den Schoß sinken und sagt: »Vielleicht behalte ich das Kind doch. Und verkaufe es nach der Geburt an ein kinderloses Ehepaar.« Kurz überlegt es weiter. »Es gibt so viele Leute, die gerne Kinder haben wollen, aber es klappt und klappt nicht. Bestimmt sind die Leute bereit, viel Geld dafür zu bezahlen. Und so könnte ich dann meinen Lebensunterhalt sichern. Vielleicht kann ich das immer so machen. Einmal pro Jahr bekomme ich ein Kind und verkaufe es.«

In mir keimt Hoffnung auf. »Dann könntest du ja auch den Titus verkaufen«, schlage ich vor, aber das Möhrchen schüttelt mit Nachdruck den Kopf.

»So ein Kind wie den Titus kriege ich nie, nie wieder«, sagt es. Und damit hat es ja recht.

Weil ich zu aufgedreht bin, um schlafen zu können, hocke ich mich in einen von Gundulas Sesseln und verfolge mit einem Auge das Gemetzel am Bildschirm, mit dem anderen Möhrchens Stickerei. Und dann schaue ich zufällig auf meine Hände, die in meinem Schoß liegen. Herrje! Ich Idiotin! Mein Ehering! Der Beisteckring! Platin. Brillanten!!! Warum bin ich nicht vorher darauf gekommen? Ich werde die beiden Ringe verkaufen! Juhu! Dann habe ich wenigstens vorübergehend Bargeld. Mark und ich, wir waren doch noch zusammen beim Juwelier! Ich weiß, dass der Ring ungefähr achttausend Euro gekostet hat. Also der Beisteckring.

Wie herrlich! Gleich morgen werde ich zum Juwelier gehen. Vielleicht muss ich dann auch nicht mehr bei Schmolle Zuckerwatte und Rumkugeln verkaufen. Aber er rechnet ja mit mir. Es wäre unfair, jetzt einfach nicht mehr dahin zu gehen. Eins nach dem anderen. Erst Juwelier, dann sehe ich weiter.

10. Kapitel

Nahmst du von mir den Ring, durch den ich dir vermählt; so melde ihm dein Recht, fordre zurück das Pfand!

Richard Wagner: Götterdämmerung
2. Aufzug, 4. Szene
(Sprecherin: Brünnhilde)

»Ich habe Mark gestern auf dem Dom gesehen«, informiere ich die anderen beim Frühstück. Heute gibt es keine Brötchen, weil Chris meinte, es gebe nichts zu feiern. »Erst zusammen mit einer blonden, gutaussehenden Frau, später dann kam er zu mir, als ich an meinem neuen Arbeitsplatz Süßigkeiten verkauft habe.«

»Darüber wollte ich sowieso noch mit dir reden«, sagt das Möhrchen böse. »Aber gestern Abend ging das nicht, weil der Titus noch wach war, als du nach Hause gekommen bist. Der Titus hat mir natürlich erzählt, dass er den Papi getroffen hat. Er war am Ende. Weil er meinte, der Papi hätte ihn nicht erkannt.«

»Natürlich hat Mark so getan, als würde er Titus nicht kennen.« Ich schüttele den Kopf und nehme eine Scheibe Weißbrot. »Wie hätte er das der Frau denn erklären sollen?«

Das Möhrchen winkt genervt ab. »Diese Sache habe ich schon wieder hingebogen«, erklärt es mir. »Ich hab dem Titus erzählt, dass der Papi ihn nicht erkannt hat, weil der Titus so groß geworden ist und jetzt ganz anders aussieht als noch vor ein paar Wochen. Etwas viel Wichtigeres macht mir zu schaffen, Sanni.« Es setzt sich nun sehr aufrecht hin und sieht wirklich zornig aus. »Wie um alles in der Welt konntest du dem Titus einen Liter frisches Menschenblut versprechen?«

»Das habe ich in einer Schockreaktion gesagt. Ich wollte, dass der Titus still ist, damit Mark uns nicht bemerkt auf dem Dom.«

Das Möhrchen hebt sein Messer. »Das ist unmöglich von dir, Sanni. Wie kannst du dem Kind Menschenblut versprechen und dann dein Versprechen nicht halten? Dann auch noch einen Liter! Du hattest doch mit Sicherheit keinen Messbecher dabei. Also hast du den Titus doppelt hinters Licht führen wollen. Beziehungsweise hast ihn hinters Licht geführt. Jetzt hat er kein Menschenblut und auch nicht einen Liter davon. Der Titus hatte sich schon so gefreut. Jetzt steht er da, der Titus, und weiß nicht mehr, was er denken und fühlen soll. Das ist nicht gut für eine zarte Kinderseele.«

Den Titus interessiert das alles gar nicht. Er hockt da, löffelt sein Müsli und hört rechtsradikalen Rap über Kopfhörer, und das so laut, dass man jedes einzelne geschriene Wort sehr gut hören kann. Dabei zuckt er unrhythmisch hin und her.

»Hast du etwa jemanden umgebracht?« Vivian wirkt entsetzt, sieht aber gleichzeitig ein wenig so aus, als hätte ein unterschwelliger Wohlfühlgrusel von ihr Besitz genommen.

»Wen denn?«, fragt Harriet gespannt.

Nero mischt sich nun auch ein: »Vielleicht kann man mit den Organen noch Leben retten. Hatte die Leiche einen Organspendeausweis bei sich?«

»Herrje, ich habe natürlich niemanden umgebracht!«, rufe

ich entnervt. »Sehe ich etwa so aus, als würde ich jemanden töten können?«

»Ha!« Das ist Chris. »In der Psyche eines Menschen lauern Abgründe, die Außenstehende gar nicht erkennen. In jeder Seele. Es ist unmöglich, jemandem anzusehen, ob ein gutes oder böses Herz in seiner Brust schlummert. Nehmen wir doch mal Theodore Robert Bundy. Er war attraktiv, selbstsicher, ehrgeizig. Er kam bei den Frauen gut an. Und was hat er mit ihnen gemacht?«

»Kannst du mal Klartext reden?«, fragt Nero. »Hier weiß, glaube ich, keiner, wer Theodore Robert Bundy ist.«

»Wer das ist, wer das ist«, äfft Chris ihn nach. »Ein Serienkiller natürlich. Zwischen zwanzig und dreißig Frauen hat er umgebracht. Bestialisch.«

Ehrfürchtig sieht das Möhrchen Chris an. »O mein Gott. Das müssen wir dem Titus erzählen. Gibt es von dem Serienkiller einen Film auf DVD?«

»Wie schrecklich«, sage ich.

»Das will ich meinen«, sagt Chris. »Dennis Andrew Nilsen, Lucian Staniak, Carl Friedrich Wilhelm Großmann, Jeffrey Dahmer und wie sie alle heißen oder hießen. Alle miteinander Serienkiller. Und ausgesehen haben sie wie unbescholtene Bürger, die keiner Fliege etwas zuleide tun. Wölfe im Schafspelz.« Sorgfältig bestreicht er seine Brotscheibe mit Himbeergelee. Ein wenig Gelee tropft auf den Teller. Theoretisch könnte es Blut sein. »Wir alle könnten zum Serienkiller mutieren und wären es vielleicht auch schon, wenn Gundula uns nicht allesamt gerettet hätte.«

»Aber davon wird man ja nicht reich«, stellt Harriet fest.

»Die Serienkiller töten ja nicht, um Geld zu bekommen, oder?«

»Die meisten nicht«, muss Chris zugeben.

»Also, warum sollten wir dann Serienkiller werden?«, fragt uns Harriet so ernst, als hätte das jemals zur Diskussion gestanden.

»Ihr versteht überhaupt nichts«, sagt Chris verbittert. »Ich wollte doch nur etwas erklären.« Er steht auf und holt vom Balkon einige Kirschtomaten. »Was geschah denn, als Mark zu dir an den Stand kam? Was wollte er denn von dir?«

In knappen Worten erzähle ich die Geschichte, verschweige aber meinen peinlichen, unschönen Zusammenbruch direkt danach.

»Also ist er in Hamburg«, sind sich alle einig.

»Er könnte aber mittlerweile auch schon wieder ganz woanders sein«, gibt Gundula zu bedenken.

Dann sagt lange Zeit niemand etwas, und alle widmen sich ihrem Frühstück.

Plötzlich werde ich total wütend. »Ihr sitzt da wie die Lämmer auf der Schlachtbank!«, rufe ich in die Runde. »Mark ist in Hamburg, also jedenfalls war er es gestern. Da ist die Wahrscheinlichkeit doch groß, dass er *immer noch* in Hamburg ist. Und ihr hockt da und nehmt das einfach so hin. Anstatt zu überlegen, wie wir ihn finden können.«

»Und dann?« Neros Stimme klingt resigniert.

»Wie, und dann? Dann stellen wir ihn zur Rede!«, echauffiere ich mich laut.

»Und dann?« Neros Stimme klingt noch ein Stück weit resignierter.

»Rache!«, rufe ich. »Wir sollten einen Racheplan schmieden!«

»Das ist doch völliger Quatsch«, gibt Vivian zu bedenken, und alle nicken. »Wir können ihm doch nichts Unrechtes nachweisen. Also wäre das doch völlig vergebens.«

Ich schüttele den Kopf.

So einfach kann man doch nicht aufgeben.

»Das ist ein sehr schön gearbeitetes Stück«, sagt der Juwelier anerkennend, und ich nicke strahlend. Wie gut, dass ich zu einem richtigen Fachmann gegangen bin und nicht zu einer der großen Ketten, in denen Aushilfskräfte einem Massenware andrehen wollen. Nein, ich befinde mich in einer kleinen Seitenstraße in der Innenstadt, und bei diesem Juweliergeschäft, es heißt *Baumgarten, Nordgaard & Söhne* und existiert seit 1872, muss man sogar klingeln, um hereingelassen zu werden. Da kann man nicht einfach so reinstapfen und ein Paar Ohrringe verlangen.

»Ich zähle zwölf Steine«, erklärt mir der Juwelier, der schätzungsweise zweihundert Jahre alt ist, und schaut sich nun zum dritten Mal durch ein Vergrößerungsglas den Beisteckring an.

»Ich möchte den Ring verkaufen. Und den hier auch.« Ich ziehe meinen Ehering ab und lege ihn auf den Holztisch, der mit dunkelgrünem Leder bezogen ist. Sofort fühle ich mich nackt und ausgeliefert. Wie schnell man sich an einen Ring gewöhnen kann. Der Juwelier, es handelt sich bei ihm übrigens um Jan-Hermann Nordgaard, lässt die Lupe sinken und sieht mich freundlich an.

»Was geben Sie mir dafür?« Ich will die Sache hinter mich bringen.

»Was hat der Ring denn ursprünglich gekostet?«, will Jan-Hermann wissen.

»Genau weiß ich das nicht, aber ich schätze, so um die achttausend Euro«, antworte ich schnell.

»Achttausend Euro, hm, hm, hm.« Jan-Hermann bringt die Lupe wieder zum Einsatz. »Und der Ring ohne Steine?«

Ich überlege fieberhaft. Wie viel war das bloß? Ich möchte Herrn Nordgaard nicht anlügen, also sage ich: »Ich habe keine Ahnung. Aber es ist Platin. Beide Ringe sind Platin.«

»Hm, hm, hm«, macht Jan-Hermann. Möglicherweise will er feilschen oder mich unsicher machen. Dann sagt er auch noch: »Einen kleinen Moment bitte«, und begibt sich nach hinten in die Werkstatt oder wohin auch immer, um kurze Zeit später wieder nach vorn zu kommen. Jan-Hermann sieht mich prüfend an. »Die Sache ist die«, sagt er nach einer gefühlten Stunde. »Im Normalfall würde ich Ihnen, ohne groß diskutieren zu wollen, für beide Ringe zusammen zwölftausend Euro geben.«

»O wie schön!«, rufe ich begeistert, doch er bremst meine Euphorie, indem er beide Hände hebt. »Ich habe gesagt, im Normalfall …«

»Mir ist schon klar, dass Sie mir nicht das bezahlen, was die Ringe gekostet haben«, werfe ich ein. »Nennen Sie mir einfach einen Preis, wir werden uns schon einig.«

»Tscha«, macht Jan-Hermann und legt den Kopf schief. Dann schiebt er beide Ringe zu mir hinüber. »Ich glaube nicht, dass wir ins Geschäft kommen können.«

»Aber warum denn nicht? Sie haben doch eben gerade selbst gesagt, dass der eine Ring schön gearbeitet ist …«

»Jaja«, nickt er. »Es gibt da nur ein klitzekleines Problem. Die Ringe sind als gestohlen gemeldet worden.«

»Was wollen Sie mir denn damit sagen?«, frage ich Jan-Hermann entsetzt, der mich ein bisschen misstrauisch anschaut. »Ich werde diese Ringe leider beschlagnahmen müssen«, sagt er und schnappt sich die beiden.

»Gestohlen?« Ich begreife gar nichts.

Jan-Hermann reicht mir einige Blätter Papier, die wichtig aussehen. Jedenfalls befinden sich viele Stempel darauf. Ich überfliege das Schriftstück, und mir wird klar, dass ich schon wieder verloren habe. Mein Mann hat die Ringe als gestohlen gemeldet. Die Zertifikate belegen das. Zwar wurden die Ringe mit meinem Geld gekauft, aber weil ich Mark ja alles überschrieben habe, habe ich ihm auch die Ringe überschrieben. So einfach ist das. Fotos von den guten Stücken gibt es auch. Ich habe das Gefühl durchzudrehen.

»Das sind aber meine Ringe«, erkläre ich dem Juwelier lahm, doch der schüttelt den Kopf und sagt: »Ich werde die Polizei verständigen müssen.« Dann sieht er mich auffordernd an. »Es sei denn, Sie beschließen, diesen Laden jetzt gleich zu verlassen. Jetzt gleich.«

»Aber …«, beginne ich wieder, werde aber von Jan-Hermann unterbrochen, der wiederholt: »Jetzt gleich. Ich werde sagen, dass Sie geflüchtet sind.«

Geflüchtet. Ich bin doch keine Vertriebene aus dem Pommernland, die eine Holzkarre hinter sich herzieht und deren Lippen von der Kälte schon aufgeplatzt sind und an deren

Wimpern sich schon Eiszapfen gebildet haben. Aber ich verstehe. Jan-Hermann hat Mitleid mit mir und möchte mir helfen.

»Ja dann«, sage ich fassungslos. Dann drehe ich mich um und verlasse den Juwelierladen.

»Die Ringe sind aber wirklich sehr schön«, ruft mir Jan-Hermann hinterher, aber die Tür fällt schon zu.

Meine Güte. Das wird ja immer besser. Das wird ja wirklich immer besser.

Aber ganz offensichtlich hab ich es nicht anders verdient.

Fast hoffe ich, auf meinem Weg zu Schmolle in einen Hundehaufen zu treten, weil das ja angeblich Glück bringt, aber dann denke ich an die Arbeit, die ich haben werde, um den Schuh wieder zu säubern, und möchte doch in keinen Hundehaufen treten.

Ich war so blind, so blöd, so dumm, so naiv, so unaussprechlich naiv. Vor einer Schaufensterscheibe bleibe ich stehen und begutachte mich. Meine Wäsche ist von Gundula mittlerweile gewaschen und gebügelt worden, die gute Seele hat es sich nicht nehmen lassen, das für mich zu tun. Und so trage ich heute eine beige Leinenhose und eine weiße Bluse und Sandalen. Wenn das so weitergeht, werden mir die Sachen bald nicht mehr passen; der ganze Stress hat schon dazu geführt, dass ich abgenommen habe. Ich trete näher an das Schaufenster. Also, hässlich bin ich wirklich nicht, auch wenn sich langsam Kummerfalten bilden und meine Augen traurig aussehen. Hinter der Schaufensterscheibe befindet sich Sommergarderobe. Da, ein sehr schönes, luftiges Kleid in einem hübschen Grünton. 129 Euro. Ein Sommermantel für 219 Euro. T-Shirts für 49 Euro.

Werde ich mir so etwas je wieder leisten können?

Schmolle sagt: »Heute ist Kreativtag«, nachdem ich angekommen bin. Er sitzt mit einem Stapel unverzierter Lebkuchenherzen an dem wackligen Tisch. Neben ihm stehen verschiedene Plastikschüsseln, in denen sich Zuckerguss befindet; kleine Tuben mit Lebensmittelfarben liegen säuberlich nebeneinander. Dann sind da noch durchsichtige Gefäße mit bunten Streuseln und kleinen Perlen. Und Spritztüllen.

»Was heißt das?« Ich setze mich auf den freien Stuhl und nehme mir ungefragt einen Eistee.

»Das heißt, dass uns die Herzen langsam ausgehen und neue hermüssen«, erklärt Schmolle und drückt eine Tube mit roter Lebensmittelfarbe in eine der Schüsseln, um dann umzurühren. Langsam wird die Zuckermasse rosa. »Mein Motto lautet: Immer neu macht der Mai.« Schmolle füllt die Masse in eine Spritztülle und fängt an, die Ränder eines Herzens damit zu verzieren. »Also müssen neue Sprüche her. Sprüche, bei denen die Kundschaft anerkennend nickt und sagt: ›Das Herz muss ich haben.‹«

»Aha. Und was soll ich dann heute tun? Den Verkauf im Wagen übernehmen?«

»Nein, das macht Mausi. Sie kommt gleich. Spacko leiht sie mir heute nochmal. Sie werden meine kreativen Schübe unterstützen und auch selbst Hand an die Herzen legen. Toben Sie sich so richtig aus.« Er beugt sich vor. »Ich hab mit Oscar telefoniert. Oscar meinte, wenn ich seine Hilfe brauche, ist er sofort da. Ohne Wenn und Aber. Er nimmt sich den Scheißkerl vor. Ich muss nur mit dem Finger schnippen, dann steht Oscar auf der Matte.«

»Das ist aber nett von ihm«, sage ich und nehme eins der unbemalten Herzen in die Hand. »Aber ich wollte meinen Exmann eigentlich gar nicht umbringen lassen.«

»Erstens mal ist er nicht Ihr Exmann. Vom Gesetz her sind Sie sehr wohl noch mit ihm verheiratet. Und zweitens mal verstehe ich nicht ganz, wieso Sie ihn nicht um die Ecke bringen lassen wollen. Das hat er Ihnen doch auch angedroht.«

»Ich möchte mich aber nicht strafbar machen.«

Schmolle grölt laut auf. Man kann seinen Goldzahn sehen. »Strafbar machen! Dass ich nicht lache! Ja, wo leben Sie denn eigentlich? Glauben Sie im Ernst, das würde jemand herausfinden, wenn der Oscar Ernst macht? Ha! Der hat schon so viele Leute gelyncht, dass er es nicht mehr zählen kann, und niemals ist etwas herausgekommen. Nie, so wahr ich hier sitze und mit Zuckerguss arbeite!«

»Hm, ich werde mir die Sache durch den Kopf gehen lassen.« Ich betrachte das Herz. »Welche Rubriken sollen denn bedient werden?«

»Alles fehlt. Wir können auch neue Rubriken erfinden«, lässt Schmolle mich wissen und malt in Schreibschrift und sehr konzentriert in weißer Farbe *Bumsschlumpf* auf das erste Herz. Stolz begutachtet er sein Werk. »Das kann ein Mann seiner zu klein geratenen Freundin schenken, die zu nichts anderem taugt als fürs Bett«, sagt er ernst. »Ich habe auch schon Herzen mit dem Wort *Schrumpfpiesel* verziert, das kann man Leuten schenken, die bei Regen immer die

Schultern einziehen und dadurch kleiner wirken, aber das ist nicht so gut gelaufen, weil man zu sehr um die Ecke denken musste.«

Ich nicke. Wenn mir bloß einfallen würde, woher ich den Namen Oscar kenne! Fieberhaft überlege ich und überlege und überlege, aber ich komme einfach nicht drauf.

Da kommt Mausi geilcool um die Ecke geschossen.

»Du bist zu spät«, sagt Schmolle.

»Bin ich nicht«, antwortet Mausi. »Gerade erst wird geilcool aufgemacht, es ist noch keiner da.«

»Ich möchte, dass meine Mitarbeiter eine Viertelstunde vor der eigentlichen Öffnungszeit da sind. Es gibt im Vorfeld einiges zu tun. Die Hände müssen gewaschen, das Wechselgeld gezählt, die Ordnung im Verkaufswagen muss überprüft werden. Hast du gestern an die Nachbestellungen gedacht?«

Tumb glotzt Mausi ihn an. »Welche Nachbestellungen?«

»Eben, eben. Alles muss man selbst machen. Sind noch Nougatriegel da, genügend Puffreis, ausreichend gebrannte Nüsse? Was ist mit den Colafläschchen, mit den weißen Mäusen, mit den Lutschern? Haben wir noch Holzstäbe für die Zuckerwatte auf Vorrat?«

Nun ist Mausi beleidigt: »Das hat mir keiner gesagt. Außerdem arbeite ich gar nicht für dich. Ich wurde dir nur geborgt. Wenn du mir blöde kommst, geh ich zu Spacko zurück und stell die Blechdosen wieder neu auf.«

»Du bleibst hier und kümmerst dich«, befiehlt Schmolle ihr unnachgiebig. »Ich muss gemeinsam mit Sanni meine Gehirnzellen aktivieren.«

Ich verfolge die Diskussion nicht sehr interessiert, weil

ich plötzlich wahnsinnige Lust dazu habe, diese Lebkuchenherzen zu bemalen. Wahrscheinlich muss in mir gerade etwas heraus. Konzentriert verziere und beschrifte ich ein Herz nach dem anderen. Dabei nimmt eine angenehme Ruhe von mir Besitz. Ich fühle mich fast wie in einer Therapiestunde. Spacko kommt zwischendurch vorbei, fragt, wie es mir geht und ob es mir schon wieder bessergeht und ob heute um dieselbe Uhrzeit ein ähnliches Desaster zu erwarten sei, dann könne er sich schon mal mental darauf vorbereiten. Ich verspreche ihm, dass das nicht geschehen wird, und verziere weiter. Spacko meint noch, das würde hier aber gut riechen, und macht sich dann wieder aus dem Staub.

Die einzelnen Herzen werden von Schmolle und mir nach dem Verzieren zum Trocknen auf Holzplanken gelegt, die Schmolle schon auf dem Boden ausgebreitet hat. Nach zwei Stunden habe ich über fünfzig Herzen fertig. Schmolle und ich haben gewettet, wer schneller die fünfzig voll kriegt, und ich habe gewonnen. Nun begutachten wir gegenseitig unsere Werke.

Zu verschenken, lese ich bei Schmolle.

Oder: *Gesichtsfünf!*

Und: *Schau dich an, dann musst du kotzen!*

Und dann noch: *Ab sofort bist du wieder Single.*

Ich bin total gespannt, was Schmolle zu *meinen* Herzen sagt.

Im nächsten Moment platzt fast mein Trommelfell. Ich höre so etwas wie einen sehr lauten Schuss und ducke mich instinktiv, um nicht getroffen zu werden. Doch dann stelle ich fest, dass das kein Schuss war, sondern ein Aufschrei von

Schmolle. Er ist krebsrot im Gesicht. Aus den Augenwinkeln nehme ich wahr, dass Mausi aus Selbstschutz die Tür des Verkaufswagens von innen schließt. »SIND SIE BEKLOPPT IN DER BIRNE ODER WAS? WOLLEN SIE UNS IN DEN KNAST BRINGEN, HÄ?«

Ängstlich frage ich: »Warum denn, was ist denn?«, und Schmolle deutet sehr aggressiv auf meine Herzen.

Ich lass dich ausbluten, du Sau!, steht da.

Ich will ein Serienkiller sein!, auf einem anderen.

Oder: *Egmont Wurzel vom PK 15 ist eine Nullnummer.*

Und: *Schmolles Freund Oscar tötet für euch!*

»Ach, du dicke Kacke«, Schmolle regt sich jetzt so auf, dass man seine Halsschlagader pochen sieht. »Was soll denn das? Wie kommen Sie denn auf so bekloppte Ideen? ›Oscar tötet!‹ Das ist Rufmord!«

»Mir geht es aber jetzt besser.« Das stimmt wirklich. Das Bemalen der Lebkuchenherzen war eine innere Katharsis für mich.

»So ein Schwachsinn! Wenn ich die verkaufe, habe ich nicht nur *eine* Klage am Hals. Das ist doch mit Sicherheit strafbar. So etwas geht auf gar keinen Fall. Jetzt kann ich über fünfzig Herzen wegschmeißen. Nur mal angenommen, dieser Egmont Wurzel kommt hier vorbei und sieht das – da bin ich verhaftet, aber schneller, als die Polizei erlaubt.«

»Ich glaube nicht, dass Herr Wurzel seine Freizeit auf dem Dom verbringt.« Ich finde, dass Schmolle sich ein Stück weit anstellt. »Der sieht mir eher so aus wie jemand, der jede freie Minute in seinem Schrebergarten hockt und Unkraut jätet.«

»Jedenfalls geht das so nicht. Zukünftig werden Sie keine Herzen mehr bemalen, sondern nur noch im Verkauf arbeiten. Oder Sie machen die Nachbestellungen.«

Schade. Jetzt wird mir mein neues Hobby gleich wieder genommen.

Ich bekomme von Schmolle einen Schnellhefter hingepfeffert. »Da steht alles drin, was wir im Sortiment haben, und jeden Abend wird eingetragen, was verbraucht wurde. Entsprechend muss nachbestellt werden.«

»Ist gut.« Resigniert schlage ich den Schnellhefter auf und vertiefe mich in Mindestabnahmezahlen von sauren Zungen und Waffeln. Mir fällt ein, dass ich Schmolle immer noch nicht gefragt habe, was er mir pro Stunde zahlt und ob ich jetzt auch wieder krankenversichert bin, aber dies ist ein äußerst ungünstiger Zeitpunkt. Ich werde später fragen.

Schmolle hat für den Rest des Tages schlechte Laune und straft mich mit Missachtung.

Aber damit kann ich leben.

Immerhin gibt es Schlimmeres, was einem passieren kann.

Schon im Treppenhaus höre ich das Gekreisch. Und es wird mit jeder Stufe, die ich hochgehe, lauter. Nachdem ich die Wohnungstür aufgeschlossen habe, bekomme ich Kopfweh. Nero schwebt gerade in einem seiner Wallegewänder durch den Flur und hebt theatralisch die Arme, als er mich sieht.

»Am besten, du wärst fortgeblieben!«, ruft er, wendet sich wieder von mir ab und läuft ins Wohnzimmer. Ich frage mich, was denn nun schon wieder los ist, und gleich darauf weiß ich es.

Alle sind da, sitzen um den Esstisch herum und versuchen, sich gegenseitig zu übertönen.

»Ich sag euch doch, dass es funktioniert!«, schreit Vivian aufgeregt. Auf ihrer Stirn glänzen Schweißperlen. »Ich hab das schon im Fernsehen gesehen.«

»Nicht in meinem Haus!«, brüllt Gundula – die Gundula, die sonst immer so ruhig und gelassen wirkt. »Hier wird so etwas nicht getan!«

Das Möhrchen heult schon wieder. Es wirkt wie eine einzige große Träne.

Der Alkohol scheint schon in Strömen geflossen zu sein; jedenfalls stehen jede Menge Gläser und Flaschen auf dem Tisch.

»Mein Leben ist zu Ende!«, kreischt das Möhrchen, steht auf und stürzt zu einem der Fenster, und zwar zu dem, dessen Scheibe der Titus zerstört hatte, die aber mittlerweile von einem Glaser ersetzt wurde.

»Möhrchen!«, brüllen alle, und Chris rennt zum Fenster und hält das Möhrchen davon ab, es zu öffnen und hinauszuspringen.

Nachdem ich mir ein Glas genommen und es mit Rotwein gefüllt habe, fühle ich mich kräftig genug, die Frage »Was ist passiert?« zu stellen.

»Ach, du glaubst es nicht«, wird mir versichert.

Gundula klärt mich irgendwann auf. »Möhre ist in der vierzehnten Woche«, sagt sie. »Ein Abbruch ist rein rechtlich nicht mehr möglich.«

Ich kann die Floskel »rein rechtlich« bald nicht mehr ertragen.

»Und jetzt?«

»Das ist ja nicht das Schlimmste«, redet Gundula betroffen weiter.

»Was ist denn das Schlimmste?« Dass man hier aber auch grundsätzlich doppelt und dreifach nachhaken muss.

»Möhre bekommt Drillinge.«

O Gott. Schnell setze ich mich. Das kann doch nicht wahr sein.

»Könnt ihr denn nicht begreifen, dass es das Beste ist, wenn ich nicht mehr lebe?«, fragt das Möhrchen, das immer noch am Fenster steht und von Chris umklammert wird.

»Ich würde es genauso machen«, sagt Harriet mit stoischer Gelassenheit und wird von Gundula mit einem bösen Blick bestraft. »Angenommen, es werden drei Jungen. Da liegt die Wahrscheinlichkeit nahe, dass mindestens einer von ihnen wie sein Vater wird. Wenn Möhrchen Pech hat, alle drei. Und so wird sich das weiter fortsetzen, und irgendwann werden die Gene gesiegt haben und auf dieser Welt nur noch Heiratsschwindler ihr Unwesen treiben.«

Nero sieht so aus, als würde er ihr am liebsten eine knallen. »Hör schon auf«, sagt er wütend. »Das Möhrchen braucht jetzt alles, aber bestimmt nicht deine dummen Sprüche.«

Wenn ich ganz ehrlich sein soll, finde ich Harriets Überlegungen gar nicht *so* abwegig.

»Ich finde meine Idee viel besser«, meint Vivian und trinkt ihr Glas leer. »Wir könnten es zumindest probieren. Ich habe irgendwo noch ein paar von diesen Haken, an denen man Rindshälften aufhängt. Mit Stricknadeln haben früher die Frauen ihre ungewollten Kinder von diesen Engelmacherinnen wegmachen lassen. Dann muss das mit den Haken doch auch gehen. Soll ich sie schon mal holen?«

Gundula schlägt mit der Hand auf den Tisch, dass es nur so knallt. »Jetzt haltet ihr alle den Rand!«, ruft sie. »In dieser Wohnung werden keine Fleischerhaken zweckentfremdet. Und auch sonst wird nichts Unrechtes getan, dass ihr das alle wisst. Vivian, wenn du noch einmal so etwas in dieser Art sagst, kannst du deine Sachen packen und auf dem Kiez schlafen.«

Vivian ist sofort mucksmäuschenstill.

»Das Wichtigste ist, dass Möhre sich jetzt nicht unnötig aufregt«, redet Gundula weiter. »Das arme Ding hat momentan hormonelle Umstellungen zu verkraften, da braucht es nicht noch solche dämlichen Überlegungen. Ruhe braucht es. Hilfe und Zuwendung.«

Vehement schüttelt das Möhrchen den Kopf. »Ich brauche keine Zuwendung. Hilfe schon. Ich werde die Kinder verkaufen. Ich setze eine Anzeige in die Zeitung.«

»Wobei sich mir die Frage stellt, in welcher Rubrik«, wirft Dodo ein. »Gebraucht oder neu? Das sollten wir uns vorher überlegen. Neuware wird ja meistens besser bezahlt. Das ist sowieso eine gute Frage – ist ein Neugeborenes Neu- oder Gebrauchtware, wenn man es zum Verkauf anbietet? Ich glaube, das ist eine rechtliche Grauzone.«

»Was glaubt ihr, was ich pro Kind bekomme?« Nun hat sich das Möhrchen wieder einigermaßen gefasst. »Angenommen, wir verkaufen es als Neuware, was kriege ich dann? Oder soll ich alle drei als Paket anbieten und einem Auktionshaus übergeben?«

»Ich halte das alles nicht für richtig«, sagt Gundula energisch. »In meiner Wohnung jedenfalls werden keine Kinder verkauft.«

»Das ist ja kein Problem«, das Möhrchen rührt in seiner Teetasse herum. »Ich kann mich ja außerhalb mit den Interessenten treffen. Und den Titus nehme ich mit, damit die Leute schon mal sehen, welch wunderbare Kinder da heranwachsen werden. Das ist bestimmt ein total gutes Verkaufsargument.«

Bestimmt.

11. Kapitel *Melusine! Krawehl, krawehl!*

Vico von Bülow im Loriot-Film Pappa ante Portas
(beim Vortragen eines Gedichts)

»Du, Sanni, hast du jetzt Zeit?« Nachdem die Diskussion über den Kinderverkauf abgeschlossen und etwas Ruhe eingekehrt ist, steht Harriet vor mir. »Gundula hat nämlich gesagt, dass wir an ihrem Computer arbeiten können. Du weißt doch, das Buch, das Buch.«

»Das ist aber nett von Gundula«, sage ich, und weil ich sonst nichts mehr zu tun habe heute, sage ich dann: »Von mir aus können wir ja schon mal anfangen. Wo steht denn der Rechner?« Ich hoffe nur, dass es ein Computer ist, bei dem die Tastatur nicht so laut klackert, das kann ich nämlich auf den Tod nicht ausstehen.

Harriet zieht mich mit sich in einen kleinen Raum hinter der Küche, in dem sich die Waschmaschine und der Trockner befinden und Vorratsregale. Auf einem ausrangierten Küchentisch steht der Computer, bei dem es sich um eine manuelle Schreibmaschine aus den siebziger Jahren handelt, die mit einem Farbband ausgestattet ist.

»Das ist kein Computer, das ist eine Schreibmaschine«, kläre ich Harriet auf.

»Ist das nicht ein und dasselbe?«, fragt sie. »Hier ist Papier.«

Entnervt hocke ich mich auf den kleinen Schemel, der vor

dem Küchentisch steht, und spanne einen Bogen ein. Probehalber schreibe ich ein Wort. Es ist ungefähr so anstrengend wie das Zerteilen einer gefrorenen Kartoffel mit einem stumpfen Messer. Wie konnten die Sekretärinnen das damals acht Stunden am Tag aushalten? Mich würde mal interessieren, ob der Umgang mit einer manuellen Schreibmaschine bleibende Schäden in den Fingern hinterlassen hat. Aber ich weiß gerade nicht, wen ich da fragen soll.

»Hast du dir denn schon über den Anfang Gedanken gemacht?«, will ich von Harriet wissen.

»Sicher«, sie nickt. »Der Anfang muss ganz dramatisch sein, damit der Leser mehr erfahren will. Ich dachte mir, dass wir mit meinem dreiundzwanzigsten Geburtstag beginnen.« Erwartungsvoll stiert sie mich an.

»Warum ausgerechnet damit?«

»Na ja, weil das ein ziemlich besonderer Tag war. Ich hatte gerade meine erste eigene Wohnung bezogen und hab mir selbst als Einzugsgeschenk einen Salzstreuer gekauft. Das sollte ein Symbol sein für meine Selbständigkeit. Ich finde, das ist ein super Einstieg. Da will doch der Leser gleich mehr erfahren. Oder nicht?«

»Sicher«, ich nicke schnell und frage mich, warum ich Harriet zu diesem Projekt meine Zusage gegeben habe.

Harriet zieht aufgeregt einen zweiten Hocker heran und setzt sich neben mich. Sie deutet auf die Schreibmaschine. »Schreib ... schreib ... ja, jetzt weiß ich es. Schreib Folgendes: ›Für meine neue Wohnung habe ich mir an meinem dreiundzwanzigsten Geburtstag einen Salzstreuer gekauft. Der Salzstreuer war im Sonderangebot, deswegen war er nicht so teuer wie ein Salzstreuer, der nicht im Sonderangebot war.‹ Hast du?«

»Natürlich nicht.« Das ist keine Schreibmaschine, sondern ein Folterinstrument. So was gehört doch ins Museum. Jetzt habe ich mich auch noch vertippt. Außerdem ist diese Maschine so laut, als hätte man einen Generator angeschlossen.

Harriet rennt aus dem Kämmerchen, um Gundula nach Tipp-Ex zu fragen, und ich versuche, das Farbband, das irgendwie klemmt, aus der Maschine zu friemeln, was mir schwarze Finger und einen Beinahe-Wutanfall einbringt. Außerdem ist die Flasche mit dem Tipp-Ex ungefähr zwanzig Jahre alt, folglich ist der Inhalt hart wie Stein. Kurzerhand ixe ich das fehlerhafte Wort durch und tippe es einfach neu daneben.

»Das ist toll.« Harriet ist vom Salzstreuereinstieg irre begeistert. »Jetzt schreib: ›Fortan war der Salzstreuer mein bester Freund. Er hat auf mich gewartet, bis ich heimkam, er gab nie Widerworte, er gab mir Salz.‹« Sie überlegt kurz. »Ich glaube, ich werde erst mal nur über meine Erlebnisse mit dem Salzstreuer schreiben, dann haben wir das erste Kapitel schon mal.«

»Sollte das Buch nicht von deinen Exmännern handeln?«, frage ich etwas verwirrt.

»Das kommt ja noch. Erst mal soll der Leser was über mich erfahren. Jetzt schreib: ›Der Salzstreuer hatte auch so seine Macken. Manchmal wollte er sich nicht öffnen lassen. Das ist wie beim Menschen.‹«

»In welchen Situationen will der Mensch sich denn nicht öffnen lassen?«

»Was weiß ich. So halt. Wenn der Leser das liest, wird er stocken und versuchen, die Zweideutigkeit dieses Satzes zu interpretieren.« Harriet klatscht in die Hände. »Ist das aufregend. Fast wie in einem Psychothriller.«

Ich sage gar nichts und quäle mich weiter mit der manuellen Tastatur ab. Das wird ein Bestseller, das ist jetzt schon klar.

Harriet gerät immer mehr in Rage. »Schreib: ›Hosianna, Hosianna! Doch immer habe ich es geschafft. Auch ohne Hilfe. Ich lasse mich von einem Salzstreuer nämlich nicht ins Bockshorn jagen.‹ Hast du?«

Eine Stunde später bin ich fertig mit den Nerven. Diesen Dünnpfiff kann man meiner Meinung nach sofort verbrennen. Aber ich möchte Harriet nicht verletzen, also schreibe ich, was sie mir diktiert. Ein paar Mal versuche ich, Änderungswünsche durchzusetzen, stoße damit aber auf Granit. Die ganze Zeit geht es um den blöden Salzstreuer, der ein Eigenleben entwickelt und auch manchmal kein Salz streut, weil er wegen Luftfeuchtigkeit verklebt ist, und der seine Arbeit auch dann nicht tun will, als man ihn mit Reiskörnern gefüttert hat. Harriet sagt die ganze Zeit: »Das ist wie beim Menschen.« Manchmal ist der Salzstreuer auch verschwunden, obwohl man ihn hundertprozentig des Morgens auf dem Küchentisch hat stehen lassen. Harriet sagt: »Das gibt dem Ganzen zusätzlich eine mystische Komponente.«

Gundula steht in der Tür und reicht Harriet das Telefon. »Da ist ein Anruf für dich.«

Entsetzt umklammert Harriet die Tischplatte. »Für mich?« Sie sieht mich an. »Wer kann das sein?«

»Woher soll ich das wissen? Nun geh schon dran.«

Mit bebender Hand nimmt Harriet das Gerät entgegen und wispert devot: »Hallo?« Ihre Augen sind vor Entsetzen geweitet.

»Also, ich weiß wirklich nicht, ob ich das kann.« Gemeinsam mit Harriet laufe ich die Reeperbahn entlang, um kurze Zeit später in die Große Freiheit einzubiegen. Der Anruf kam von Harriets Table-Dance-Schuppen, und weil zwei Kolleginnen eine Lebensmittelvergiftung haben oder von einem Kampfhund gebissen worden sind oder so was Ähnliches, muss Harriet nun einspringen und hat mich gefragt, ob ich ihr helfen kann. Weil ich so nett bin, habe ich natürlich ja gesagt. Warum habe ich das nur getan? Jetzt habe ich den Salat. Ich kann doch gar nicht tanzen. Gut, ich hätte das Didgeridoo mitnehmen und den Leuten ein Ständchen spielen können, liege aber, glaube ich, mit meiner Vermutung richtig, dass Menschen, die eine Table-Dance-Veranstaltung besuchen, auf ein Didgeridoo-Konzert, das ihnen ersatzweise angeboten wird, nicht allzu großen Wert legen. Wenigstens gibt es Geld. Zweihundert Euro. Und ich brauche ja dringend Geld. Bestimmt habe ich nur deswegen ja gesagt. Weil mein Unterbewusstsein ans Überleben denkt. Ans nackte sozusagen.

»Ich dachte auch, dass ich das nicht kann, und jetzt mache ich das schon so, als hätte ich nie was anderes gemacht«, erklärt mir Harriet wichtigtuerisch und zieht mich hinter sich in einen der Clubs, die sich hier befinden. »Das ist Sanni«, erklärt sie dem Türsteher, der gut und gern als ausgewachsener Braunbär durchgehen könnte. Überall dort, wo keine Kleidung etwas verbirgt, befinden sich massenweise Haare.

Sie scheinen sich sekündlich zu vermehren und bedecken Brust und Unterarme wie ein dunkles Fell. Ein bisschen Angst macht mir das schon, und als der Bär mir die Hand reicht und ich feststelle, dass auch die von Fell überzogen ist, wird die Angst stärker.

»Das ist Hubert«, sagt Harriet. »Hubert ist schon seit Ewigkeiten hier.«

Mit allem habe ich gerechnet, aber nicht damit, dass der Bär einen solch gewöhnlichen Namen wie Hubert hat. Schläger-Rocco oder Luden-Richie hätte besser zu ihm gepasst.

»Hallo«, flüstere ich schüchtern.

»Ich spring kurzfristig ein, und Sanni hilft heute Abend aus, weil Maggie und Jane krank sind«, erklärt Harriet Hubert, dem Bären, und der nickt jovial und geht zur Seite, um uns reinzulassen. Vor und hinter uns krakeelen angetrunkene Männer herum, die laut klatschen und »Wir wollen Titten sehn!« rufen.

Harriet zieht mich hinter sich her, und wir gehen einen relativ dunklen Flur entlang, bis wir schließlich in einer Umkleidekabine stehen. Hier befinden sich mehrere Kleiderstangen, an denen glitzernde Kostüme hängen. Mit spitzen Fingern ziehe ich eins hervor und muss mich korrigieren: Das sind keine Kostüme, das sind Stofffetzen, die Kostüme sein sollen.

»Zieh du mal das an.« Harriet reicht mir ein rotes, strassbesetztes Teil; eine Art Korsett. »Und da sind Stiefel in verschiedenen Größen. Probier doch mal.« Sie selbst ist bereits nackt, zwängt ihre überdimensionale Oberweite in ein schwarzes Catsuit und sieht dann so aus wie diese Frau aus

Matrix, Trinity heißt die, glaub ich. Jedenfalls konnte sie Karate.

Während Harriet sich auf einen stoffbezogenen Schemel setzt, der vor einem Schminktisch mit Spiegel steht, erklärt sie mir den Ablauf des Auftritts, und ich habe sekündlich mehr das Gefühl, hier völlig fehl am Platz zu sein. Zwar passt mir das rote Teil und die Stiefel auch, aber ich bin enge Klamotten nicht gewöhnt und hohe Schuhe auch nicht.

»Mit Turnschuhen kannst du aber hier nicht tanzen«, belehrt mich Harriet. »Das sieht ja völlig unerotisch aus. Da musst du jetzt durch. Es dauert ja auch nur eineinhalb Stunden.«

Sie hat sich künstliche Wimpern angeklebt und ihr Gesicht mit einer dicken Schicht Puder zugekleistert. Ihre Lippen sind kirschrot angemalt. Ich muss an die zweihundert Euro denken, die ich für meinen Spontanauftritt bekommen werde, und bemühe mich, professionell an die ganze Sache heranzugehen. Immerhin bin ich ein erwachsener Mensch und habe gelernt, mit Schicksalsschlägen umzugehen. Okay, jedenfalls bin ich auf dem besten Weg dazu.

Ein Mann kommt herein, während ich den Reißverschluss des einen langen Stiefels hochziehe. Er trägt einen weißen Anzug und eine Goldkette und erinnert mich an Don Johnson alias Sonny Crockett in *Miami Vice*. Warum ich die ganze Zeit Leute mit Filmfiguren vergleiche, weiß ich auch nicht. Vielleicht drehe ich ja langsam durch und ende bald in einem drittklassigen, vom Staat betriebenen Pflegeheim, in dem ich sabbernd vor einem Teller mit Haferschleim sitze und das Pflegepersonal und die Ärzte mit den Schauspielern aus *Das*

Erbe der Guldenburgs oder *Der dritte Mann* vergleiche, während ich dümmlich vor mich hin grinse und manchmal auch eindöse, wobei mir der Kopf auf die Seite fällt und der Haferschleim kalt wird.

»Hey, alles fit im Schritt, Mädels?«, fragt Don Johnson.

Harriet nickt ihm zu und sagt: »Gordon, das ist übrigens Sanni. Ich hab dir ja gesagt, dass ich sie mitbringe. Sanni hilft heute aus.«

»Hm«, der Typ mustert mich von oben bis unten. »So was denn schon mal gemacht?«

Ich werde rot und schüttele den Kopf. »Das ist das erste Mal.«

»Na ja«, sagt er. »Einmal ist ja immer das erste Mal. Mach einfach das, was Candy Randy macht, dann wird's schon schiefgehen.«

Ich verstehe nicht ganz. »Candy Randy?«

»Das bin ich«, erläutert Harriet. »Wir haben hier alle Künstlernamen.«

»Sie braucht auch noch einen«, wirft der Mann im weißen Anzug ein. »Mal dir 'nen Schmollmund, dann kündigen wir dich als Cutie Schnutie an.«

»Als was?«

»Cutie Schnutie. Übersetzt heißt das so was wie scharfe Schnute. Oder so ähnlich. Mal dir halt 'nen Schmollmund. Pralle Lippen kommen immer gut an.«

Von draußen hört man das Gebrüll der Männer, das immer lauter wird. Resigniert setze ich mich an den Schminktisch und fange an, mit einem Konturenstift meine Lippen auf die doppelte Größe zu bringen.

»Seid ihr alle gut drauf? Seid ihr gut drauf? Wie gut seid ihr drauf?«, kreischt ein drittklassiger, schwitzender Moderator in die johlende Männermasse, die »Yeah, supergut, supergut, supergut!« zurückkreischt.

Ich stehe mit Harriet hinter einem schwarzen Vorhang und warte darauf, dass die Stimmung noch aufgeheizter wird und die Musik anfängt zu spielen. Dann erst sollen wir auf die Bühne kommen. Meine Füße in den engen Stiefeln tun jetzt schon weh, und meine Zehen sind bereits abgestorben. Wie um alles in der Welt soll ich noch neunzig Minuten darin aushalten?

»Mach einfach alles, was ich mache«, sagt Harriet mir jetzt zum zehnten Mal. »Und wenn du nicht nachkommst, wackle einfach mit den Hüften. Das zieht immer. Laszive Bewegungen sind das A und O.«

Auf meine Frage, wie man sich lasziv bewegt, bekomme ich nur die Antwort: »Na, lasziv eben«, was mir riesig weiterhilft. Meine Kopfhaut juckt, weil ich eine Perücke mit langen, schwarzen Haaren trage. »Die Typen fahren voll auf lange Haare ab«, wurde mir erklärt. »Lange Haare ziehen immer.«

»Seid ihr bereit?« Der Moderator tut jetzt so, als ginge es um sein Leben. Die Männer grölen: »JA! JA! JA! TITTEN! TITTEN! TITTEN!«

Hier ist, aus welchen Gründen auch immer, das Nichtrauchergesetz noch nicht in Kraft getreten, und meine Augen tränen schon, weil natürlich auch nirgendwo ein Fenster geöffnet ist. Und jetzt, gegen zweiundzwanzig Uhr dreißig, hat die Stimmung ihren Siedepunkt erreicht, alle sind schon angetrunken, und der ohrenbetäubende Anfang von *The Final*

Countdown der Band Europe wird eingespielt. Dieses Stück habe ich schon ein paar Mal gehört. Es wurde auf Partys immer an Silvester kurz vor Mitternacht gespielt.

»Und los!«, ruft Harriet, lässt sich auf den Boden fallen und kriecht fauchend über die Bühne. Dabei hebt sie abwechselnd beide Hände und macht Krallbewegungen wie ein schwarzer Panther. Weil ich ihr ja alles nachmachen soll, mache ich es eben genauso. Der Boden ist nicht frisch geputzt, kleine Steinchen befinden sich darauf, die mir mit Sicherheit die Strapsstrümpfe, die ich trage, ruinieren werden. Hoffentlich wird mir das nicht vom Honorar abgezogen.

»*We're leaving together*«, singt die Band, »*but still it's farewell. And maybe we'll come back to earth who can tell ...* «

»WUWUWUUUUUUUUU!«, macht der Moderator und klatscht im Takt. Dann wird die Musik etwas leiser gedreht, und euphorisch ruft er: »Seid ihr bereit für die geilsten Weiber von Hamburg, für die schärfsten Bräute der Stadt, für die megaheißesten Feger, die euch jetzt mal so richtig zeigen, wie ganz schnell was wachsen kann in der Hose?«

»YEEEEEAAAAAAAH!«, kreischen die Männer im Chor, Bierflaschen werden gehoben und eindeutige Handbewegungen gemacht.

Ist mir das unangenehm! Aber ich kann ja schlecht aufstehen und die Bühne verlassen. Das kann ich Harriet nicht antun. Außerdem würde ich mit Sicherheit umknicken und die Männer dazu veranlassen, mich auszubuhen; und das will ich auf gar keinen Fall riskieren. Also krieche ich weiter herum, fauche und fletsche die Zähne.

»MEINE SEHR VEREHRTEN HERREN! FREUT

EUCH MIT MIR AUF DIE BEIDEN GEILSTEN SCHLAMPEN, DIE DER NORDEN ZU BIETEN HAT! HIER SIND CANDY RANDY UND CUTIE SCHNUTIE, UND DIE VERSCHÄRFEN EUCH JETZT MAL MEGAMÄSSIG DEN ABEND! SOLLEN SIE DAS? SOLLEN SIE DAS?«

Die Antwort dürfte klar sein: »JAAAAAAAAA!«

Ich beschließe, mir den Moderator nachher auf alle Fälle vorzuknöpfen. Er kann mich doch nicht einfach ungefragt als eine der geilsten Schlampen des Nordens titulieren. Das hätte er doch vorher mit mir absprechen müssen.

Europe haben aufgehört zu singen, nun wird ein neuer Song abgespielt. *»I'm too sexy for my shirt, too sexy for my shirt, so sexy it hurts.«* Das sind die Jungs von Right Said Fred.

Harriet hat sich bereits aus ihrer Kriechhaltung erhoben, steht nun breitbeinig da und streckt den rechten Arm aus. Mit dem Zeigefinger macht sie Lockbewegungen; mit der anderen Hand fährt sie sich durchs Haar. Übrigens ebenfalls eine Perücke. Harriet hat jetzt hüftlange tizianrote Locken. Ich rutsche mit den Stiefeln ein paar Mal auf dem glatten Boden aus, bevor ich es schaffe aufzustehen, dann stelle ich mich neben Harriet und bewege mich hoffentlich lasziv, weil das ja immer wirkt.

Harriet tanzt um mich herum und macht Andeutungen, als wolle sie mir an den Busen greifen, eine Tatsache, die ich ganz und gar nicht billigen werde. Ich stoße ihre Hand mit einer ausdrucksstarken Bewegung meinerseits weg.

»Spinnst du?«, zischt sie mir zu. »Das machen wir immer so.«

Sie fährt sich mit der Zunge über die Lippen und verengt die Augen zu Schlitzen. Dabei beugt sie sich ein Stück zu meinem Busen herunter. Es muss auf die Männer so wirken, als ob Candy Randy darüber nachdenkt, an meinen Brüsten zu schlecken. An schnelle Flucht ist nicht zu denken; ich bin wegen der Stiefel extrem gehandicapt.

»Lass das jetzt bitte!« Ich schiebe sie wieder fort von mir. Aber Harriet umfasst meine Handgelenke und presst dann meine Hände an ihre Oberweite. Die Männer sind kaum noch zu bremsen. Geldscheine fliegen auf die Bühne. Na, das ist natürlich etwas ganz anderes. Da werde ich doch mal nicht so sein. Harriet greift mir von hinten an die Schultern, und gemeinsam absolvieren wir so etwas wie einen Ententanz.

Das genügt den Männern aber nicht. »Holt die Titten raus!«, wird lautstark gefordert.

Jetzt wird es dunkel, und ein neues Lied ertönt. *Je t'aime, moi non plus,* dieses unsägliche, meiner Meinung nach nicht jugendfreie Lied von Serge Gainsbourg und Jane Birkin. Bei diesem Stück tropft schmutziger Sex durch jede Oktave.

Harriet öffnet mit gewollter Langsamkeit den Reißverschluss ihres Catsuits, rollt dabei mit den Augen und macht zwischendurch immer wieder eine Pause, was den Mob vor der Bühne zu weiteren verbalen Obszönitäten veranlasst. Die Sprüche sind jetzt nicht mehr sexistisch, sondern würden in manchen arabischen Ländern mit der Todesstrafe geahndet werden. Ich wiederum trippele auf und ab, werfe Kusshände durch die Gegend und werde kurze Zeit später mit einer leeren Flasche, die gegen meinen Arm fliegt, für mein Tun bestraft, weil ich mich direkt vor Harriet gestellt habe. Ein Lichtspot beleuchtet die Männer abwechselnd, sodass ich immer ganz kurz ein schwitzendes Gesicht sehen kann und dann das nächste und so weiter.

In der nächsten Sekunde stürze ich von der Bühne.

Nein, ich bin nicht gefallen, ich bin gesprungen.

Der Spot hatte für kurze Zeit Marks Gesicht beleuchtet.

Mit dem langgezogenen Aufschrei eines Mitglieds der RAF in einer Stresssituation, das mit Adrenalin vollgepumpt ist und nur eines im Sinn hat, nämlich den Feind unschädlich zu machen, bahne ich mir den Weg durch die Massen.

Diesmal wird er mir nicht entkommen.

Diesmal nicht.

12. Kapitel *Mach mich nicht rasend!*

Friedrich Hebbel: Maria Magdalena
2. Akt, 5. Szene
(Es handelt sich hierbei um ein Gespräch zwischen Klara und dem Sekretär, in dem Klara doch sehr aufgebracht ist.)

Würden die nachfolgenden Geschehnisse in einer Boulevardgazette beschrieben, es würde sich in etwa so lesen:

Hamburg. 21. Juli

Gestern Abend ereignete sich in St. Pauli ein spektakulärer Racheakt. Die 36-jährige Sanni P., die gemeinsam mit ihrer Kollegin Harriet P. (Nachnamen v. d. Red. geändert) im angesagten Table-Dance-Club *Dirty Nudes* ihren Auftritt absolvierte, erspähte gegen 22 Uhr 45 unter den anwesenden Gästen ihren Ehemann Mark P. (Nachname v. d. Red. geändert), der sie um alles betrogen hatte, was sie besaß. Durch aufkeimende Wut und unendlichen Hass gestärkt, sprang die Künstlerin von der Bühne in die tobende Menschenmasse, um sich unaufhaltsam ihren Weg zu bahnen. Einige Männer, die sie im angetrunkenen Zustand begrapschen wollten, streckte die einzige Tochter des Wurstfabrikanten Dieter Hohenfeldt (*Würmelingener Wurstwaren*, Anm. d. Red.) mit gezielten Handkantenschlägen nieder, sodass schon nach knapp zwei zurückgelegten Metern das erste Blut floss. Zur Abschreckung gab die Arbeitslose, die sich derzeit mit Gelegenheitsjobs über Wasser hält, diverse aggressive Kampfesflüche in Pama-Nyunga (einer Sprache der australischen Aborigines, Anm. d. Red.) von sich, was die Gäste davon abhielt, ihr noch einmal zu nahe zu kommen. Bei ihrem Ehemann Mark P. angekommen, fackelte die von Aggression zerfurchte gebürtige Würmelingenerin nicht lange und verprügelte ihn, ohne an mögliche und/oder verheerende Konsequenzen zu denken. Der Gestrauchelte liegt nun im AKH Altona und musste mit neunzehn Stichen genäht werden. Durch die Tritte und Schläge von Sanni P. erlitt er zahlreiche Knochenbrüche; zusätzlich wurden ihm zwei Zähne ausgeschlagen. Erst nach knapp fünfzehn Minuten konnten herbeigerufene Sicherheitskräfte die wild gewordene Frau überwältigen; einer der Männer musste ebenfalls ins Krankenhaus eingeliefert werden. Sein Unterkiefer ist angebrochen. Sanni P. wurde verhaftet und befindet sich nun in Untersuchungshaft.

Das verletzte Opfer versteht die Welt nicht mehr. Es handelt sich bei ihm nämlich gar nicht um Mark P., sondern um Ludger H. (Nachname v.d. Red. geändert). Der zweifache Familienvater (siehe Foto) war lediglich auf dem Junggesellenabschied seines besten Freundes. »Sie kam wie aus dem Nichts und wie eine blutrünstige Furie auf mich zu«, erzählt Ludger H. fassungslos, und seine Stimme zittert, wenn er sich an das Geschehene erinnert. Der geschundene Mann kämpft mit den Tränen. »Ehe ich mich versah, versuchte sie, mir die Augen auszukratzen.« Der 41-Jährige muss nun mehrmals täglich Schmerzmittel nehmen. Ob er seinem anstrengenden Beruf als Finanzbeamter in der Veranlagungsstelle jemals wieder nachgehen kann, ist derzeit noch ungewiss. Die Frau des ehrbaren Mannes zeigte sich eher unberührt: »Mir hat er erzählt, er würde allein ins Kino gehen. Das hat er nun davon.«

Sanni P. wird nun mit einer Klage rechnen müssen, »die sich gewaschen hat«, so Ludger H.'s Rechtsanwalt Dr. Frieder Keilmann. »Das ziehen wir durch. Wenn nötig, bis vors Bundesverfassungsgericht.«

Die kurze Zeit später festgenommene Täterin selbst wollte sich zu den Vorfällen nicht äußern. Laut Aussage der Polizei steht sie derzeit unter einem starken Schock.

Fotos:

Bildunterschrift Bild 1: Ludger H. und sein wuscheliger Freund, der Neufundländerrüde Boris. »Er geht mit mir durch dick und dünn.«

Bildunterschrift Bild 2: Carola *(13)* und Dennis *(15)*: »Wann kommt Papa endlich wieder nach Hause? Uns fehlt der Ernährer!«

Bildunterschrift Bild 3: Hinter diesen Türen fand das Blutbad statt!

Bildunterschrift Bild 4: Fassungslose, betroffene Anwohner legen Blumen vor die Eingangstür des *Dirty Nudes*

Bildunterschrift Bild 5: Passantin Hannelore K. *(Nachname v.d. Red. geändert)* in Tränen aufgelöst: »Normalerweise passiert doch so was erst nach Mitternacht!«

Bildunterschrift Bild 6: Manuela H. *(Nachname v.d. Red. nicht geändert)*, *40*, beim Verlassen des AKH Altona nach einem Besuch bei ihrem Ehemann. »Ich geh jetzt erst mal zum Friseur.«

»Frau Prinz, Frau Prinz, Frau Prinz.«

Ich schaue Herrn Wurzel betreten an. Er wirkt erschüttert. Und ich *bin* erschüttert. Noch niemals vorher bin ich so dermaßen ausgerastet. Harriet sitzt im Flur. Ihr Heulen kann man durch die verschlossene Tür hören.

»Ihre arme Freundin«, sagt Herr Wurzel dann auch noch. »Und der arme Mann. Das wird teuer, Frau Prinz, das wird teuer.« Er stützt seinen Kopf in beide Hände und atmet resigniert aus. »Jetzt muss ich auch noch ein Protokoll aufnehmen. Und ich dachte noch, heute Abend bleibt's mal ein bisschen ruhiger und ich könnte mal die sechs eine gerade Zahl sein lassen.«

»Es tut mir alles so leid«, versichere ich ihm. »So leid. Ich wollte den Mann doch gar nicht verletzen. Ich dachte ja, dass er ein ganz anderer ist.«

»Körperverletzung bleibt Körperverletzung.«

Da steht schon wieder die Pumuckl-Tasse. Sie sieht noch gebrauchter aus als das letzte Mal. Vielleicht hat Herr Wurzel nur diese eine Tasse. Wird sein Gehalt gepfändet, und er kann sich so gut wie nichts leisten? Ich weiß es nicht.

»Da wird kein Faden abgebissen«, sagt Herr Wurzel.

Herrn Wurzels kleines Radio läuft. Eine gutgelaunte Frauengruppe singt etwas, bei dem dauernd der Refrain »So ist der Stand der Dinge« vorkommt. Eine kleine Grünpflanze stirbt auf seinem Schreibtisch vor sich hin. Der Mond scheint durchs Fenster. Ob es zunehmender oder abnehmender Mond ist, kann ich nicht genau sagen.

»Was mache ich denn jetzt nur mit Ihnen?«, fragt mich Herr Wurzel traurig. »Ich habe heute sowieso keinen guten Tag.«

Heißt das, er möchte die Todesstrafe bei mir anwenden, um schneller nach Hause zu kommen?

»Ach, es ist ein Quadrat«, geht es weiter. Er öffnet eine Schreibtischschublade und legt etwas vor mich hin.

Schockiert muss ich feststellen, dass es sich dabei um das von mir bemalte Lebkuchenherz mit der Aufschrift: *Egmont Wurzel vom PK 15 ist eine Nullnummer* handelt.

»Ist das zu fassen?« Herrn Wurzels Gesichtsausdruck wird immer betrübter. »Da geht man einmal auf den Dom, und dann so was. Möchten Sie ein Stück? Ich wäre bereit, das Herz zu teilen. Dann sehe ich die Schmach nicht mehr weiß auf braun.«

Ich schüttele vorsichtig den Kopf.

»Wer auch immer das geschrieben hat, er liegt ja auch noch richtig«, erklärt er mir. »Ich bin eine Nullnummer. Auf ganzer Linie hab ich versagt. Meine Ehe besteht nur noch auf dem Block, mein Gehalt wird gepfändet, weil meine Exfrau sich da auf keine Diskussionen einlässt, ach, wer weiß denn, wie lange ich noch meine Wunde verbinden muss. Die Kinder studieren beide, das kann noch dauern. Das Einzige, was mir geblieben ist, ist mein Schrebergarten.«

Hätte ich diese Menschenkenntnis mal bei Mark gehabt, dann würde ich jetzt nicht hier sitzen wie eine Schwerverbrecherin in rotem Korsett. Ich kann mich gerade noch beherrschen und nicht ›Ich war das mit dem Lebkuchenherz, bitte verzeihen Sie mir!‹ rufen, sondern schaue Herrn Wurzel nur reuig an.

»Ich werde Sie über Nacht in Gewahrsam nehmen müssen«, verkündet Herr Wurzel, und ich werde leichenblass. Das kann er mir doch nicht antun. »So schreibt es der Gesetzesbrecher vor.«

»Aber Herr Wurzel«, sage ich. »Bitte tun Sie mir das nicht an.«

»Da sind mir die Hände gelöst«, sagt Herr Wurzel kraftlos, so als ob *er* in die Zelle müsste. »Jetzt aber erst mal das Protokoll. Wenn die von der EDV das endlich mal hinkriegen würden, die ganzen Vordrucke ins System einzuspeisen, wäre alles viel einfacher. So aber muss ich alles mit der Schreibmaschine machen.«

O bitte, nicht schon wieder eine Schreibmaschine! Diese Geräusche ertrage ich heute nicht mehr, zumal ich auch noch sehe, dass die Maschine, deren Plastikabdeckung jetzt hochgezogen wird, ein Vorkriegsmodell zu sein scheint.

Es klopft an der Tür.

»Jetzt nicht!«, blafft Herr Wurzel und spannt einen Bogen Papier ein. Die Tür geht trotzdem auf.

»Hab ich gesagt ›Jetzt nicht‹, oder hab ich's gesagt?« Böse wendet sich Herr Wurzel dem ungebetenen Besucher zu. Ich auch.

»Grüß dich, Egmont«, sagt der Besucher, bei dem es sich um den Mann handelt, dem ich zusammen mit einer Frau und zwei Alligatoren auf der Reeperbahn begegnet bin. Jetzt weiß ich auch wieder, woher mir der Name so bekannt vorkam. Oscar scheint in Hamburg ja jeder zu kennen. Aber was will er hier?

»Oscar!« Freudig springt Herr Wurzel auf und schüttelt dem Mann die Hand.

Oscar wirkt noch dunkelhäutiger, als ich es in Erinnerung habe, dieser Eindruck kann aber natürlich auch an der Tageszeit liegen. Fasziniert glotze ich den Mann an, von dem ich durch Schmolle weiß, dass er nicht lange fackelt, wenn es um Menschenleben geht. Verstohlen betrachte ich dann seine Hände. Um wie viele Hälse mögen sie sich schon gelegt, wie oft zugedrückt haben? Wie oft haben sie eine Pistole gehalten, wie oft abgedrückt? Mit Messern wurde bestimmt auch gearbeitet. Enttäuschung macht sich in mir breit, als ich feststelle, dass die Hände ganz normal aussehen. Wie gewöhnliche Männerhände eben.

»Willst du ein Flens, Oscar, oder was anderes?« Herr Wurzel hat plötzlich gute Laune.

»Nee, mein Lieber.« Oscar setzt sich ungefragt auf einen der Stühle, wie es sie nur auf Polizeipräsidien gibt. Helles Holzfurnier, abgeschabt, wackelig, ohne Sitzauflage, aber mit halb gebogener Lehne. »Heut brauch ich was ganz anderes von dir.«

Erwartungsvoll lässt Herr Wurzel sich wieder hinter seinem Schreibtisch nieder. »Was denn?«, fragt er.

»Du musst mir echt mal helfen jetzt, Egmont. Ich bin auf der Suche nach Informationen über einen Mark Prinz. Der muss mindestens sechs Leute nach allen Regeln der Kunst um ihren kompletten Besitz gebracht haben. Heiratsschwindler allerersten Güte.«

Herr Wurzel schaut erst zu mir, dann zu Oscar, dann wieder zu mir, dann wieder zu Oscar. Ich schaue auf den Boden und sage nichts. Herr Wurzel räuspert sich.

»Was ist los, Egmont?«, will Oscar wissen. »Nun fackel nicht lang und gib den verdammten Namen mal ein. Da müsst ihr doch was drüber haben.«

»Ich hab gleich Feierabend«, verteidigt sich Herr Wurzel und errötet.

»Hast du nicht letztens erst gesagt, ich hätte noch einiges gut bei dir?«, fragt Oscar, und ich glaube, in diesem Satz steckt eine klitzekleine Drohung.

»Hast du ja auch, Oscar. Nur heute ist mir das echt zu viel. Ich muss noch ein Protokoll aufnehmen«, kurzer Fingerzeig zu mir.

»Die Bordsteinschwalbe wartet bestimmt noch einen Moment.« Oscar zwinkert mir zu. »Dauert auch nicht lange«, sagt er dann freundlich. »Ich weiß, die Kundschaft wartet.«

Mit einem verzerrten Grinsen deute ich an, dass es mir nichts ausmacht zu warten.

»Nun mach schon, Egmont.«

Panisch wendet sich Herr Wurzel dem Computer zu und tippt hilflos irgendwas in die Tastatur, ohne die Maus vorher zu bewegen. Dann hört er auf zu tippen. Mittlerweile ist er nicht nur rot, sondern schwitzt auch. Man kann es deutlich sehen. Dann kann Herr Wurzel nicht mehr. Er schiebt sich mit seinem Drehstuhl vom Computer wieder weg und legt kurze Zeit später den Kopf auf die Resopalplatte. Sein ganzer Körper wird von Krämpfen geschüttelt.

»Was hat er denn?«, frage ich Oscar und bin ganz durcheinander.

»Das haben wir gleich.« Er steht auf und tippt Herrn Wurzel auf die Schulter. »Egmont, geht's dir nicht gut? Ist alles okay? Nun sag schon, Kumpel.«

»Ich verliere meine Stelle«, greint Herr Wurzel verzweifelt.

»Wieso denn?« Nun ist auch Oscar ratlos. »Hat man dir gekündigt? Wirst du gemobbt? Wenn du gemobbt wirst, dann sag es mir. Denen zieh ich den Hals lang.«

»Ach wo. Gib mir mal was zum Schnäuzen.«

Von irgendwoher holt Oscar ein Papiertaschentuch und reicht es ihm. »Nun red schon«, sagt er dann mit Nachdruck.

Nachdem Herr Wurzel sich die Nase geputzt und sich ein wenig beruhigt hat, was auch an den Baldriankapseln liegen wird, die er sich einwirft, geht es wieder einigermaßen. »Wenn das rauskommt, bin ich ein gestorbener Mann.« Herr Wurzel sammelt sich.

»Nun rede Klartext.« Oscar verliert langsam die Geduld.

Jetzt wird Herr Wurzel von einer Sekunde auf die andere böse. Er deutet auf den Computer. »Seitdem die diesen Quatsch hier eingeführt haben, komme ich nicht mehr klar.«

»Ein neues Betriebssystem? Warum meldest du dich nicht für eine Schulung an?« Oscar bringt die Dinge auf den Punkt.

»Nein, kein neues Betriebssystem. Die Dinger überhaupt. Seitdem die hier stehen, werden sie ständig ausgetauscht, erneuert, alles fängt wieder von vorne an und so weiter.«

»Was willst du mir denn damit sagen?«

Gleich wird Herr Wurzel wieder zu weinen anfangen. »Ich konnte die Drecksdinger noch nie bedienen. Ich komme damit nicht klar. Bin noch nie damit klargekommen. Ich kann damit überhaupt nicht umgehen, und ich werde es nie können.«

»Oha«, sagt Oscar und nickt. »Seit wann stehen die Dinger denn hier?«

»Seit ungefähr zwanzig Jahren«, antwortet Herr Wurzel. »Und ich hab nicht eines davon jemals bedienen können.«

Jetzt wird mir alles klar. Natürlich hat Herr Wurzel im System, das angeblich nie lügt, nichts über Mark gefunden. Wie denn auch? Nach und nach kommt alles ans Licht. Der arme Herr Wurzel hat seine ganze Kraft dafür aufgewendet, seine PC-Unfähigkeit geheimzuhalten. Mal hat er behauptet, das System sei kaputt, mal hat er behauptet, seine rheumakranken Gelenke würden ihm zu schaffen machen. Da er meistens Spät- oder Nachtdienst hat und hier dann alleine herumhockt, hat das auch niemand je richtig mitbekommen.

»Also könnte es doch etwas über meinen Mann im System geben?«, frage ich neugierig.

Oscar sieht noch neugieriger zu mir herüber. »Was ist denn mit Ihrem Mann?«

»Was momentan mit ihm ist, das weiß ich leider nicht«, muss ich verbittert gestehen. »Aber er ist der Mann, den Sie gerade suchen. Ich nehme mal an, Schmolle hat Sie damit beauftragt.«

Nun wirkt Oscar wie ein lebendiges Fragezeichen. Er fragt: »Würden Sie mir wohl auf die Sprünge helfen?«

»Das tue ich doch gern«, sage ich und fange an.

Zehn Minuten später sitze ich zusammen mit Oscar vor dem Polizeicomputer. Herr Wurzel ist sichtlich erleichtert. »Ich räum hier mal auf und gieß die Pflanzen, das muss auch mal sein.«

Ich hocke vor der Tastatur und suche die Personendatenbank – und finde sie auch ohne große oder nennenswerte Probleme. Mit klopfendem Herzen gebe ich »Prinz« ein und betätige die Enter-Taste.

»Das ist doch Bullshit«, meint Oscar. »Was glauben Sie denn, wie viele Leute es gibt, die Prinz heißen. Mit Vornamen muss das eingegeben werden, und selbst da werden noch ganz viele Einträge kommen.« Er hustet. »Kannst du bitte mal lüften, Egmont. Die Luft hier drin ist voller Milben. Das ist Gift für meine Lunge.«

Sofort wird ein Fenster geöffnet. Unterdessen gehe ich im System wieder einen Schritt zurück und gebe bei Vorname »Mark« ein. Dreiundsechzig Einträge.

»Wie sollen wir denn hier den Richtigen finden?«, frage ich. »Da müssen wir ja jeden Einzelnen durchgehen.«

»So viele sind es jetzt auch wieder nicht«, meint Oscar. »Klicken Sie mal den Ersten an. Egmont, gibt's da eigentlich auch Fotos?«

»Woher soll ich das wissen!«, ruft Egmont, die Nullnummer vom PK 15.

Nach weiteren zwei Minuten ist auch dieses Problem gelöst. Es gibt eine Funktion, die einem das komplette Täterprofil anzeigt. Also alle möglichen Daten, die über den Täter bekannt sind. Geburtsname, -ort, Haar- und Augenfarbe, Größe, besondere Merkmale wie Narben, Tätowierungen oder ein fehlendes Ohr. Dann steht da natürlich auch, was demjenigen vorgeworfen wird beziehungsweise weswegen er gesucht wird oder wurde.

Der erste Mark Prinz, den ich anklicke, sieht aus wie ein Verbrecher, und das sage ich Oscar auch.

»Ach was?«, kommentiert Oscar meine Aussage, und ich schäme mich schon wieder, weil ich so etwas Blödes von mir gegeben habe.

Der Mann hat eine Hakennase, eng zusammenstehende Augen und ganz schmale Lippen. Seine linke Augenbraue fehlt. Die schwarzen Haare wirken fettig. Der ganze Mensch bräuchte meiner Meinung nach dringend eine Generalüberholung. Er wird wegen zweifachen Raubmordes in einem Seniorenstift gesucht. Sachdienliche Hinweise, die zu einer Festnahme führen, werden laut Polizei mit dreitausend Euro belohnt.

Das ist auch so eine Sache, über die ich mir schon manches Mal Gedanken gemacht habe. Nach welchen Kriterien wird dieses Geld ausgezahlt? Muss man der Polizei nur einen einzigen Hinweis geben, und dann wird es überwiesen? Kann die Polizei dann nicht behaupten, sie habe von jemand anderem denselben Tipp bekommen und müsse deshalb nicht zahlen? Wie sind da die Abläufe geregelt? Nichts gegen den Staat, aber ich glaube, dass der ungern den Hinweisgeber bezahlt. Der redet sich doch eher raus. Muss das Geld versteuert werden? Ich kenne leider niemanden, der schon mal für einen sachdienlichen Hinweis, der zur Festnahme geführt hat, eine Belohnung ausgezahlt bekam. Werden diese Leute unter Verschluss gehalten? Aber interessant finde ich das allemal.

»Und?«, fragt Oscar und deutet auf das Foto.

Ich schüttele den Kopf. Mein Mark sah besser aus. Ich meine, sieht besser aus. Wir klicken uns weiter durch die Profile, stoßen auf einen Tschechen, der angeblich eine Frau, die ihm Geld geschuldet hat, in einem Auto festgebunden und das dann in einen Baggersee geschoben hat, lesen etwas über einen Zwanzigjährigen, der immer am Monatsanfang in U-Bahnen sein Unwesen treibt und dort hilflosen älteren Menschen ihre Rente abnimmt, die diese gerade bar von der Bank abgehoben haben, und landen schließlich bei einem Typen Ende vierzig, der angeblich Kontakte zur Mafia und recht viele Hamburger und Hannoveraner Bankiers in Beton eingemauert haben soll.

Oscar lacht kehlig auf. »Mensch, sind die blöde!«

Fragend sehe ich ihn an. Er kriegt sich gar nicht mehr ein. »Der arme Kerl, dem die das angehängt haben, war doch nur ein Handlanger. Ich hab die Kerle einbetoniert. Na ja, was will man machen. Damals hieß der auch noch anders. Wie hieß der nur?« Es lässt ihm keine Ruhe. »Also, das macht mich jetzt ganz verrückt, dass ich nicht auf den verdammten Namen komme. Hieß der Johnny? Oder Hans?«

Ich klicke derweil weiter, und bei dem zweiundzwanzigsten Mark Prinz rufe ich laut: »Bingo! Ich hab ihn!«

Interessiert beugt Oscar sich nach vorn. »Hä?«, macht er dann und blickt drein, als wolle er das gar nicht glauben.

»Was heißt hier ›Hä?‹? Das ist er. Das ist der Mann, den wir suchen!«

»Ich hol mal eben Düngestäbchen für die Pflanzen.« Herr Wurzel lässt uns allein.

Ich freue mich so, dass ich in die Hände klatsche.

»Scheiße«, sagt Oscar und steht auf. »Tut mir leid, Frau Prinz, aber ich bin raus aus der Nummer. Die ist mir zu groß.«

»Warum denn?«, frage ich verwundert. »Schmolle hat doch ...«

Aber da hat Oscar den Raum schon verlassen.

13. Kapitel *Da drinnen geht es lustig zu; da sind wir auch dabei: Juchhu!*

Nikolaus Lenau: Faust
Der Tanz. Dorfschenke. Hochzeit
(Dann haben alle total viel Spaß.)

Herr Wurzel weiß auch nicht, was mit Oscar los ist. Er steht da mit seinen Düngestäbchen und ist genauso ratlos wie ich. »So kenne ich Oscar gar nicht«, sagt Herr Wurzel. Ich kenne Oscar überhaupt nicht, weiß aber trotzdem nicht, was ich davon halten soll.

Dann schaue ich nochmal auf den Monitor. Das ist ganz, ganz sicher Mark. Ein Irrtum ist absolut ausgeschlossen. Weil ich natürlich neugierig bin, überprüfe ich, was ihm so alles vorgeworfen wird, und ich bin mir mehr als sicher, dass da unzählige Male Heiratsschwindel steht. Und Erpressung steht da auch. Erpressung in Verbindung mit Heiratsschwindel und Androhung von Mord. Das ist ja entsetzlich. Da steht, dass Mark Prinz auch im Untergrund agiert und mehrere Decknamen hat. Wie die lauten, davon steht hier nichts. Jedenfalls ist er »in der Szene« sehr gefürchtet, weil er auch Karate kann und Judo und andere asiatische Dinge, von denen ich in meinem Leben noch nichts gehört habe.

Warum stand davon nichts in der Presse? Warum muss ich das jetzt hier vor diesem Polizeicomputer erfahren? Was ist hier eigentlich los? Ich lese weiter. Man vermutet, dass er immer auf die gleiche Weise vorgegangen ist. Erst wurde reich geheiratet, und dann wurden die Frauen und – ja, und auch Männer! – unschön um ihr Vermögen gebracht. Jedenfalls weiß man das von denjenigen, die den Mut hatten, ihn anzuzeigen. Die Dunkelziffer, so vermutet man, ist um einiges, aber wirklich um einiges höher. Ich gehöre auch zur Dunkelziffer. Jedenfalls fast. Herr Wurzel hat es ja nicht fertiggebracht, die Anzeige aufzunehmen.

»Wie ist es möglich, dass man in der Öffentlichkeit von einem solchen Menschen nichts mitbekommen hat?«, frage ich Herrn Wurzel irritiert.

»Welcher Mensch?«, fragt Herr Wurzel zurück, und zwar so, als sei es völlig abwegig, einem Polizeibeamten in seinem Büro Fragen zu Tathergängen zu stellen.

»Na hier«, ich deute auf den Bildschirm. »Normalerweise müsste sich doch die Presse auf so jemanden stürzen wie … weiß ich jetzt auch nicht. So was ist doch für Journalisten ein gefundenes Fressen. Da hätten die doch ihre Schlagzeilen.«

Nun kommt Herr Wurzel näher. »Hm«, macht er langsam. »Vielleicht wird entdeckt vermittelt.«

»Was heißt das?«

»Was, entdeckt vermittelt?«

»Ja, sicher.«

»Das heißt, dass die Presse nicht informiert wird. Man arbeitet insgeheim. Weil manche Täter nochmal mehr Lust auf unlautere Dinge haben, wenn sie über sich in der Zeitung lesen. So selbstverliebte Täter meine ich jetzt. Die nehmen das zum Ansporn, noch aktiver zu werden.«

Wenn das so wäre, hätte eigentlich dauernd etwas über Mark in der Presse stehen müssen.

»Und wie geht die Kripo dann vor?«

»Na, die vermitteln entdeckt. Mit Heufrauen teilweise.« Jetzt ist Herr Wurzel sogar ein bisschen stolz, weil er sich zumindest ansatzweise in seinem Beruf auszukennen scheint. »Für mich ist das allerdings nichts. Immer diese ungeregelten Arbeitszeiten. Ich brauche das Büro um mich herum. Mir gehen schon Spätdienste an die Leber. Schließlich bin ich nicht mehr der Jüngste. Früher war das was anderes. Aber jetzt ist der Nachwuchs am Bus.«

»Kann ich mir das mal ausdrucken?«, frage ich aufgeregt.

Noch aufgeregter sagt Herr Wurzel: »Ich weiß aber nicht, wie das geht. Hören Sie mir auf mit diesem Kram.«

Da ich aber weiß, wie es geht, habe ich kurze Zeit später fünf DIN-A4-Blätter vor mir liegen, und Herr Wurzel ist so freundlich, mir einen Schnellhefter zu schenken.

»Sind Sie denn jetzt mal fertig?«, fragt er nun schon zum dritten Mal.

»Jetzt ja.«

»Das ist gut. Dann können wir ja endlich gehen.«

»Aber das Protokoll?«, werfe ich ein. Ich will, dass alles seine Richtigkeit hat.

»Heute nicht mehr«, sagt Herr Wurzel matt. »Das wird mir alles zu viel.«

Wir gehen raus auf den Flur, und ich wundere mich, dass Harriet hier gar nicht mehr sitzt. Ihr hat das wohl alles zu lange gedauert.

Herr Wurzel ist so freundlich, mich mit seinem Motorroller in die Hein-Hoyer-Straße zu fahren, weil er es mir nicht zumuten will, in meinem roten Outfit über den Kiez zu laufen.

Der Motorroller stammt aus den fünfziger Jahren, ist pastellblau und hat einen Beiwagen, in den ich mich quetsche. Ich bekomme die Anweisung, eine Art Fliegerhelm aufzusetzen, was ich auch mache. Dann knattert Herr Wurzel los. Vor Gundulas Haus hält er an, und ich quäle mich aus dem Beiwagen. Eine Frage beschäftigt mich schon die ganze Zeit.

»Wie sind Sie denn an das Lebkuchenherz gekommen?« Immerhin hatte Schmolle behauptet, er müsse die ganzen von mir gestalteten Herzen wegschmeißen, was er ja ganz offensichtlich nicht getan hat.

»Ich hatte vor Dienstbeginn noch ein Stündchen Zeit«, erzählt Herr Wurzel bereitwillig. »Und da dachte ich: Warum nicht mal auf den Dom gehen? Um ganz ehrlich zu sein, wollte ich testen, ob ich es wieder kann – früher war ich mit meiner Frau oft da. Aber seitdem meine Ehe in die Verstauchung gegangen ist, war ich nie wieder dort. Also wollte ich es probieren. Es war auch gar nicht schlimm, bis ich diese Menschenmassen vor dem einen Süßwarenverkaufsstand gesehen habe. Ein Gedränge sondergleichen.« Komisch. Ich war doch gar nicht da. »Die Leute haben wie die Verschobenen Lebkuchenherzen gekauft. Ich hab meinen Augen nicht getraut.«

»Was stand denn da so drauf?«

»Alles Mögliche. Auf einem stand zum Beispiel: *Ich lass dich ausbluten, du Sau!* Das hat eine Frau ihrer Freundin geschenkt. Die haben kurze Zeit später angefangen, sich zu vertragen. Wie so Kampfküken sind sie aufeinander losgegangen. Es stellte sich dann heraus, dass die Freundin was mit dem Ehemann der anderen Freundin hatte. Und dann hab ich das

Herz gesehen mit meinem Namen drauf. Wer das wohl hergestellt hat?«

Es ist sicher besser, wenn ich nichts sage. Außerdem bin ich gerade ein bisschen sauer auf Schmolle. Ich habe dem fahrenden Händler meine Arbeitskraft nun schon zur Verfügung gestellt, ohne einen Cent dafür zu sehen, und beschließe, gleich morgen Nägel mit Köpfen zu machen. So geht das ja auch nicht. Natürlich ist es nett von Schmolle, Oscar auf Mark anzusetzen, aber das hat ja mit meinem Job nichts zu tun. Das muss man trennen können. Schmolle ist alt genug, um so etwas trennen zu können.

»Vielen Dank fürs Herbringen«, sage ich schließlich zu Herrn Wurzel, und der tippt zweimal an seinen Helm und knattert davon.

»Wie siehst du denn aus?« Dodos Frage klingt gar nicht wie eine Frage, sondern wie der personifizierte Vorwurf. »Verdienst du deine Kohle jetzt im horizontalen Gewerbe?« Auch das ist eher eine Feststellung. »Mir kann's ja egal sein. Aber ich hab keine Lust auf eine Pilzinfektion«, informiert sie mich.

»Guten Abend, Dodo«, sage ich nur. Schlagartig bin ich so müde, dass ich mich am liebsten sofort ins Bett beziehungsweise auf meine Matratze fallen lassen möchte. Aber natürlich ist Harriet schon zu Hause und hält die anderen mit meiner Geschichte in Atem. Alle sehen mich an wie eine Aussätzige, nachdem ich das Wohnzimmer betreten habe. Aber auch ein bisschen ehrfürchtig wirken sie.

»Setz dich«, befiehlt Gundula. »Hast du Hunger?«

»Nein, danke.« Artig lasse ich mich in einen Sessel fallen.

»Wegen dir bin ich höchstwahrscheinlich meinen Job los«, fängt Harriet keifend an. Sie trägt mittlerweile nicht mehr das Catsuit, sondern einen grünweiß gestreiften Flanellpyjama, in dem sie wirkt wie eine Zwölfjährige. Böse rührt sie in einer großen Tasse herum, in der sich dampfender Kakao befindet.

»Ich dachte wirklich, er ist es!« Meine Verteidigung macht nicht gerade Eindruck.

»Er war es aber nicht«, stellt Nero nüchtern fest. »Dieser Ludger Hennings wird das Attentat vielleicht nicht überleben, und dann sieht es düster für dich aus.«

Mir wird schlagartig eiskalt. »Um Gottes willen. Schwebt er in Lebensgefahr?«

»Natürlich nicht«, sagt Chris. »Du hast ihm nur ordentlich was verpasst. Aber so richtig ordentlich.«

»So schlimm war es nun auch wieder nicht«, ist meine leise Meinung.

»Was?« Harriet schlägt sich mit dem Kakaolöffel an die Stirn. »So schlimm war es nicht? Bist du bescheuert? Du hast auf den armen Mann eingedroschen, als gäbe es kein Morgen mehr. Sie hat ihn auch mit dem spitzen Absatz der Stiefel in den Unterleib getreten«, werden die anderen süffisant informiert. Ich trage die Stiefel immer noch. Es tut weh.

»Hat er geschrien?«, will Vivian wissen.

»Nein«, sagt Harriet. »Er hat gebrüllt wie am Spieß. Der arme Mann. Wie gut, dass du irgendwann überwältigt werden konntest. Gordon ist übrigens stinksauer. Wegen dir musste der Club für den Rest des Abends geschlossen werden. Die Einnahmeverluste wird er dir in Rechnung stellen.«

»Ich kann's doch eh nicht bezahlen«, sage ich traurig und

resigniert. Ach, es ist doch alles egal. Dann lege ich eben auch noch einen Offenbarungseid ab. Darauf kommt es jetzt auch nicht mehr an.

»Gordon sagt, du hast jetzt Hausverbot im *Dirty Nudes*«, lässt Harriet mich weiter wissen.

Das wiederum finde ich jetzt nicht so schlimm. Ich hatte sowieso nicht vor, meine Freizeit zukünftig in einem solchen Schuppen zu verbringen.

Um vom Thema abzulenken, lege ich die Klarsichthülle mit den Mark-Informationen auf den Tisch.

Natürlich greifen alle gleichzeitig danach. Vivian ist am schnellsten.

»Was ist das? Los, lies vor!«, schreit die Gruppe durcheinander. Beinahe kippt Harriets Kakaotasse um.

»Das gibt es doch nicht«, flüstert Vivian und schlägt die nach den Blättern greifenden Hände weg wie ein Tourist auf dem Markusplatz in Venedig aufdringliche und futtergierige Tauben. Pro Seite sagt sie mindestens dreimal »O Gott!«, »Hilf Himmel!« oder »Ihr glaubt es nicht, ihr glaubt es nicht!«. Dann holt sie tief Luft. »Soll ich vorlesen?«

Harriet wird böse. »Das wäre sehr nett. Ich erfahre sonst nämlich mal wieder gar nichts.«

»Ich hab dir schon hundertmal gesagt, dass du einen Kurs in der Volkshochschule machen sollst. Und ich hab dir schon tausendmal die Internetseite der Volkshochschule aufgeschrieben. Da kannst du nach einem für dich passenden Kurs in der Nähe recherchieren. Diese Alphabetisierungskurse werden überall angeboten.«

»Ja, vielen Dank«, kontert Harriet. »Das war wirklich

total hilfreich. Weil ich ja auch so gut das, was auf dieser Internetseite steht, lesen kann. Wie bekloppt ist das denn von der Volkshochschule? Wenn ich das lesen könnte, was die da schreiben, dann bräuchte ich auch keinen Kurs mehr.«

Vivian geht nicht weiter auf Harriets Gemaule ein. »Soll ich jetzt vorlesen oder nicht?«

»Sicher!«, brüllen alle außer mir. Ich kenne den Inhalt ja schon.

»Mark Prinz wurde am 27. Februar 1970 in Wismar geboren«, beginnt Vivian und wird von allen gleichzeitig unterbrochen.

»Mir hat er erzählt, er hätte im Mai Geburtstag, das stand auch so in seinem Ausweis«, sagt Dodo. »Und in Wismar ist er meines Wissens auch nicht auf die Welt gekommen, sondern im Herzogtum Lauenburg.«

Und Chris sagt, dass er der Meinung gewesen sei, Mark sei im Dezember geboren, und zwar am 24., und zwar an einem sehr kalten Tag, und zwar in Königstein im Taunus.

Und so geht es weiter. Jeder nennt ein anderes Datum. Das Möhrchen behauptet, Mark habe ihm sogar gesagt, er habe an zwei verschiedenen Tagen Geburtstag, was deutschlandweit einzigartig sei. Das Möhrchen gehört meiner Meinung nach von uns allen am meisten geschlagen.

Nachdem Vivian fertig vorgelesen hat, sind alle still. In einem literarischen Roman würde jetzt geschrieben stehen: Eine unangenehme Ruhe durchfloss den Raum; eine Ruhe, die keiner richtig deuten, deren Grund man dennoch erahnen konnte.

»Ich fasse zusammen«, presst Chris irgendwann hervor.

»Er hat außer uns mindestens sechzehn Frauen und Männer betrogen. Nachdem er alles auf sich hat umschreiben lassen und ihm nichts mehr passieren konnte. Danach ist er immer erst mal in der Versenkung verschwunden. Aber verflixt nochmal, steht die Polizei denn total auf dem Schlauch? Bei jeder neuen Eheschließung oder Firmengründung hätte man das doch merken müssen. Das muss doch eingetragen werden.«

»Lies doch mal auf Seite zwei«, informiere ich ihn, und Chris blättert zurück.

»Oje«, sagt er. »Er hat Leute bestochen. Vom Standesamt, vom Gewerbeamt und so weiter.«

»Wäre es nicht einfacher gewesen, er hätte sich immer neue Namen gegeben?«, fragt Gundula interessiert.

»Vielleicht hatte er Angst, irgendwann durcheinanderzukommen und sich dadurch zu verraten«, lässt Nero altklug in die Diskussion einfließen. »Wir können lange darüber spekulieren. Die Antwort kann nur er selbst uns geben, aber ob er das jemals tun wird?«

Niemand antwortet auf diesen überflüssigen Beitrag.

»Fazit: Wir, die wir hier sitzen, wir haben alle wahnsinniges Glück gehabt«, stelle ich fest. »Denn da steht auch noch, dass Mark selbst vor Gewaltanwendung nicht zurückschreckt.«

»Heißt das, er hat die Leute auch geschlagen?«, fragt Harriet ängstlich.

»Auch, Harriet, auch«, antworte ich ernst. »Er hat sie auch psychisch bedroht. Ihnen vielleicht Messer an die Kehle gehalten. Eventuell hat er ihnen sogar gesagt, dass er sie ertränken wird oder so.«

»O mein Gott!«, schreit das Möhrchen. »Da bin ich ja nochmal davongekommen. Mark hat mir nämlich sehr oft Badewasser einlaufen lassen. Wer weiß, was dahintergesteckt hat.« Es wird blass. »Ich möchte es gar nicht wissen. Doch, eigentlich möchte ich es schon wissen. Aber sicher ist es besser, wenn ich es doch nicht weiß.«

»Ich glaube, ich mache mal zwei, drei Flaschen Wein auf«, sagt Nero. »Dann können wir darauf trinken, dass wir wenigstens nicht bedroht oder psychisch fertiggemacht wurden. Irgendwie ist es mir gerade so, als würde ich meinen zweiten Geburtstag feiern. Vor diesem Psychokram hatte ich nämlich schon immer Angst.«

»Mark hat ja schon zwei Geburtstage«, kommt es vom Möhrchen, und alle verdrehen die Augen.

»Wir sollten uns ernsthaft darüber Gedanken machen, ob wir nicht doch alle zur Polizei gehen sollten«, sagt Chris, nachdem wir angestoßen haben.

»Damit er uns findet und vielleicht umbringt?«, schreit Harriet los. »Ich bin doch nicht bescheuert. Wer weiß, ob er nicht schon Leute getötet hat. Der macht doch offenbar vor nichts halt. Hier sind wir einigermaßen sicher. Keiner von uns ist hier gemeldet.«

»Das geht auf Dauer auch nicht so weiter«, wirft Gundula ein, aber keiner hört auf ihre Worte. Immerhin geht es sozusagen um unser Überleben! Auch Gundulas Satz »Ich mache mich damit bestimmt strafbar« wird missachtet. Wir sind nämlich alle gerade sehr froh, hier nicht gemeldet zu sein.

»Mark wird als hochgradig gefährlich eingestuft«, Vivian kann sich immer noch nicht von den Unterlagen trennen.

»Er gilt als eiskalter Lump, der vor nichts zurückschreckt. Er hat seinen Opfern tatsächlich teilweise damit gedroht, sie umzubringen, wenn sie nicht das tun, was er sagt.« Sie nickt Harriet zu. »Also, wenn sie irgendwas nicht unterschrieben haben oder so. Und ich war mit ihm verheiratet. Ist das alles furchtbar.«

»Ich glaube, das geht uns allen so«, meint Dodo und pustet ihren Pony aus der Stirn. »Nein, ich werde auch nicht zur Polizei gehen. Dann werden meine Daten erfasst, und wer weiß, welche Handlanger Mark bei den Bullen hat. Für ein paar tausend Euro sind die auch bestechlich. So wie die Standesbeamten. Ich bin sehr froh, dass wir alle nicht bei der Polizei waren. Wahrscheinlich ist das mit ein Grund, warum wir überhaupt noch leben.«

»Aber was sollen wir tun?« Mir fällt die Frau ein, die ich mit Mark auf dem Dom gesehen habe. Die mit dem Plüschteddy. Wird sie das nächste Opfer und irgendwann vielleicht zerstückelt auf einem Frauenparkplatz gefunden? Das geht doch nicht.

Wir diskutieren bis spät in die Nacht, kommen aber auf keinen grünen Zweig. Alle haben Angst, aktiv zu werden. Aber etwas muss geschehen. Ich beschließe, morgen mit Schmolle darüber zu reden.

Eins jedenfalls ist gut an der ganzen Sache: Über meinen Auftritt im *Dirty Nudes* wird nicht mehr ansatzweise auch nur gesprochen, geschweige denn diskutiert.

»Wieso haben Sie eigentlich immer noch kein Handy?«, werde ich am nächsten Tag von Schmolle begrüßt.

»Weil ich immer noch kein Gehalt bekommen habe«, gebe ich zurück.

»Ach ja«, sagt er und kratzt seine Glatze. »Wir haben aber auch noch keinen Vertrag.«

»An mir liegt es nicht.« Ich warte einen Moment, um Schmolle Gelegenheit zu geben, mir zu antworten, aber weil nichts kommt, rede ich weiter. »An welchen Stundenlohn haben Sie denn so gedacht?«

»Um ganz ehrlich zu sein, ich hatte noch gar nicht die Zeit, um über Stundenlöhne nachzudenken«, erwidert er. »Hier war die Hölle los.«

»Tatsächlich? Wieso das denn?«

»Deswegen wollte ich Sie ja anrufen. Die Herzen. Die Herzen. Alle sind sie weg!«

Das weiß ich ja bereits von Herrn Wurzel.

»Ich muss mich wirklich bei Ihnen für mein Ausrasten gestern entschuldigen. Ich nehme alles zurück. Und ich bitte Sie inständig, weiterhin Herzen für mich zu verzieren.«

»Ich denke, die Herzen waren nicht zu gebrauchen?« Wir sitzen schon wieder am wackeligen Tisch, und schon wieder gibt es Eistee. Ich weiß ja schon von der Menschentraube, sehe es aber als mein gutes Recht an, Schmolle ein wenig erklären zu lassen. Immerhin hat er mich zuerst fertiggemacht wegen der Herzen, da kann er jetzt ruhig mal in die Knie gehen.

»Es ist alles Mausis Schuld«, redet Schmolle weiter. »Wäre Mausi nicht so blöd gewesen, hätten wir gestern nicht das Geschäft unseres Lebens gemacht. Ich hatte ihr gesagt, sie soll die von Ihnen bemalten Herzen in die Tonne kloppen. Was hat sie also gemacht? Sie nimmt die Herzen, geht in den Wagen und fängt an, die Dinger nacheinander gegen die Mülltonne zu klopfen, die da in der Ecke steht. Ich also hinterher und gesagt: ›Mausi, das war doch nur so ein Spruch.‹ Mausi: ›Was ist so ein Spruch?‹ Weil Kundschaft kam, konnte ich mich erst mal nicht weiter darum kümmern und hab die Herzen da liegen lassen. Aber weil sie Mausi im Weg waren, hat sie sie dann zu den anderen gehängt. Und schon ging's los. So etwas habe ich ja noch nicht erlebt. Der erste Kunde kam und meinte, so super Sprüche hätte er ja noch nie gelesen.«

»Sehen Sie«, sage ich nicht ohne Stolz.

Schmolle nickt, als hätte er mich gestern nicht verbal attackiert und nie das Gegenteil behauptet. »Innerhalb von einer Viertelstunde waren alle Herzen verkauft. Ich war so schlau, den Preis anzuheben. Statt fünf Euro habe ich zwölf Euro genommen. Und weil Sie ja dreiundfünfzig Herzen verziert haben, hatten wir gestern dann nur durch die Herzen 636 Euro in der Kasse. Das ist allein Ihr Verdienst! Sie haben ganz offensichtlich eine Marktlücke entdeckt. Darüber bin ich sehr, sehr froh.« Er tätschelt mein Knie.

»Wie schön«, sage ich. »Und was bekomme ich davon ab?«

»Was meinen Sie mit davon abbekommen?«

»Na, wie viel Geld?«

Schmolle überlegt. »Wie viel brauchen Sie denn? Ach, wissen Sie was? Moment mal.« Er steht auf und holt von irgendwoher sein Portemonnaie. »Ich gebe Ihnen erst mal tausend Euro. Damit Sie flüssig sind. Beim Schmolle musste noch nie eine Hunger leiden. Und nachher besorge ich in so einem Schreibwarenladen einen Arbeitsvertrag.«

»Ich möchte auch sozialversichert werden«, fordere ich. »Renten- und Krankenversicherung.«

»Von mir aus«, nickt er. »Hauptsache, Sie bleiben hier und bemalen weiter die Herzen. Mit exorbitant guten, fiesen Sprüchen!«

»Da wäre noch was.« So kurz, wie es geht, erzähle ich Schmolle von meinen gestrigen Erkenntnissen und auch davon, dass Oscar erst bei Herrn Wurzel war und dann Hals über Kopf abgehauen ist.

»Oscar hat die Fliege gemacht?«, wundert sich Schmolle. »So kenne ich ihn ja gar nicht. Normalerweise zieht der durch, was er sich vorgenommen hat. Vielleicht hatte er Kopfschmerzen. Wenn Oscar Kopfschmerzen hat, ist er zu nichts zu gebrauchen.«

»Er sah nicht so aus, als hätte er Kopfschmerzen gehabt«, ich schüttele den Kopf. »Er sah so aus, als hätte er Angst.«

»Angst? Oscar?« Nun lacht Schmolle schnaubend auf. »Oscar hat nur vor einem einzigen Menschen Angst. Und zwar Todesangst. Und das ist …«

»Mark Prinz«, sage ich, und Schmolle wird so blass, dass ich seine Besenreiser im Gesicht wunderbar erkennen kann.

»Das stimmt. Aber … ich … ich hab doch nicht ahnen können, dass das der Mark Prinz ist, den Sie suchen! Das ist doch ein geläufiger Name. Den gibt es doch in Deutschland bestimmt fünfzigmal. Kein Mensch konnte ahnen, dass der Prinz, den Sie suchen, der Prinz ist, vor dem Oscar Angst hat.« Schmolle ist außer sich.

»Er ist es aber. Er ist es«, sage ich.

Schmolle lässt sich schwer atmend auf einen der Klappstühle fallen und versucht, sich zu sammeln. »Meine Güte«, sagt er dann japsend. »Wissen Sie, es ist so, dass man diesem Typen nichts, aber auch nichts nachweisen kann. Er hat überall seine Handlanger und überall seine Finger im Spiel. Er ist an tausend kriminellen Machenschaften beteiligt. Und man weiß nie, wo er sich gerade aufhält. Das mit dem Heiratsschwindel ist nur eine Sache, die man ihm vorwerfen kann. Und das auch nur vage. Man kann ihm alles nur vage vorwerfen, aber nie nachweisen. Er ist ein intelligentes Schwein. Und niemand von uns ist ihm je persönlich begegnet. Uns allen kommt es manchmal so vor, als würde es ihn gar nicht geben. Gerade wenn man lange nichts von ihm gehört hat. Aber genau dann kommt die nächste Geschichte.« Nun schaut er mich ehrfürchtig an. »Aber Sie, Sie sind ihm wirklich begegnet.« Er macht eine kleine Pause, und ich nicke.

»Ich war ja mit ihm verheiratet«, sage ich und merke, dass meine Stimme nun auch noch stolz klingt. Ich beschließe, die Tonalität zu wechseln, und frage mich gleichzeitig, wie man das macht.

Schmolle steht nun wieder auf, stellt sich vor mich und berührt mich vorsichtig an der rechten Schulter. »Ich kenne eines der Opfer von Mark Prinz«, keucht er. »Und ich habe es angefasst. Das heißt, dass es ihn wirklich gibt. Dass ich das noch erleben darf!«

14. Kapitel *Ich trage einen großen Namen*

Kultsendung des SWR
erstmalig ausgestrahlt 1977
damaliger Moderator: Hans Gmür
heutiger Moderator: Wieland Backes
Gäste: immer Menschen, die einen großen Namen tragen

Einige Minuten später hat sich Schmolle wieder im Griff, und die kurze nostalgische Anwandlung gehört der Vergangenheit an. »Ach, du dicke Kacke.« Mit einer herumliegenden Zeitschrift fächert er sich Luft zu. »Da hab ich nicht richtig nachgedacht. Ich hab mir bei dem Namen überhaupt keine Gedanken gemacht. Das hätte ich aber mal machen sollen. Der arme Oscar. Wie es ihm jetzt wohl geht? Was habe ich ihm denn da bloß zugemutet?«

Das ist ja prima. Ich bin das Opfer eines eiskalten Heiratsschwindlers, und Schmolle macht sich Gedanken darüber, was er Oscar zugemutet haben könnte.

»So was, so was. Ich ruf ihn gleich mal an. Wo ist denn bloß das Handy?«

»Sie können ihn doch auch gleich noch anrufen.« Ich will jetzt nicht, dass Schmolle stundenlang mit Oscar darüber diskutiert, was man Oscar angetan hat. »Viel wichtiger ist es doch erst mal, dass Mark Prinz hinter Schloss und Riegel kommt.«

»Oscar ist hochgradig sensibel.« Schmolle scheint mich überhaupt nicht gehört zu haben. »Hoffentlich steht er das alles ohne psychiatrische Hilfe durch. Vielleicht sollte ich mich vorsorglich schon einmal um einen Langzeittherapieplatz bemühen.«

Ach, der arme kleine Oscar. Ein Mörder mit Herz und Seele. Und wer fragt mich, ob ich das alles ohne Therapieplatz durchstehe?

»Die Situation ist entsetzlich und gefährlich.« Schmolle hebt drohend den Zeigefinger. »Dann war das ja auch der Mark Prinz, der hier am Wagen war und Sie bedroht hat.«

Ich nicke.

Sofort wirkt Schmolles Blick wieder verklärt. »Er war hier, an meinem Wagen. Hat er was angefasst?«

»Das weiß ich nicht mehr«, antworte ich, und langsam, aber sicher geht mir Schmolle auf die Nerven. Er tut ja gerade so, als sei Mark ein Heiliger, der durch Handauflegen Blinde wieder sehend machen oder offene Tbc mir nichts, dir nichts wieder heilen kann.

»Egal«, sagt Schmolle. »Er hat auf dem Boden vor meinem Verkaufswagen gestanden. Das muss vorerst genügen. Jedenfalls können Sie auf gar keinen Fall länger im Verkauf arbeiten.«

So lange habe ich doch noch gar nicht im Verkauf gearbeitet, wenn man es genau nimmt, nur ein einziges Mal, aber so sehr hänge ich jetzt auch nicht am Verkauf, als dass ich dem Verkauf nachtrauern würde. »Das ist viel zu unsicher. Er könnte herkommen und Sie erschießen, während Sie einen Donut an ein Kind verkaufen. An die seelischen Folgen für das Kind möchte ich an dieser Stelle gar nicht denken.«

Das stimmt. Daran habe ich auch noch gar nicht gedacht.

»Oder er könnte Sie verfolgen. Dann weiß er, wo Sie wohnen, und rammt Ihnen ein Messer in die Hauptschlagader, während Sie den Haustürschlüssel suchen oder mit einer Nachbarin ein Schwätzchen halten.«

Auch das stimmt. Auch daran habe ich noch gar nicht gedacht. Automatisch schaue ich mich um. Aber kein Mark Prinz ist weit und breit zu sehen. Auch kein Nachbar.

»Sie werden von jetzt an hier hinten bleiben und Herzsprüche entwerfen und die Herzen verzieren. In dieser Reihenfolge«, bestimmt Schmolle mit fester Stimme. »Ich werde Sie mit den Rohstoffen versorgen, und Sie brauchen nichts weiter zu tun, als böse Sprüche zu entwerfen. Sprüche, die es in sich haben, Sprüche, von denen man sagen wird, dass ...«

»Ist gut«, unterbreche ich ihn.

»Trotzdem werde ich mich um Oscar kümmern müssen«, sagt er dann wieder. »Oscar hat mit Sicherheit ...«

Zum Glück bleiben mir weitere Mutmaßungen über Oscar erspart, denn in diesem Moment kommt er gemeinsam mit Spacko um die Ecke. Oscar sieht zornig aus. Er setzt sich und verschränkt die Arme. Dann verengen sich seine Augen zu Schlitzen, und er sagt: »Ich habe mich entschieden.«

Schmolle tätschelt ihm die Schulter. »Ruhig, mein Lieber, ruhig. Nicht aufregen.«

»Ich rege mich nicht auf«, meint Oscar, und dann deutet er auf mich. »Das Mädchen muss weg.«

Sofort bekomme ich Angst. »Wieso muss ich weg? Ich bin doch gerade erst aus Australien zurückgekommen. Ich möchte bitte hierbleiben.« Man braucht mich doch auch, schon wegen der kreativen Lebkuchenherzbemalung. Das muss Oscar doch einsehen.

Spacko sagt: »Seitdem ich mit Oscar unterwegs bin, riecht es komisch. Ich frage mich die ganze Zeit, warum.«

»Das bin ich«, informiert Oscar ihn. »Ich vertrage diese parfümierten Deodorants nicht. Da entzündet sich meine Haut. Die ist nämlich gerade unter den Achseln sehr empfindlich.«

»Du hättest duschen können«, ist Spackos folgerichtige Antwort.

»Willst du mir etwa Ungepflegtheit unterstellen? Ich dusche jeden Morgen. Aber wenn ich mich aufrege, transpiriere ich nun mal. Und ich habe mich aufgeregt. Das war alles ein bisschen viel für mich.«

Schmolle nickt. »Das konnte ja kein Mensch ahnen. Also, dass *das* der *gewisse* Herr Prinz ist. Ich habe, ehrlich gesagt, so weit gar nicht gedacht. Aber ich bin auch erschüttert.«

»Ich wiederhole noch einmal: Das Mädchen muss hier weg.« Oscar scheint wirklich besorgt zu sein. »Der Kerl ist skrupellos und macht vor nichts halt. Wenn ihm jemand querkommt, wird er beiseitegeschafft. So erzählt man es sich.« Die letzten Worte werden geflüstert ausgestoßen.

»Wo wollen wir sie denn hintun?«, fragt Schmolle eifrig.

Ich werde natürlich überhaupt nicht gefragt. Man tut so, als sei ich gar nicht da. »Bei Gundula bin ich doch bestens aufgehoben«, werfe ich ein.

»Sie kann bei Mausi und mir wohnen«, sagt Spacko hilfsbereit. »Ich wollte mir nämlich schon immer mal ein ausklappbares Sofa für Besucher zulegen. Aber ich hab ja nie Besuch. Jetzt sieht das natürlich anders aus. Ich könnte gleich eins kaufen. Wir könnten gemeinsam zu Ikea fahren und uns dort ein paar schöne Stunden machen. Da gibt es ja auch diese leckeren Fleischbällchen. Das muss sein, wenn man bei Ikea ist. Köttbullar heißen die. Ich bevorzuge sie allerdings nicht mit Kartoffeln, sondern mit Pommes frites. Die Soße ist auch sehr lecker. Und ich möchte auch immer eine Extraportion Preiselbeeren.« Er klatscht in die Hände. »Also, dazu habe ich richtige Lust, jetzt zu Ikea zu fahren. Die neuen Möbel riechen auch so gut. Sie riechen wie neue Möbel.«

Oscar winkt ab: »Diese Sofas haben keine guten Matratzen. Da bekommt das Mädchen schneller Probleme mit dem Rücken, als ihm lieb ist. Tonnentaschenfederkern heißt das Zauberwort.«

Ich muss an die durchgelegene Matratze denken, auf der ich seit einigen Tagen schlafe, und stimme Oscar mit einem Nicken zu.

»Jedenfalls habe ich mich entschieden«, wiederholt der.

»Wofür?« Schmolle ist neugierig.

Oscar steht auf: »Ich werde den Kampf aufnehmen!«, ruft er. »So schnell lasse ich mich nicht ins Bockshorn jagen. Da müssen schon andere Geschütze aufgefahren werden!« Er tritt gegen den wackligen Tisch, um seinen Worten gebührend Nachdruck zu verleihen.

»Moment mal«, meint Schmolle. »Alter, hast du nicht immer gesagt: ›Mir können sie die Mafia auf den Hals hetzen, von mir aus alle, die aus Palermo oder sonst woher kommen und was mit Don im Namen haben, alle die schwarzweiße Lackschuhe tragen und Hüte, die tief ins Gesicht gezogen sind, alle, die eine Handfeuerwaffe schneller ziehen können als Allergietropfen schlucken, alle können sie mir auf den Hals hetzen, aber bloß nicht *Mark Prinz*‹?«

O mein Gott! Mein Mann ist schlimmer als die Mafia!

»Hab ich ja auch gesagt!« Oscar tritt gegen einen Stuhl. »Aber jetzt sag ich eben was anderes. In mir tobt der Gerechtigkeitssinn. Und der soll jetzt Früchte tragen.«

»Oscar, der Typ ist *total gefährlich*!«, regt Schmolle sich auf.

Aber Oscars Gerechtigkeitssinn scheint zu siegen. »Ich habe meinen Bruder angerufen«, informiert er uns. »Frederik wird mich unterstützen.«

»Seit wann hast du einen Bruder?«, möchte Schmolle wissen.

»Was soll die blöde Frage? Ich habe einen Bruder, seitdem er geboren wurde.«

»Also ist er jünger als du?« Das ist Spacko. Er fragt nicht: ›Riecht er gut?‹

»Frederik und ich, wir werden den Prinz vernichten.« Oscar geht gar nicht auf Spackos Frage ein. »Frederik kommt aus Gießen-Lützellinden.« Darauf scheint Oscar sehr stolz zu sein, jedenfalls macht er eine Pause, um die Dramatik seiner Worte auf uns wirken zu lassen. Aber keiner reagiert ehrfurchtsvoll und sagt Sätze wie: ›Wirklich?‹, ›Gott steh mir bei, aus Gießen-Lützellinden!‹, oder: ›Warum hast du denn das nicht früher gesagt; jetzt ist alles glasklar! Frederik aus Gießen-Lützellinden ist im Anmarsch. Bin ich froh!‹

»Er sitzt schon im Zug«, erzählt Oscar uns weiter. »Ich muss ihn nachher vom Hauptbahnhof abholen. Dann geht's los. Frederik ist nämlich Baumchirurg.«

»Was?«, fragen wir synchron.

»Frederik pflegt und erhält Bäume«, sagt Oscar stolz. »Bis in die Baumkrone klettert er hoch, um den Baum zu stutzen oder Fehlentwicklungen auszumerzen.«

Während ich fieberhaft darüber nachdenke, welchen Vorteil es für uns haben könnte, dass ein Baumchirurg namens Frederik gerade in einem Zug sitzt, der von Gießen-Lützellinden nach Hamburg fährt, und mir partout keine Antwort einfallen will, verfällt Oscar in eine Art Ekstase: »Frederik hat keine Höhenangst!«, ruft er. »Frederik ist unser Mann. Er kann sich als Fensterputzer tarnen und in einer dieser Gondeln an Hochhäusern hochgezogen werden. Auch Starkwinde in unvorhersehbaren Böen machen Frederik nichts aus. Und wenn er Mark Prinz durch eines der Fenster in einem Hochhaus entdeckt hat, gibt es kein Zurück mehr. Dann muss der gute Herr Prinz den Löffel abgeben. Vorher wird das Fenster aber von Frederik noch geputzt. Er ist sehr gewissenhaft.« Fröhlich gießt Oscar sich einen Eistee ein.

Dieser Frederik ist mir gleich sympathisch, weil er keine Höhenangst hat. Mein Exmann hatte nämlich welche. Warum fällt mir das jetzt gerade ein?

»Woher weißt du, dass Herr Prinz sich grundsätzlich in Hochhäusern aufhält?« Spacko möchte detaillierte Informationen, die ich im Übrigen auch nicht uninteressant finde.

»Ich gehe davon aus«, sagt Oscar ruhig. »Ich gehe davon aus. Jemand wie Mark Prinz schließt keine Geschäfte in einem Bauschuppen ab. Er residiert im obersten Stockwerk eines Hochhauses. Aber nicht mehr lange. Denn wenn Frederik erst mal da ist, dann geht alles ganz schnell.«

Er tut ja gerade so, als gäbe es zum Geschäfteabschließen lediglich zwei Alternativen: entweder ein Hochhaus oder einen Bauschuppen. Mark könnte doch auch im ersten Stock eines Flachbaus mit asbesthaltigem Walmdach sitzen und seine Geschäfte abschließen. Oder von mir aus auch in einem Café bei einer guten Tasse Earl Grey und einem Stück Rhabarberkuchen mit Baiserhaube. Und seit wann schließt Mark überhaupt Geschäfte ab? Und welche Geschäfte? Aber ich mische mich nicht ein, weil ich eigentlich ganz froh darüber bin, dass die Aufmerksamkeit momentan nicht mir gilt, sondern dem mir noch unbekannten Frederik. Also sitze ich einfach nur dumm rum und höre den anderen zu. Leider kommt Oscar gleich wieder auf meine Person zu sprechen.

»Bis die Sache geklärt ist, kann sie nicht einfach hier so herumsitzen. Man wird sie an einen anderen Ort bringen müssen. Einen Ort, den nur ausgewählte Personen kennen.«

Jetzt wird es spannend. Möglicherweise werde ich gleich so behandelt wie eine Kronzeugin, die von der Polizei eine neue Identität bekommt. Vielleicht darf ich ja ab sofort in einem zweihundert Jahre alten Stadthaus in Charleston/South Carolina wohnen, das einen begehbaren, indirekt beleuchteten Kleiderschrank hat, und Perserkatzen züchten, obwohl ich mit letzterer Möglichkeit bislang noch nie geliebäugelt habe.

»Dass sie bei Spacko schläft, ist vielleicht wirklich keine schlechte Idee«, sagt Oscar. »Wo wohnt ihr denn, Spacko?«

»Na da«, Spacko deutet auf einen der vielen Wohnwagen.

»Da wohnst du mit deiner Schwester drin?«

»Klar«, nickt Spacko.

»Wie soll man denn da noch ein Schlafsofa aufstellen? Ihr habt zu zweit doch kaum Platz.«

Da hat Oscar wohl recht. Der Wohnwagen ist geschätzte eins fünfzig lang.

»Man könnte das Schlafsofa ja unter das Vorzelt stellen«, schlägt Spacko schließlich vor.

»Eine brillante Idee«, Oscar schlägt sich gegen die Stirn. »Da liegt sie ja auch gar nicht auf dem Präsentierteller!«

»Nö, auf dem Sofa würde sie dann liegen«, sagt Spacko.

Letztendlich fahre ich mit Schmolle doch zu Gundulas Wohnung. Ich darf laut Oscar nicht alleine dorthin laufen, obwohl es nur ein paar hundert Meter sind, nein, ab sofort stehe ich unter Personenschutz. Er selbst düst zum Bahnhof, um den aus Gießen-Lützellinden anreisenden Frederik abzuholen, und will dann mit ihm ebenfalls zu Gundula kommen, um, wie er sagt, »die Sachlage en detail zu erörtern sowie Anordnungen kundzutun, die ihr dann bitte auch befolgen müsst«.

Spacko will auch mitkommen, weil er es mental mittlerweile nicht mehr verkraften kann, *nicht* grundsätzlich involviert zu sein, außerdem meint er, es sei doch schön, wenn mal was los ist im Leben. Mausi wird geilcool in Schmolles Verkaufswagen gesteckt, und ein von irgendwo hergeholter Mann, den man Spinne nennt, »macht« Spackos Bude.

Bei Gundula sind alle zu Hause und hocken wie gewöhnlich im Wohnzimmer zusammen. Der Titus sitzt vor dem Fernseher und hält den Controller einer Wii-Station von Nintendo in der Hand. In unregelmäßigen Abständen drückt er Knöpfe, damit die Leute auf dem Bildschirm schreiend durch einen

Feuerball rennen und dabei Kampfrufe ausstoßen. Ab und an wird durch die Betätigung eines weiteren Knopfes ein muskulöser Mann im Tarnanzug geköpft oder verliert zumindest einen seiner Unterschenkel. Der Titus bewegt sich während der Bedienung des Controllers wie jemand, der aus heiterem Himmel einen epileptischen Anfall bekommt.

»Ich finde es gut, dass der Titus so was macht«, höre ich das schwangere Möhrchen beim Reinkommen glücklich und zufrieden sagen. »So hat er zumindest soziale Kontakte.« Das Möhrchen selbst liegt der Länge nach auf dem Sofa und richtet sich nun auf. »Sanni, ich möchte deine Meinung hören. Ich habe nämlich schon den Text für die Adoptionsanzeige verfasst. Für die drei neuen Kinder.«

»Wie?«, fragt Schmolle erstaunt. »Wer soll denn adoptiert werden?«

Schnell informiere ich ihn über die Sachlage und stelle ihn den anderen vor.

»Oha«, sagt Schmolle. »Also, das geht nicht. Kinder von Herrn Prinz. Wenn Oscar das erfährt, bringt er die Würmer noch vor der Niederkunft um. Oder er stiehlt sie und bringt sie in ein Ausbildungslager für Betrüger.«

»Ich würde eins nehmen«, meint Spacko. »Aber erst, wenn es durchschläft. Ich wollte immer Kinder haben. Leider habe ich aber noch nicht mal eine Frau.«

Fast tut Spacko mir ein wenig leid. »Lies mal vor«, bitte ich das Möhrchen.

»Ich finde das unmöglich.« Vivian zeigt dem Möhrchen einen Vogel. »Da wird sich doch niemand melden. Außerdem ist das alles sowieso illegal.«

»Und? Fragt jemand nach mir? Fragt jemand danach, wie ich mich dabei fühle, die ungeborenen Kinder eines Ganoven unter meinem Herzen zu tragen? O nein, meine Beste, ich mache das schon alles richtig.«

»Lass sie doch«, sagt Nero, gekleidet in ein rosa Ensemble. »Ich habe Petits Fours gemacht. Möchte jemand eins?«

»Jetzt lies endlich vor«, sage ich zum Möhrchen, das schon einen Zettel genommen und auseinandergefaltet hat. »Hört gut zu«, sagt es, obwohl wir Neuankömmlinge schon alle gut zuhören: *»Kinderlose Eltern aufgepasst!«*

»Kinderlose heißen doch nicht *Eltern*. Das hab ich dem Möhrchen auch schon gesagt«, sagt Vivian böse. »Da fühlt sich doch jeder verarscht.«

»Lass doch mal jetzt«, kommt es wieder von Nero.

»Also: *Kinderlose Eltern aufgepasst! Drei Kinder eines schlechten, schlechten Menschen nach der Geburt abzugeben.* ›Schlechter Mensch‹ hört sich gut an. Mystisch. Solche Kinder gibt es nicht oft.«

»Hört ihr das? *Nach* der Geburt! Wann denn *sonst*?« Vivian wird nun sehr laut.

Gundula ruft: »Nun gib doch endlich mal Ruhe! Die ganze Zeit blökst du nur rum.«

Das Möhrchen nickt leidend. »Gut ist die laute Stimme nicht für mich.«

Die Tatsache, dass im Fernseher verwundete Legionäre im Todeskampf nach ihrer Blutsverwandtschaft brüllen, scheint sie allerdings kaltzulassen.

»Mindestgebot pro Kind: fünfzigtausend Euro. Bei Vertragsabschluss vor der Geburt kommen noch Kosten von hundertsechs-

undzwanzig Euro und vierzehn Cent pro Tag der Schwangerschaft dazu.«

»Wieso ist das so ein unrunder Betrag?«, will ich wissen.

»Ich finde, das liest sich professioneller. So als hätte ich mir Gedanken gemacht«, sagt das Möhrchen zufrieden. »Der Betrag wirkt gründlich durchdacht. Würde ich bloß hundert Euro verlangen, würden manche adoptionswillige Paare möglicherweise kritisch aufhorchen.«

»Ich bin mir sicher, dass auch so alle kritisch aufhorchen werden«, lässt Vivian uns immer noch böse wissen.

»Warum möchtest du denn noch während der Schwangerschaft Geld?« Ich begreife das nicht so ganz.

»Dadurch können die adoptionswilligen Eltern sichergehen, dass ich gesund lebe«, lässt das Möhrchen mich wissen. »Und ein gesundes Leben ist teuer. Ich brauche ja frisches Obst und Gemüse und Lebertran und Fleisch von glücklichen Tieren.«

»Glückliche Tiere«, schnaubt Vivian. »Du kannst ja morgen mal mit zum Schlachthof kommen. Da siehst du alles, bloß keine glücklichen Tiere. Das ist doch alles Humbug mit den glücklichen Tieren.«

»Alles machst du schlecht«, das Möhrchen legt sich wieder hin und stöhnt leise herum. »Bekomm du mal Drillinge. Steh du das mal durch.«

»Um ehrlich zu sein, finde ich das mit der Anzeige aber auch nicht gut. Die Ämter werden Fragen stellen«, wirft Gundula ein und nimmt sich dann ein von Nero zubereitetes Petit Four, das mit Schokolade und hellblauem Zuckerguss verziert ist und so aussieht, als würde es gut schmecken.

»Niemand wird Fragen stellen. Ich schreibe ja nicht dazu, wie ich heiße. Ich mach das mit so einer Nummer, die man dazuschreibt.«

»Eine Chiffre-Anzeige.« Auch Chris will mal was sagen.

»Genau«, nickt das Möhrchen. »Bestimmt werden sich total viele Eltern melden. Ich meine, wer kann schon von sich behaupten, Kinder zu haben, die von einem schlechten, schlechten Erzeuger abstammen.«

»Unter anderem du«, sagt Dodo.

Chris wechselt das Thema. »Kann mir jemand ein Hemd bügeln? Ich habe nachher noch eine Verabredung. Eine einsame Frau, die in Hamburg niemanden kennt und ... «

»Halt«, kommt es sofort von Gundula. »Komm bloß nicht auf die Idee, noch jemanden hier anzuschleppen. Die Wohnung ist voll bis obenhin. Hier passt niemand mehr rein.«

Chris ist sofort beleidigt. »Das hatte ich auch nicht vor. Die Dame wohnt selbstverständlich im Hotel und ist finanziell gut situiert. Ich werde mit ihr eine Hafenrundfahrt machen, und später werden wir im Fischereihafenrestaurant ein leckeres Rückenstück vom Kabeljau zu uns nehmen. So habe ich es vorgeschlagen, und sie hat zugestimmt. Also: Kann mir jetzt bitte jemand von euch ein Hemd bügeln?«

Seufzend steht Gundula auf.

Nero kichert, nachdem sie mit Chris das Wohnzimmer verlassen hat.

»Was gibt es da zu lachen?«, möchte ich wissen.

»So kommt Chris nie auf einen grünen Zweig«, vertraut er mir an. »Er hat schon das gemacht, was das Möhrchen noch machen will.«

»Kinder zur Adoption freigegeben?«

»Nö«, sagt Nero. »Eine Anzeige hat er aufgegeben.« Er hält mir das Hamburger Abendblatt vor die Nase. »Den ganzen Tag durfte ich das Haus nicht verlassen, weil er furchtbare Angst hatte, das Telefon könnte nicht mehr stillstehen, weil diese Anzeige es so wahnsinnig in sich hat.« Nero ist vom vielen Kichern schon ganz rot.

Trinke Ihren Wein – komme ins Haus! Bin ein Garant für schöne Stunden. Bezahlung pro Flasche!, lese ich und frage dann: »Spinnt er?«

»Natürlich spinnt er. Würdest du so einen Irren zu dir einladen? Ich nicht. Natürlich hat auch keiner angerufen. Das ist ja wohl auch kein Wunder.«

Ich kann nur noch den Kopf schütteln. Das sind alles Wahnsinnige hier. Alle miteinander.

Und wie auf Befehl kommt Harriet an: »Ich bin dir übrigens nicht mehr böse wegen des *Dirty Nudes*«, sagt sie großmütig. »Eigentlich hast du es ja nur gut gemeint.«

»Das ist aber lieb von dir«, ich freue mich wirklich.

»Ich hätte den Mut nicht gehabt«, geht es weiter, und sie schaut mich fast bewundernd an. »Also, ich bin dir wirklich nicht mehr böse. Ehrlich nicht.«

»Schön«, sage ich.

»Ganz ehrlich nicht.«

»Ich freue mich.«

»Eigentlich war ich dir auch nie böse. Nur dass du's weißt.«

»Wie lieb.«

»Also echt jetzt.«

Wo ist da der Haken?

»Unter einer Bedingung«, sagt Harriet. »Schreibst du mit mir das Buch über Raoul weiter?«

Eigentlich hätte ich auch selbst drauf kommen können.

»Ich hab mir noch ganz viele tolle Sachen überlegt«, wird mir eifrig und rotwangig mitgeteilt. »Das mit dem Salzstreuer ist ein super Einstieg. Da machen wir weiter.«

»Vielleicht sollten wir die ganze Sache nochmal gründlich überdenken«, schlage ich freundlich vor, auch weil ich momentan einfach nicht in der Stimmung bin, noch mehr Sätze über Salzstreuer oder möglicherweise auch Pfeffermühlen in diese antike Schreibmaschine zu schlagen. Obwohl ich die Idee mit dem Buch ja nach wie vor gut finde. Aber es muss anders aufgezogen werden. Bloß: Wie sage ich das Harriet? Sie ist so begeistert von ihrer grandiosen Idee, dass ich es nicht übers Herz bringe, sie zu maßregeln.

»Was gibt es denn da zu überdenken?«, fragt sie und klingt auch schon ganz traurig. »Der Anfang ist gemacht. Alles andere ist ein Kinderspiel.«

Dann sagt Spacko leider: »Das finde ich aber toll. Ich habe noch nie ein Buch gelesen, in dem ein Salzstreuer den Anfang macht. Das scheint was ganz Besonderes zu sein.«

»Siehst du«, nickt Harriet, und natürlich sitze ich eine Minute später wieder vor dieser blöden Schreibmaschine, die Harriet ins Wohnzimmer schleppt, damit auch ja jeder ihre geistreichen Ergüsse mitbekommen kann.

Bislang war ich der Meinung, dass jemand, der ein Buch oder von mir aus auch nur einen Artikel für eine Broschüre schreibt, *alleine* vor dem Computer oder meinetwegen auch vor einer Schreibmaschine sitzt; immerhin muss man sich ja konzentrieren. Zu zweit mag es auch noch gehen, aber ganz sicher bekommt niemand auch nur einen geraden Satz hin, wenn ungefähr *zehn* Leute hinter ihm stehen und ihre Vorschläge zu Papier gebracht bekommen wollen.

Und natürlich wollen auch alle in dem Buch, das sowieso niemals auf den Markt kommen wird, vorkommen. Und alle wollen, dass wir positiv über sie schreiben. Gundula meint, dass sie Harriet und mir die fristlose Kündigung unter die Nase halten wird, sollten wir ihr wahres Alter einfügen – das im Übrigen sowieso niemand kennt. Chris verlangt, dass wir ihn als Herzensbrecher einbauen, und Nero möchte, dass alle im Buch Mitwirkenden in ihrer Freizeit Laienschauspieler sind. Bevor ich komplett durchdrehe, klingelt es an der Tür.

Eine Minute später steht Oscar im Raum.

Und hinter ihm steht Frederik.

Ich muss schlucken.

Nochmal schlucken.

O mein Gott, was für ein Mann!

Ich sage es nicht gern, weil es so abgedroschen klingt – aber der Blitz hat bei mir eingeschlagen.

Wie Mausi sagen würde: einfach so, bumm!

15. Kapitel *Wir wollten mal sehen, ob ihr Hilfe braucht.*

Jean-Paul Sartre: Die schmutzigen Hände
3. Bild, 2. Szene
(Dann diskutiert man u. a. darüber, ob man Wäschestücke zusammenlegen soll.)

Das Erste, was Frederik tut, ist nicht etwa »Hallo, guten Abend« zu sagen, nein, er geht schnurstracks zu einer von Gundulas Grünpflanzen und sagt beinahe kummervoll: »Oh, ein Flammendes Käthchen. Es muss dringend gedüngt werden. Und Sie sollten es näher ans Licht rücken. Also nicht direkt in die pralle Sonne, aber schon ein Stück weit näher ans Fenster.« Dann bückt er sich und sagt: »Das Käthchen hat auch Blattläuse. Wir werden geeignetes Schädlingsbekämpfungsmittel besorgen müssen.«

Gundula ist das schrecklich unangenehm: »Ich habe die Pflanze geschenkt bekommen. Ich habe leider keinen grünen Daumen.«

Diese Aussage wird von Frederik mit einem ernsten Blick quittiert: »Es braucht keinen grünen Daumen, um eine Pflanze zu düngen. Heutzutage kann das jedes Kind.«

Gundula wird rot vor Scham.

»Ist Frederik nicht toll?« Oscar ist sichtlich stolz auf seinen jüngeren Bruder. Zu Recht. Frederik sieht einfach umwerfend aus. Ich bin fix und fertig mit den Nerven. Und dass er sich so gut mit Pflanzen auskennt, das spricht doch nochmal extra für ihn. Ein Baumchirurg, der offenbar auch die Nebenfächer beherrscht! Bestimmt weiß er auch, wie man einen angegriffenen Bubikopf wieder auf Vordermann bringt, und das, ohne groß nachzudenken oder sogar Fachliteratur zur Hilfe nehmen zu müssen. Ich bewundere diesen Menschenschlag.

»Möchtest du etwas essen?«, fragt Oscar besorgt. »Du bist doch bestimmt hungrig von der Fahrt.«

»Nein, danke«, sagt Frederik und zerquetscht eine Blattlaus, die er vom Flammenden Käthchen gezupft hat. »Ich hatte Proviant dabei. Gewürfelten Schafskäse und ein Glas mit eingelegter Peperoni.« Er blinzelt Oscar zu. »Weißt du noch, das hat Mutti immer für uns gemacht, als wir noch klein waren und eine Belohnung verdient hatten.«

»Dazu gab es immer Fladenbrot«, gibt Oscar wehmütig zurück, und dann fassen die beiden sich an den Händen, drehen sich im Kreis und rufen laut: »Mmmmmh! Lecker! Bei Mutti schmeckt's doch immer noch am besten!« Sie strahlen und sagen dann zu uns: »Das haben wir früher immer gesungen.«

Ist das süß! Die beiden scheinen ja mit ihrer Mutter wirklich gut Freund zu sein! Ich bin so gerührt, dass ich schlucken muss. Ich war ja mit meinen Eltern auch gut Freund ... nein, nein, nicht darüber nachdenken.

Die beiden umarmen sich innig. »Dass Mutti nicht mehr unter uns weilt, werde ich nie verkraften.« Oscars Stimme ist brüchig.

»Wem sagst du das?« Frederik tätschelt den Rücken des Bruders. »Warum musste sie auch in die Krone der Eiche klettern, um mir Suppe in einer Tupperschüssel zu bringen?«

»Sie konnte ja nicht ahnen, dass du an diesem Tag gar nicht die Eichen behandelt hast, sondern die Zirbelkiefern.« Oscar lässt Frederik los und dreht sich zu uns um. Er wirkt psychisch labil. »Mutter hatte Erbsensuppe mit Rauchfleisch gekocht und wollte ihrem Hasen, wie sie Frederik immer nannte, eine Portion in die Eiche bringen. Und da ist sie geblieben.«

»Im Baum?«, kommt die ungläubige Frage wie einstimmig aus vielen Kehlen. Selbst der Titus legt eine kurze Mordpause ein. Er sieht neugierig und ehrfürchtig aus.

»Aber warum denn?«, will Nero wissen, den die Tatsachen mental zunehmend mitnehmen.

»Keiner ahnte, wo sie war«, erklärt Frederik. »Wir haben sie überall gesucht. Hätte die Eiche wenigstens baumchirurgisch behandelt werden müssen, dann hätte ich Mutti wahrscheinlich relativ schnell gefunden. Aber die Eiche, in der Mutti saß, war pumperlgesund. Da bestand kein Handlungsbedarf.« Er nickt traurig in der Erinnerung. »Sie musste noch nicht mal beschnitten werden. Also die Eiche.«

»Wir haben Mutti natürlich überall gesucht, aber ohne Erfolg«, Oscar erzählt nun weiter. »Zwei Wochen später dann der Anruf. Sie war mitsamt der Tupperschüssel vom Baum gefallen. Wandersleute haben sie gefunden. Aber da war sie schon von uns gegangen. Das war voriges Jahr.«

»Hat sie die Suppe gegessen?«, fragt Dodo.

»Sicher hat sie das. Die Obduktion hat auch ergeben, dass sie Äste und Blätter als Ersatznahrung zu sich genommen hat. Das geht eine Zeitlang. Aber ohne Wasser stirbt man schnell.«

»Mutti ist dehydriert«, sagen Oscar und Frederik dann synchron.

»Ja aber ...«, ich finde das mit Mutti entsetzlich, »... hat denn eure Mutter nicht um Hilfe gerufen?«

»Nein«, sagt Oscar. »Das ging nicht. Oft hat Mutti uns keifend ausgezankt. Deswegen hielten wir es für besser, ihr die Stimmbänder entfernen zu lassen. Das war vor zwei Jahren.«

»Das hat ganz schön was gekostet, weißt du noch?«, fragt Frederik. »Aber es *musste* einfach sein. Wie hieß nur dieser Chirurg, den du besorgt hast? Wümmer?«

»Winter«, sagt Oscar. »Er war sehr teuer. Jedenfalls war Mutti ab dem Zeitpunkt der Stimmbandentfernung stumm und konnte deswegen nicht rufen.«

Alle schweigen. Möglicherweise haben sie Angst um ihre Stimmbänder. Ich übrigens auch.

Oscar räuspert sich. »Zwölftausend Euro«, sagt er dann leise. »So viel hat das gekostet. Aber es war die Sache wert. Man hat ja Tinnitus bekommen bei Muttis Gekeife. Selbst schuld, sag ich da nur. Selbst schuld.«

»Ja, ja«, Frederik nickt langsam. »So kann es gehen.«

»Es kann auch schlimmer kommen«, meint sein Bruder.

»Ja, ja«, wieder nickt Frederik. »Da kennen wir nichts. Gar nichts kennen wir da.« Er steht auf. »Ist der Philodendron schon gegossen worden?«

Dreißig Minuten später sitze ich wieder an der alten Schreibmaschine, aber nicht, um an Harriets Buch weiterzutippen, sondern um das, was Oscar und Frederik als Schlachtplan ausarbeiten, unwiderruflich zu Papier zu bringen. Der Titus findet die beiden super und weicht nicht von ihrer Seite. Sie haben versprochen, ihm später eine Gutenachtgeschichte zu erzählen, in der ganz viele Menschen von einer sprechenden Ketchup-Flasche gemeuchelt werden. Die Ketchup-Flasche braucht nämlich immer neues Blut, damit sich die Flasche wieder auffüllt. Denn in der Ketchup-Flasche befindet sich gar kein Ketchup. Die Ketchup-Flasche heißt Ansgar und wohnt in einem Kühlschrank, der vollgestopft ist mit vergammelten Leichenteilen. Wahrscheinlich zum ersten Mal in seinem Leben will der Titus möglichst bald ins Bett gehen.

»Er ist so wissbegierig«, sagt das Möhrchen zufrieden. »Meine Erziehung fruchtet.«

Ich für meine Person bin sehr glücklich darüber und auch stolz darauf, dass Frederik den Platz direkt neben mir gewählt hat. Frederik riecht unaufdringlich nach Harz, und ich wundere mich, dass das Spacko noch nicht aufgefallen beziehungsweise noch nicht von ihm kommentiert worden ist. Der scheint Frederik irgendwie nicht zu mögen. Dauernd blitzt er ihn durch seine Uhu-Brille an. Dabei vertilgt er ein Petit Four nach dem anderen. Nero freut sich, dass es uns schmeckt, und überlegt, eine Patisserie aufzumachen.

Oscar hat kurz vorher vorgeschlagen, dass wir uns der Einfachheit halber alle duzen sollen, und natürlich hat niemand widersprochen.

»Lies doch mal allen vor, was du bis jetzt hast«, bittet mich Frederik und rutscht noch ein Stück näher zu mir heran.

Folgsam kurbele ich so lange an der Einspannwalze, bis ich den Text erkennen kann, und lese:

1. Tötungsart für Mark Prinz überdenken.
2. Mark Prinz finden.
3. Mark Prinz töten.
4. Schädlingsbekämpfungsmittel für das Flammende Käthchen besorgen.
5. Flüssigdünger auf Haltbarkeitsdatum überprüfen.

»Das ist doch schon mal was«, freut sich Frederik. »Wobei ich dafür bin, die Prioritäten anders zu setzen. Wenn das Flammende Käthchen nicht bald behandelt wird, garantiere ich für nichts.«

»Soll ich nochmal neu anfangen?«, biete ich an.

Frederik schaut mir in die Augen. Seine sind fast schwarz. O Gott! Vielleicht sind sie schwarz vor verzehrender Sehnsucht nach mir! Oder es ist einfach seine natürliche Augenfarbe. Oscar hat ja auch dunkle Augen. Welche Augenfarbe Mutti im Baum wohl hatte? Ob ihre erst blau waren und dann aufgrund der Dehydrierung schwarz geworden sind?

»Gleich morgen besorge ich alles«, Gundula macht sich Notizen.

»O nein. Das werde ich selbst in die Hand nehmen. Sonst kaufen Sie möglicherweise in einer Drogerie ein No-Name-Mittel, und dann geht das Käthchen ein.« Frederik ist ein Vollprofi. Bestimmt achtet er auch darauf, dass er sich keinesfalls mit No-Name-Frauen einlässt. Denn dann würde das Käthchen zwar nicht eingehen, aber vielleicht er selbst. Besonders faszinieren mich seine Unterarme. Sie sind sehr behaart und so muskulös, dass ich am liebsten dauernd draufschauen möchte. Auch ansonsten wirkt er sehr sportlich. Noch sportlicher und durchtrainierter als Spacko. Als ob er Bäume nicht nur operieren, sondern auch ausreißen könnte. Und er ist sehr groß. Ich schätze, mindestens eins neunzig. Seine Haare sind schwarz, so wie die von Oscar. Er hat eine ganz süße Narbe über der Oberlippe.

Spacko grunzt: »Bullshit.«

Gundula hebt ihren Zeigefinger. »Mäßige bitte deinen Ton. In meinen vier Wänden wird eine ordentliche Konversation geführt.«

Er steht auf. »Aber es stimmt doch. Es ist doch total egal, wann irgendwelche Mittel gekauft werden und welche Marke es ist. Da draußen läuft ein Wahnsinniger frei herum, der vielleicht gerade eben seinem nächsten Opfer androht, es zu strangulieren, weil es die falschen Fragen gestellt hat.«

Sofort muss ich an die blonde Frau denken, mit der Mark auf dem Dom war. »Schmolle, du wolltest dich doch nach der Blonden erkundigen«, sage ich zu ihm.

Er wird sofort wütend. »Was denn noch alles? Wann hätte ich das denn bitte machen sollen? Dieser ganze Zirkus! Und die Oma ist auch tot!«

Die Sache mit der Oma scheint Frederik nicht zu interessieren. »Um welche Blonde geht es?« Er hat aufgehorcht, und ich erzähle ihm die Jahrmarktsgeschichte mit dem Plüschbären.

»Meiner Meinung nach sind diese ganzen Sachen, die man da gewinnen kann, qualitativ total minderwertig«, sagt Frederik, nachdem ich fertig bin. »Davon mal ganz abgesehen ist das Volksverdummung. Man gewinnt ja nichts. Man hat ja vorher dafür bezahlt, dass man zehn- oder zwanzigmal mit einem Luftgewehr schießen darf. Ein Gewinn ist was ganz anderes. Aber auf Jahrmärkten wird einem sowieso immer was vorgegaukelt. Und alles ist überteuert.«

»Ich habe faire Preise«, lässt Schmolle Frederik wissen, und Spacko nickt ebenfalls. »Von irgendwas muss der Mensch ja auch leben«, sagt er dann noch leise und setzt seine Brille ab, um sie zu putzen.

Der Titus hat mittlerweile alle Legionäre getötet und legt ein neues Spiel ein. Jetzt werden Kampfhunde der Rasse Mastino Napoletano mit blutunterlaufenen Augen und ungefähr vierzig Zentimeter langen Zähnen auf eine Gruppe Jugendlicher gehetzt, die sich offenbar auf einer Konfirmandenfreizeit befinden und gerade auf einer Waldlichtung sitzend Kartoffeln über einem Lagerfeuer rösten, während sich Pfarrer und Jugendpfleger auf Gitarre und Blockflöte musikalisch verwirklichen und ein Stück spielen, das vom fehlenden Frieden in der Welt handelt. Die Gruppe singt fröhlich, aber auch ein Stück weit betroffen von der sinnlosen, durch politische und kirchliche Fehlentscheidungen hervorgerufenen Hungersnot in Afrika, von überladenen, kenternden Flüchtlingsschiffen, von länderübergreifenden Epidemien, von Selbstmordattentätern, die sich für die Sache opfern, und davon, dass der Mensch als solcher aber nicht grundsätzlich schlecht ist, sondern durch diverse äußere Einflüsse schlecht gemacht wird. Der Refrain besteht aus einem sich dreimal wiederholenden »Auch deine Hilfe zählt, damit niemand mehr Menschen quält«. Das traute Beisammensein wird allerdings durch Titus' Betätigung des Controllers jäh unterbrochen. Einige der Jugendlichen flüchten plötzlich mit schreckverzerrten Gesichtern auf Bäume, deren Äste aber morsch sind und brechen, woraufhin die Jugendlichen von den Bäumen stürzen und sich sozusagen den Kampfhunden selbst zum Fraß vorwerfen.

Frederik ist sofort in seinem Element. Er steht auf und setzt sich nah an den Fernseher. »Das Baumbild sieht nicht gut aus«, werden wir informiert. »Um ehrlich zu sein, sieht mir das danach aus, als hätte hier der Zwölfzähnige Föhrenborkenkäfer seine Finger im Spiel. Nein, wartet mal, das ist ja eine Linde. Die Wollige Napfschildlaus könnte auch die Verursacherin sein. Seht ihr dort, da fallen Blätter ab, obwohl es Sommer sein muss, was man an den Kleidungsstücken der jungen Leute sehen kann. Sie tragen T-Shirts und kurze Hosen. Die Bäume verlieren ihre Blätter aber normalerweise erst im Herbst. Oder es ist der Ungleiche Holzbohrer. Weil die Äste morsch sind.« Er steht wieder auf. »Es gibt so viele kranke Bäume. Und kaum einer hilft ihnen.«

»Ich bin mal auf der Autobahn an einem Schild vorbeigefahren, auf dem stand: *Rette den Wald. Tu was!*«, erzählt Dodo. »Da stand auch eine Telefonnummer, die man anrufen konnte, wenn man helfen wollte. Aber als ich da angerufen habe und sagte, dass ich helfen will, war die Frau total überfordert.«

»Weil sich da sonst niemand meldet«, sagt Frederik traurig. »Keiner interessiert sich für das unaufhaltsame Waldsterben.«

»Ich wohl«, meint Dodo. »Aber was hätte ich denn machen sollen?«

Das weiß Frederik jetzt auch nicht.

Das Baumsterben geht weiter: Titus lässt die angegriffenen Bäume auf Knopfdruck zusammen mit Teilen der Gruppe explodieren.

»Was machst du denn?«, schreit Frederik den Titus an. »Man hätte die kranken Bäume vielleicht noch retten können!«

»Ich find's cooler, wenn sie tot sind, tot, tot, tot«, sagt der Titus und fletscht die Zähne. Er trägt immer noch das Gebiss von Oma.

»Können wir jetzt mal weitermachen?«, fragt Oscar. »Hör doch jetzt mal auf, dich um kranke Bäume zu kümmern, Frederik. Momentan gibt es Wichtigeres.«

»Das stimmt.« Frederik wendet sich vom Fernseher ab. »Also, die blonde Frau. Wer war das?«

»Wenn ich das wüsste«, sage ich. »Sie sah jedenfalls reich aus und hatte so eine kieksende Stimme. Und sie war affektiert. Und sie sah verliebt aus.« Den letzten Satz sage ich ungern.

»Hast du nicht was von einem Privatjet erzählt?«, hakt Schmolle nach, und ich nicke.

»Ehrlich gesagt, hat *Mark* was von einem Privatjet erzählt. Also, dass sie einen hätte. Also die Blonde.«

»Jemine! So viele Frauen mit einem Privatflugzeug wird es ja wohl in Hamburg nicht geben«, wirft Frederik ein. »Da hättest du doch schon mal mit der Recherche beginnen können, Oscar.«

»Ich höre das gerade zum ersten Mal«, bringt Oscar zu seiner Verteidigung hervor.

»Tipp bei sechstens bitte *Frau, blond, mit Privatjet suchen*«, befiehlt Frederik mir, und ich haue folgsam und mit einer beginnenden Arthritis in die Tasten.

»Ich könnte Saulus anrufen«, überlegt Schmolle. »Saulus sitzt in der Stadtverwaltung. Vielleicht gibt es da so ein Verzeichnis von Leuten mit Privatflugzeugen. Und wenn Saulus uns nicht direkt weiterhelfen kann, kennt er bestimmt jemanden, der weiterweiß. Saulus lässt sich bestimmt nicht lumpen.«

»Saulus?«, fragt Frederik irritiert. »Wieso heißt denn jemand bitte Saulus?«

»Der Titus heißt doch auch Titus«, kommt es vom Möhrchen.

»Saulus war Pfarrer in dieser kleinen Kirche«, erzählt uns Schmolle und schaut mich an. »Ich hab dir doch von meiner inneren Erleuchtung mit der Nutte erzählt, die für mich gelaufen ist.« Ich nicke. »Damals war Saulus noch als Pfarrer dort in Niedersachsen aktiv. Er hatte zwar nur eine recht kleine Gemeinde zu betreuen, doch dann wollte er mal was mit Bürokram machen. Also hat er sich in der Stadtverwaltung beworben. Saulus liebt die Bürokratie. Er ist Materialbeschaffer, ordert Stifte und Blöcke und Druckerpatronen und so. Ohne ihn wären die Mitarbeiter der Stadtverwaltung aufgeschmissen. Wer kann denn ohne Druckerpatrone etwas ausdrucken?«

»Toll«, sagt Frederik ehrfürchtig. »Ein Mann der Taten also.«

»Nochmal: Soll ich ihn jetzt anrufen oder nicht?« Schmolle wird ungeduldig.

»Um diese Zeit hat die Stadtverwaltung doch schon geschlossen«, sagt Nero und wird von Schmolle mit einem bösen Blick bedacht.

»Ich habe selbstverständlich Saulus' Privatnummer.« Und schon holt er sein Handy aus der Hosentasche und sucht die Nummer vom heiligen Saulus, die er auch findet.

»Saulus, alter Lümmel!«, brüllt Schmolle ungefähr zwanzig Sekunden später. »Wie geht's denn so? Was machen die Lagerbestände der Stadt?« Und dann, ungefähr zehn Sekunden später, sagt Schmolle ganz leise: »Ach, du dicke Kacke. Ja, Mensch, das tut mir aber leid. Hm, hm, hm, schlimm, schlimm. Sicher, sicher. Ojemine.« Er legt auf und lässt das Handy sinken.

»Was ist?«, schreien wir durcheinander.

»Saulus ...«, kann Schmolle nur dauernd sagen. »Saulus, Saulus, Saulus.«

Frederik wird es zu bunt. »Was ist denn mit ihm? Hat er Blasphemie betrieben oder was?«

Böse schaut Schmolle ihn an. »Wenn es nur das wäre. Nein ...«, er lässt sich in einen Sessel fallen und streift dabei das Flammende Käthchen, woraufhin einige der Blattläuse sich lösen, hochhüpfen und dann auf seiner Glatze niedersinken. »Saulus ist krankgeschrieben und befindet sich jetzt in einer therapeutischen Behandlung«, lässt Schmolle uns letztendlich dann doch wissen. »Er hat sich in einen Hunderterpack Klarsichthüllen verliebt und weiß jetzt nicht, für welche Klarsichthülle er sich entscheiden soll. Saulus meint, sie sähen alle gleich aus.«

»In Klarsichthüllen?«, fragt Spacko irritiert. »Ersetzt so was eine Brille? Apropos, wo ist meine Brille überhaupt?«

Hilflos fuchtelt er mit beiden Händen in der Luft herum. »Hat jemand meine Brille gesehen? Wenn ja, würde er mir sie bitte zurückgeben? Ohne meine Brille bin ich hilflos wie ein ... wie ein ... wie ein Mensch ohne Brille.«

Ein hektisches Suchen beginnt. Aber Spackos Brille ist definitiv nicht aufzufinden.

»Ich hab sie vor mich gelegt!«, kreischt Spacko panisch. »Ich lege meine Brille immer vor mich. Damit ich sie schnell wiederfinde. Wenn jemand meine Brille versteckt hat, finde ich das überhaupt nicht witzig, das mal nur so am Rande!« Und dann hyperventiliert er fast: »Gebt mir meine Brille zurück!!!«

»Huuuäh!«, kommt es vom Fernseher, vor dem immer noch der Titus hockt. Die Mastinos sind mittlerweile bei den Eingeweiden der Konfirmandengruppe angekommen, und weil Titus schon wieder einen Level weiter ist, spritzt jetzt ein Mageninhalt gegen die Kamera, was uns zu einem entsetzten Zurückweichen zwingt. Der Titus freut sich total. Und weil er sich so freut, hat er Spackos Brille auf. Und weil ihn das so gefreut hat mit dem Mageninhalt, hat er die Gläser schon rausgepult und zerbricht sie gerade in tausend Stücke.

Gundula, sonst immer die Ruhe selbst, rastet aus: »Du kleiner Mistkerl!«, brüllt sie den Titus an. »Kannst du eigentlich nichts weiter, als Sachen zu zerstören?«

Frederik stürzt auf den Titus zu und versucht zu retten, was zu retten ist, aber leider gibt es nichts mehr zu retten. Der Titus keckert bloß hämisch, während der arme Spacko aufsteht und immer noch die Brille sucht, weil er natürlich als Einziger nicht mitbekommen hat, was Sache ist. Er fegt auch die Porzellanplatte mit den Petits Fours vom Tisch. Spacko tut mir schrecklich leid. Ich bin zwar nicht kurzsichtig, kann mir aber vorstellen, wie es sein muss, nichts mehr zu sehen. Immerhin muss ich dafür nur die Augen schließen. Aber Spacko kann auch mit geöffneten Augen nichts sehen. Ein arges Schicksal. Ich kann für Spacko nur hoffen, dass er nicht auch noch betriebsblind ist. Wenn er das nämlich ist und seine Schwester ihn abzockt, kann das böse für ihn enden.

Während die anderen durcheinanderwuseln, denke ich für einige Sekunden über mein neues Leben nach der Trennung von Mark nach. Ja, ich weiß, eine wirkliche Trennung war es ja nicht, aber so viel war noch nie los. Ich hatte beispielsweise vorher noch nie von jemandem gehört, der sich in Klarsichthüllen verliebt hat; ich wusste auch nichts von der in mir schlummernden Kreativität, was das Verzieren von Lebkuchenherzen betrifft. In einem Table-Dance-Schuppen war ich bislang auch noch nicht, genauso wenig kannte ich einen ehemaligen Zuhälter und den Beruf des Baumchirurgen sowie jemanden, der denselben ausführt. Mit Enthusiasmus, Hingabe und einer unerschütterlichen Liebe zu der Pflanze, zur Natur, zu dem, was Gott dem Menschen …

»Sanni? Hallo?« Ich schaue auf. Man steht vor mir und starrt mich an.

»Warum siehst du denn so glücklich aus?«, fragt Nero. »Einem, den du kennst, wurde die Brille zerstört, und du wirkst, als würdest du dich unglaublich darüber freuen!«

»Nein, nein, ich freue mich nicht. Das heißt, ich freue mich schon, aber nicht über die kaputte Brille«, versichere ich Nero hoffentlich glaubwürdig. »Ich freu mich nur darüber, dass es euch alle gibt.«

»Wieso das denn?«, fragt Harriet fassungslos.

»Nur so. Ich finde das alles irgendwie gut.« Kapiert sie denn nie was?

»Findest du auch Abnormales gut?«, will Vivian wissen.

»Natürlich nicht«, ist meine Antwort.

»Das verstehe ich nicht«, sagt Vivian. »Du musst verrückt sein.«

»Dann passe ich doch zu euch«, entgegne ich fröhlich.

»Der Titus hat meine Brille gegessen«, stellt Spacko fest.

»Das passt ja«, sagt Gundula.

»Genau«, sage ich.

»Ich brauche bitte eine neue Brille«, fordert Spacko böse. »Man wird meine Schwester anrufen müssen, und zwar umgehend. Sie soll mir die Ersatzbrille aus dem Wohnwagen bringen. Und zwar umgehend. Ohne meine Brille bin ich so wertlos wie eine Wespe ohne Stachel.«

»Natürlich werden wir das«, antworte ich ihm. »Wir halten doch alle zusammen. Wir können aufeinander zählen.« Ich weiß auch nicht, warum ich plötzlich so gerührt bin.

Frederik kommt näher und bleibt dann vor mir stehen. Liebevoll schaut er mich an, und ich werde natürlich rot. »O Sanni«, kommt es dann. »Das hast du aber schön gesagt. Weißt du, an wen du mich erinnerst?«

»An wen?«, frage ich gespannt. Vielleicht erinnere ich ihn an Greta Garbo oder möglicherweise an ein bekanntes Model. Oder an jemanden, der heiliggesprochen wurde. An Mutter Teresa oder so.

»Du erinnerst mich an eine Spezies, die es schon seit 300 Millionen Jahren gibt«, beginnt Frederik leise und mit geheimnisvollem Unterton.

Ich bekomme Herzrhythmusstörungen, weil ich so gespannt bin und mich auch so geehrt fühle.

»Du bist resistent und erfinderisch wie sie. Oft bemerkt man dich nicht, aber dann trittst du plötzlich ins Rampenlicht. Du brauchst Wärme wie sie, und du bist clever. Dich kann man so leicht nicht ausrotten. Die Spezies, von der ich spreche, hat sogar Atombombentests auf dem Bikini-Atoll überlebt.«

Ich schaue in die Runde. Alle warten atemlos auf Frederiks Auflösung.

Er strahlt mich an, und jetzt bemerke ich, dass er auch noch Grübchen sein Eigen nennen darf. »Du erinnerst mich an die Gemeine Küchenschabe«, sagt Frederik dann und streicht mir behutsam übers Haar.

16. Kapitel

O dieses ist das Tier, das es nicht giebt.
Sie wußtens nicht und habens jeden
Falls – sein Wandeln, seine Haltung,
seinen Hals, bis in des stillen Blickes
Licht – geliebt.

Rainer Maria Rilke: Die Sonette an Orpheus
Zweiter Teil, Vers IV

Während ich noch dabei bin, diesen Schock zu verdauen, ertönt neben mir ein grauenhafter Schrei, der fast nichts Menschliches mehr an sich hat. Es ist ein langanhaltender Schrei, vergleichbar dem Schrei von jemandem, der gerade feststellen musste, dass er alles verloren und somit nichts mehr zu verlieren hat. Also, wenn man es ganz genau nimmt, hätte ich diesen Schrei ausstoßen können. Habe ich aber nicht. Ich komme auch nicht dazu, weiter darüber nachzudenken, denn in der nächsten Sekunde sehe ich Spacko auf Frederik zufliegen. Spacko erinnert mich eine kurze Sekunde lang an einen Buckelwal, der von Lebenslust beflügelt aus dem Meer springt, aber nachdem ich dann sehe, dass Spacko im Flug schon die Hände nach Frederik ausstreckt, wird mir unwohl, und nachdem ich *dann* sehe, wie Spackos Hände sich um Frederiks Hals krallen und beide zu Boden gehen, weiß ich gar nicht mehr, was ich denken soll.

Die beiden krachen mit einem heftigen Schlag auf den Boden und sind ineinander verkeilt. Spacko scheint übermenschliche Kräfte zu haben und drückt Frederik auf die Dielen. Der brüllt nur die ganze Zeit: »Lass mich los, lass mich los. Arrgh!«, und Spacko brüllt: »Du Mistkerl, du mieser, ekelhafter Mistkerl, ich bring dich um!«

»Willst du deinem Bruder nicht helfen?«, schreit Schmolle Oscar an, aber der schüttelt den Kopf: »Jeder ist für sich selbst verantwortlich«, sagt er weise. »Das hat Mutti uns immer eingebläut.«

Eins begreife ich nicht: Wie ist es möglich, dass Spacko einerseits nach seiner lebenswichtigen Brille schreit und andererseits Frederik punktgenau trifft? Kann er ihn riechen? Eine Frage stelle ich mir allerdings nicht mehr, nämlich die, ob mir Frederik weiterhin gefällt. Das schminke ich mir ab. Ich wusste gar nicht, dass so etwas so schnell gehen kann. Ein Mann, der so etwas sagt, ist definitiv kein Mann für mich. Ich hätte damals schon nach der Kümmel-Aussage von Mark darauf kommen können. Aber da war ich noch dumm. Heute bin ich auch noch dumm, aber darüber denke ich jetzt nicht weiter nach, weil es mich keinen Schritt vorwärtsbringt.

Spacko hört nicht auf, immer wieder schlägt er Frederik und ist in seiner Kampfeslust nicht von ihm zu lösen. Erst nachdem Nero ihm eines der Petits Fours in die Augen gedrückt und die Buttercreme verrieben hat, hört Spacko auf, seinen Kontrahenten zu massakrieren, was auch daran liegt, dass Nero schreit: »Das ist ein Kampfspray, das Kurzsichtige komplett blind macht!« Dann endlich kann man Spacko überwältigen. Das Möhrchen ist als Einzige in dem Chaos ruhig geblieben. Es macht sich Notizen. Wahrscheinlich möchte es diese Szene in Kreuzstich auf Titus' Bettwäsche sticken und braucht dazu rotes Stickgarn. Frederik blutet nämlich.

Er ist sehr böse auf Spacko, das merke ich, obwohl er nichts sagt. »Ich glaube, ich habe Zähne verloren«, informiert er uns, aber glücklicherweise bewahrheitet sich diese Vermutung nicht.

Spacko befindet sich in einer Art Trancezustand. Gundula wischt ihm mit einem feuchten Tuch die Cremereste aus dem Gesicht, was er teilnahmslos mit sich geschehen lässt. Ich gehe zu ihm und streichle über sein verklebtes Haar. Um dann den blödesten Satz zu sagen, den man sagen kann: »Das wäre doch nicht nötig gewesen.«

»Ich habe noch nie einen Menschen geschlagen«, kommt es leise von Spacko. »Was ist bloß in mich gefahren? Warum habe ich mich nicht beherrscht?«

»Hört, hört!«, ruft Nero. »Erst will er ihn töten, dann tut es ihm leid. Späte Reue nennt man das. Ein Drama!«

Spacko schüttelt seine verkrampften Hände mit angewidertem Gesichtsausdruck aus, als habe er gerade eben bemerkt, dass er eine Stunde lang keinen Hefeteig geknetet hat, sondern Gammelfleisch von unglücklichen Schweinen, das eine Woche in einem Zinktrog in der Sonne gestanden hat. »Kann bitte jemand meine Schwester anrufen«, fordert er, zunzelt blind sein Handy aus der Tasche und wedelt damit herum.

Schmolle nimmt das Telefon und sucht Mausis Nummer, um sie kurz darauf in barschem Ton herzukomplimentieren. Mausi scheint großen Respekt, möglicherweise auch Angst vor Schmolle zu haben, in weniger als einer Viertelstunde klingelt es, und sie stürmt ins Wohnzimmer, um Spacko die Ersatzbrille auf die Nase zu setzen, woraufhin er noch außergewöhnlicher aussieht. Diese Brille nämlich scheint aus den Siebzigern zu stammen. Sie ist so groß, dass sie fast das gesamte Gesicht bedeckt, und ihr Kunststoffgestell ist giftgrün. Der Designer dieser Brille muss es emotional nicht verkraftet haben, dass er für das Studium der Frauenheilkunde nicht zugelassen wurde, und hat seinen Frust und sein vermeintliches Können an diesem Brillengestell ausgelassen. Auf ihm befinden sich nämlich lustig durcheinandergewürfelte Gynäkologiestühle. Nicht nur ich bin fassungslos: Wir alle stehen gebückt vor Spacko und starren auf das Gestell. Und dann muss ich auch noch feststellen, dass auf dem linken Brillenbügel der Spruch »Würden Sie sich bitte untenrum freimachen« und auf dem rechten »Zysten sind meistens gutartig« steht. Ich hoffe inständig, dass Schmolle das nicht sieht und eine neue Lebkuchenherzrubrik auf den Markt bringen will.

Ich habe Glück, denn Mausi lenkt die Aufmerksamkeit auf sich. »Ej Mann, ej«, sagt sie plötzlich und stemmt beide Hände in die Hüften. Ihre Augen glitzern kampfeslustig.

»Danke, Mausi«, Spacko wirkt erleichtert, weil er uns ja nun wieder erkennen kann.

»Das fass ich geilcool nicht«, sagt Mausi, ohne auf die Worte ihres Bruders einzugehen. Mit festen Schritten geht sie in Richtung Sofa und bleibt direkt vor Dodo stehen, die ich völlig vergessen habe, weil sie sich während des Eklats gar nicht eingemischt hat. Jetzt allerdings wirkt sie verängstigt und sieht so aus, als würde sie am liebsten unverzüglich die Polster des Sofas aufschlitzen und sich in der Füllung eingraben.

Mausi hat nun einen hochroten Kopf. Mit spitzem Zeigefinger deutet sie auf Dodo, die nun sehr ängstlich um sich blickt und einen Fluchtweg zu suchen scheint.

»Wer ist das, ej?« Mausi dreht sich zu Schmolle um.

»Keine Ahnung«, sagt Schmolle. »Die hab ich heute auch zum ersten Mal gesehen.«

»Das ist Dodo«, klärt Gundula die Sachlage. »Dodo wohnt hier. Dodo hat nämlich wie alle anderen auch ein schweres Schicksal hinter sich. Ein Schicksal, das …«

»Was? WAS?«, kreischt Mausi los. »Die hat ein schweres Schicksal hinter sich? Spinn ich oder was? Ej Mann, ej, das ist voll die Betrügerin, ej! Von wegen schweres Schicksal. Scheiße!«

»Nicht in diesem Ton. Diesen Ton dulde ich nicht und auch nicht die Ausdrucksweise. Dies ist immer noch ein ehrenwertes Haus.« Natürlich sagt das Gundula.

Ich bin völlig durcheinander. Woher kennt Mausi jetzt schon wieder Dodo? Und warum ist kaum ein Ausbruch vorbei und der nächste beginnt?

Mausi hat nun Schaum vorm Mund, so sehr regt sie sich auf. »Du gibst mir sofort mein Geld zurück, hast du gehört, sofort krieg ich das wieder!«

Ich ahne Fürchterliches.

»Die hat mir megavoll viel Geld abgeknöpft!«, kreischt Mausi weiter. »An den Wohnwagen hat sie geklopft und mir voll gehirnwäschemäßig erzählt, wenn ich den Kram nicht abschließe, bin ich selbst extrem schuld.«

»Ach«, sagt Harriet mit süffisanter Stimme. »Hast du mal wieder Steuern eingezogen, Dodo? Welche denn diesmal? Eine Teekesselsteuer, weil die Teekesselbenutzung den Warmwasserkocherverwendern gegenüber unfair ist und das durch diese Steuer abgegolten werden soll?« Sie kichert und schüttelt den Kopf.

»Nö, keine Steuern!«, ruft Mausi empört. »Versicherungen hab ich abgeschlossen. Lauter Scheißversicherungen!«

»Ei-nen an-de-ren Ton!«, ruft Gundula. »Welche Versicherungen?«

»Vielleicht eine gegen Schädlingsbefall an Topfpflanzen?«, fragt Frederik. »Das wäre wirklich sinnvoll. Mit der Zeit kann das nämlich ganz schön ins Geld gehen.«

»Moment mal«, mischt Chris sich ein. »Ich dachte, du gibst dich als Neusteuereinzugsermächtigte aus. Was haben denn Steuern mit Versicherungen zu tun?«

Jetzt ist Dodo trotzig. »Man wird sich ja wohl noch weiterbilden dürfen«, sagt sie.

»Ej, ej, ej!« Mausi wird es zu bunt. Gleich wird sie Dodo an die Gurgel gehen. Alle warten gebannt darauf, was jetzt gleich passieren wird. Selbst Frederik hört vor Aufregung auf zu bluten. »Voll viel Kohle hab ich hingeblättert für die Versicherungen. Die wollte nur Bargeld.«

»Hast du etwa die Tageseinnahmen veruntreut?« Nun wird auch Spacko hellhörig.

Seine Schwester antwortet ihm nicht. »Eine völlig bekloppte Versicherung hab ich dafür abgeschlossen, wenn der Scheißnagellack nicht schnell genug trocknet und ich deswegen zu spät zu Verabredungen komme, ej. Und 'ne verdammte Lebensversicherung, die ich erst dann ausgezahlt bekomme, ej, wenn ich tot bin, ej. Da hat sie noch gesagt, da wäre ich extrem geilcool auf der sicheren Seite. Dann hat sie mir zwischendurch noch Herbstzeitlose angedreht. Angeblich erfolgt die Ziehung der Gewinner im Oktober, während das Laub fällt, und die Lose, die ich hätte, würden garantiert gewinnen, hat sie gesagt, ej. Und so 'ne Kackversicherung, falls mich ein Einhorn angreift und verletzt, hab ich jetzt auch, Mann. Weil die normale Unfall- oder Haftpflicht- oder was weiß ich für 'ne Versicherung für den Schaden bei körperlichen Verletzungen, die durch Einhörner verursacht werden, nicht aufkommt, Scheiße, ej. Das ist doch echt das Letzte!«

»Das letzte Einhorn?«, fragt das Möhrchen.

Und Nero sagt überflüssigerweise: »Das Einhorn ist doch ein Fabeltier.«

»Du gibst mir sofort das Geld zurück!« Mausi wirkt entschlossen, und ihr Gesicht befindet sich nur noch wenige Zentimeter vor Dodos.

Dodo hat wieder Oberwasser: »Du hast die Verträge unterschrieben und mir die Lose auch schon bezahlt. Somit ist alles rechtskräftig.«

»Rechtskräftig? Spinnst du, ej? Ich geb dir gleich geilcool rechtskräftig. Und zwar aufs Maul!«

Vorsichtshalber stellt sich Schmolle neben Mausi, um eventuell einzuschreiten und so einen Mord zu verhindern.

Dodo sinkt in die Polster zurück, ist aber immer noch auf Krawall gebürstet. »Ich hab das Geld nicht mehr. Ich musste ja Miete bezahlen und war mit dem Einkaufen dran. Und ich musste neue Blanko-Formulare kopieren. Das kostet. Es muss professionell aussehen. Sonst fällt ja niemand drauf rein.«

Bevor Mausi handgreiflich werden kann, dreht Schmolle

ihr die Arme auf den Rücken und zwingt sie in die Knie. Ich habe schreckliche Angst, dass er ihr etwas brechen könnte.

»Scheiße, lass mich los!«, brüllt Mausi ihn an, aber Schmolle zwingt sie unnachgiebig weiter nach unten.

Dann dreht er sich zu uns um und sieht sehr zornig aus. »Es reicht!«, ruft er böse. »So kommen wir keinen Schritt weiter. Das ist eine Klapsmühle hier. Jetzt atmen mal alle tief durch. Es nützt niemandem, wenn hier einer nach dem anderen zusammengeschlagen wird. Ich weiß, wovon ich spreche. Ich habe nämlich schon viele zusammengeschlagen. Hier muss sich mal gründlichst ausgesprochen werden. Und hier muss es jetzt mal vorangehen. Ohne Keilereien und Schuldzuweisungen. Ich hab die Scheiße nämlich satt!«

»Nicht diese Ausdrucks ...«, fängt Gundula an, wird aber von Schmolle in ihre Schranken gewiesen: »Auch du hältst jetzt mal die Klappe! Wenn was Scheiße ist, wird man das wohl mal sagen dürfen. Wir sind ja hier nicht auf der Waldorfschule und kriegen eingetrichtert, dass es sauren Regen gibt, wenn man mal einen Kraftausdruck gebraucht. Hab ich mich klar genug ausgedrückt? HAB ICH MICH KLAR GENUG AUSGEDRÜCKT?«

»Ja, aber ...«, das ist Nero.

»Schnauze!« Schmolle scheint es ernst zu meinen.

»Ja«, sage ich schließlich.

»WAS?«, brüllt Schmolle mich an.

»Du hast dich klar genug ausgedrückt«, wispere ich ängstlich und schaue bettelnd in die Runde. Alle nicken. Manche ganz schnell, manche zaghaft und manche verunsichert. Selbst der Titus nickt. Letztendlich nicken alle, und Schmolle lässt Mausi los. Sie steht auf und sagt gar nichts, sondern reibt nur ihre geschundenen Gelenke.

»So«, sagt Schmolle. »Jetzt wird hier Tabula rasa gemacht, und es wird sich unterhalten, wie es sich für die Mitglieder einer zivilisierten Bevölkerung gehört. Lasst uns zum Tisch gehen.« Er sagt das so ernst wie ein Pfarrer in der Kirche »Lasst uns beten« sagen würde. Gehorsam trotteln wir zu Gundulas Esstisch und setzen uns hin wie brave Kinder. Ich bin nur froh, dass Schmolle uns nicht noch befiehlt, die Hände artig auf den Tisch zu legen, damit wir unseren Sitznachbarn nicht aus Lust am Quälen oder wegen einer Übersprungshandlung in den Oberschenkel kneifen können.

»Jetzt mal der Reihe nach«, fängt Schmolle dann an. »Ich will alles wissen. Ich will wissen, was hier los ist. Was das hier überhaupt für eine Konstellation ist. Warum man sich nicht unter Kontrolle hat. Wie alles begann. Wie es dazu kam, dass alles begann. Warum es nicht weitergeht, weil alle bei der kleinsten Kleinigkeit durchdrehen. Also. Wer spricht? Du?« Er deutet auf Nero, der vehement den Kopf schüttelt.

»Ich kann das wenn nur in einer Ballade vortragen«, sagt er schnell.

Da Schmolle aber keine Lust auf eine Ballade zu haben scheint, deutet er auf Gundula. »Du bist die Älteste«, sagt er. »Und dir gehört die Wohnung.« Was hat das denn damit zu tun? Er nickt ihr zu. »Fang an. Fang einfach an zu erzählen.«

Gundula räuspert sich. »Tja«, beginnt sie leise. »Angefangen hat alles an einem Novembertag vor vier Jahren.« Sie macht eine Pause, so als habe sie bereits mehrere Stunden am

Stück geredet und könne nicht weitersprechen, bevor sie sich nicht mit einem Glas Wasser und einer Halsschmerztablette wieder in ihre Ursprungsform gebracht hat.

»Ja und?« Schmolle schlägt ungeduldig mit der flachen Hand auf den Tisch.

Hastig spricht Gundula weiter. »An diesem Tag war es nasskalt, die Bäume hatten schon ihre Blätter verloren, und das Laub wurde vom Wind umhergeweht.«

»An einem solchen Tag hätten meine Herbstzeitlose ...« Ich starre Dodo böse an, und sie schweigt.

»Das ist ganz normal«, sagt Frederik, dem zwischenzeitlich jemand ein feuchtes Tuch gegeben hat, mit dem er sich das Blut abwischen konnte. »Blätter fallen nun mal. Das ist so. Das ist einfach so.«

»Jedenfalls hatte ich an diesem Tag Dienst im Panoptikum«, erzählt uns Gundula. »Und abends machte ich wie gewohnt meine Runde. Man muss ja sicherstellen, dass sich kein Besucher mehr in den Räumlichkeiten befindet. Manchmal habe ich auch mit den Wachsfiguren gesprochen. Erich Honecker zum Beispiel habe ich gefragt, warum er den Bürgern in der DDR Bananen vorenthalten hat und warum es teilweise nur linke Schuhe zu kaufen gab. Und zur Romy Schneider habe ich gesagt, dass ich ihre schauspielerische Leistung in *Frühstück bei Tiffany* nicht so gelungen fand, weil sie mich vom Aussehen her so sehr an Audrey Hepburn erinnerte. Aber sie hat mir nicht geantwortet.« Sie macht eine kurze Pause und schaut aus dem Fenster.

»Romy Schneider hat doch auch gar nicht ...«

Schmolle unterbricht Vivian mit einem eisigen Blick, und

sofort presst sie die Lippen zusammen. Dann nickt Schmolle Gundula zu, die das aber gar nicht mitbekommt, weil sie ja aus dem Fenster schaut.

»Tja, und während meines Rundgangs fiel es mir plötzlich auf: Irgendwas war anders. Irgendwas war mehr geworden. Ich ging zu der neuen Wachsfigur, über deren Herstellung mich niemand im Vorfeld informiert hatte, und sah ihn.« Sie deutet auf Nero, der sich geschmeichelt fühlt und huldvoll in die Runde blickt. »Du hast eine Toga getragen, und ein Lorbeerkranz befand sich auf deinem Kopf.«

Nero nickt wehmütig und scheint in der Erinnerung gefangen zu sein. »Das war das Einzige, was mir nach meiner Beziehung zu Mark Prinz geblieben war«, erinnert er sich mit brüchiger Stimme.

»Wie?«, fragt Schmolle. »Du hattest eine Beziehung zu Mark Prinz? Zu dem Mark Prinz, um den es hier die ganze Zeit geht?«

»Ja, wir haben uns geliebt«, sagt Nero verbittert, und doch ist seine Stimme von einem Hauch Romantik durchwebt. »In güldenen Nächten, wenn der Mond hoch am Himmel stand, haben wir in meinem Himmelbett gelegen, in der weichen Damastbettwäsche, haben uns angeschaut wie Ertrinkende, und ich habe ihm mit bebender Stimme versprochen, bei Depiladora ein Brazilian Waxing machen zu lassen.«

»Wie?« Das ist wieder Schmolle. »Ich verstehe nichts. Gar nichts.«

»Bei Depiladora«, wiederholt Nero. »Ich fand das gut, weil ich ein Faible für William Shakespeare habe. Und Depiladora ist ja die Gattin vom Othello. Und Othello ist eine der wundervollen Figuren, die William Shakespeare erschaffen hat.«

»Du bist wirklich der letzte Trottel«, sagt Harriet. »Die Frau von Othello hieß Desdemona.«

Jetzt sieht Nero verwirrt aus. »Was? Ja aber, wer ist denn dann Depiladora?«

Harriet verdreht die Augen: »Das ist die Kosmetikerin, die ein Brazilian Waxing macht. Glaubt mir, ich weiß, wovon ich spreche.«

»Was ist Brazilian Waxing?«, fragt der Titus und sieht so aus, als würde er sich zum ersten Mal in seinem Leben für etwas anderes interessieren außer für Blut und Schusswaffen und Controller und Gebisse.

»Halt den Mund, Titus, und mach den Fernseher wieder an«, befiehlt das Möhrchen ihrem Sprössling. Titus rutscht von seinem Stuhl und tut, was seine Mutter ihm sagt. Er schaltet auf KiKa. Dort läuft Wickie, der Wikinger. »Mach den Fernseher sofort wieder aus!«, ruft das Möhrchen erzürnt. »Das, was die da über die Wikinger erzählen, ist total gewaltverherrlichend!«

»Ich möchte auch wissen, was Brazilian Waxing ist.« Dodo ist neugierig.

»O Mann, ej, das ist 'ne Ganzkörperenthaarung mit Wachs. Tutti kompletti, alles kommt da weg, auch am Hintern. Das wächst dann nicht so schnell nach, weil die Haare geilcool mit den Haarzwiebeln rausgerissen werden.« Mausi ist genervt über so viel Unwissen. Harriet nickt nach ihren Worten bestätigend.

»Mit den Haarzwiebeln«, wiederholt Chris.

»Mit den Haarzwiebeln«, bestätigt Mausi. Sie sagt nicht, dass Haarzwiebeln geilcool sind.

»Ist das nicht schrecklich unangenehm?«, frage ich langsam.

Harriet dreht sich zu mir um. »Hast du dich schon mal mit nacktem Arsch in siedendes Öl gesetzt?«, fragt sie mich freundlich, und ich schüttele schnell den Kopf. »Nicht?«, fragt sie. »Aber du bist vielleicht schon mal im Pazifischen Ozean geschwommen, und ein Blauhai hat sich mit seinem Revolvergebiss für einige Stunden in deinen Unterleib verbissen?« Auch das muss ich leider verneinen. Fast kommt es mir so vor, als hätte ich überhaupt noch nichts wirklich Spannendes erlebt in meinem Leben. »Glaub mir«, sagt Harriet. »Das alles ist nicht mal annähernd so schlimm wie Brazilian Waxing. Ich würde mich lieber bei vollem Bewusstsein mit einem angeschalteten Tauchsieder sterilisieren lassen, aber niemals wieder werde ich einen Termin für ein Brazilian Waxing machen.«

»Ihr schweift ab«, sagt Schmolle. »Was hat das denn alles mit Mark Prinz zu tun? Nero?«

Nero ist völlig durcheinander. »Ich dachte immer, ich sei geschichtlich total gebildet«, meint er erschüttert. »Und dann so etwas! Jetzt weiß ich auch, warum ich in den Gelben Seiten nichts gefunden habe.«

»Warum um alles in der Welt hast du denn mit diesem Typen in Damastbettwäsche liegend den Mond angeglotzt? Das machen doch nur Schwule«, echauffiert sich Schmolle.

»Hast du etwas gegen Schwule?«, fragt Chris lauernd, während Nero dreinschaut wie eine eingeschnappte Diva.

»Ich hab nichts gegen Schwule«, sagt Schmolle. »Ich hab auch nichts gegen Stechmücken, solange sie mich in Ruhe lassen.«

»Das mit den Stechmücken ist eine prima Idee«, das Möhrchen macht sich schon wieder Notizen. »Für Titus' Schlafkissen, das ich gerade besticke«, erklärt sie uns. »Bestimmt gibt es in Vietnam auch Stechmücken, die über stehenden Gewässern herumfliegen. Dann noch die ganzen Leichen, die in den Gewässern treiben ... das lockert das Gesamtbild auf.«

Ich möchte sie schütteln, einfach nur kräftig schütteln, und zwar so lange, bis die ganzen dummen Worte aus ihr rausgeschüttelt sind und sie nichts mehr sagen kann.

»Ich bin schwul«, sagt Nero schließlich, und Chris sagt: »Ich auch.«

»Schwuchteln also«, meint Schmolle und nickt. »Also, damit das klar ist, lasst mich bloß in Ruhe. Kommt mir nicht zu nah. Gegen Schwule und ihr Rumgetucke bin ich so allergisch wie gegen Kernobst. Was bitte findet ein Mann an einem Mann?«

»Alles«, sagt Nero wichtigtuerisch. »Männer sind einfach attraktiver als Frauen.«

»Vorsicht«, meint Schmolle. »Pass gut auf, was du sagst. Im Puff wirst du keinen Mann finden, der dir das bestätigt.«

»Ich habe nicht vor, einem Bordell einen Besuch abzustatten«, erklärt ihm Chris. »Das ist ja widerwärtig. Und auch würdelos.«

»Darum geht es doch jetzt gar nicht«, sage ich, weil ich merke, dass das Gespräch sich in sich selbst dreht und wir so nicht vorankommen. Dabei weiß ich aber ehrlich gesagt auch nicht, mit was wir vorankommen wollen. Ich habe den Faden verloren. Außerdem fällt mir gerade wieder ein, dass ich von Frederik mit der Gemeinen Küchenschabe verglichen wurde, und das hebt meine Laune nicht gerade. Küchenschaben sind die hässlichsten Tiere, die es gibt. Und die ekligsten noch dazu. Was konnte ich nur an Frederik finden – und wer will schon einen Baumchirurgen?

»Das stimmt.« Schmolle wendet sich demonstrativ von Chris und Nero ab und schaut Gundula an. »Also, wir waren im Panoptikum. Wie ging es weiter?«

»Warum willst du das alles eigentlich wissen?«, fragt Vivian.

»Damit ich mir einen Überblick verschaffen kann«, antwortet Schmolle. »Schließlich haben wir ein gemeinsames Ziel.«

»Welches denn?«, fragen alle synchron.

»Na, welches wohl? Wir wollen Herrn Prinz hinter Schloss und Riegel bringen! Dazu muss ich so viel wie möglich wissen. Wir müssen eine Strategie erarbeiten. Dazu brauche ich Informationen. Je mehr Informationen ich habe, desto besser können wir gemeinsam einen Schlachtplan entwerfen. Ist das denn so schwer zu verstehen?«

»Natürlich nicht«, sagt Vivian. »Jetzt hast du es ja auch erklärt.«

»Dann sollte ja jetzt auch alles klar sein. Gundula, also, das Panoptikum.«

»Richtig.« Gundula nickt. »Nero stand in der Toga im Panoptikum. Er hat gezittert vor Angst, und nun, was soll ich sagen, letztendlich habe ich ihn mit zu mir nach Hause genommen, und es stellte sich heraus, dass er auf einen Heiratsschwindler hereingefallen war. Auf Mark Prinz nämlich. Er hatte ihm alles genommen, was er besaß. Nero war nämlich mal ein sehr, sehr reicher Mann.«

»Asbeltin«, sagt Nero.

»Wie, Asbeltin?«, fragt Schmolle.

»Das Schmerzmittel«, sagt Nero.

»Das weiß ich auch, dass Asbeltin ein Schmerzmittel ist. Aber was hat denn das jetzt hier zu suchen?«

»Neros Urgroßvater hat das Asbeltin miterfunden«, erklärt Gundula sanft. »Und Nero hat immer hohe Tantiemen erhalten. Er ist ja ein Erbe. Weil er mit seinem Großvater verwandt ist. Da flossen massenhaft Gelder.«

»Jetzt nicht mehr«, flüstert Nero bitter. »Jetzt fließen die Zahlungen an Mark Prinz.«

Ist denn das zu fassen? Macht dieser Mensch denn vor gar nichts halt?

»Wie viel ist denn das so?«, Schmolle beginnt sich Notizen zu machen.

»So fünfzigtausend Euro im Quartal.« Nero hüstelt leise vor sich hin.

Schweigen.

»Also alle drei Monate?«, vergewissert sich Schmolle, und Nero nickt traurig. »Das ist viel Geld.« Schmolle klopft mit dem Stift auf dem Tisch herum. »Und das seit vier Jahren?« Wieder Nicken. »Nicht schlecht«, sagt Schmolle und pfeift anerkennend. »Da muss selbst ein frisches Pferdchen lange für laufen. Wie kam es dazu, dass er jetzt das Geld bekommt?«

Sofort wird Nero rot. »Ich habe ihm meine Anteile überschrieben. Mark meinte damals, dass das ein Liebesbeweis sei ihm gegenüber. Weil wir ja sowieso zusammenbleiben würden, spielte es seiner Meinung nach doch überhaupt keine Rolle, wer als Bezugsberechtigter auf irgendwelchen Schriftstücken steht.«

»Wenn es keine Rolle gespielt hat, hättest du doch auch als Bezugsberechtigter in den Schriftstücken stehenbleiben können«, sagt Dodo ganz richtig.

»So weit habe ich aber nicht gedacht. Außerdem war ich blind vor Liebe. Und was ja noch dazu kommt: Mark brauchte das Geld für neue Ohren.«

Interessiert horcht Spacko auf. »Er hatte also auch Probleme mit Sinnesorganen?«

»Wie, für neue Ohren?« Schmolle möchte Details hören. Ich übrigens auch. Sehr interessant.

»Mark hat mir erzählt, dass er eine Erbkrankheit hat«, erzählt uns Nero. »Dass seine Ohren regelmäßig ausgetauscht werden müssen.«

»Was ist das denn für eine Kacke?«, regt sich Schmolle auf.

»Ich bin manchmal froh, dass ich nichts hören kann, ej«, wirft Mausi sehr intelligent ein.

»Durch die Erbkrankheit, so hat Mark mir das erzählt, lösen sich seine Ohren in schöner Regelmäßigkeit auf«, redet Nero weiter und wird zunehmend erregter. »Und neue Ohren sind teuer.«

»Woher hat er denn die Ohren bekommen? Von Organspendern oder illegal?« Ich hatte das mit den Ohren gar nicht mitbekommen. Ich hätte das doch mitbekommen müssen. Andererseits: So lange waren wir nun auch nicht zusammen. Mark hat mir auch nie etwas von sich auflösenden Ohren erzählt.

»Sanni!«, ruft Harriet. »Bist du so blöd? Der hatte natürlich überhaupt keine Probleme mit Sinnesorganen.«

»Im Gegensatz zu mir«, sagt Spacko und rückt seine Brille gerade.

»Nein, hatte er nicht«, bestätigt Nero Harriets Aussage. Ich beiße mir auf die Unterlippe. Arrgh. »Er hat mich angelogen«, sagt Nero dann noch, und ein bisschen sagt er das so, als wäre er darüber enttäuscht. Oder als hätte er das Mark nie zugetraut.

»So, so«, murmelt Schmolle und kritzelt etwas auf den Block. »Wo habt ihr euch kennengelernt? Hier in Hamburg?«

»Nein, in einer Höhle«, sagt Nero, und seine Augen verklären sich in der Erinnerung.

»In welcher Höhle?«

»Ich weiß nicht, wie die Höhle hieß. Die war in Indien. Ein weiser Mann hat in der Höhle gestressten Menschen heiße Steine an diversen Stellen aufgelegt, und eine Ayurveda-Behandlung gab es auch.«

»Wie kam Prinz denn in die Höhle?« Oscar mischt sich ein.

»Es gab einen Höhleneingang«, erklärt ihm Nero eifrig. »Durch den Eingang konnte man die Höhle betreten.«

»Jajaja«, sagt Oscar. »Das dachte ich mir fast. Aber wieso war der gleichzeitig mit dir in der Höhle?«

»Weil er eventuell auch eine Ayurveda-Behandlung wollte«, echauffiert sich Nero, der nun schon leicht schwitzt und sich mit dem Handrücken Luft zufächelt.

»Das ist doch merkwürdig«, sagt Oscar. »Wisst ihr, was ich glaube? Dass der sich vorher seine Schäfchen ausguckt. *Das* glaube ich. Das ist doch ein Riesenzufall, dass man in einer indischen Höhle einen der Asbeltin-Erben kennenlernt und den dann noch dazu bringt, einen als Begünstigten für seine Tantiemen einzusetzen. Der Fisch stinkt doch zum Himmel.«

»Das hat Mutti auch immer gesagt«, nickt Frederik, dessen Gesicht mittlerweile die Form eines zu sehr aufgepumpten Balls angenommen hat. Seine Wangen sind so rot wie die des Kindes, das auf dem Rotbäckchen-Saft-Etikett abgebildet ist.

»Der Mistkerl muss sich vorher genauestens über seine Opfer informiert haben«, sagt Oscar, und Schmolle nickt.

Ich wiederum finde es ein Stück weit aufregend, ein Opfer zu sein. Das hört sich tragisch an. Beim Friseur liegen manchmal so Zeitungen aus, die von Frauen ab sechzig oder eben von mir gelesen werden. Da sind oft Tatsachenberichte drin. Familien stehen eng beieinander (damit sie alle aufs Foto passen) vor ausgebrannten Häusern, der Vater hält einen frierenden Säugling im Arm, der einen Strampelanzug trägt, auf dem sich zwei kleine, gutgelaunte Küken oder eine bunte Eisenbahn befinden, alle schauen betreten und hilflos und auch verzweifelt in die Kamera. Die Söhne sind meistens so dreizehn Jahre alt und haben einen kleinen gefärbten Pferdeschwanz, und die Töchter sind so fünfzehn und haben sich die Fingernägel in Pink lackiert, aber der Lack ist schon abgeblättert. Die ganze Familie deutet traurig auf die noch schwelende

Ruine, und unter dem Foto steht: *Das ist alles, was Familie M. noch geblieben ist. Sie ist Opfer von Pyromanen geworden. Pyromanen* steht allerdings nicht da, weil das die sechzigjährigen Leserinnen nicht verstehen, sondern es heißt *Brandstifter.*

»Wie ging es denn weiter?« Oscar nickt Nero aufmunternd zu.

»Nun«, Nero räuspert sich verlegen. »Noch in der Höhle meinte Mark zu mir, dass ich all das verkörpere, was seinen Traummann ausmacht.«

»Woher wusste er, dass du schwul bist?«

Nero zuckt hilflos mit den Schultern. »Keine Ahnung. Darüber habe ich nicht nachgedacht. Möglicherweise war es eine innere Eingebung. Liebende spüren so was vielleicht.«

»Oder Heiratsschwindler planen das vielleicht.«

»Nun hör doch auf, mir Vorwürfe zu machen. Ich bin doch nicht der Einzige, der auf ihn reingefallen ist.«

Oscar winkt ab. »Schon gut, schon gut. Und dann?«

»Wir haben die Nacht zusammen verbracht. Und den ganzen restlichen Urlaub. Gemeinsam sind wir dann nach Deutschland zurückgeflogen. Dort haben wir geheiratet. Seit 2001 sind ja die Ehen zwischen Homosexuellen erlaubt. Dieses neue Gesetz hat mir quasi das Genick gebrochen.«

»Dann hast du ihm alles überschrieben?«

»Nein, erst nachdem ich das mit den Ohren wusste, die sich auflösen. Mark meinte, das sei kein schöner Anblick. Also musste ich flugs handeln.«

»Wo war das?«

»In Frankfurt. Mark wohnte damals in Frankfurt, so wie ich.«

Wo hat der eigentlich nicht gewohnt? Und wo ist der eigentlich nicht auf die Welt gekommen? Das Gefühl, sehr, sehr dumm und gutgläubig und weltfremd gewesen zu sein, breitet sich immer stärker in mir aus.

»Ich bin sofort mit ihm zum Anwalt gefahren und habe die nötigen Schriftstücke unterzeichnet.«

»Zu *seinem* Anwalt?«, hakt Schmolle nach. »Natürlich nicht zu *deinem*?«

»Das ist richtig«, bestätigt Nero. »Möglicherweise war das ein Fehler.«

»Oh, ganz sicher war das ein Fehler«, sagt Schmolle. »*Dein* Anwalt hätte dich nämlich als unzurechnungsfähig bezeichnet und Schlimmeres verhindert.«

»Das hat mein Anwalt auch gesagt, nachdem ich später vor Reue über mein Tun gebeutelt bei ihm war«, gesteht Nero leidend. »Aber da war es leider schon zu spät. Und man konnte nichts mehr machen.«

»Ihr hättet doch wirklich auf Unzurechnungsfähigkeit plädieren können«, wirft Chris ein.

»Schon«, sagt Nero. »Aber dann wäre ich Gefahr gelaufen, für den Rest meines Lebens in der geschlossenen Psychiatrie zu hocken. Vielleicht hätte ich unter Beobachtung die Enten im Klinikteich mit hartem Brot füttern dürfen. Das wollte ich nun auch nicht. Jedenfalls nicht jahrelang. Ich habe doch noch ein langes Leben vor mir.«

»Ach, du dicke Kacke«, sagt Schmolle und notiert und notiert. »Also, Nero hat Mark in einer indischen Höhle kennengelernt, dann wurde Nero die Sache mit den Ohren erzählt, die beiden haben in Frankfurt geheiratet, und sämtliche Asbeltin-Tantiemen fließen nun seit circa vier Jahren auf Mark Prinz' Konto. Ha!«

»Was ist?« Das ist Gundula.

»Vielleicht kann man über das Konto herausfinden, wo der Typ wohnt«, sagt Schmolle. »Gleich morgen werde ich das überprüfen. Wie heißt denn die Bank, von der das Geld transferiert wird?«

»Das weiß ich nicht«, muss Nero zugeben. »Ich habe überhaupt keine Ahnung. Ich musste nämlich auch noch so was unterzeichnen, dass ich jetzt überhaupt keine Rechte mehr habe. Und auch keine Auskünfte mehr kriegen darf. Ich bin völlig raus aus der Sache. Ich werde noch nicht mal mehr darüber informiert, ob die Tantiemen sich erhöhen. Das Haus hat Mark übrigens auch bekommen.«

»Welches Haus?«

»Ehrlich gesagt, ist es kein Haus, sondern ein Schloss.«

Das wird ja immer schöner! Also, das meine ich jetzt wirklich. Ein Schloss ist doch herrlich.

»Welches Schloss? Wo steht es? Wer hat früher darin gewohnt?«, wollen Harriet, Dodo, Vivian, Mausi, Gundula und ich gleichzeitig wissen. Mausi sagt zusätzlich noch »Ej«.

»Das weiß ich nicht«, muss Nero bekümmert zugeben. »Mein Vater hat es mir als Überraschungsgeschenk zum letzten Geburtstag gemacht, aber da zu diesem Zeitpunkt schon alles auf Mark überschrieben war, hat Mark es automatisch bekommen. Und mein Vater war darüber so erzürnt, dass er mir nun nicht sagen will, welches Schloss das ist.«

»Bestimmt fährt Mark mit der Frau vom Jahrmarkt da manchmal hin«, sagt Vivian neidisch.

»Nein, er fliegt im Privatjet«, wirft Harriet bitter und mit Stirnfalten ein. »Er fliegt auf sein Schloss, während ich in einer verräucherten Kneipe meine Oberweite an den Mann bringen muss.«

»Herrje, das wird ja immer besser«, sagt Schmolle. »Nun zu dir«, er wendet sich Chris zu.

»Was ist?«, will Chris wissen.

»Na, jetzt bist du dran.« Schmolle brennt darauf, sich weitere Notizen zu machen. »Wo hast du Herrn Prinz kennengelernt, wie kam es dazu, dass er jetzt alles hat und du nichts mehr?«

»Muss das denn sein?« Chris windet sich. »Ich bin doch nachher noch verabredet.«

»Es muss sein«, sagt Schmolle streng. »Ihr alle werdet die Hosen runterlassen. Einer nach dem anderen.«

Sehr gut. Endlich werde ich erfahren, wie Mark die anderen hinters Licht geführt hat. Fernsehen brauche ich nicht mehr.

»Das ist mir aber so unangenehm«, Chris zunzelt an seinem roten Bart herum.

»Ist es was Sexuelles?«, fragt Nero lauernd.

»Nein.«

»Was Abartiges?«

»Nein.«

»Was Kriminelles?«

»Ja.«

»Was denn? Was denn?«, schreien wir im Chor.

Chris gibt ein undefinierbares Geräusch von sich. Dann sagt er: »Ich habe jemanden umgebracht. Und Mark hat es mitbekommen. Danach hat er mich erpresst.«

17. Kapitel

Den Drachen sang sie zaubrisch in den Schlaf. Und das klang anders als dein reines Lied.

Franz Grillparzer: Medea
Trauerspiel in fünf Aufzügen (dass die damals schon Aufzüge hatten!)
Dritte Abteilung zu dem dramatischen Gedicht »Das goldene Vlies«

Nach diesem Satz erliegt Chris einem emotionalen Kollaps. Er schluchzt und schüttelt andauernd seinen Kopf und sieht dabei ein bisschen aus wie ein Tourette-Patient. Wobei: Ich kenne gar keine Menschen mit dem Tourette-Syndrom. Aber ich habe schon mal einen Bericht darüber gesehen. Der Tourette-Kranke hat sich ähnlich bewegt wie Chris eben gerade und die ganze Zeit »Arschloch!« geschrien, während er an einer Supermarktkasse stand. Diese Leute können einem leidtun. Sie wollen nämlich gar nicht Arschloch schreien. Sie wollen auch nicht jeden Lichtschalter mit der Zunge berühren, müssen es aber tun. Ist das furchtbar.

Das Möhrchen regt sich total auf und verlangt konzentriertes Magnesium, und Gundula schließt sämtliche Fenster, damit die Nachbarn sich nicht belästigt fühlen und womöglich die Polizei alarmieren. Ich sehe schon Herrn Wurzel mit seinem kleinen Motorrad hier angeknattert kommen und uns sehr ernst erklären, dass man leider über Chris' Tat nichts im Computer finden kann, obwohl das System nie lügt.

Nur Frederik ist relativ locker: »Ich wurde auch gerade fast umgebracht. Noch hat mich keiner erpresst.« Weil ich den Satz nicht begreife, gehe ich nicht weiter darauf ein.

Alle reden aufgebracht durcheinander, und man kann sein eigenes Wort nicht verstehen. Schmolle und Oscar rufen zwar abwechselnd »Ruhe!«, aber keiner folgt dem Befehl. Plötzlich mischt Nero sich ein. Er stellt sich auf den Couchtisch und ist drei Sekunden später splitterfasernackt. Geschockt zollt die Menge ihm Respekt. Ich mag gar nicht hinschauen. Gemeinsam mit den anderen starre ich dann aber doch den nackten Nero an, der einfach so dasteht und schweigt.

»Gut«, sagt er nach einigen Minuten. »Ihr habt euch beruhigt.« Dann zieht er seinen Umhang wieder an und klettert würdevoll vom Tisch herunter.

»Das war psychologisch wertvoll«, sagt Gundula. »Die Schockreaktion hat bewirkt, dass wir uns sammeln. Ich muss mir das merken.«

»Wenn das jetzt hier noch einmal eskaliert, werden andere Saiten aufgezogen«, warnt uns Schmolle und hebt drohend den Stift. »Wir haben einen Kriminellen zu überführen. Und das so schnell wie möglich. Bevor er noch mehr Unheil anrichtet. Also«, er schaut Chris an, der immer noch schluchzend dasitzt. »Schluss jetzt mit Drumherumgerede, Ausflüchten und so weiter und so fort. Es werden ab sofort Nägel mit Köpfen gemacht. Die Zeit rennt uns davon. So frage ich dich: Wen hast du umgebracht, und wie kam es dazu, dass Mark Prinz Zeuge der Tat wurde? Antwort!«

Huch. Ein Verhör, ein Verhör!

»Es war ein Samstag«, beginnt Chris und schluckt. »Ein

sehr schöner Herbsttag. Ich wollte auf einem Stoppelfeld Drachen steigen lassen. Der Wind war geradezu perfekt dafür. Also habe ich Proviant eingepackt, feste Schuhe angezogen und bin losmarschiert.«

»Du sollst uns nicht deine Kindheitsgeschichten erzählen, sondern warum Mark Prinz dich erpresst hat«, unterbricht Oscar Chris' Abschweifungen.

»Was denn? Das war vor eineinhalb Jahren«, sagt Chris und zieht die Nase hoch.

Ach. Gerade habe ich mir noch vorgestellt, wie Chris wohl als Kind ausgesehen hat. Ob er wegen seiner roten Haare gehänselt wurde und ob er immer ein wenig schmutzig im Gesicht war und zu Hause von seiner Mutter mit einem nassen Waschlappen und den Worten »Junge, wie siehst du denn schon wieder aus!« bearbeitet wurde. Ob seine festen Schuhe Schnürschuhe waren, so wie bei den Töchtern aus »Unsere kleine Farm«, die immer zu wenig Geld, aber eine intakte Familie hatten, die Ingalls hieß und deren Mutter immer an einem Riesenherd stand und Suppe kochte. Meistens ohne Fleischeinlage, denn man musste ja sparen. Dann gab es noch die fiese Nellie Oleson aus reichem Haus, die immer die schicksten Batistkleider mit Schleifchen trug und eine ziemlich ätzende Schnecke war. Sie hat auf die drei Ingalls-Mädels herabgeschaut wie eine Giraffe auf Flundern.

»Du lässt in deinem Alter Drachen steigen?«, fragt Oscar fassungslos.

»Das ist doch nicht unnormal«, sagt Gundula. »Viele Erwachsene lassen Drachen steigen.«

»Ja, vielleicht Väter mit ihren Kindern«, erklärt Oscar.

»Es ist aber so«, sagt Chris beleidigt. »Meine Drachen sind auch alle selbstgebaut. Mit lachenden Gesichtern und langen Schwänzen.«

»Ach deshalb«, grinst Schmolle, aber Chris versteht die Anspielung nicht.

»Ja, und dann ist es passiert«, fährt Chris fort.

»Der Mord?«, kreischen wir im Chor.

»Nein, mein Drachen hat sich mit einem Fremddrachen verheddert. Daran war eine Bö schuld. Es war ein einziges Gewirr mit den ganzen Schnüren. Beide Drachen waren nicht mehr zu retten, weil sie sich dann wegen einer erneuten Bö in diesen Drähten verfangen haben, die da gespannt sind, damit die Stromversorgung für die Menschen gewährleistet ist.« Wieder zieht Chris die Nase hoch. »Mir war das natürlich sehr peinlich. Normalerweise achte ich auf korrektes Drachensteigen, aber man weiß ja nie, auf welche Ideen der Wind so kommt. Und in diesem Fall war der Wind übellaunig.«

»Und dann geschah der Mord?«, rufen wir wieder, weil wir wollen, dass Chris endlich zum Finale kommt. Über Windlaunen mag keiner etwas hören.

»Nein, nein«, sagt Chris. »Dann kam dieser freundliche Mann, dem der andere Drachen gehörte, der im Übrigen auch von ihm selbst hergestellt worden war. Der Drachen hatte die Form eines Lindwurms.« Nase hochziehen. Er macht mich wahnsinnig. »Lange Rede, kurzer Sinn …«, DANKE! »… der Mann fragte mich, ob wir die Angelegenheit nicht bei einem Bier in der Kneipe besprechen wollen.«

»Welche Angelegenheit? Den Mord?«

»Nein, ich hab ja seinen Lindwurmdrachen zerstört.«

»Das hat doch der Wind getan!«

»Ein Lenkdrachen heißt deswegen Lenkdrachen, weil der Besitzer ihn damit lenken kann. Und ich habe in meiner Funktion als Drachenführer versagt.« Die Erinnerung scheint Chris gefühlsmäßig ziemlich zu beuteln.

»Du hast vorher nichts von einem Lenkdrachen erzählt«, meint Spacko. »Ich bin davon ausgegangen, dass es sich um einen gemeinen Drachen handelt.«

»Dann hast du dich eben getäuscht. Ja, ich bin dann mit dem Mann in eine Kneipe gegangen. Dort haben wir uns erst mal über die verschiedenen Drachentypen unterhalten.«

»Oh, Drachen! Ich will auch mal Drachen steigen lassen«, sagt der Titus wehmütig. »Einen lustigen Drachen, der Hunger hat und alle anderen Drachen beißt, bis sie bluten, und sie dann frisst. Mit gaaanz langen, scharfen Zähnen.«

»Ach Titus«, fast muss das Möhrchen weinen. »Du bekommst einen Drachen. Du bist so ein lieber Kerl.«

»Der junge Mann erzählte mir von seinem anstrengenden Beruf. Er war Vertreter für Schüßler-Salze. Da ist Klinkenputzen angesagt, und zwar von morgens bis abends. Na ja, und nach zwei Bieren oder so hat er mich als Mörder beschimpft. Da schlug seine Laune plötzlich um, ohne Vorwarnung. Irritiert hat mich das schon.«

»Aber wenn ihr die ganze Zeit da gesessen habt, hast du doch niemanden umbringen können«, meint Vivian aufgeregt.

»Das habe ich ja auch gesagt«, verteidigt sich Chris, der plötzlich aufbrausend wirkt und gegen einen imaginären Feind zu kämpfen scheint.

»Also, was denn jetzt?«

»Wir haben dann noch ein Bier bestellt. Und Mark hat kurze Zeit später gesagt, dass ich Jan-Hinnerk ermordet habe.«

»Ach, Mark war der junge Mann?«, rufe ich ungläubig.

Alle starren mich an. »Ja, wer denn sonst?«, fragt Harriet dann und schüttelt den Kopf.

Wieder beiße ich mir auf die Lippe, wie immer in diesen entsetzlichen Situationen. Um abzulenken, frage ich: »Wo kam denn dieser Jan-Hinnerk auf einmal her?«

»Der kam nirgendwoher«, sagt Chris theatralisch. »Der hing zu diesem Zeitpunkt in den Stromkabeln, die da über dem Feld gespannt waren.«

»Das ist ja entsetzlich!«, ruft Dodo. »Ist da jemand hochgeklettert?«

»Nein, nein«, sagt Chris. »Der ist da hochgeflogen.«

»Jan-Hinnerk?«

»Natürlich.« Chris nickt. »Und schwuppdiwupp hat er sich mit meinem Drachen verkeilt. Eine üble Sache. Und jetzt ist er tot. Und ich bin schuld.«

Schmolle schlägt auf den Tisch, sodass alles, was darauf steht, einmal erschrocken hochhüpft. »Kannst du vielleicht jetzt mal Klartext reden! Das ist ja furchtbar. Wer ist Jan-Hinnerk, und wieso ist er tot, weil er sich mit deinem Drachen verheddert hat?«

Leidend legt Chris den Kopf in den Nacken. »Jan-Hinnerk ist der Drachen von Mark gewesen«, sagt er dann und legt die Stirn in Dackelfalten. »Und ich, ich habe ihn ermordet.«

»Du Vollidiot!«, kreischt Oscar Chris an. »Du bekloppter

Vollidiot. Du hast also einen Drachen ermordet. Ach Gottchen.«

»Mark erzählte mir, dass Jan-Hinnerk wie ein Kind für ihn war. Der Sohn, den Mark nie hatte, sollte Jan-Hinnerk heißen, aber da er ja keinen Sohn kriegen kann, weil er ja homosexuell ist, musste er sich eben einen Ersatz suchen. Und da hat er einen Drachen gewählt.«

»Ich glaub, ich pinkle mir gleich in die Hose!«, kreischt Nero belustigt auf. »Einen Drachen ermorden. Wie herrlich ist denn das?«

»Wenn ich an die sich auflösenden Augen von Herrn Prinz denke, würde ich mal sagen, du bist besser still«, fährt Chris seinen schwulen Mitbewohner an. »Ganz still wäre ich da an deiner Stelle.«

Schmolle kritzelt schon wieder was auf den Block. »So viel Scheiße habe ich noch nie auf einmal gehört, und so viel Scheiße werde ich auch nie wieder auf einmal hören, das weiß ich«, murmelt er vor sich hin und sieht so aus, als würde er Chris und Nero am liebsten mit den Köpfen zusammenschlagen, weil sie so dumm sind.

Ganz ehrlich: Mir wäre das aber nicht passiert. Okay, das mit den Augen hätte ich vielleicht geglaubt, aber doch nicht diese haarsträubende Geschichte mit dem toten Drachen, der Jan-Hinnerk heißt und ein Sohnersatz war. Wie blöde kann man denn bitte noch sein?

»Also, Herr Prinz hat gesagt, du hättest den Drachen auf dem Gewissen?«, hakt Schmolle nach. »Und was dann?«

»Dann wollte er mich anzeigen. Aber das wollte ich nicht. Wer möchte schon vorbestraft sein? Ich kenne niemanden.«

»Du wärst doch gar nicht vorbestraft worden«, sagt Gundula. »Ein Drachenmord wird doch nicht gesühnt.«

»Das war mir damals aber nicht klar.«

»O Mann«, kommt es von Oscar. »Lass mich raten. Weil du ein grauenhaft schlechtes Gewissen hattest, warst du so freundlich, Herrn Prinz alles Geld zu geben, das du hattest. Stimmt's?« Chris nickt. »Klar«, freut sich Oscar. »Und woher kam das Geld? Wie reich warst du?«

Chris räuspert sich. »Mein Onkel konnte keine Kinder bekommen …«

»So wie Mark Prinz auch nicht. Herrje«, ruft Schmolle hämisch.

»Genau«, sagt Chris. »Deswegen war ich sein Ein und Alles, wisst ihr, so etwas wie ein, wie ein …«

»Sohnersatz!«, schreien wir im Chor.

»Ja«, sagt Chris. »Mein Onkel war einer der Miterfinder des Computers.«

»Wie, des Computers?«, will ich wissen.

»Na, Computer eben.«

»O Gott!« Ich bin ehrfürchtig. »Da hattest du bestimmt eine Menge Geld.«

Vivian schaut mich schon wieder so komisch an. »Davon ist auszugehen«, sagt sie lakonisch. »Sonst wäre Chris für Mark nämlich völlig uninteressant gewesen.«

»Ja …«, flüstere ich. »Und dieses Geld gehört jetzt Mark?«

»Gewiss«, kommt es von Chris. »Er meinte, wenn ich es ihm nicht gebe, würde er mich anzeigen. Wegen des tätlichen Angriffs mit Todesfolge auf Jan-Hinnerk.«

Wir schweigen. Beinahe ist es eine Gedenkminute für den toten Lenkdrachen.

»Wie viel Geld war es?«, will ich ergriffen wissen.

»Sehr viel, Sanni, sehr viel. Es bewegt sich im sieben- oder achtstelligen Bereich.«

»Gibt es in diesem Haushalt Tiefkühlerbsen?«, will Frederik wissen. »Ich würde gern meine geschwollenen Stellen mit den kleinen grünen Kerlchen kühlen.«

Niemand antwortet ihm, und es verlässt auch keiner den Raum, um nach Tiefkühlerbsen auf die Suche zu gehen. Ich schon mal gar nicht. Auf gar keinen Fall möchte ich weitere dramatische Geschichten verpassen. Eins muss man unserem Exmann lassen: Er ist sehr erfinderisch. Nur bei mir nicht. Mich hat er einfach liebesblind gemacht, mich geschröpft und dann abserviert. Fast bin ich ein bisschen beleidigt, dass Mark sich bei mir nicht mehr Mühe gegeben hat. Möglicherweise war ich ihm nicht wertvoll genug. Oder er hat mich für so blöd gehalten, für jemanden, bei dem man gar kein großes Szenario veranstalten muss. Nein, ich war eine Kuh, die sich willenlos und nur leise muhend in den Schlachthof hat führen lassen. Die zwar ungläubig auf die Elektroschockgeräte geschaut hat und noch ungläubiger, als an Haken hängende Hälften ihrer Artgenossen an ihr vorbeigeschoben wurden, aber die sich trotzdem nicht zur Wehr gesetzt hat. Mit stoischer Ruhe ist sie ihren letzten Gang gegangen. Vielleicht hat sie gewusst, was auf sie zukommt, aber sie konnte nichts dagegen tun. Ich beschließe, Vivian später zu fragen, wie die Kühe in ihrem Schlachthof sich benehmen. Ob sie aufbegehren oder ob sie es so machen wie ich. Ach, hätte ich doch einmal aufbegehrt oder zumindest mal etwas hinterfragt! Dann hätte ich jetzt noch mein Vermögen und müsste nicht für einen ehemaligen Zuhälter Lebkuchenherzen verzieren.

Schmolle lässt nicht locker und möchte den »nächsten Fall«, wie er es nennt, hören. Dodo ist nun an der Reihe, und wir erfahren, dass sie Mark, der als vermeintliche Wasserleiche in der Ostsee trieb, von einem Segelboot aus gerettet hat. Das Segelboot und 81 Hotels auf der ganzen Welt gehörten ihr nach dem Tod ihrer Eltern. Und jetzt gehören sie Mark. Einmal ist Dodo, nachdem Mark schon der rechtmäßige Besitzer war, in eines der Hotels gegangen – es war Winter, und ihr war fußkalt – und wurde vom Personal wie eine Aussätzige wieder nach draußen getrieben. Einige Zeit hat Dodo in München sogar im Obdachlosenheim gewohnt und sich von den Essensresten ernährt, die Gaststätten den Obdachlosen kostenfrei zur Verfügung stellen. Dodo meint, dass sie keine Weißwürste mehr sehen kann und süßen Senf auch nicht. Dodo erzählt, dass die Zeit im Obdachlosenheim sie kalt und hart gemacht habe und dass sie nie wieder einem Menschen vertrauen könne. Alle seien Verbrecher. Mausis giftiger Einwand, dass Dodo auch eine Verbrecherin sei, wird von ihr ignoriert.

So erfahren wir weiter, dass Harriet nach dem Tod von Raoul Glocke psychisch sehr labil war. Aber auch sehr wohlhabend. Mark Prinz hat sie eines Tages aufgesucht und behauptet, ein enger Freund ihres Mannes gewesen zu sein und es als seine bürgerliche Pflicht anzusehen, ihr Briefe zu übergeben, die Raoul Glocke verfasst habe. Diese Briefe waren an eine in Tobago lebende weibliche Schildkröte namens Baljana gerichtet. In diesen Briefen stand, dass Raoul vorhatte, Baljana zu heiraten. Dieser geplante Treuebruch hat Harriet so fertiggemacht, dass sie auf Marks Umgarnung hereinfiel. Einige Wochen lang machte er ihr den Hof, »er tat alles dafür, dass ich über diese Schmach hinwegkam, und hat sogar alles, was aus Horn war, aus meiner Wohnung verbannt, damit ich nicht immer wieder aufs Neue mit der Vergangenheit konfrontiert wurde«. Den Rest kann man sich denken. Raoul Glocke hatte ein beachtliches Barvermögen, einige Immobilien und Tantiemen aus sechs Sachbüchern hinterlassen. Alles in allem nette Beträge, von denen Harriet natürlich jetzt nichts mehr hat.

Das Möhrchen scheint durch die ganzen haarsträubenden Geschichten unglaublich inspiriert zu werden; es stickt wie eine Besessene sich bekämpfende Stechmücken auf das Schnuffi-Kissen. »O mein Gott, o mein Gott«, sagt das Möhrchen die ganze Zeit.

»Weiter«, fordert Schmolle und schaut Vivian an, und die öffnet den Mund, um ihre Leidensgeschichte an den Mann zu bringen, kommt aber nicht dazu, damit zu beginnen, denn es bummert lautstark an der Wohnungstür.

»Aufmachen!«, brüllt eine Männerstimme. »Sofort aufmachen!«

»Das war's«, sagt Chris mit belegter Stimme. »Nun werde ich verhaftet.«

»Halt die Klappe!«, zischt Oscar und legt den Zeigefinger an den Mund. Wir alle schweigen. Und Oscar geht mit langsamen, leisen Schritten auf die Tür zu. Dabei steckt er seine Hand in eine Hosentasche. Und ich weiß, was in der Hosentasche darauf wartet, zum Einsatz zu kommen.

18. Kapitel *Frische Luft ist das Beste für Wunden.*

Jean Giraudoux: Amphitryon 38
Siebente Szene
(Amphitryon sagt das zu Alkmene, und die labert dann rum, dass das wohl fürs Schlachtfeld gilt, aber nicht für die Augen, warum auch immer.)

Nachdem Gundula mit Herrn Marquardt, ihrem 76-jährigen Nachbarn, mit dessen Ersatzschlüssel zu dessen Wohnung gegangen ist und ihm aufgeschlossen hat, kommt sie wieder zurück und lässt sich schwer keuchend aufs Sofa fallen. »Mindestens einmal pro Woche kommt er hier an«, erklärt sie uns. »Seitdem seine Frau verstorben ist, also seit circa zwei Jahren, ist es eine Katastrophe geworden mit ihm.«

»Aber warum muss er denn so brüllen?«, fragt Spacko.

»Weil er so schwerhörig ist«, wird er von Gundula informiert. »Wenn ihm langweilig ist, spielt er immer mit Kreuzschlitzschraubenziehern. Und leider hat er sich, als ihm mal besonders langweilig war, mit einem der Exemplare beide Trommelfelle durchstochen.« Sie schüttelt den Kopf. »Andere in seinem Alter können wenigstens sagen, dass im Zweiten Weltkrieg direkt neben ihnen eine Handgranate explodierte und sie ertauben ließ, aber bei Herrn Marquardt war eben ein Schraubenzieher der Verursacher. Manchmal kann das Schicksal schon ungerechte Pfade gehen.«

»Wohnen in diesem Haus eigentlich auch normale Menschen?«, will Oscar zögerlich wissen.

»Keine Ahnung«, meint Gundula. »Ich glaube aber sowieso, dass jeder sein Päckchen zu tragen hat. Der eine sein leichtes, der andere sein schweres.«

Nero sagt: »Ich für meine Person habe ein schweres Päckchen zu tragen. Eigentlich ist es schon ein Paket. In Übergröße. Alleine würde ich es nicht zur Post tragen können. Aber gemeinsam würden wir es schaffen«

»Was war nun mit dir?«, fragt Schmolle Vivian.

»Ich hab Mark auf einer Sommerrodelbahn kennengelernt. Auf der Wasserkuppe in der Rhön. Wir haben bei einem Teller Linsensuppe festgestellt, dass wir seelenverwandt sind.« Vivians Augen füllen sich mit Tränen. Ich wusste gar nicht, dass sie so nah am Wasser gebaut ist. »Als ich Mark kennenlernte, das war der schönste Tag in meinem ganzen Leben. Noch nie vorher war ich so glücklich gewesen. Ich wusste ja nie, ob ein Mann mich wollte oder nur mein Geld. Aber auf der Wasserkuppe konnte ich mir sicher sein. Mark kannte ja meinen Namen nicht. Später haben wir im Hotel *Peterchens Mondfahrt* am Kamin gesessen – es war schon Herbst und abends entsprechend kühl – und haben Zukunftspläne geschmiedet. Alles war perfekt.«

»Wieso wart ihr seelenverwandt?« Schmolle möchte sich Notizen machen.

»Weil wir bei allem der gleichen Meinung waren. Versteht ihr?«

»Nein«, sagt Schmolle. »Wenn du uns wohl ein Beispiel geben könntest.«

Vivian räuspert sich und setzt sich dann auf. »Beispielsweise habe ich Mark erzählt, dass Dunkelgrün meine Lieblingsfarbe ist. Und – was stellte sich heraus? Seine Lieblingsfarbe ist auch Dunkelgrün.«

»Blödsinn«, sagt das stickende Möhrchen. »Marks Lieblingsfarbe ist Kobaltblau.«

»Noch was«, fordert Schmolle.

»Das ist echt das Letzte!« Nero ist sauer. »Zu mir meinte er immer: Ludwig, in Rosa siehst du aus wie mein König. König Ludwig. Und Rosa ist meine Lieblingsfarbe. Dass du in Rosa gut aussiehst, das muss ein Zeichen sein.«

»König Ludwig?« Harriet versteht nicht.

»Das ist mein Name«, kommt es von Nero.

»Du bist König Ludwig?«

»Nein, ich heiße nur Ludwig. Ludwig Kattwinkel. Nero ist nur mein Künstlername. Kein Mensch nennt mich Ludwig. Nur Mark hat mich so genannt. Und meine Mutter natürlich, Gott hab sie selig.«

»Das ist jetzt alles völlig unwichtig.« Schmolle möchte die Diskussion abbrechen. »Vivian, bitte gib mir noch ein Beispiel.«

»Ja«, sagt Vivian. »Dann habe ich gesagt, dass der Renaissance-Stil mein liebster ist. Und was stellt sich heraus?«

»Dass bei Mark der Renaissance-Stil ebenso an erster Stelle steht!«, rufen wir lahm im Chor.

Vivian nickt.

»Lass mich raten«, sagt Schmolle. »Alles, was du gut gefunden hast, fand Herr Prinz ebenfalls gut. Aber er hat natürlich dich immer zuerst reden lassen. Stimmt's?«

»Ja«, sagt Vivian leise. Sie scheint sich zu schämen.

»Herrje, herrje!« Schmolle versteht die Welt nicht mehr.

»Hier sitzt ein Haufen Vollidioten. Alle sind auf diesen Bekloppten reingefallen. Und ich muss es jetzt mal ganz ehrlich sagen: Ihr habt es ihm sehr einfach gemacht.«

»Moment mal«, ich wedele mit der Hand. »Du wolltest noch gar nicht wissen, wie ich auf Mark reingefallen bin.«

»Von mir auch nicht«, schließt das Möhrchen sich mir an.

»Nein«, Schmolle hebt beide Hände. »Es reicht. Ich will es nicht wissen. Es ist genug, mehr als genug. Mehr verkrafte selbst ich nicht. Ich *kann* es nicht mehr *hören*!«

»Sollen wir lauter sprechen?«, fragt Vivian besorgt.

»Man sollte das alles aufschreiben.« Spacko nickt überlegend. »Aufschreiben und andere vor diesem Schwerenöter warnen.«

»Alles zu seiner Zeit.« Schmolle kratzt an seiner Glatze. »Erst mal könnt ihr alle froh sein, dass ihr überhaupt noch am Leben seid. Wir wissen ja mittlerweile, dass Prinz vor nichts zurückschreckt. Er ist im Untergrund bekannt. Gut bekannt. Ein Menschenleben zählt für ihn weniger als das Leben eines Grottenolms.«

Oscar nickt. »Meuchel-Mark würde zu ihm passen.«

Ich rufe: »Wie schrecklich! Meucheln wegen Töten!«

»Gut erkannt«, sagt Oscar. »Gut erkannt.«

»Huuuäh!«, macht der Titus.

»Ich trage also die Kinder von Meuchel-Mark in meinem Leib.« Das Möhrchen wirkt fasziniert. »Wie schade, Titus, dass du so benachteiligt bist. Dein Vater ist leider kein Mörder.«

Er könnte aber einer sein, wenn ich mir den Titus so anschaue.

Schmolle sagt: »Wer weiß, wann er wieder zuschlägt. Wir müssen ihn so schnell wie möglich finden. Dass er in Hamburg ist, wissen wir ja schon mal.«

»Moment«, meint Harriet. »Woher sollen wir wissen, ob er noch da ist? Er könnte zwischenzeitlich überall sein. Überall auf der Welt. Im Zwergenstaat Monaco vielleicht. Da muss er nämlich keine Steuern zahlen.«

»Wir könnten beim Einwohnermeldeamt nachfragen«, sagt Vivian eifrig.

»Ich glaube nicht, dass dieser Kerl so unintelligent ist und sich ausgerechnet in Monaco niederlässt«, Nero schüttelt den Kopf. »Das ist ja sozusagen ein Präsentierteller, dieses Monaco.«

»Und eine Steueroase«, nickt Schmolle. »Trotzdem werden wir ihn da nicht finden, das hab ich im Urin. So blöde ist der nicht.«

»Die blonde Frau«, sage ich.

»Richtig«, erinnert sich Schmolle. »Nach der muss gesucht werden. Ich werde nachher gleich zu Lausch-Henry gehen und fragen, ob er was gehört hat. Der weiß ja meistens, wo sich die Leute rumtreiben.«

»Sollten wir nicht doch Anzeige gegen ihn erstatten?«, fragt Dodo. »Wenn wir alle zusammen hingehen, dann finden die ihn vielleicht eher.«

»Mann, Dodo. Hör doch mal auf. Was hat denn das damit zu tun, ob wir alle zusammen zur Polizei gehen?«, regt sich Vivian auf. »Und hört ihr alle mal damit auf zu mutmaßen.

Lasst uns doch bitte mal einen Schritt nach dem anderen tun. Also: erstens mal die blonde Frau finden. Wie lang wird das dauern, Schmolle?«

Der fühlt sich gleich persönlich angegriffen: »Woher soll ich das wissen? Ich suche ja nicht jeden Tag blonde Frauen. Ich muss Lausch-Henry besuchen.« Er steht auf. »Damit die arme Seele Ruhe gibt, mach ich das eben jetzt. Ich komme später wieder her.«

»Ab zweiundzwanzig Uhr herrscht hier Nachtruhe«, wird er von Gundula informiert. »Da möchte ich kein lautes Wort mehr hören.«

»Was denn nun? Wenn wir den Typen finden wollen, können wir nicht auch noch auf Ruhezeiten achten. Hier müssen Prioritäten gesetzt werden.«

»Mir wird das langsam alles zu viel«, rechtfertigt sich Gundula. »So viele Leute waren noch nie bei mir. Noch nicht mal an runden Geburtstagen.«

»Die Zeiten ändern sich mit der Zeit«, erklärt Schmolle und nickt bekräftigend. »Bis später dann.«

»Und was wird aus uns?«, frage ich. Auf einen langweiligen Abend habe ich nun wirklich keine Lust.

Frederik und Oscar deuten auf den Titus. »Wir bringen den kleinen Strolch erst mal ins Bett.«

»Aber die Geschichte …«, fleht der Titus.

»Natürlich, die Geschichte«, sagt Frederik. »Die sprechende Ketchupflasche. Komm, kleiner Mann.«

Das Möhrchen sagt: »Also, ich weiß nicht. Das ist doch *viel zu früh* für den Titus. Nicht dass er mir aus dem Rhythmus kommt.«

»Ich will ins Bett, ich will ins Bett!«, kreischt der Titus verzweifelt und fängt an zu heulen. »Mit der Ketchupflasche! Mit Ansgar!« Er steht auf und rast auf Frederik zu, um sich in seine Arme zu werfen.

Das Möhrchen resigniert und zunzelt einen neuen Stickfaden durch ein Nadelöhr. »Na gut«, sagt es dann und lehnt sich erschöpft zurück, so als habe es gerade die wichtigste Entscheidung seines Lebens getroffen.

»Du«, Spacko beugt sich zu mir rüber, »was machst du denn jetzt? Hast du jetzt Zeit?«

Ich nicke. »Wieso?«

»Komm«, schnell steht er auf. »Ich hab was für dich.«

Ohne zu fragen, was er für mich hat, gehe ich ihm hinterher. Ich muss auch mal an die frische Luft.

»Was wollen wir denn hier?«, frage ich verwirrt. Wir stehen auf dem Dom, der schon geschlossen hat, und ganz ehrlich, ich finde es auf einem Jahrmarktsgelände, wo keine Menschenseele mehr ist, ein klein wenig unheimlich. Nicht dass ich von Natur aus ein ängstlicher Mensch bin, aber zu einem Jahrmarkt gehört für mich laute Musik, Gegröle und der Geruch von gebrannten Mandeln und Bratwurst. Ich möchte Kinder lachen und die Budenbesitzer schreien hören. Aber hier ist alles still. Das Einzige, was es im Überfluss gibt, ist Müll.

»Die Stadtreinigung kommt immer morgens recht früh«, erklärt mir Spacko. »Aber man gewöhnt sich daran. Müll riecht übrigens immer anders. Es kommt drauf an, wie er gemischt ist. Wenn sich zum Beispiel Reste eines Nierenspießes mit Popcorn vermengen, also im Müllsack, dann riecht es süßlich nach Verwesung. Anders verhält es sich mit Kartoffelpuffern, die in einem Müllsack neben Bierresten auf die Abholung warten. Das riecht dann eher säuerlich. Ich nehme an, dass das etwas mit der Stärke zu tun hat, die sich in den Kartoffeln befindet, und an der Gerste im Bier. Interessant, was?«

»O ja«, noch nie vorher habe ich etwas Interessanteres gehört. Wenn man etwas wissen muss, dann das. »Aber Spacko«, sage ich. »Hattest du nicht etwas für mich?«

»Mmhmm«, nickt er fröhlich. »Komm!« Er zieht mich über den Platz, und irgendwann bleiben wir stehen. »Augen zu. Ich will nämlich nicht, dass du was siehst.« Also schließe ich die Augen. Spacko nimmt meine Hand und führt mich ein Stück weiter, dann sagt er: »Setzen.«

Einige Augenblicke später fange ich an, mich zu bewegen. Spacko scheint neben mir herzurennen, ich höre ihn keuchen; glücklicherweise kommt irgendwann: »Augen auf!«

Ich glaube, ich sehe nicht richtig! Ich sitze allein in einem Kettenkarussell, das sich zunehmend schneller bewegt und mich immer höher zieht. Um mich herum ist alles beleuchtet. Mein Gott, ist das schön! Das ist romantisch. Das ist wundervoll. Spacko ist doch wirklich ein guter Kerl. Er wollte mir, der Gemeinen Küchenschabe, zeigen, dass ich doch etwas wert bin. Verzückt schließe ich die Augen und lasse mich höher und höher heben. Dann macht Spacko auch noch Musik an, und Heintje fängt an, *»Ich bau dir ein Schloss, so wie im Märchen«* zu singen, was mir vor Rührung beinahe die Tränen in die Augen schießen lässt.

Einige Zeit später bin ich ganz oben angekommen und habe einen phantastischen Blick über das nächtliche, wundervoll beleuchtete Hamburg, Heintje singt davon, dass er mit mir in das Schloss einziehen wird und dass er mir jeden Tag sagen wird, wie lieb er mich hat. Es ist traumhaft. Nach ein paar Minuten schaue ich nach unten, weil ich Spacko zuwinken will. Aber er ist nirgendwo zu sehen. Ich warte eine Runde ab und taxiere den ungefähr dreißig Meter entfernten Jahrmarktsboden mit Blicken, aber kein Spacko weit und breit. Während Heintje singt, dass die Wolken schnell vorbeiziehen, dass Blumen blühen und jeder Tag für mich ein Sonntag sein wird, bekomme ich ein mulmiges Gefühl. »Spacko!«, schreie ich. »Spacko! Was soll das? Hör auf, mir Angst einzujagen!«

»Ich glaube, ich habe Scheiße gebaut, Sanni!«, brüllt eine Stimme zurück.

Ich drehe mich um und sehe, dass Spacko acht Reihen hinter mir ebenfalls in einem der Karussellkörbe hockt und sich krampfhaft an den Metallstäben festhält. Er muss in letzter Sekunde aufgesprungen sein. »Das tut mir so leid!«, kreischt Spacko weiter.

»Was denn?«, schreie ich, und während Heintje aufhört zu singen und nun der *Babysitter Boogie* von Ralf Bendix ertönt, wird meinem Gehirn klar, was Spacko zu meinen scheint: »Dass wir hier nicht mehr runterkommen?«

»Man hört, dass hier die Babys musikalisch sind, und vielmehr von Musik versteh'n als sonst ein Kind, und jedes Mal, wenn ich dem Kind die Windeln bind, dann macht es: Höhöhöhö höhö hö hö!«

Spacko beugt sich nach vorn. »Ja. Das war eine dumme Idee von mir. Eigentlich wollte ich nur eine kleine Runde mitfahren, aber das Ding ging ja so schnell immer höher! Jetzt sind wir ganz oben. Mehr geht nicht!«

»Wann geht es wieder runter?«

»Gar nicht!«, kreischt Spacko. »Ich hab's auf Endlosschleife gestellt, glaub ich jedenfalls. Die Brille hier ist schon älter. Es ist ja nur eine Notbrille. Ich glaube, meine Sehfähigkeit hat sich seit der Anschaffung dieser Brille wieder verschlechtert. Sie verschlechtert sich ständig. Ich werde mir jetzt doch mal Prospekte kommen lassen wegen dieses Augenlaserns. Vielleicht übernimmt die Krankenkasse ja einen Teil der Kosten. Bei meiner Sehschwäche ist das bestimmt machbar. Ich werde auch noch eine Zusatzversicherung abschließen, bevor ich mich in die Klinik begebe. Für ein Einzelzimmer. Ich kann es wirklich schwer ertragen, in einem Zweibettzimmer zu liegen. Mit einem Fremden. Wenn der nicht gut riecht, dann ist mit mir nicht zu spaßen!«

»Mit mir ist jetzt schon nicht mehr zu spaßen!«, schreie ich zu Spacko zurück und bekomme es nun wirklich mit der Angst zu tun. Außerdem wird mir langsam schlecht. »Ich will hier runter!«, brülle ich und zerre an den Ketten, was zur Folge hat, dass die kleine Gondel zu schaukeln beginnt.

»Jedenfalls sind wir hier an der frischen Luft!«, versucht Spacko mich zu besänftigen. »Riechst du das? Es riecht viel reiner als unten!«

Ich möchte Spacko heftig und mit grausamer Lust peitschen, aber da das nicht geht, versuche ich, das Beste aus der Situation herauszuholen und ihr etwas Gutes abzugewinnen.

Ich rede mir ein, dass es etwas Besonderes ist, alleine in einem Karussell zu sitzen, das wahrscheinlich auf Endlosschleife eingestellt wurde.

»Du kannst froh sein, dass ich keine Höhenangst habe!«, brülle ich Spacko zu. »Würde mein Exmann hier drin sitzen, wäre er schon gestorben. Mark hat furchtbare Angst vor allem, was höher ist als einen Meter! Ihm wird schon schwummerig, wenn bei *Bauer sucht Frau* Traktor gefahren wird!«

»Das ist kein Traktor, das ist ein Karussell!«, ruft Spacko zurück, und ich verzichte auf weitere Erklärungen. Aber es stimmt, Mark hat wirklich extreme Höhenangst.

Eine Stunde später ziehen wir immer noch unsere Kreise, und von mir hat eine Art Lethargie Besitz ergriffen. Spacko schreit immer noch herum, aber ich verstehe nur die Hälfte, es geht um Luftfilter und die Nebenwirkungen von Nasentropfen; ich höre gar nicht mehr hin. Einen Schuh habe ich mittlerweile auch verloren. Aber es ist mir egal. Und wenn ich ihn nicht wiederfinde, ist das auch egal. Ich brauche sowieso neue Schuhe. Und mir fällt ein, dass ich Gundula nun endlich mal Miete bezahlen muss. Im Haushalt einbringen sollte ich mich auch. Was Mark wohl gerade macht? Ob er wieder jemanden getötet hat? Meine Güte, die Vorstellung, dass ich auch tot sein könnte, gefällt mir gar nicht. Wie Mark mich wohl umgebracht hätte? Ich denke über diverse Tötungsarten nach, aber keine ist mir sympathisch. Wenn ich die Wahl hätte, ich würde Barbiturate wählen. Da schläft man schön ein und ist irgendwann nicht mehr da. Aber wenn man zu viel davon nimmt, wird einem schlecht, und man muss sich übergeben, das ist auch nicht schön. Halt, halt, irgendwas an meinen Gedanken ist falsch. Richtig: Ich würde ja nicht freiwillig Barbiturate einnehmen. Wenn Mark mich umbringen wollte, hätte er etwas anderes wählen müssen. Hoffentlich lebt die blonde Frau mit dem Privatjet noch. Wie sie wohl heißt? Was ich auch komisch finde, ist die Tatsache, dass Mark scheinbar völlig unkontrolliert in der Weltgeschichte rumgegondelt ist, um sich seine Heiratsschwindel-Opfer zu suchen. Ach je, jetzt ist der andere Schuh auch noch runtergefallen. Vielleicht finde ich wenigstens den wieder. Aber dazu müsste ich mir die Stelle merken, und das kann ich nicht, weil das Karussell sich so schnell dreht. Außerdem ist es unten so dunkel. Die angestrahlte Michaeliskirche saust zum einmillionsten Mal an mir vorbei beziehungsweise ich an ihr. Ein wirklich schönes Bauwerk. Und so hoch. Mit Turm. Hinter mir brüllt Spacko von Problemen mit der Nasenscheidewand bei Erkältungen, ich aber denke zum ersten Mal darüber nach, warum auf den Nutella-Gläsern *Mit dem Besten aus ⅓ Liter entrahmter Milch* steht. Warum steht das darauf? Was will uns der Hersteller damit sagen? Dass Nutella gesund ist? Dass man eigentlich ständig Nutella essen sollte wegen der entrahmten Milch? Tja. Wie kann man Mark wohl finden? Ob er eine schwere Kindheit hatte? Was seine Eltern wohl dazu sagen? Seine Eltern? Seine Eltern!

»Spacko!«, rufe ich. »Wir müssen Marks Eltern finden! Die können uns bestimmt helfen!«

»Das ist momentan ein wenig problematisch!«, kommt es zurück, und wo Spacko recht hat, da hat er recht.

»Wenn euch was passiert wäre, keine Versicherung hätte bezahlt. Ihr seid unbefugt, ich wiederhole, unbefugt in das Karussell geklettert.«

Spacko und ich schauen betreten zu Boden; wir sind zu schwach, um uns zu rechtfertigen. Ich möchte auch so schnell wie möglich weg von hier, weil ich den anderen von meinem Plan erzählen will. Um mich dreht sich alles.

Spackos Kollege Spinne hat meine Schuhe und uns auf seinem abendlichen Rundgang letztendlich gefunden. Das heißt, von Finden konnte keine Rede sein, um ganz ehrlich zu sein, ist er, so wie einige andere auch, vom Lärm der Musik aufgewacht. Die Polizei war auch schon da, ist aber nun wieder gefahren, weil Spinne uns in Schutz genommen und ihnen erklärt hat, wir seien frisch verliebt und brauchten eine Auszeit vom Alltagstrott. Wie gut, dass der HSV heute ein Heimspiel hat. Wie gut, dass die Polizisten Besseres zu tun hatten, als uns zu verhaften.

Ich schnappe mir Spacko und schleife ihn mit zu Gundula, die immer noch wach ist, obwohl nach 22 Uhr ja eigentlich Nachtruhe herrscht.

»Marks Eltern!«, rufe ich aufgeregt. »Wir müssen Marks Eltern finden. Wenn wir die gefunden haben, ist vielleicht alles ganz einfach.«

»Schaut mal, ich bin mit dem Schnuffi-Kissen für den Titus jetzt fertig«, stolz hält das Möhrchen die bestickte Ware hoch. Die Stechmücken und die verfaulten Leichen hat es wirklich super hingekriegt. Bestimmt kann der Titus jetzt noch besser schlafen als vorher. Chris erzählt, der Titus habe erst Ruhe gegeben, nachdem er mit einer Ketchupflasche aus Gundulas Kühlschrank seine Nachtruhe antreten konnte. Frederik und Oscar mussten ihm schwören, dass sich in der Flasche Blut befindet. Blut von Mördern. Und Blut von Schwerverbrechern.

»Marks Eltern …«, sagt Vivian langsam. »Sitzen die nicht im Gefängnis, und Mark hat sich schon vor langer Zeit von ihnen losgesagt?«

»Hat er mir auch erzählt«, nickt Nero. »Aber später hat er mir erzählt, dass seine Eltern wegen guter Führung entlassen wurden, jetzt in Kanada wohnen und dort als Bärenfallenbauer ihren Lebensunterhalt verdienen.«

»Und das glaubt ihr? Herrje, das stimmt doch im ganzen Leben nicht.« Langsam kann es einem wirklich zu bunt werden. »Ist von euch noch niemand auf die Idee gekommen, dass seine Eltern möglicherweise doch noch leben und vielleicht sogar über seine ganzen Machenschaften Bescheid wissen?« Betretenes Schweigen. »Seht ihr«, sage ich. »Mir hat er natürlich auch irgendeinen Quatsch erzählt. Dass er mit seinen Eltern nicht mehr spricht oder so und sie deswegen auch nicht bei der Hochzeit anwesend sein könnten. Wir waren eben alle blauäugig.«

Eigentlich bin ich mir ziemlich sicher, dass jetzt gleich jemand ›Nein, aber ich habe doch braune Augen‹ sagt, aber ich täusche mich. Meine Worte scheinen Wirkung zu haben.

»Wir sollten in ein Internetcafé gehen und seine Eltern dort suchen«, schlägt Nero dann vor. »In einem Internetcafé gibt es Computer mit Internetverbindung, da werden wir bestimmt fündig.«

»Wieso?«, fragt Gundula verwirrt.

»Das ist eine prima Idee.« Ich freue mich, weil es vorangeht. »Lasst uns gehen. Auf dem Kiez gibt es bestimmt noch einen Laden, der offen hat.«

»Wieso?«, fragt Gundula schon wieder.

»Internet«, sage ich. »Wir brauchen Internet, um in Suchmaschinen den Namen von Marks Eltern einzugeben.« Dass ich darauf nicht schon früher gekommen bin. Wie gut, dass Spacko mich mit auf das Karussell genommen hat.

»Ihr könnt doch auch hier ins Internet gehen«, sagt Gundula dann, und ich glaube, ich höre nicht richtig.

»Wie meinst du das?« Meine Stimme klingt streng.

»Ich hab doch einen Computer in meinem Schlafzimmer. Den könnt ihr doch benutzen. Internet hab ich auch. Sogar Wireless LAN.« Gundula steht auf.

Ich auch. »Wenn du einen Computer hast, warum musste ich dann die ganze Zeit auf der alten Schreibmaschine herumtippen?«, frage ich böse.

»Die muss auch mal bewegt werden«, ist die Antwort. »Wozu hat man denn Sachen? Um sie zu benutzen. Und die Schreibmaschine hat lange niemand mehr benutzt. Ich will mir nicht eines Tages sagen lassen müssen, dass ich ein ungerechter Mensch bin.«

»Ungerecht ist die Gicht, die in meinen Knochen lauert«, rufe ich theatralisch und will eigentlich noch mehr sagen, aber das Telefon klingelt.

Es ist Schmolle, der behauptet, wahnsinnig interessante Neuigkeiten zu haben, und um die zu erfahren, sollten wir unverzüglich zu ihm kommen. Er warte hinter seiner Bude am Tischchen auf uns.

»Er hat geschrien, dass jede Sekunde zählt«, erzählt uns Chris, der ans Telefon gegangen ist.

Ich möchte wissen, ob Frederik und Oscar nicht mitkommen wollen, erhalte aber von Gundula die Information, dass die beiden mit Titus zusammen eingeschlafen sind. »Das ganze Bett ist voll mit Ketchup.« Gundula regt sich ein bisschen auf. »Ich hoffe nur, dass das nicht in die Matratze geschmiert wurde. Dann können alle drei was erleben.«

Sogar das Möhrchen kommt mit uns. »Ich brauche Anregungen für neue Stickereien«, erklärt es aufgeregt.

Und Mausi meint, sie habe auch noch Zeit, sie müsse erst später zu ihrem Nebenjob und wolle die Zeit bis dahin sinnvoll nutzen.

»Was war eigentlich mit deiner Verabredung?«, will ich an der Tür von Chris wissen.

Der winkt ab. »Eine ganz normale Frau«, erklärt er mir. »Ich hab nur ein Glas Wein mit ihr getrunken, vorhin, als ihr auf dem Karussell unterwegs wart. Unten in der Kneipe. Sie hat überhaupt keine Probleme, noch nicht mal Schulden hat sie.«

»Ja und?«, sage ich. »Das ist doch wunderbar.«

Chris starrt mich an: »Die hätte doch gar nicht zu uns gepasst. Die hätte ich doch nie mitbringen können.«

Dazu ist nichts mehr zu sagen.

Endlich finde ich den Schlüssel und kann abschließen, aber in diesem Augenblick klingelt das Telefon. Kurz überlege ich, es zu ignorieren, aber immerhin könnte es etwas Wichtiges sein. Und da Gundula leider keinen Anrufbeantworter hat, kann der Anrufer auch keine Nachricht hinterlassen.

»Geh du schon vor«, sage ich zu Chris. »Ich komme gleich nach.«

Er nickt und geht die Treppe runter. Und ich laufe zum Telefon.

»Frau Prinz, Frau Prinz!«, ruft eine von Panik und Aufregung geschwängerte Frauenstimme. »Ach Gott, ach Gott, dass ich Sie nun doch gefunden habe! Ist das herrlich! Es war gar nicht so einfach!«

»Wer spricht da bitte?« Die Stimme sagt mir nichts.

»Na, ich bin's!«, ruft die Frau. »Emmi Kaiser!«

»Emmi Kaiser? Ach … Emmi Kaiser!« Jetzt erinnere ich mich. Die Käufer von Marks und meiner Wohnung. Die netten alten Leute, die jetzt meine Erbstücke besitzen. Und die noch das Klo vom König Ludwig haben. Das ohne Expertise. »Ja, Frau Kaiser!«, rufe ich zurück. »Das ist ja eine nette Überraschung. Wie geht es Ihnen denn?«

Frau Kaiser lacht hysterisch auf und schreit: »Noch lebe ich! Noch lebe ich! Sie müssen sofort herkommen, es ist wichtig!«

Mein Herz beginnt zu rasen: »Was ist denn passiert, um Himmels willen?«

»Das kann ich Ihnen am Telefon nicht sagen. Kommen Sie schnell!«

»Ja, aber warum denn?« Ich begreife nichts.

»Beeilen Sie sich!«, schreit Frau Kaiser und legt auf.

Ich renne, ohne abzuschließen, nach unten auf die Straße und danke dem lieben Gott, dass gerade ein Taxi vorbeifährt. Und dass ich einen Teil des Schmolle-Geldes dabeihabe. Ich möchte den Fahrer gern zwingen zu rasen, aber er schneckt mit Tempo dreißig durch die Straßen und teilt mir ununterbrochen mit, dass er seinen Lappen noch bräuchte. Nach einem gefühlten Silvesterabend, an dem es partout nicht Mitternacht werden will und man sowieso schlafen möchte, weil einem die Fleischstücke vom Fondue wie Kanonenkugeln im Magen liegen, hält er endlich vor meinem ehemaligen Wohnhaus. Ich bezahle hektisch und klingele noch hektischer.

Frau Kaiser kommt mir schon im Treppenhaus entgegen. Sie ist kalkweiß im Gesicht. Ihr Mann steht im Türrahmen und winkt uns herein. Dann schließt er schwer atmend die Tür und zunzelt an der Sicherheitskette herum. Beide haken sich rechts und links bei mir unter, als bräuchte ich Hilfe beim Gehen, und dann ziehen sie mich mit sich in mein ehemaliges Wohnzimmer, drücken mich in einen der Sessel, von denen ich nun auf die Schnelle gar nicht sagen kann, ob sie ihnen gehören oder mir gehörten. Emmi Kaiser ist ganz aus dem Häuschen.

Ich räuspere mich. »Also, ich sollte ja ganz schnell herkommen …«, fange ich an, werde aber sofort von Herrn Kaiser unterbrochen.

»Ganz schnell war das aber nicht«, rügt er mich. »Da wäre ja eine Kutsche schneller gewesen.«

»Wir hatten früher Pferde«, erzählt Frau Kaiser glücklich. »Das waren schöne Zeiten. Ich bin sogar im Damensitz geritten, also kann man sich das vorstellen!«

»Ich mag Pferde auch«, erkläre ich. »Aber trotzdem würde ich jetzt gern wissen, warum ich kommen sollte. Wie haben Sie mich überhaupt gefunden?«

»Unser jüngster Sohn hat einen Freund, und der wiederum hat eine Detektei. In der Detektei arbeiten Detektive, diese Menschen, die herumlaufen und andere beschatten oder suchen.« Herr Kaiser nickt.

»Es ist so gut, dass er Sie gefunden hat, Frau Prinz. Es ist nämlich was ganz, ganz Furchtbares passiert. Nicht wahr, Max?« Letzteres ist an ihren nickenden Gatten gerichtet.

»Ja, was denn in Dreiteufelsnamen?«

»Es geht um Ihren Mann!«, schreit Emmi los. »Er war hier und hat uns gefragt, ob wir wissen, wo Sie sich aufhalten! Er war sehr ungehalten und sehr böse und hat uns auch gedroht. Er meinte, wenn wir ihn anlügen, würden wir dafür büßen müssen!«

»Früher hätte man einfach davonreiten können. Heute geht das nicht mehr. Der ganze Verkehr. Und der Asphalt ist nicht gut für die Hufe, sofern sie nicht beschlagen sind. Und wenn sie beschlagen sind mit Hufeisen, rutschen die Pferde auf dem oft rutschigen Asphalt aus«, werde ich von Herrn Kaiser informiert. »Früher war alles besser, von der Cholera mal abgesehen.«

»Das tut mir so leid«, sage ich. »Ich hoffe, er hat Sie noch nicht büßen lassen.«

»Das nicht«, versichert mir Emmi. »Aber er sah so ... so entschlossen aus. Und dann meinte er, dass er seine Sachen regeln muss und dass es so nicht weitergehen würde. Er sagte wortwörtlich: ›Die müssen alle weg, bevor mir was passiert.‹«

»Das ist ja furchtbar!«, rufe ich und bekomme sofort Angst.

Emmi kommt näher: »Er meinte, er hätte jetzt genug Geld. Nur einen großen Coup bräuchte er noch, dann würde es reichen.«

O mein Gott! Die blonde Frau mit dem Flugzeug! Bestimmt meinte Mark die! Ich muss sofort etwas unternehmen! Aber eines verstehe ich nicht: »Das hat er Ihnen einfach so erzählt? Mark kann sich doch denken, dass Sie mit den Informationen zur Polizei gehen könnten.«

»Natürlich hat er uns das nicht erzählt. Als er ging, habe ich einige Sekunden gewartet, dann bin ich ihm hinterhergeschlichen. Ich wollte sowieso nochmal an die frische Luft. Im Alter ist das wichtig. Frische Luft hält fit und lässt einen agil bleiben«, sagt Max Kaiser. »Und da stand er an einer Ecke und hat in ein kleines, tragbares Telefon gesprochen. Ich konnte jedes Wort verstehen. Es fielen auch diverse Namen, Ihrer zum Beispiel und auch Namen wie Harriet und Vivian und Christoph. Weiterhin fielen die Worte *unschädlich machen, vernichten, aus dem Weg schaffen*. Ich bin natürlich sofort zurück und habe unseren Jüngsten verständigt. Und der wiederum hat seinen Freund mobilisiert. Und schwuppdiwupp waren Sie gefunden. Das ist ein cleverer Junge, der hat überall seine Handlanger und Informanten. Da genügt ein Name und eine kleine Personenbeschreibung, und schon ist alles klar.«

»Wurde ich denn beschattet?« Wie aufregend.

»Über Details werden wir nicht informiert. Das ist Berufsethos«, sagt Herr Kaiser stolz. »Manchmal ist es auch besser, wenn man nichts weiß.«

»Manchmal schon«, entgegne ich. »In diesem Fall allerdings würde es mich sehr interessieren, wo sich Mark gerade aufhält. Weiß das denn der Bekannte von Ihrem Sohn?«

»Das wissen wir nicht.« Herr Kaiser sieht traurig aus. »Um ehrlich zu sein, wir wissen gar nicht, wo er momentan ist. Der Arme hat sich mal wieder verlaufen, er hat es nicht so mit der Orientierung. Einmal wurde er im Lager eines Kaminherstellers gefunden, obwohl er eigentlich jemanden beschatten sollte, der Dosenpfand veruntreut. Und dummerweise hat der Gute keins von diesen tragbaren Telefonen. Er meint, die Strahlenbelastung würde ihn zermürben.«

So clever scheint der Junge also doch nicht zu sein. Schnell stehe ich auf. »Danke für die Information. Ich muss sofort los und handeln! Warum haben Sie mir denn nicht gleich am Telefon alles gesagt? So haben wir kostbare Zeit verschwendet.«

»Ach, wir haben doch so gern Besuch«, sagt Frau Kaiser. »Uns besucht aber so selten jemand. Nur zu runden Geburtstagen. Und die hat man ja nicht so oft. Manchmal schwindeln wir ein wenig und tun so, als würden wir zum dritten Mal siebzig werden. Aber die Kinder merken es. Jedenfalls war es schön, dass Sie da waren! Und denken Sie dran, dass Sie immer noch Ihre Sachen im Keller stehen haben. Sie können sie abholen, wann immer Sie wollen. Dann trinken wir ein Likörchen zusammen und unterhalten uns. Wir könnten so tun, als würden wir einen runden Geburtstag feiern, damit Sie auch ganz sicher kommen!«

Ich nicke, verabschiede mich von den Kaisers und rase nach unten.

»Hätten wir jetzt noch Pferde, ruck, zuck wären Sie da, wo Sie hinwollen!«, ruft mir Herr Kaiser hinterher.

19. Kapitel *Hört, hört!*

Divers. Wird eigentlich überall mal gesagt.

Wieder habe ich Glück und halte ein leeres Taxi an, das mich zum Dom bringt.

Alle sind da. Ich muss erst mal durchatmen. Dann sage ich: »Ich muss euch was total Wichtiges erzählen!«

»Gleich«, sagt Schmolle. »Schau, Sanni, das ist Lausch-Henry.« Er deutet auf einen relativ dünnen, alten Mann, der an dem kleinen Klapptisch sitzt und ein Kreuzworträtsel löst. »Lausch-Henry ist ein alter Freund von mir. Er wird auch mit zur Beerdigung von Oma kommen. Ich muss nochmal mit dem Pfarrer sprechen, wann das jetzt stattfindet. Aber erst muss hier alles geklärt sein. Lausch-Henry ist ein gewiefter kleiner Lump«, erklärt Schmolle eifrig. »Und er kriegt all das mit, was er mitkriegen will, tut dabei aber so, als hätte er nicht mehr alle sieben Sinne beisammen, was, Henry?«

»Das wissen wir ja jetzt, Schmolle«, sagt Harriet. »Du hast es uns schon dreimal erzählt.«

»Sanni muss es doch auch wissen.« Schmolle verschränkt die Arme.

»Jetzt weiß es ja auch Sanni«, erklärt ihm Harriet. »Kannst du uns jetzt bitte mal sagen, warum um alles in der Welt wir hier antanzen sollten?«

»Ich …«, setze ich an.

»Gib ma' 'nen Fluss mit zwölf Buchstaben«, unterbricht

mich Lausch-Henry und klopft mit dem Kugelschreiber auf dem Rätselheft herum. »'nen spanischen Fluss. Gib ma' ein' mit zwölf Buchstaben. Mach ma' hin nu!«

»Haben Sie schon einen oder mehrere Hilfsbuchstaben?« Spacko setzt sich neben Lausch-Henry und studiert konzentriert und ernsthaft das erst zu einem knappen Viertel gelöste Rätsel.

Er wird böse von Lausch-Henry angestiert: »Seh ich so aus, als tät ich Hilfsbuchstaben brauchen?«

»*Guadalquivir*«, sagt Spacko. »Ganz sicher ist es der Guadalquivir. Ich verwette mein Augenlicht darauf.« Na ja. »Hier haben Sie waagerecht einen Fehler gemacht. Ein anderes Wort für Lebewohl wird da gesucht, und hier muss *Ade* hingeschrieben werden. Das ist dann beim Fluss senkrecht der vierte Buchstabe.«

»Wa'?«, macht Lausch-Henry. »Kapier ich nich'.«

»Ade heißt so viel wie Auf Wiedersehen«, Spacko scheint nun wirklich in seinem Element zu sein. Seine Wangen sind schon rot. Er will Lausch-Henry den Stift entwenden, doch der hält ihn fest wie seinen Erstgeborenen. Das wiederum erträgt Spacko nicht: »Ich will doch nur helfen!«

Aber Lausch-Henry besteht darauf, den Stift zu behalten, und Spacko macht es total fertig, dass ihm wegen des Flusses nicht geglaubt wird.

»Lausch-Henry hat was rausgefunden«, sagt Schmolle. »Erzähl mal, Henry!«

»Wa?«

»ERZÄHL MAL, WAS DU RAUSGEFUNDEN HAST!« Schmolle dreht sich zu uns um: »Henry hört manchmal ein bisschen schwer. Es sind mal direkt neben seinen Ohren Bomben explodiert.«

»Oh«, macht Gundula. »Wenn ich das Herrn Marquardt erzähle, wird er bestimmt sehr neidisch sein. Ihr wisst, der Nachbar mit dem Kreuzschlitzschraubenzieher.«

Wie könnten wir Herrn Marquardt jemals vergessen?

»Was das Herausfinden angeht«, bringe ich mich in die Diskussion ein. »Es ist so, dass ich dazu auch einen Beitrag leisten könnte. Möglicherweise sogar einen sehr wichtigen. Ihr müsstet mir nur kurz zuhören.« Ich überlege kurz, den Arm zu heben und mit Mittelfinger und Daumen zu schnippen, so wie ich es früher in der Schule getan habe, wenn ich partout drankommen wollte. So oft kam das zwar nicht vor, aber das mit dem Schnippen beherrsche ich noch ganz gut, glaube ich.

»Warum musstest du dir auch diese Dolby-Surround-Anlage zulegen?«, schreit Schmolle seinen Kumpel an. »Und dann hat er auch noch auf volle Lautstärke gedreht und *Der Soldat James Ryan* geschaut. Das war zu laut für ihn, als der D-Day kam.«

»Wa'?«, macht Lausch-Henry und schreibt *Guadalquivir* in das Feld, in das eigentlich das Arbeitsmittel eines Anästhesisten, nämlich *Narkosemaske*, geschrieben werden müsste.

Spacko dreht fast durch und versucht die ganze Zeit, den Stift zu erhaschen, aber Henry ist schneller. »Er verdirbt sich selbst das ganze Rätsel«, meint Spacko und wird immer nervöser. »Wenn er einmal was falsch einträgt, leidet der komplette Rätselaufbau darunter, und das Drama wird seinen Lauf nehmen. Dann gibt ein Wort das andere, und irgendwann haben wir den Salat.«

»Wa'?«, macht Henry und schreibt *Salat* als Antwort auf den gesuchten Begriff für ein Behältnis.

Spackos beinahe gebrülltes »Da muss *Eimer* hin. *Eimer* muss da hin!«, wird von ihm ignoriert.

»Was denn nun?«, fragt Vivian. »Schmolle, bitte! Wieso sollten wir denn so schnell herkommen? Um ihm da beim Rätsellösen zu helfen? Das ist mir echt zu blöd. Ich muss morgen früh um fünf raus. Und um sechs muss ich in meinem Schlachthof sein. Die Kälber sind dran.«

»Die Kälber?«, frage ich entsetzt. »Die kleinen Kälber?«

Vivian schnaubt auf wie ein sich echauffierendes Rhinozeros: »Natürlich die kleinen Kälber! Wenn sie groß sind, dann sind sie ja keine Kälber mehr.«

»Wie ... wie hältst du das denn bloß aus?«, will ich wissen. »Stehst du einfach so teilnahmslos daneben und tust nichts?«

»Herrje, natürlich tue ich was. Ich treib sie aus dem Laster über die Rampe in die Schlachthalle.«

»Wo passt denn hier *Schlachthalle* hin?« Henry taxiert das Rätsel, scheint aber keine passenden Kästchen zu finden.

»Mich macht das ganz verrückt«, wispert Spacko mir zu. »Warum lässt er sich nicht helfen?«

»Ich hab langsam keine Lust mehr.« Das ist Nero. »Was soll der Quatsch. Kann hier jetzt mal was passieren?«

»Ja!«, rufe ich. »Es ist etwas passiert. Hört gut zu ...«

»Gleich, Sanni«, sagt Schmolle und breitet wie der Papst, der jemanden heiligsprechen will, beide Arme aus. »Erst bin ich dran. Seht her, was Henry herausgefunden hat.« Er macht eine Kunstpause, geht zu seinem Verkaufswagen und öffnet die Tür, woraufhin zwei Menschen herausfallen und vor uns auf dem Gras liegen bleiben. »Darf ich vorstellen: Justus und Marlene Prinz. Marks Eltern!«

Wir stehen da und starren die Liegenden an, die langsam beginnen, sich aufzurappeln. Nach den ersten Schrecksekunden stürzen wir alle gleichzeitig nach vorn, um ihnen aufzuhelfen, was zur Folge hat, dass wir mit den Köpfen aneinanderknallen.

Nero berappelt sich als Erster: »Schwiegerpapa! Schwiegermama! Ach nein, Entschuldigung, die Reihenfolge ist ja unhöflich. Schwieger*mama*! Schwieger*papa*!« Er lässt sich auf den Boden fallen wie ein Politiker am Volkstrauertag vor Kränzen in der Hauptstadt; es fehlt nicht viel, und er würde den Boden auch noch küssen. Dann reicht Nero unserer Schwiegermutter die Hand und hilft ihr auf.

Marlene Prinz sieht aus wie eine Käthe-Kruse-Puppe. Feingliedrig, zart und mit Porzellanteint. Ihre Haare sind fast schwarz. Ob sie gefärbt sind oder nicht, kann ich nicht sagen, aber sie trägt einen Dutt. Und sie trägt ein taubenblaues Kostüm und eine weiße, schimmernde Bluse, die am Kragen mit einer filigranen Brosche verschlossen ist. Ich möchte mir diese Frau sofort ins Regal setzen, sie hin und wieder abstauben und ansonsten nur anschauen. Sie könnte auch als Spieluhr durchgehen. Ich wünsche mir an ihrem Rücken ein Aufziehrädchen, an dem man drehen und dann ein Schlaflied hören kann, das einen in Morpheus' Reich hinüber…

»Justus! JUSTUS! Nun steh schon auf!« Marlene Prinz hat eine recht schrille Stimme, die noch schriller wird, nachdem ihr Justus nicht gleich das tut, was sie von ihm verlangt.

Justus quält sich langsam auf die Beine und wird dann von Chris und Harriet gestützt. Er hat Übergewicht, ich vermute, von zu viel Bierkonsum, sein Bauch sieht aus wie eine pralle Kanonenkugel. Er atmet schwer, und seine Augen drohen beinahe aus den Höhlen zu platzen. Ängstlich sieht er zu seiner Frau hinüber, die hier ganz offensichtlich das Regiment führt. Justus schüttelt kurze Zeit später die helfenden Hände ab; dann stehen beide da und taxieren uns der Reihe nach.

»Guten Tag«, sage ich, weil ja einer den Anfang machen muss. Irgendwie bin ich total gerührt. Wer hätte gedacht, dass ich meine Schwiegereltern jemals kennenlernen würde?

»Das sind sie also«, konstatiert Marlene Prinz und deutet mit spitzen Fingern nacheinander auf uns. »Gott im Himmel!«

»Ja, das sind sie«, nickt Schmolle.

»Sind das alle?«, will Marlene wissen.

Gundula sagt: »Ich finde, es sind genügend.«

»Lausch-Henry hat seine Ohren aufgesperrt«, erklärt Schmolle, als sei das Erklärung genug.

Lausch-Henry steht langsam und bedächtig auf und klopft seine Hände an seinen Hosenbeinen ab, warum auch immer. »Die Sache ist ganz einfach«, sagt er freundlich. »Die Eltern von Mark Prinz wohnen direkt neben mir. Ist einer von uns nicht zu Hause, gießen wir gegenseitig unsere Blumen. Fährt der eine weg, legt der andere die Post rein. Nun ja, und um ganz ehrlich zu sein, manch einer schnüffelt auch ein wenig herum. Ich zum Beispiel. Also in der Post.«

»Das ist richtig«, sagt Marlene Prinz emotionslos.

»Natürlich ist mir der Name Mark Prinz schon seit längerer Zeit ein Begriff«, redet Lausch-Henry weiter, stockt dann kurz, ruft: »*Affe*! Affe ist das exotische Tier mit vier Buchstaben!«, rennt zu seinem Kreuzworträtsel, um den entsprechenden Eintrag vorzunehmen, und fast eskaliert die Situation, weil Spacko das Rätsel in der Zwischenzeit eigenmächtig korrigiert und komplett gelöst hat, doch dann besinnt sich Lausch-Henry glücklicherweise auf seine Mission und trabt zu uns zurück.

»Jedenfalls kamen immer recht viele Briefe an«, sagt Lausch-Henry. »Und eines Tages kam ein ganz besonderer Brief an. Die Prinzens waren gerade zum Nordic Walking auf La Gomera.«

»Uns tut das gut.« Marlene Prinz glaubt, sich rechtfertigen zu müssen.

Kurz schweigen alle, und ich starte einen erneuten Anlauf, der allerdings nach meinem »Ich …« im Keim erstickt wird, weil Lausch-Henry schon weiterredet und alle das, was er zu sagen hat, interessanter zu finden scheinen als meine Wortbeiträge.

»Der Absender des Briefes war ein Gasthof in Bayern. *Zum feurigen Tatzelwurm*. Ich musste diesen Brief einfach öffnen, weil ich noch nie etwas von einem feurigen Tatzelwurm gehört hatte.«

»Sie haben auch *sonst* alle Briefe geöffnet«, sagt Justus Prinz.

»Aber nicht mit so viel Neugierde. Jedenfalls war das die zweite Mahnung einer unbezahlten Rechnung, und ich fragte mich: Die Prinzens sind doch unbescholtene, ehrliche Mitbürger, die würden doch nie eine Rechnung unbezahlt lassen, und schon mal gar nicht bis zur zweiten Mahnung unbeachtet.«

»Ha!«, macht Justus Prinz. »Wir nicht. *Wir* nicht!« Er beginnt zu husten.

»Justus! Denk an deinen Rücken!«, weist Frau Prinz ihren Mann zurecht, und ich versuche, ihre Worte mit dem Husten in Einklang zu bringen.

»Ich denke UNUNTERBROCHEN an meinen verflixten Rücken!«, gibt Herr Prinz zurück. »An nichts anderes denke ich.«

»Was war denn nun mit der Rechnung?« Gundula klopft Justus auf den Rücken.

»Der Junge hat die Rechnung natürlich nicht bezahlt. Deswegen kam die Rechnung zu uns. So wie ungefähr zweihunderttausend andere Rechnungen auch.«

»Sie armer, armer Vater!«, ruft Nero. »Armer, armer Vater!«

»Ich würde das auch nie wieder tun«, redet Justus weiter. »Nie wieder würde ich das tun.«

»Vater werden?«

»Ein Kind adoptieren«, sagt Justus Prinz und fängt schon wieder an zu husten, denkt dann an seinen Rücken und hört wieder auf.

»Ach …«, fange ich an.

»Wir haben Mark aus dem Waisenhaus«, erklärt uns Marlene Prinz bitter. »Er war der Liebste von allen. Ein Goldstück. Ein wunderbarer Junge.«

»Ja«, erinnert sich ihr Mann. »Ganz wunderbar. Bis auf die Tatsache, dass er schon geklaut hat, bevor er laufen konnte.«

Diese Aussage scheint Chris zu faszinieren: »Er hat im Krabbelalter gestohlen?«

Die beiden nicken. »Jawohl«, sagt Marlene. »Und es wurde immer schlimmer.«

»Hätten Sie ihm das Laufen nicht beigebracht, vielleicht wäre dann vieles anders gekommen«, wirft Vivian altklug ein. »Wäre er nämlich vor mir herumgerobbt, hätte ich ihm bestimmt keine Beachtung geschenkt.«

Gundula nimmt das alles mit: »Ich finde das so entsetzlich«, sagt sie. »Und ich bin die Dumme. Ich hab sie alle bei mir hocken.«

»Wir dachten, du hättest uns gern.« Dodo ist ein wenig verstimmt. »Immer sagst du das. Aber wenn es so ist, dann gehe ich eben. Dort, wo ich nicht gewollt bin, bleibe ich keineswegs.«

»So meint sie das doch gar nicht«, sagt Harriet.

»Genauso meine ich es«, kommt es von Gundula. »Genau so. Ich werde noch nicht mal staatlich unterstützt. Wärt ihr alle Kinder, würde ich wenigstens vom Staat Geld bekommen. Aber so habe ich den Salat.«

So ist das also. Mark ist adoptiert, und die bezaubernde Puppenmutter hat rein gentechnisch überhaupt nichts mit ihm zu tun. Mir tut die Puppenmutter leid.

»Jedenfalls hab ich den Brief aufgemacht«, erzählt Lausch-Henry. »Da stand drin, dass ein Mark Prinz im *Feurigen Tatzelwurm* war und die Rechnung nicht bezahlt hat. Da er als Adresse die seiner Eltern angegeben hatte, kam die Rechnung also dahin. Und so war es in fast jedem Brief. Immer waren es Mahnungen oder Zahlungsaufforderungen. Aus ganz

Deutschland. Als dann Schmolle zu mir kam, war plötzlich alles glasklar. Der Mark Prinz, den wir suchen, dessen Eltern sind meine Nachbarn!«

»Das hilft uns aber jetzt auch nicht wirklich weiter.« Nero runzelt die Stirn. »Ich freue mich ja sehr, meine Schwiegereltern kennenzulernen, aber deswegen haben wir noch lange nicht dem eigentlichen Ganoven das Handwerk gelegt.«

»Hört mal«, versuche ich es wieder. »Ich muss euch wirklich was ganz, ganz Wichtiges ...«

»Gleich, Sanni, das kann warten«, sagt Schmolle und schaut Justus und Marlene an. »Vielleicht können Sie beide uns ja weiterhelfen.«

Justus hustet und sagt dann: »Einen Teufel werde ich tun. Ich hänge nämlich an meinem Leben. Und nicht nur einmal hat Mark zu uns gesagt, wenn wir ein Sterbenswörtchen von uns geben, hängt unser letzter Atemzug nur noch an einem seidenen Faden. Wortwörtlich hat er das gesagt. Man muss bei diesem Menschen vorsichtig sein.«

»Genau deswegen möchte ich ...« Es ist sinnlos, niemand hört mir zu. Alle diskutieren durcheinander.

Dann sind plötzlich alle still, denn eine weitere Person gesellt sich zu uns.

Und mit dieser Person hab ich nun mal gerade gar nicht gerechnet.

20. Kapitel *Um Gottes willen stille, sonst stürzt das Ganze ein.*

Gaetano Donizetti: Don Pasquale
Komische Oper in 3 Akten
2. Akt. 5. Auftritt
(Der Satz ist von Norina, die sagt das zu Ernesto und Malatesta.
Warum die damals alle so komische Namen hatten, wird nicht erklärt.)

»Ich habe sechs und sechs zusammengezählt.« Herr Wurzel ist ganz aufgeregt. Ohne zu fragen, setzt er sich auf einen der herumstehenden Klappstühle. »Ich dachte, wenn ich helfen kann, dann so.« Glücklich nickt er.

»Wie, was?«, frage ich.

Irritiert schaut Herr Wurzel mich an. »Was machen Sie denn hier?«

Fast sage ich: »Ich wohne hier«, kann mich aber im letzten Moment noch zusammenreißen und sage: »Ich war noch spazieren.«

»Ach so.« Herr Wurzel sieht erschöpft aus. »In meinem Leben hat sich etwas getan«, lässt er die Anwesenden wissen, um dann eine kleine Kunstpause einzulegen. Er scheint froh zu sein über das, was sich in seinem Leben getan hat. Was auch immer es ist. Langsam werde ich neugierig. »Ich habe mich zu einem Kurs angemeldet. Ich weiß nun, was eine Maus ist«, erzählt uns Herr Wurzel glücklich. »Ich weiß, um was es sich bei einer rtf-Datei handelt. Und ich kann Worte markieren und schräg stellen.« Er steht auf und kommt auf mich zu. In seinen Augen glitzern erste Tränen. »Ist das nicht wunderbar?«

»Ich freue mich für Sie, Herr Wurzel.« Freundlich nicke ich ihm zu. »Aber was wollen Sie denn hier? Von uns?«

Herr Wurzel kramt in seiner Aktentasche herum und zieht das schon halb aufgegessene Lebkuchenherz heraus. Nur die Mitte ist noch erhalten und der Spruch *Egmont Wurzel vom PK 15 ist eine Nullnummer* gut zu erkennen. Ist mir das unangenehm!

»Was soll das denn?«, fragt Vivian, und Harriet fragt: »Was steht da?«

Schmolle kommt einen Schritt näher. »Das ist doch eins der Herzen, die du bemalt hast, Sanni«, sagt er verwirrt. »Was hat das alles zu bedeuten?«

Herr Wurzel wird blass. »Das haben *Sie* bemalt?« Er deutet mit einem spitzen Zeigefinger auf mich und ist nun fassungslos. »*Sie* haben dieses Lebkuchenherz bemalt! Mit *diesem* Spruch! *Wieso* haben Sie das *getan*?« Er bekommt kaum noch Luft.

»So war das doch gar nicht gemeint«, erkläre ich peinlich berührt.

Erzürnt kommt Herr Wurzel noch näher. »Wie war es denn dann gemeint?« Er fuchtelt mit dem Herz vor meiner Nase herum. »Wie kann man das denn *sonst* meinen, bitte?«

»Aber Sie haben doch selbst zugegeben, dass es stimmt«, versuche ich den lahmen Ansatz einer Rechtfertigung und bemühe mich, aufrecht zu stehen, weil das selbstbewusst und unantastbar wirken soll. Aber es gelingt mir nicht. Meine Schultern hängen ziemlich weit unten. Ich habe Angst.

Spacko scheint meine Angst zu riechen, fürsorglich stellt er sich neben mich und legt einen Arm um meine Schultern. Ich muss, warum auch immer, an den Film *Dirty Dancing* denken, genauer gesagt an die Szene, in der Patrick Swayze zu den Eltern von Jennifer Grey geht und sagt: »Mein Baby gehört zu mir, ist das klar?«, und die Eltern sagen vor lauter Überraschung gar nichts und sind kurze Zeit später sehr stolz, weil ihr Baby so gut tanzen kann und auch sonst ganz plötzlich total erwachsen geworden ist. Aber ich komme mir gar nicht erwachsen vor, sondern eher so wie am Anfang des Films; da sagt Baby nämlich zu Patrick Swayze: »Ich habe eine Wassermelone getragen«, was natürlich total dämlich ist und von ihm auch so aufgefasst wird. Er lässt sie dann auch einfach stehen. Spacko wenigstens bleibt.

»Es stimmt ja auch.« Herr Wurzel setzt sich wieder. »Also, besser gesagt: Es stimmte. Jetzt ist alles anders geworden.«

»Wegen der rtf-Datei?«, fragt Schmolle, und Herr Wurzel nickt.

»Unter anderem.« Nun sieht er fast wieder fröhlich aus. »Ich habe nämlich einen Computerkurs belegt, um es mal getrübt auszudrücken.«

»Herr Wurzel verwechselt ab und an Ausdrücke«, kläre ich die anderen auf.

»Was meinen Sie damit?«, fragt Herr Wurzel.

»Weil es eigentlich *klar ausdrücken* heißt«, antworte ich.

»Was?«, will Herr Wurzel wissen.

»Anstatt *getrübt* heißt es *klar*. Die Redewendung heißt *klar ausdrücken.*«

»Welche Redewendung?«

»Ist doch egal«, mischt sich Justus Prinz ein. »Wen interessieren hier Redewendungen?«

Herr Wurzel hustet. Herr Prinz fragt: »Haben Sie auch Probleme mit dem Rücken?«, aber Herr Wurzel geht gar nicht auf ihn ein und erzählt weiter: »Ich befinde mich gerade in einem massiven Lernprozess. Dieser Lernprozess macht aus mir schnell, aber unsicher einen anderen Menschen. Können Sie das denn nicht begreifen? Es liegt doch alles unter dem Bein!«

»Ist er wahnsinnig?«, will Schmolle leise und ein wenig besorgt von mir wissen.

Ich schüttele den Kopf. »Er kann sich nur nicht korrekt artikulieren«, sage ich.

»Bald wird der Winter kommen. Ich kann ihn riechen«, wirft Spacko unvermittelt ein.

Herr Wurzel fährt heiter fort: »Mark Prinz. Ich weiß nun, wie wir ihn finden können. Während meines Kurses bin ich darauf gekommen, und zwar, weil ich schrecklichen Hunger hatte.«

»Wa'?« Nun scheint auch Lausch-Henry interessiert zu sein. Er hält eine Hand hinter sein rechtes Ohr.

»Der Kurs findet zu sehr ungewöhnlichen Zeiten statt«, sagt Herr Wurzel. »Zu Zeiten, in denen ich normalerweise mein Abendbrot zu mir nehme. Ein, zwei Scheiben Dinkelbrot mit etwas Butter – meine Cholesterinwerte sind nicht die besten –, roher Schinken, Geflügelwurst. Hin und wieder ein paar Gewürzgurken, einmal pro Woche ein hartgekochtes Ei mit Meersalz. Cremig gerührten Frühlingsquark. Ach ja, und ich würde auch so gern mal Käse essen.«

»Ja, ja«, sagt Schmolle.

»Warum tun Sie es denn nicht?«, frage ich.

»Weil ich Käse nicht mag«, ist die Antwort von Herrn Wurzel.

»Warum würden Sie denn gern Käse mögen?« Was ist hier eigentlich los?

»Weil ich ihn dann essen könnte. Schade ist das.«

Mein Magen knurrt.

»Ich will gar nicht wissen, woher die Eier kommen und woher der Schinken«, kommentiert Vivian Herrn Wurzels Essgewohnheiten leise. »Er sieht mir nämlich nicht so aus, als würde er in seiner Funktion als Endverbraucher gesteigerten Wert auf artgerechte Haltung legen. Wenn ich ihm jetzt sagen würde, woher die billigen Eier kommen, keines würde er mehr essen. Das schwöre ich euch.«

»Langsam gehst du mir echt auf den Keks mit deinem glücklichen Viehzeug«, antwortet ihr Chris genervt.

Jetzt wird Vivian wirklich sauer: »Ihr habt alle keine Vorstellung davon, wie es ist, wenn einen die toten Augen einer Sau anstarren, die gerade eben noch quicklebendig auf dem Förderband an einem vorbeigefahren ist. Dann die Salzwiesenlämmer. Ja! Ja! Alles, alles! Wenn wir zu Hause sind, werde ich euch die DVD *Das Brüllen der Rinder* zeigen. Da wird alles erklärt. Dann werdet ihr es verstehen.«

Herr Wurzel wirkt ängstlich: »Ob ich wohl weiterreden könnte? Ich glaube, ich habe nämlich wirklich eine gute Idee.«

Vivian wiehert so verzweifelt auf wie ein Hengst, der gerade im Begriff ist, eine rossige Stute zu bespringen, und dann merkt, dass sich zwischen ihnen ein meterhoher Stacheldrahtzaun befindet, sagt dann aber tatsächlich vorerst nichts mehr.

»Ach Herr Wurzel, nun erzählen Sie schon von Ihrer Idee!«, sage ich. Herr Wurzel kann ja nun wirklich nichts für die bestehende Situation. Der Beamte auf Lebenszeit musste schon genügend Demütigungen hinnehmen.

»Dieses Lebkuchenherz hier«, Herr Wurzel hebt das, was vom Herzen übrig geblieben ist, hoch und zeigt es wie ein Corpus Delicti herum, »damit könnte man ihn suchen.«

»Was soll denn die Scheiße?«, fragt Schmolle und lacht einerseits kehlig, andererseits verzweifelt auf. »Wie dämlich ist denn diese bekackte Idee? Hast du das gehört, Henry, hast du? Woll'n wir mal losziehen und einen untergetauchten Heiratsschwindler mit einem angebissenen Lebkuchenherz suchen? Ich mach mir gleich mal gepflegt in die Hose!«

»Ich habe nämlich ein wenig über Mark Prinz recherchiert. Selbstverständlich während meiner Arbeitszeit«, stolz sieht Herr Wurzel uns an, und wieder begreife ich den Sinn des letzten Satzes nicht.

Wann, wenn nicht während seiner Arbeitszeit, sollte Herr Wurzel denn sonst über Mark recherchieren? Ich zwinge mich, mir einzureden, dass es auch Beamte wie Herrn Wurzel und Menschen wie Mark geben muss, weil das Leben sonst langweilig wäre. Wie ich auf diese Erklärung komme, weiß ich nicht.

»Also, ich hab mir überlegt, dass man doch noch nicht beschriftete Lebkuchenherzen mit einer Art Steckbrief beschriften könnte«, sagt Herr Wurzel, der von seiner Idee sehr begeistert zu sein scheint. Auf seinen Wangen bilden sich kleine rote Flecken. Nun ist er nicht mehr zu bremsen: »In einem Steckbrief steht grundsätzlich drin, welche Person gesucht wird, wie sie aussieht, wo sie zuletzt gesehen wurde. Wie alt sie ist oder wie alt ungefähr, wen sie übers Ohr gehauen hat, was man ihr vorwirft, der Person, welche Augen- und Haarfarbe sie hat, ob sie Narben hat und wo, ob sie vor dem Gebrauch von Schusswaffen haltmacht oder nicht, und so weiter.«

Harriet ist sauer. »Super. Und ich kann wieder nicht mitmachen. Ich kann höchstens Blumen auf die blöden Herzen malen. Es sei denn, jemand bringt mir relativ kurzfristig das Lesen und Schreiben bei.«

»Kannst du nicht mal still sein!«, fährt Vivian sie an.

»Entschuldige bitte, ich habe seit Stunden nichts gesagt!«, kontert Harriet giftig. »Außerdem wäre es nur gerecht, wenn ich mehr sprechen dürfte als die anderen, wenn ich schon Analphabetin bin.«

»Reden Sie weiter«, fordert Schmolle Herrn Wurzel auf, der aber ist nun fertig.

»Das war's«, sagt er, steht auf und streckt sich. »Das wollte ich nur vorschlagen. Mit einem Steckbrief auf Lebkuchenherzen sind wir auf der sicheren Seite.«

»Jedenfalls wär's mal was anderes«, nickt Lausch-Henry. »Ich bin ja immer für neue Wege.«

»Seit wann das denn?«, fragt Schmolle böse. »Du bist doch sonst immer der Ansicht, dass der einzige Weg der ist, der mit Draufhauen beginnt und mit Draufhauen endet.«

»Menschen ändern sich nun mal«, sagt Lausch-Henry

leicht angesäuert und zieht sich daraufhin in ein virtuelles Schneckenhaus zurück.

»Sie meinen also«, wird Herr Wurzel von Schmolle befragt, »dass wir uns hier in der Gruppe hinsetzen und Lebkuchenherzen unterschiedlicher Größe mit Steckbriefen aus Zuckerguss beschriften sollen?«

»Korrekt«, sagt Herr Wurzel knapp wie ein Geschäftsmann im Designeranzug, der handgenähte Schuhe trägt und rohseidene Socken und der gerade ganz souverän dabei ist, den fünfzigsten Millionendeal für diesen Tag abzuschließen.

»Ich wäre Ihnen durchaus verbunden, wenn Sie mir verraten könnten, was das bringen soll.«

Erwartungsvoll schauen nun alle Herrn Wurzel an.

Spacko sagt: »Es riecht nach Schnee. Der Winter wird in diesem Jahr früh kommen.«

»Es ist doch ganz einfach«, sagt Herr Wurzel. »Bekomme ich ein Schlückchen Tee? Meine Kehle ist wie ausgedörrt. Danke. Wenn wir die Herzen verteilen, erfahren wir vielleicht seinen Aufenthaltsort. Und wenn wir den wissen, können wir eine Art Lockvogel auf ihn ansetzen.«

»Was ist denn *eine Art* Lockvogel?«, will Gundula wissen.

»Dann eben keine *Art* Lockvogel, sondern einen Lockvogel«, korrigiert sich Herr Wurzel, der sich ein wenig unverstanden fühlt. »Diesen Lockvogel müssen wir uns natürlich gut aussuchen. Es darf kein beliebiger Lockvogel sein. Es muss jemand sein, der ein sehr gutes schauspielerisches Talent hat. Dieser Lockvogel wird natürlich von uns entsprechend ausgestopft. Wir müssen erreichen, dass Mark Prinz vor diesem Lockvogel all das erzählt und zugibt, was er mit euch getan hat. Dann haben wir endlich Beweise und können ihn festnehmen. Hört ihr alle, wir könnten ihn festnehmen! Das wird meine erste Festnahme. Ich kann es kaum erwarten.«

»Das hört sich gar nicht schlecht an«, sagt Nero. »Um ehrlich zu sein, es hört sich gut an. Nur – wo kriegen wir so einen Lockvogel her? Ich könnte mal meine Theaterkollegen fragen. Und wir müssen jetzt endlich diese Frau finden.«

»Genau«, sage ich. »Es ist nämlich so, dass ...« Ach, ich könnte auch zu einem Teppich sprechen.

Herr Wurzel strahlt: »Die blonde Frau heißt Martina von Kaltenbach, ist 34 Jahre alt und Alleinerbin eines Schnürsenkelherstellers. Einzige Tochter. Das habe ich schon herausgefunden. Im System.«

Gundula ruft: »*Hielten die Schuhe früher nur mit Ach und Krach, nimm Schnürsenkel von Kaltenbach. Ewig halten damit deine Schuhe, und endlich hast du deine Ruhe!* Die Kaltenbach-Schnürsenkel sind aber wirklich gut. Da reißt nichts. Das ist eine exorbitant brillante Qualität.«

Keiner antwortet ihr, weil nämlich alle losschreien. Schmolle am lautesten: »Und das sagen Sie uns erst jetzt! Sind Sie dumm in der Birne oder was? Die Alleinerbin der Schnürsenkel steht möglicherweise kurz vor der Armut oder der Hinrichtung, und dann kommen Sie hier mit der bekloppten Idee an, Steckbriefe in Zuckerschrift zu malen. Sie Hornochse! Wissen Sie wenigstens, wo diese Frau wohnt?«

»So gut kenne ich mich im System noch nicht aus. Ich finde mich erst langsam zurecht. Vielleicht könnte ich das morgen recherchieren. Oder ich rufe einen Kollegen an.«

»Nein, keine Polizei!«, schreit Schmolle. Herr Wurzel

zuckt empfindlich getroffen und in seiner Berufsehre gekränkt zusammen. »Das ist zu auffällig und nützt uns im Moment auch nicht wirklich. Verdammt nochmal. Ganz im Ernst, Herr Wurzel, Sie sind wirklich eine Nullnummer!«

Augenblicklich sinkt Herr Wurzel in sich zusammen. Ich glaube, mehr verkraftet er für den Moment einfach nicht. Gundula stürzt zu ihm und stützt ihn. »Dabei habe ich es doch nur gut gemeint«, ist alles, was er noch herausbringt, bevor er stumm wird wie eine Auster. Jedenfalls vorübergehend.

Die Anwesenden laufen durcheinander wie Mäuse, die im letzten Moment erkannt haben, dass vor ihnen keine Attrappen, sondern ein Dutzend Katzen stehen, die gerade von einer mehrwöchigen Fastenkur zurückgekehrt sind.

Schmolle ruft: »Wir müssen die Adresse rauskriegen!«

Ich sage gar nichts und frage mich gerade, was ich wohl heute in einem Jahr machen werde. Also exakt in einem Jahr. Zu dieser Uhrzeit. Werde ich immer noch bei Gundula wohnen? Werde ich eine Sozialversicherung haben und Steuern zahlen? Werde ich beim Friseur gewesen sein, und kann ich mir eine neue Jeans leisten? Werde ich mal wieder zum Zahnarzt gehen können? Ach herrje, da fällt mir ein, dass ich mich um all diese Dinge unbedingt kümmern muss. Um meinen Personalausweis beispielsweise. Ich brauche meine Geburtsurkunde. Aber die hat Mark. Er hat wirklich ganze Arbeit geleistet. Wie soll ich beweisen, dass ich ich bin? Vielleicht sollte ich mal bei der Stadtverwaltung anrufen und mich beraten lassen. Andere Leute verlieren doch auch mal ihre Geburtsurkunde. Vielleicht liegt der Stadtverwaltung ja ein Abdruck meines Gebisses vor, und der kann verglichen werden. Aber kurz nach meiner Geburt hatte ich ja noch gar kein Gebiss. Ich bin ratlos, traue mich aber auch nicht, die anderen gerade jetzt um Hilfe zu bitten, weil ich dann möglicherweise für verrückt erklärt werde. Schmolle zumindest würde ausrasten. Immerhin geht es um Leben und Tod.

»Meine Jungs scheinen alle unterwegs zu sein.« Lausch-Henry hebt nach mehreren Telefonaten entschuldigend beide Hände. »Ich erreiche keinen. Vielleicht sind sie beim Boxen in der *Ritze* oder so. Aber da geh ich nicht hin. In die *Ritze* bekommt mich niemand mehr. Die *Ritze* betrügt.«

»Die *Ritze* ist deine *Stammkneipe*«, sagt Schmolle verwundert. »Wieso betrügt sie jetzt auf einmal? Seit Jahrzehnten hockst du da am Tresen.«

»*Hockte*«, wird er von Lausch-Henry korrigiert. »Aber diese Zeiten sind endgültig vorbei. Ich sollte meine Rechnungen bezahlen.«

»Henry, das ist doch das gute Recht von den Leuten! Du hast seit fünfzig Jahren dort Rechnungen offen. Nie hast du gezahlt.«

»Ich dachte, wir wären Freunde«, sagt Lausch-Henry bitter. »Aber seine wahren Freunde lernt man erst kennen, wenn es um Geld geht. Aber nicht mit mir. Über fünftausend Euro wollen die von mir. Dabei hab ich immer nur so sechs, sieben Bier am Abend getrunken.«

»Jeden Abend!«

»Ja und? Dann eben jeden Abend. Das war ja auch meine Stammkneipe. Außerdem hatte ich denen auch mal Geld geliehen.«

»Das war noch zu D-Mark-Zeiten, und es waren zwei Groschen für die Parkuhr.«

»Ich hab's aber nicht wiederbekommen«, beklagt sich Henry. »Mir wurde gesagt, das würde verrechnet werden. Ich finde das ziemlich dreist. Da ist man mal gutmütig und spendabel, und dann so etwas. Ich habe jedenfalls für mich die einzig logische Konsequenz gezogen, und die heißt Boykott der *Ritze.*« Er nickt bekräftigend und scheint die Sache durchziehen zu wollen.

Mausi, die sich bislang nicht an unserem Gespräch beteiligt hat, weil sie die Stöpsel ihres iPods in den Ohren hatte, sagt: »Ich muss los. Zu meinem Job.«

»Welcher Job denn?«, frage ich. Hat sie mit Spackos Bude nicht genug zu tun? Ach ja, sie hat ja was von einem Nebenjob erwähnt.

»Ich babysitte geilcool«, werde ich informiert. Und dann sagt Mausi: »Bei Martina. Das ist äääächt so 'ne voll Reiche. Mit 'nem eigenen Flugzeug und so. Und heute Abend geht sie mit ihrem neuen Macker weg und ich da hin.«

21. Kapitel

Ihr habt's gehört! Sein frevler Mund tat das Bekenntnis schrecklich kund.

Richard Wagner: Tannhäuser
2. Aufzug, 4. Auftritt
(Es spricht der Landgraf, Sänger und Ritter, dann kommt Elisabeth, dann wieder der Landgraf, Sänger und Ritter, dann wieder Elisabeth, dann wieder er, und so geht das eine ganze Weile weiter, ohne dass man eine Lösung findet.)

»Was redest du da?«, schreit Schmolle erregt und packt Mausi an den Schultern, um sie am Weggehen zu hindern.

»Ej Mann, ej, hörst du schwer? Ich *ba-by-sitte.* Das ist doch voll einfach zu begreifen, find ich äääächt.« Mit verschleiertem Blick stiert Mausi in die Runde.

»Wo wohnt diese Martina? Sprich jetzt, sprich endlich!«

Fünf Minuten später wissen wir, dass es sich bei Martina in der Tat um Martina Kaltenbach handelt, und man diskutiert darüber, wie man nun weiter vorgehen soll.

»Ich wüsste was, ej«, sagt Mausi, immer noch völlig ungerührt. »Ich weiß nämlich, dass die 'ne Putzfrau sucht. Die hat mich schon gefragt, ob ich jemanden kenne, aber ich kenn ja keine Putzfrauen. Da könnte einer von euch als Putzfrau anfangen. Das wär doch 'ne Lösung.«

»Und dann?«, frage ich.

»Natürlich!«, schreit Schmolle. »Als Putzfrau!«

»Und dann?«, frage ich, weil ich es wirklich wissen will. Ich sehe nämlich überhaupt noch keine Lösung. Noch nicht mal ansatzweise.

»Nero! Jetzt bist du am Zug. Du musst wirklich jemanden vom Theater mobilisieren. Am besten eine etwas minderbemittelte Frau um die fünfzig, die gebrochen Deutsch spricht. Jemanden aus dem Irak oder so. Oder aus Polen. Russland. Eine Frau mit einem unreinen, großporigen Hautbild. Eine Warze ist auch okay. Es muss jemand sein, dem diese Martina vertrauen kann.«

»So jemanden kenne ich nicht«, sagt Nero.

»Ich muss jetzt echt los, ej.« Mausi wird ungeduldig.

»Gleich.« Schmolle baut sich vor ihr auf. »Du wirst dieser Martina sagen, dass du jemanden kennst, der bei ihr putzen kann. Sag ihr … sag ihr, dass diese Frau sich bei ihr vorstellen will. Dass sie sich heute noch melden kann.«

»Warum diese Eile?«, fragt Gundula.

»Jede Sekunde zählt«, entgegnet Schmolle mit Pathos. »Ich möchte nicht, dass dieser Herr Prinz auch noch eine Schnürsenkelfabrik und ein Flugzeug bekommt.«

»Wir dürfen wirklich keine Zeit mehr verlieren«, nehme ich einen erneuten Anlauf. »Ich war nämlich vorhin noch bei Kaisers, deswegen bin ich später gekommen, aber das hat euch ja gar nicht interessiert, jedenfalls habt ihr nicht gefragt. Egal, die Kaisers jedenfalls haben gesagt, dass …«

»Sanni, gleich«, wiegelt Schmolle meinen Mitteilungsversuch ab. »Lass uns das Ding jetzt durchziehen. Hilf doch mal mit! Immer stehst du nur dumm dabei und tust nichts.«

Chris geht auf ihn zu: »Kannst du Sanni nicht mal in Ruhe lassen? Dauernd bist du am Meckern. Ich finde das nicht witzig. Du mischst dich in unsere Angelegenheiten, willst alle Geschichten über Mark hören, lachst über uns, die wir dir unsere Privatsphäre offenbart haben, aber wirklich passiert ist noch nichts.«

»Du hast recht, Chris, es muss vorangehen«, Schmolle denkt schon wieder nach. »Wir müssen nur zusammenhalten. Es gibt für alles eine Lösung.«

Ja, nur nicht für Mark Prinz, das Problem.

»Wir kriegen das irgendwie alles hin.« Gütig sieht Schmolle uns an. »Auch Lausch-Henry wird uns dabei helfen. Er ist bei so was immer dabei und hellwach bei der Sache!«

Ich gucke zu Lausch-Henry rüber, der inzwischen ein Nickerchen macht und in seinen Träumen bestimmt nach einem Ausdruck für das Haar der Angoraziege oder dem radlosen Holzpflug aus der früheren Zeit sucht, vielleicht auch danach, wie man ein Dörrobstschnitzel sonst noch nennen kann. Oder einen Vanillekeks.

»Du«, Schmolle deutet mit seinem linken Zeigefinger erregt auf Nero, »rufst jetzt deine Theaterleute an. Die sollen ruck, zuck hierherkommen, mit Klamotten und so 'ner Schminktante. Aber unverzüglich sollen die hier antreten.«

Nero nickt und holt sein Handy hervor.

»Almut kommt gleich«, sagt er kurze Zeit später. »Almut bringt Sachen aus dem Theater mit. Almut ist eine Kollegin.«

»Kann ich jetzt gehen?«, fragt Mausi.

»Gib mir deine Handynummer. Du weißt, was du zu tun hast.« Schmolle ist immer noch außer sich.

»Ja, ja.« Mausi dreht sich um.

»Du rufst mich gleich, wenn du mit dieser Martina gesprochen hast, auf meinem Handy an. Speichere die Nummer ab. Dann werde ich dir weitere Instruktionen geben. Alles klar?«

Mausi nickt und macht sich auf den Weg Richtung Elbchaussee, wo Martina wohnt.

Und dann kommt Almut.

Auf der Stelle bekomme ich Angst vor ihr.

Almut hat stechende Augen, die unruhig herumblicken. Almut hat keinen Kopf, sondern einen ausgewachsenen Planeten auf ihren Schultern sitzen. Ihre strubbeligen Haare stehen ab, und ein klein wenig sieht es so aus, als seien Meteoriten in dem Schädel eingeschlagen, die eine Spur der Verwüstung hinterlassen haben. Almuts Oberkörper ist kein Oberkörper, sondern ein Münchner Stadtteil. Aber am entsetzlichsten sind ihre Füße. Almut trägt nämlich Flip-Flops, und deswegen kann man die gelben Zehennägel und die Hornhaut, die schätzungsweise fünfzehn Zentimeter dick ist, bestens erkennen.

»Ich hab ein paar Sachen mitgebracht. Können wir mal schauen, was am besten passt.«

Schmolle kommt näher und zieht ein giftgrünes Teil aus dem Koffer, das ein Apfel sein soll, wie er von Almut erklärt bekommt. Aus *Wilhelm Tell.*

»Das kommt schon mal nicht in Frage«, sagt Schmolle. »Ein Apfel! Wir brauchen doch ein Putzfrauenkostüm. Eine Putzfrau kann doch nicht als Apfel da auftauchen und die Böden feudeln.«

»Das stimmt«, meint Justus. »Sehschwache Bewohner des Hauses könnten den Apfel annagen. Das würde keinem nützen.«

Uns werden nacheinander ein Umhang des Zauberers von

Oz, ein Dirndl in Signalfarben sowie ein Kostüm feilgeboten, dessen Träger beim Theater eine Aluminiumjalousie darstellen musste.

»Also, ich weiß nicht«, sagt Marlene unsicher. »Meine Zugehfrau hat nie so etwas an. Außerdem bekommt man diese Lamellen bei Jalousien nie richtig sauber. Man schiebt den Schmutz in die Ecken, und dann hat man verloren.«

»Wir haben doch gar keine Jalousien«, entgegnet Justus und hustet.

»Ist das alles?«, fragt Schmolle streng.

»Eins hab ich noch.« Almut zieht einen weiteren Stoff aus dem Koffer. »Hier, bitte.«

»Was ist das?« Misstrauisch wird das schwarze Teil von Schmolle begutachtet.

»Das ist ein Tschador«, erklärt Almut ihm stolz. »Der wird von muslimischen Frauen getragen.«

»Hier gibt es keine muslimischen Frauen«, sagt Vivian.

»Im Theater gibt es Frauen aller Couleur. Finnische Klageweiber, die den Schlüssel zur Sauna verloren haben, Frauen, die Fallschirmjäger werden wollen, Frauen, die sich in Lametta verlieben, oder Frauen, die hysterisch nach Mehlspeisen mit Rosinenanteilen brüllen. Es kommt immer auf den Regisseur an. Was der Regisseur will, das wird gespielt. Ich gebe zu, dass einige von ihnen manchmal ein wenig verrückt sind.«

»Das ist richtig«, sagt Nero wichtigtuerisch, als hätte er jemals in einer Hauptrolle den Lametta gespielt.

»Was ist denn in dem anderen Koffer drin?«, fragt Harriet neugierig.

»Perücken und so. Warzen und so. Hakennasen und so.«

»Auch ein unreines Hautbild?«, will ich spaßeshalber wissen, aber Almut nickt.

»Natürlich«, versichert sie mir streng und ein wenig so, als sei die Frage absolut überflüssig. Zum Beweis hält sie mir einen Gummilappen unter die Nase. »Der wird über das Gesicht gelegt und am Hinterkopf mit Gummibändern fixiert.« Almut nickt bekräftigend. »Möchten Sie es mal ausprobieren?«

»Nein«, sage ich schnell, aber nicht schnell genug, das »Ja!« der anderen kommt schneller. Die verwunderten Ausrufe, nachdem Almut mir das unreine Hautbild aufs Gesicht geklatscht hat, sind noch euphorischer.

»Unfassbar!«, schreit Chris. »Du siehst aus wie eine vom Leben gezeichnete, verhärmte Frau.«

»Sie *ist* vom Leben gezeichnet«, wird er von Harriet korrigiert.

Spacko sagt: »Das ist sehr, sehr unhöflich.«

»Aber wahr!«, ruft Chris und klatscht grenzdebil in die Hände.

»Es ist perfekt!«, schließt Nero sich ihm an. »Wir haben unsere Putzfrau!«

»Moment mal«, ich zunzele an den Gummibändern herum. »Das war so doch gar nicht abgesprochen. Niemals hab ich gesagt, dass ich diejenige sein werde, die …«

»Authentizität ist das Zauberwort«, sagt Gundula gütig. »Und so bist du authentisch.«

Ich zunzele immer noch an den Bändern herum. »Soll das heißen, mit reiner Haut habt ihr mich nicht ernst genommen?«

Man bleibt mir die Antwort schuldig, weil Almut nun komplett in ihrem Element ist und eine Perücke mit langen schwarzen Haaren hervorzieht. »Die rundet das neue Erscheinungsbild komplett ab.«

Das Teil wird mir auf den Kopf gesetzt und riecht nach Mottenpulver. Ich beschließe, mich überhaupt nicht mehr zu äußern, weil es ja doch nichts bringt.

Herr Wurzel geht zu den Koffern, um ein wenig darin herumzuwühlen. »Ich brauche das jetzt zur Beruhigung«, sagt er zu Gundula. »Oh«, kommt es kurze Zeit später. »Was ist das?«

Almut gesellt sich zu ihm. »Ach, du liebe Zeit«, sagt sie. »Die hatte ich ja ganz vergessen. Die muss ich ja noch zum Völkerkundemuseum zurückbringen.«

Herr Wurzel hält diverse Pfeile und einen Bogen hoch.

»Das sind echte Betäubungspfeile«, erklärt ihm Almut. »Für viele unserer Regisseure muss alles hundertprozentig authentisch sein, sprich der Schauspieler musste tatsächlich betäubt werden. Irrsinn, oder? Das durfte natürlich keiner wissen, sonst hätten wir die Behörden auf dem Hals gehabt. Jedenfalls sind das echte Pfeile mit echtem Gift. Nicht tödlich natürlich.«

»Sie sehen alt aus«, sagt Herr Wurzel.

»Ich bin sechsunddreißig«, sagt Almut zornig. »Das ist noch nicht allzu alt. Vielen Dank auch.«

Herr Wurzel hält es wohl für besser, dieses Missverständnis nicht aufzuklären, weil er keine neuen Missverständnisse will. Interessiert widmet er sich den Pfeilen und dem Bogen. »Ich war mal Jugendkreismeister im Bogenschießen«, wird

Gundula informiert. »Damals ging es noch, damals ging es noch.«

Spacko sagt, warum auch immer: »Wir sollten beruhigende Musik hören. Musik ist Balsam für die Seele. Lasst uns das Radio anmachen.«

Herr Wurzel fuchtelt mit einem der Pfeile herum: »Ich hatte auch schon mal mit dem Radio zu tun. Da wurde auf dem Rathausmarkt eine Umfrage gemacht, man wollte wissen, wie viel Geld ich so für Weihnachtsgeschenke ausgebe.« Erwartungsvoll macht er eine Pause.

Höflich fragt Vivian: »Und, wie viel Geld geben Sie so aus?«

»Gar keins«, sagt Herr Wurzel traurig. »Ich habe niemanden, den ich beschenken könnte. Noch nicht mal Kollegen. Das Einzige, was wir auf der Wache immer machen, ist Wichteln. Also Julklapp. Das dürfen aber keine neuen Sachen sein, sondern gebrauchte. Also solche, die jeder von uns zu Hause schon hat und nicht mehr braucht.«

Ich muss mir vorstellen, wie die Kollegen auf der Davidwache in ihren Uniformen dasitzen und wichteln, und finde das irgendwie rührend. Vielleicht heult der eine oder andere knallharte Kripobeamte vor Freude laut auf und klatscht in die Hände, weil er das schönste Wichtelgeschenk von allen, nämlich ein Stück Rosenseife, das ein anderer Kollege mal 1971 aus einem Salzburger Romantikhotel mitnahm, bekommen hat. Dass die Seife nach dem Öffnen der Verpackung bröckelt und gar nicht mehr reinigt, ist eine andere Sache. Und der andere freut sich über einen morschen Zollstock mit der Werbeaufschrift *Wir hängen die Messlatte hoch,* die die Baufirma vor Ewigkeiten jemandem zum Richtfest seines Einfamilienhauses geschenkt hat.

»Wie schön. Eine lustige Idee«, sagt Schmolle. »Sicher fanden Sie es sehr schön, sich im Radio zu hören.«

Herr Wurzel räuspert sich verlegen. »Mein Beitrag wurde als einziger rausgeschnitten. Man meinte, meine Aussage sei zu deprimierend für die Vorweihnachtszeit. Das würde den Verbraucher irritieren, und dem Einzelhandel könne man das auch nicht zumuten.«

»So ist das in der Medienbranche nun mal«, kommt es altklug von Spacko. »Mal wird was gesendet, mal nicht. Die guten Sachen werden aber meistens gesendet. Warum sollte man auch hundsmiserable Sachen senden?«

»Ach so«, sagt Herr Wurzel.

Gundula fragt ihn besorgt: »Geht es wieder, geht es jetzt wieder?«, und Herr Wurzel antwortet mit dünner Stimme: »Nein, nicht wirklich«, und lässt sich erneut stützen.

Schmolles Handy klingelt.

Spacko sagt: »Hier riecht es nach Ahoj-Brausepulver. Das erinnert mich an meine Kindheit. Das Pulver hat die Zunge verfärbt, und im Mund hat es immer so Bläschen gegeben. Es waren schöne Zeiten.«

Schmolle beendet sein Gespräch: »Morgen um halb zehn kann sich die Zugehfrau vorstellen.«

»Warum nicht heute?«, fragt Nero. »Was ist, wenn heute Abend der entscheidende Abend ist? An dem diese Martina unserem Exmann ihr Vermögen überschreibt. Dann steht sie dumm da. Und wir auch. Aber wir stehen ja sowieso dumm da. Dümmer geht es nicht.«

»Die waren schon am Gehen«, sagt Schmolle und zuckt mit den Schultern. »Übrigens ist euer verehrter Exmann schon bei der Kaltenbach eingezogen. Hat Mausi gesagt.«

»Ich muss euch jetzt wirklich was erzählen!« Diesmal rufe ich, weil ich merke, dass jede Sekunde zählen könnte. Als ich schon wieder ignoriert werde, stoße ich einen Schrei aus, von dem ich hoffe, dass er die Anwesenden zur Aufmerksamkeit auf meine Person verleiten könnte.

»Spinnst du jetzt, Sanni, oder was?« Schmolle ist richtig erschrocken.

»Ich spinne nicht!«, schreie ich. »Ich möchte lediglich, dass ihr mir zuhört. Aber ihr missachtet mich! Hört! Jetzt! Zu!«

Und dann kann ich endlich alles erzählen.

Schmolle ist danach stinksauer auf mich. »Wie blöd kann man sein, wie blöde? Sanni, ganz im Ernst, jemand schwebt möglicherweise in Lebensgefahr, und du stehst da stumm wie ein Eimer. Los, zum Haus der Kaltenbach!«

»Ich wollte doch dauernd etwas sagen«, fange ich an und merke schon wieder, dass mir niemand zuhört, obwohl ich wegen der Perücke und der grauenhaften Maske sehr entstellt aussehe. So viel dazu.

»Ist das alles entsetzlich«, sagt das Möhrchen und ist ganz blass und aufgeregt. »Das ist ja noch entsetzlicher als der Anruf, den ich vorhin bekam, als du noch nicht bei uns warst. Frederik war dran, stell dir vor, der Titus hat Albträume gehabt. Er hat von saftigen, grünen Wiesen, Sonnenschein und kleinen Elfen mit filigranen Schmetterlingsflügeln geträumt, die in einem Zauberbach in Diamanten gebadet haben. Das hat der Kleine nicht verkraftet. Als es dann im Traum noch Schokoladenblumen regnete, war es ganz aus. Mein armer Sohn ist schreiend aufgewacht und hat nach verwesenden, fünfköpfigen Gnomen gebrüllt.«

»Wie leid mir das tut«, versichere ich dem Möhrchen.

Schmolle, der die ganze Zeit stirnrunzelnd auf und ab gegangen ist, bleibt nun stehen, schaut kurz in den Himmel, räuspert sich dann, und während Justus zur Bestätigung hustet, sagt Schmolle: »Wir machen das.« Nun sieht er mich an. »Sanni, bist du bereit?«

»Moment mal. Wer hat denn davon gesprochen, dass ...«

»Du bist die Vernünftigste von allen hier. Ich möchte auf Nummer sicher gehen. Hör jetzt auf zu diskutieren.«

Herr Wurzel löst sich von Gundula und baut sich erregt vor Schmolle auf: »Wir können das arme Ding doch nicht alleine in den Bau des Panthers gehen lassen.«

»Nein«, sage ich leise und überlege, die Perücke und das unreine Hautbild abzusetzen, damit es aufhört zu jucken. Aber vielleicht ist es ja ganz gut, wenn ich mich kratze. Falls mich doch jemand erwischt, könnte ich behaupten, Läuse würden in meinen Haaren und in meinem Gesicht wohnen. Das wirkt dann mit Sicherheit auch authentisch.

»Natürlich geht sie nicht alleine«, wiegelt Schmolle ab und zückt sein Handy, um ein Taxi zu rufen.

Ich bin aufgeregt. Die Idee, dass ich die Putzfrau spielen soll, behagt mir immer noch nicht, aber wenigstens passiert nun endlich etwas.

»Huuuäh!«, sagt jemand, und schnell drehe ich mich um. Natürlich gehört die Stimme zum Titus. Er hockt auf Frederiks Arm und sieht aus, als hätte er zum ersten Mal in seinem Leben schreckliche Angst. Oscar steht daneben und starrt mich an.

»Titus, mein armer Junge!«, schreit das Möhrchen. »Ich bin eine schlechte Mutter, ich hab dich alleine gelassen und war nicht bei dir, um die Schokoladenblumen und die Elfen zu verjagen. Elfen sind böse, böse, böse. Fünfköpfige Gnome sind toll, toll, toll!« Es klatscht in die Hände, während der Titus nun lauthals anfängt zu heulen. Dabei deutet er auf mich und zittert am ganzen Körper.

»Um Gottes willen«, sagt Frederik und schaut zu Oscar hinüber. »Wird die Geisterbahn gerade renoviert, oder warum steht dieses Monster hier?« Der Titus schreit immer lauter.

»Sehr gut, sehr gut«, Schmolle strahlt. »Ihr erkennt sie nicht. Das ist perfekt. So muss das sein. Und jetzt auf in den Kampf! Es geht um Leben und Tod!«

Sofort ist der Titus still. In freudiger Erwartung sieht er sich um. In einem Anflug von grausamem Sadismus forme ich meine Hände zu Krallen und gehe mit zischenden, gurgelnden Lauten auf den Titus zu.

»Gnom, Gnom, Gnom!«, schreit der Titus und juchzt auf. Wie schnell der Junge doch neuen Situationen etwas Positives abgewinnen kann!

22. Kapitel

Unglückseeliger Prinz, wie lange sollt du noch ohne Ruhe leben […] Aber ich schwöre, ehe die Sonne ihre Reise von Osten in's Westen gethan, will ich mich an ihm rächen.

Erläuterungen und Dokumente
William Shakespeare: Hamlet
III. Der Stoff und seine Tradition, 3. Der bestrafte Brudermord, Fünfter Act, Scene I.
(Die hatten damals noch die alte Rechtschreibung oder die Rechtschreibung vor der alten oder neuen Rechtschreibung oder so. Jedenfalls haben die damals das so geschrieben. Herrje, man wird ja wohl noch Anmerkungen machen dürfen.)

»Ich fahre mit Sanni«, sagt Schmolle geschäftig. »Ihr werdet euch anderweitig beschäftigen müssen.« Er geht schon wieder auf und ab.

»Spinnst du?«, fragt Nero fassungslos. »Sollen wir hier hocken und Däumchen drehen?«

»Tatsache ist, dass wir nicht alle in diese Elbchaussee fahren können. Das ist doch viel zu auffällig«, sagt Schmolle.

»Hauptsache, *du* kannst fahren«, meint Vivian sauer. »Obwohl du ja eigentlich von uns allen am allerwenigsten beteiligt bist. Mark ist doch *unser* Exmann.«

Letztendlich bestellt Schmolle dann doch zwei Großraumtaxis, weil ihm die Gruppe mental zusetzt und ihn, wie er mir versichert, in extreme psychische Gewissenskonflikte bringt. Ich finde, dass wir zu viele sind, verzichte aber darauf, das kundzutun, weil es Schmolle ja sowieso klar ist. Aber ich will nicht, dass er sich noch mehr aufregt. Der arme Mann. Ich habe sein ruhiges, beschauliches Leben vollends auf den Kopf gestellt. Wäre ich nicht, würde vielleicht die Oma sogar noch leben. Andererseits kann Schmolle froh sein, mich zu haben – immerhin habe ich die Idee mit den tollen Lebkuchenherzsprüchen gehabt.

»Na dann, viel Glück«, Almut nickt uns zu. »Ich weiß zwar immer noch nicht, um was es genau geht, aber ich will es auch gar nicht wissen. Manchmal ist es besser, im Dunklen zu tappen, so macht man sich nicht strafbar.«

»Unwissenheit schützt vor Strafe nicht«, sagt Spacko weise.

»Von mir aus«, schnaubt Almut. »Ich hab nichts Unrechtes getan. Die Sachen hol ich morgen ab. Das Wetter wird sich nämlich verändern.«

»Was hat das denn mit den Sachen zu tun?«, fragt Gundula freundlich, aber auch ein Stück weit irritiert.

»Ich merke jede Wetteränderung im Kreuz«, sagt Almut böse, und Justus nickt und ruft: »Das kenne ich!«, um dann zu husten, während Almut uns verlässt.

»Hamburg ist wirklich schön, wenn es dunkel ist«, sagt Harriet, während wir in Richtung Elbchaussee fahren. »Die schönen alten Häuser, wenn die von innen beleuchtet sind, kann man reinschauen und sieht die tollen Kronleuchter. Natürlich nur, wenn sie angeschaltet sind. Und man sieht auch die Leute in den Wohnungen herumlaufen. Natürlich nur, wenn sie zu Hause sind. Manchmal kann man auch sehen, wie sie den Tisch decken, oder sie kommen gerade aus dem Badezimmer und haben ein Handtuch wie einen Turban ums noch feuchte Haar geschlungen, natürlich nur, wenn sie sich die Haare gewaschen haben. Und dann sieht man lachende Kinder, die einen Turm aus kleinen Bauklötzen bauen, natürlich nur, wenn sie einen Turm bauen wollen, und oft sieht man auch Männer, die Herrenwohlfühlanzüge tragen, und man sieht …«

»Kannst du jetzt mal deine dämliche Klappe halten?«, kreischt Spacko plötzlich los, was mich ein wenig irritiert, weil er sich sonst ja nicht so leicht aus der Ruhe bringen lässt. »Das hier ist eine ernste Angelegenheit, wir müssen uns konzentrieren! Das Geschwätz macht Sie doch bestimmt auch total verrückt«, sagt er zum Taxifahrer, der aber nur grimmig den Kopf schüttelt und sagt: »Fahren Sie mal dreißig Jahre Taxi, dann wundern Sie sich über nichts mehr.«

»Seht ihr«, sagt Harriet beleidigt.

»Damit will ich allerdings nicht sagen, dass Sie mir nicht auf den Keks gehen«, fügt der Taxifahrer dann noch hinzu, und Harriet starrt daraufhin beleidigt aus dem Fenster.

Endlich sind wir in der Elbchaussee angekommen.

»Ob es klug war, direkt vor dem Haus zu halten?«, frage ich Schmolle vorsichtig.

»Scheiße. Natürlich war das nicht klug. Geht alle auf die andere Seite. Los, los!«

Die Anwesenden werden nach der Bezahlung des Fahrers wie Vieh über die Straße getrieben, mit dem einzigen Unterschied, dass die männlichen Viecher keinen Ring in der Nase haben. Ich stolpere fast in meinem Tschador, und unter der Maske wird es mir langsam warm.

Dann stehen wir vor dem Schnürsenkelhaus beziehungsweise vor dem schmiedeeisernen Tor. Über dem Klingelschild ist eine Kamera angebracht, und das Tor selbst ist so hoch, dass man noch nicht mal mit der Hilfe eines Trampolins die Möglichkeit hätte darüberzuspringen.

»Und jetzt?«, wispere ich in Schmolles Richtung.

Oscar sagt: »Hier war ich, glaub ich, schon mal. Ich meine, aus diesem Haus hier hätten wir mal jemanden entführt. Aber die Geiselnahme ging, glaub ich, unblutig zu Ende. Die Leute haben gezahlt, und alles war gut. Die Geisel müsste aber zwischenzeitlich auch schon pensioniert worden sein. Gott, ist das alles lange her. An solchen Dingen merkt man einfach, dass man in die Jahre kommt.«

»Bäume haben dieses Problem nicht«, erklärt Frederik ihm ernst. »Es gibt Bäume, die erreichen ein sehr hohes Alter. Eine Fichte in Schweden ist schätzungsweise knapp zehntausend Jahre alt. Sie ist der älteste Baum der Welt. Das wurde mit Hilfe der Radiokohlenstoffdatierung festgestellt. Was diese Fichte wohl schon alles gesehen hat. Krieg und Leid. Vielleicht sogar Cäsar.«

»Oh«, macht Nero.

»Interessiert ihr euch für Radiokohlen ...«

»Nein«, unterbricht Schmolle ihn. »Vielleicht später. Jetzt müssen wir ins Haus. Es ist schon fast Mitternacht. Nicht dass die bald wieder zurückkommen. Das wäre nicht so gut.« Er friemelt an seinem Handy herum und scheint Mausis Nummer einzutippen. »Wir sind da«, sagt er dann.

Ich höre Mausi mit ihrer schrillen Stimme irgendetwas zetern, und ein paar Sekunden später öffnen sich die beiden Torbögen geräuschlos, und wir gehen eine Auffahrt entlang. Der Boden ist mit Kies ausgelegt, es knirscht.

»Es ist wie in einem Gruselfilm, findest du nicht, Sanni?«, wispert Spacko und greift nach meiner Hand. Ich nicke.

»Ach, ach«, macht Herr Wurzel schon wieder leidend. Er lässt sich mittlerweile fast von Gundula tragen und beginnt, mir ein wenig auf die Nerven zu gehen, was ich aber natürlich nicht laut zu sagen wage. Womöglich kippt er uns noch um, und wir müssen auf einem fremden Gelände Erste Hilfe leisten. Ich weiß nicht mal, wie man das macht. Lediglich von einer stabilen Seitenlage hab ich mal was gehört, kann aber auch hier nicht hundertprozentig sagen, wie die funktioniert.

Und dann kann ich nicht mehr weiter über Erste Hilfe nachdenken, denn vor uns steht plötzlich ein hell erleuchtetes Haus. Was sage ich Haus, es ist ein Palast. So muss Dornröschen gewohnt haben. Das Haus ist weiß, hat ganz viele Erker und eine Veranda! Wenn es hier jetzt auch noch Schaukelstühle gibt, werde ich durchdrehen. Dann nämlich möchte ich mir unverzüglich ein Kleid mit Reifrock anziehen, mich meiner Stickerei widmen und von farbigen Dienstboten Getränke und Maisbrötchen serviert bekommen, während mein Mann im Bürgerkrieg um den Erhalt von South Carolina kämpft. Mir werden die Hitze und der Staub hier auf meiner Plantage in der Nähe von Charleston nichts ausmachen, auch nicht die giftigen Schlangen und das Sumpffieber. Nichts wird mir etwas ausmachen, Hauptsache, ich kann in meinem Schaukelstuhl sitzen und die Veranda auf mich wirken lassen.

Es gibt tatsächlich Schaukelstühle, aber ich komme nicht dazu, mich auf einem von ihnen niederzulassen, denn eine Tür geht auf, und Mausi steht vor uns und sagt: »Ej Mann, ej, äääächt, wie lang hat denn das gedauert!«

Schmolle tritt einen Schritt nach vorn und erweckt fast ein wenig den Anschein, als sei er ein Plantagenbesitzer. Wenn Spacko sich jetzt etwas umdreht und sich die beiden gegenüberstehen, könnte das glatt so aussehen, als fordere einer von beiden Genugtuung im Duell.

»Ich warte seit Stunden, ej«, übertreibt Mausi.

»Es ging nicht eher«, sagt Schmolle. »Können wir jetzt bitte reinkommen?«

»Alle? Spinnst du oder was? Und wer ist die da eigentlich?« Sie deutet auf mich.

Mausi ist das gar nicht recht, was ich nachvollziehen kann. Wäre ich an Mausis Stelle, würde ich mir das auch gut überlegen. Andererseits ist Mausi anders als andere Menschen, und nachdem ich mir kurz das unreine Hautbild hochgeschoben habe, um mich zu erkennen zu geben, stehen wir eine halbe Minute später in einer riesigen Eingangshalle. Ich muss wirklich sagen, dass ich schwer beeindruckt bin, obwohl ich auch nicht gerade in einem kleinen Haus aufgewachsen bin. Aber dieses scheint extrem bombastische Ausmaße zu haben. Würde man diese Halle mit Eis auslegen, könnte gut und gern eine mitteldeutsche Kleinstadt hier Schlittschuh laufen. Selbst für Glühweinbuden und meinetwegen auch für Lebkuchenherzenbuden wäre noch ausreichend Platz. Apropos Lebkuchenherzen: Ich muss unbedingt mit Schmolle über meine berufliche Zukunft sprechen. Und verflixt nochmal, mein Ausweis!

Ich muss mich dringend um diesen ganzen Kram kümmern, aber wann? Wie hat Mamsi immer gesagt: »Immer einen Schritt nach dem anderen.« Gut. Also mache ich das jetzt so. Ich darf es aber nicht vergessen.

»Wann kommen die wieder?«, fragt Schmolle und sieht Mausi durchdringend an.

»Ej Mann, keine Ahnung, äääächt nicht, aber die sind ja gerade erst weg. Euer Glück, würd ich mal sagen. Der Herr Prinz wollte die Frau Kaltenbach geilcool überraschen.«

»Womit?«, fragen wir durcheinander. Ich weiß es, ich weiß es – garantiert mit einem Heiratsantrag oder gleich mit einem Mord. Die nötigen Formulare hat er bestimmt schon dabei, die nötigen Tötungswerkzeuge auch.

»Wo sind sie hingegangen, wohin?«, fragt Schmolle.

»Keine Ahnung, ej«, sagt Mausi.

»Ja, hättest du denn nicht mal fragen können!«, wird sie von ihm angekeift.

»Das ist doch voll auffällig, ej«, blafft Mausi zurück. »Ich hab die noch nie gefragt, wo sie hingeht, da kann ich doch wohl ausgerechnet heute schlecht mit anfangen oder was! Wie sieht denn das aus?«

Das Möhrchen greift sich an die Schläfen: »Und das will eine Mutter sein? Lässt ihre Kinder bei einer Wildfremden und geht einfach so aus, um sich zu amüsieren? Ist denn das die grauenhafte Möglichkeit?«

»Wieso?«, fragt Harriet. »Du hast den Titus doch auch bei Fremden gelassen.«

»Aber jetzt ist er hier bei mir, nur das zählt«, erklärt das Möhrchen. »Mein Junge weiß instinktiv, wann es an der Zeit ist, zu mir zurückzukommen. Ganz anders als diese Mutter, die hier wohnt. Sie geht und lässt ihre Kinder allein!«

»Welche Kinder?« Tumb glotzt Mausi das Möhrchen an. »Die hat doch gar keine Kinder«, sagt sie.

»Ja, wieso bist du denn dann hier zum Babysitten?«

Nun begreift keiner mehr etwas.

»Na, wegen Attila.«

»Wer ist Attila?«

»Na, Attila ist Frau Kaltenbachs Dominikanischer Schlitzrüssler. Er ist ihr ganzer Stolz. Die Art ist vom Aussterben bedroht, Wahnsinn, oder?«

»Manche Bäume auch«, kommt es altklug von Frederik.

»Attila ist ein geilcooler Narkoleptiker«, erklärt uns Mausi weiter. »Es kommt vor, dass er einfach so einschläft. Dann fällt er vom Stuhl oder vom Schrank oder so runter, wo er halt gerade draufsitzt. Deswegen muss immer jemand auf ihn aufpassen.«

»Ist das Tier gefährlich?«, frage ich vorsichtig. Mir wird immer wärmer.

»Nö, ich glaub nicht, ich glaub, Attila frisst nur Insekten.«

»Glaubst oder weißt du?«, will ich mich versichern.

»Mir hat er jedenfalls noch nie was getan. Weil er ja Insekten mag. Ich bin ja kein Insekt.«

»Glaubst du oder weißt du?«, wiederhole ich meine Frage, und Mausi ist ganz entrüstet: »Ich weiß ja wohl geilcool, dass ich kein Insekt bin, ej. Da ist Attila ja.«

Wie auf Kommando drehen wir uns alle um und starren ein recht kleines, hellbraunes Tier an, das sich zentimeterweise über den Kachelboden quält. Attila hat ziemliches Übergewicht, das kann ich auf den ersten Blick erkennen. Er sieht ein bisschen aus wie eine deformierte Spitzmaus. Nur etwas größer. Die vielen Menschen scheinen Attila zu irritieren. Er bleibt stehen und blinzelt uns aus schwarzen Knopfäuglein an.

»Attila hat eine Vorliebe für Schmuck«, erklärt uns Mausi. »Gerade heute hat er schon wieder ein Paar Diamantohrringe von der Frau Kaltenbach gefressen. Aber sie waren nicht so groß, davon wird er schon nicht krank werden.«

»Ich denke, er mag nur Insekten?«, wirft Oscar ein.

»Insekten und Schmuck«, sagt Mausi.

»Können wir jetzt mal anfangen?« Schmolle ist schon wieder ganz geschäftig. »Hör zu, Mausi. Dieser Herr Prinz wohnt ja wahrscheinlich mittlerweile hier. Dann weißt du doch bestimmt, wo die hier schlafen und wo er ein eventuelles Arbeitszimmer hat und so.«

Mausi nickt. »Ja klar. Der wohnt hier und der hat auch ein Arbeitszimmer hier.«

»Das ist gut. Wärst du dann so freundlich, mir das mal zu zeigen?«

»Warum? Willst du jetzt hier arbeiten?«

Schmolle sieht so aus, als würde er Mausi am liebsten kräftig durchschütteln. »Mausi, zeig mir die Räume.«

»Warte mal«, werfe ich ein. »Wieso willst du denn jetzt Räume anschauen? Es ist doch viel wichtiger, dass wir Frau Kaltenbach vor einem möglichen Mord schützen!«

»Wir brauchen trotzdem Beweise«, erklärt mir Schmolle. »Und vielleicht gibt es ja irgendwo Unterlagen, die alles erklären. Dann haben wir ihn zusätzlich in der Hand. Was ist jetzt, Mausi?«

»Ja, ja. Komm halt mit.«

Schmolle wirft mir einen Blick zu, den ich so deute, als solle ich ihm folgen, und Herr Wurzel, bei dem es jetzt wieder zu gehen scheint, schließt sich uns in freudiger Erwartung an. »Dann mal auf in den Sieg«, sagt er fröhlich.

Und dann sagt Mausi: »Scheiße, ej.«

Denn jemand schließt die Haustür auf, während Mausi noch den Satz »Die wollten heute nicht lange wegbleiben« sagt, was sie vielleicht mal früher hätte tun sollen.

23. Kapitel

Wenn ich aber Dämonisches glaube, so muss ich wohl mit aller Notwendigkeit an Dämonen glauben.

Platon: Apologie. Kriton.
Apologie: Erste Rede

»Aber Sie sollten sich doch erst morgen vorstellen.« Martina Kaltenbach steht mit verschränkten Armen vor mir und sieht abwechselnd mich und Mausi an.

»Margarethe hatte aber gerade Zeit, und da dachte sie sich, sie kommt vorbei. Margarethe ist nämlich Muslimin«, schwafelt Mausi los.

Mir wird schlecht. Wie kann eine Muslimin bitte *Margarethe* heißen?

Sofort kriegt Mausi ihre Quittung: »Eine Muslimin? Margarethe? Wie geht das denn?«

Ich schwitze entsetzlich. Gebückt stehe ich neben Mausi, während die anderen in alle Himmelsrichtungen davongerannt sind. O Gott, und jetzt kommt auch ein Mann näher, und es ist Mark. Was soll ich bloß machen? Wenn er mich erkennt … aber wie soll er mich erkennen? Das ist völlig unmöglich.

»Margarethe hat eine deutsche Mutter«, erzählt Mausi Frau Kaltenbach erfinderisch. »Margarethes Vater aber kommt nicht aus Deutschland. Er kommt aus, ach, jetzt hab ich den Ort vergessen. Hahaha!«

Martina Kaltenbach macht nicht »Hahaha« und sieht nun mich an. Böse. Lauernd. Sie scheint zu spüren, dass hier etwas ganz und gar nicht stimmig ist. Und damit hat sie ja auch recht. Verzweifelt versuche ich, gramgebeugt zu wirken, was auch nicht so schwer ist, weil jetzt Mark und Martina nebeneinanderstehen und aussehen wie eines dieser perfekten Paare aus der Fernsehwerbung. Paare, die auf Sylt barfuß vor der Sansibar stehen, vor sich einen Kübel mit eisgekühltem Champagner, hinter sich den Sonnenuntergang; Paare, bei denen die Frau gewollt wuschelige Haare hat und einen cremefarbenen Seidenrock von was weiß ich wem trägt und der Mann seine maßgeschneiderte Anzughose hochgekrempelt hat, um sich mit der Insel und der Situation solidarisch zu zeigen. Paare, bei denen man einfach weiß: Die gehören zusammen, und nichts und niemand kann sie auseinanderbringen. Und ich stehe hier in meinem muffigen Tschador und der unreinen Haut plus dieser grauenhaften Perücke, bin eine Muslimin, heiße Margarethe, und das einzige Kompliment, das ich seit langer Zeit bekommen habe, kam kürzlich von einem Baumchirurgen aus Gießen-Lützellinden namens Frederik, der meinte, ich würde ihn an die Gemeine Küchenschabe erinnern. Wie tief kann ein Mensch noch sinken?

»Margarethe kann auch gar nicht richtig deutsch sprechen, nicht wahr, Margarethe?«

»Hm«, grummle ich vor mich hin.

Mark lacht. »Beim Putzen muss man ja auch nicht unbedingt sprechen«, sagt er arrogant, und am liebsten würde ich ihm die Augen auskratzen, aber natürlich bleibe ich devot stehen und nicke wieder. »Schatz, meinst du nicht, wir könnten uns eine richtige Haushälterin leisten? Eine, die auch einigermaßen vorzeigbar ist? Ganz ehrlich, wenn wir hier eine Gesellschaft geben, und die kommt dann ins Kaminzimmer in ihrem schwarzen Ding, da laufen doch alle davon.«

»Eine Haushälterin haben wir doch bereits, Darling ...«, DARLING! ARRGH!, »... es geht doch nur ums Grobe. Frau Gruber ist doch dummerweise schwanger geworden. Und jetzt stehe ich da.« Sie seufzt.

»Trotzdem«, sagt Mark. »Ich finde die da irgendwie stillos. Die wäscht sich bestimmt auch nicht. Willst du uns das zumuten?«

Du Arschgesicht!

»Probieren kann sie es doch mal«, meint Martina, die aber immer noch ein bisschen zweifelt. »Jedenfalls für den Übergang. Bis wir jemand anders gefunden haben.«

»Na gut. Rausschmeißen können wir sie ja immer noch. Du da«, er deutet auf mich, und ich möchte ihn töten. »Du kannst gleich mal zeigen, was du kannst. Geh mal nach oben und putz das Bad.« Er gestikuliert überdeutlich zur Treppe und macht Schrubb-Bewegungen.

Folgsam trabe ich los.

»Also wirklich, Mark, wir kennen diese Person doch kaum. Ich lass die doch nicht alleine im Haus rumlaufen.« Sie kommt mir hinterher.

Mark lacht.

Ich möchte heulen.

Zehn Minuten später stehe ich in Martinas überdimensionalem Badezimmer und putze das Klo, während das Reinigungsmittel im Waschbecken einweicht. Den Boden soll ich ganz zum Schluss wischen. Darauf wäre ich auch noch selbst gekommen. Als ob ich nicht wüsste, dass der Boden wieder dreckig wird, wenn man mit seinen Schuhen über die feuchten Fliesen latscht! Aber natürlich sage ich nichts, weil ich ja sowieso nicht sprechen kann, und wenn, dann nur eine Sprache, die Mausi vergessen hat. Das Badezimmer ist nur geringfügig kleiner als die Eingangshalle, Glanzpunkt ist eine in den Boden eingelassene Wanne mit goldenen Wasserhähnen. In der Badewanne liegend kann man aus Panoramafenstern in den Garten schauen. Und auf einen Außenpool. Das Bad hat eine Verbindungstür zum Schlafzimmer, und die steht offen. Mark und Martina unterhalten sich. Ich sperre meine Ohren auf und lausche, während ich mich gleichzeitig frage, wo die anderen eigentlich abgeblieben sind. Von ihnen ist nämlich weder etwas zu sehen noch zu hören. Aber das Haus ist ja auch groß.

»Du bist die wunderbarste Frau, die ich je getroffen habe«, höre ich Mark säuseln, und Martina lacht glockenhell auf und sagt: »Lügner.«

»Nein«, beteuert Mark. »Noch nie vorher war ich so glücklich. In meinen ganzen Beziehungen vorher bin ich nur enttäuscht worden. Und wurde ausgenommen wie eine Weihnachtsgans. Die Frauen haben mich alle nur ausgenutzt.«

Ich höre das Klappern von Absätzen auf dem Parkettboden. Dann ertönt ein: »O Mark, wie leid mir das immer wieder tut. Aber jetzt ist ja alles anders. Nun musst du keine Not mehr leiden. Nun gehört alles uns gemeinsam. Beziehungsweise dir. Ich bin so froh, dass ich endlich einen Mann an meiner Seite habe, der sich mit diesen ganzen finanziellen Dingen und den Steuerersparnissen so perfekt auskennt. Mit den Finanzberatern meiner Eltern bin ich gar nicht klargekommen. Manchmal frage ich mich, wie viel Geld ich durch sie verloren habe.«

»Das wird jetzt nicht mehr passieren, mein Kleines. Ich hab ja alles im Griff.« Marks Stimme klingt gütig und vertrauensvoll. Wie die Stimme eines Vaters, der seinen Sohn tröstet und aufrichtet, weil der von neidischen Klassenkameraden einen Schneidezahn ausgeschlagen bekommen hat, nachdem er mit seinem neuen Mountainbike stolz zur Schule gefahren ist.

»Ich bin so glücklich, dass wir uns gefunden haben, Mark. Und so glücklich darüber, dass ich dir vertrauen kann.«

Ich weiß, dass Martina sich nun gerade an Mark schmiegt, und höre ein Tätscheln. Mit Sicherheit klopft er ihr gerade sanft auf den Rücken. Ich wienere die Klobrille mit einem Lappen trocken. Unter der Kunststoffmaske haben sich schon kleine Schweißperlen gebildet, das spüre ich. Es juckt, es juckt, es juckt.

»Soll ich uns etwas Champagner holen?«, fragt Mark sanft, um eine geschlechtliche Vereinigung einzuläuten.

»Eine gute Idee. Aber ich hole ihn. Ich muss der Sitterin noch sagen, dass Attila nochmal rausmuss.«

»Gut, mein Schatz. Ich warte hier auf dich.«

Während ich das Waschbecken putze, kommt Mark ins Badezimmer und setzt sich auf den Wannenrand. Er beobachtet mich, was mich ganz irre macht. Verzweifelt versuche ich, mich so zu bewegen, wie ich mich nie bewege, weil ich unter gar keinen Umständen möchte, dass er mich an meiner Gestik erkennt. Das tut er auch nicht.

Dafür steht er jetzt auf und kommt ein bisschen näher. »Sprichst du wirklich kein Deutsch?«, fragt er.

Ich mache »Mmpff« und zucke mit den Schultern, während ich es unverschämt finde, dass Mark mich einfach duzt. Na ja, er ist ja mein Mann.

»Woher kommst du denn?«, will er wissen, und wieder sage ich nur »Mmpff«. Dabei wienere ich an den Armaturen herum.

»Das ist jetzt das elfte oder zwölfte Mal, dass ich zugeschlagen habe«, redet Mark wie zu sich selbst weiter; er denkt offenbar, dass ich ihn ja sowieso nicht verstehen kann. »Und jedes Mal werde ich besser.« Er lacht auf, nimmt ein Frottéhandtuch, fuchtelt damit herum wie mit einer Waffe, dann hängt er es wieder ordentlich gefaltet auf die Stange. »Ich bin wirklich ein genialer Typ. Und jetzt noch dieser Coup! Nicht dass ich nicht schon genug Geld hätte, das ist es nicht. Es ist dieser Reiz. Na ja, ein bisschen wichtig ist die Kohle natürlich schon. Bist du fertig?«

Ich antworte nicht.

»Du scheinst mir eine richtig arme Sau zu sein«, geht es weiter, und ich nicke aus Versehen, was er aber zum Glück nicht mitbekommt. Unter meiner unreinen Hautmaske hat sich mittlerweile ein See gebildet. Kann diese Martina nicht einfach wiederkommen, damit ich hier verschwinden kann? »Hast wahrscheinlich zwölf Kinder zu Hause hocken und einen arbeitslosen, jähzornigen Mann, was? Der immer nur dasitzt und Bier trinkt. Und du musst für fünf Euro die Stunde bei anderen Leuten die Klos putzen.«

Fünf Euro! Das ist wirklich wenig. Da verdiene ich bei

Schmolle aber mehr. Wenn das mit dem Herzenverkauf so weitergeht. Wann geht es eigentlich damit weiter? Auch das muss ich mit Schmolle diskutieren. Ich bin so froh, dass ich diesen Tschador trage. Sonst wäre ich vielleicht schon tot.

»Ich hatte nie Lust zu arbeiten«, redet mein Exmann weiter. »Warum sollte ich auch? Es gibt ja genug Blöde auf dieser Welt, die man verarschen kann. Gründlichst, wenn du weißt, was ich meine. Die sich in mich verknallen und so dumm sind, mir ihr ganzes Vermögen zu überschreiben. Blind vor Liebe, diese Trottel.«

Mir wird immer heißer – von der Maske, aber auch von der Wut, dass ich nichts tun kann.

Mark streicht versonnen und milde lächelnd mit dem Zeigefinger über den Wannenrand, und ich ersticke fast. Nun reckt er sich. »Ach, es gab so viele. Von den meisten hab ich die Namen vergessen. Weiß auch nicht, warum ich dir dummen Punze das erzähle. Wahrscheinlich, weil du mir leidtust.« Er greift in die Hosentasche und zieht einen Zehn-Euro-Schein heraus, legt ihn vor mich auf den Waschbeckenrand.

Ich bin immer noch am Wienern, obwohl das Becken schon seit einiger Zeit glänzt wie eine Perle.

»Hier«, sagt mein Gatte Mark Prinz. »Kauf dir mal 'ne anständige Anti-Falten-Creme. Dann bist du vielleicht auch irgendwann wieder für deinen Mann attraktiv.« Er beobachtet mich weiter.

Mittlerweile feudele ich wie eine Besessene und muss aufpassen, dass ich nicht laut anfange zu heulen. Ich fühle mich so entsetzlich gedemütigt. Warum muss er mich beleidigen? Also nicht mich, sondern die Putzfrau. Auch wenn sie es nicht versteht, wie er glaubt. Auf welch ein mieses Charakterschwein bin ich bloß hereingefallen? Ich und alle anderen. Vorsichtig ziehe ich die Nase hoch und merke entsetzt, dass mein unreines Hautbild zu verrutschen beginnt. Das ist der Schweiß, das ist der Schweiß! Entsetzlich!

»Ja, ja«, schwadroniert Mark arrogant weiter. »Die haben's ja im Prinzip nicht besser verdient. Am aller-, wirklich am allerblödesten aber war Sanni. Naiv wie ein Kleinkind. Angehimmelt hat sie mich wie einen Gott. Na ja ...«, Auflachen, »... passt ja. Viel Kohle. Sehr viel Kohle. Jedenfalls war Sanni Hohenfeldt die dämlichste aller Kühe. Dumm wie Brot. Und Alleinerbin dieser Wurstfabrik. *Würmelingener Wurstwaren*, kennst du bestimmt nicht, ihr esst ja da im Morgenland kein Fleisch, war das nicht so? Egal. Manchmal frag ich mich, was aus der tauben Nuss wohl geworden ist. Ob sie schon Hartz IV beantragt hat. Ach richtig, einmal hab ich sie ja gesehen, das ist noch gar nicht so lange her, da war sie wohl Aushilfe auf dem Jahrmarkt. Aber so reich wie mit einer Wurstfabrik wird man davon natürlich auch nicht. Armes Luder. Aber selbst schuld, wie ich finde. Und so unscheinbar. Einen Mann wird die so schnell auch nicht abkriegen, wer nimmt schon eine, die nichts hat. Als ich sie kennenlernte, hatte sie wenigstens das Geld. Arme Sau, die Sanni. Wirklich eine arme, arme Sau.«

Mein Herz rast mittlerweile, und nicht nur mein Gesicht, sondern mein ganzer Körper ist ein einziger Schweißtropfen. Mein Kopf dröhnt vor Wut und Scham und Hilflosigkeit, am liebsten würde ich sterben. Aber ich kralle mich einfach nur an meinem verdammten Lappen fest und muss mich beherrschen, um nicht laut zu keuchen. Ich möchte Mark so gerne schlagen. Oder ihm ein Bein stellen, sodass er mit dem Kopf auf den Badewannenrand knallt und blutet. Hätte ich ein Messer zur Hand, ich glaube, ich würde zustechen und dabei lächeln. Sogar etwas essen könnte ich dabei. Aber nein, ich bleibe einfach in meinem bescheuerten Tschador hier stehen und halte die Tränen zurück.

Aber dann macht Mark etwas, was er nicht hätte tun dürfen. Er sagt: »Mich würde mal interessieren, ob Sannis Eltern auch so blöd waren wie sie. Bestimmt waren sie so blöd. Ganz sicher waren sie das. Von ungefähr kommt so was ja nicht. Und so blöd, wie Sanni war, das gibt es nicht oft. Das muss ihr von völlig Saudummen vererbt worden sein. Von ihren Eltern nämlich. Arme Schweine.«

Und ab hier habe ich einen Blackout. Das Nächste, woran ich mich erinnere, ist, dass ich an Marks Hals hänge und versuche, ihn zu würgen. Dabei schreie ich: »Du Dreckskerl. Du Schwein!«

Mark strauchelt, und gemeinsam stolpern wir in Richtung Tür. Mark, der mit einer Hand versucht, mich abzuwehren, schlägt sie mit der anderen zu. Dann packt er meine Arme und dreht sie auf den Rücken. Das Kopfteil meines Tschadors verrutscht und meine unreine Haut ebenfalls; kurzzeitig kann ich nichts mehr sehen, was mich wahnsinnig macht. Noch wahnsinniger allerdings macht mich die bestehende Tatsache, dass das ganze Haus voll mit Menschen ist, die mir helfen könnten, und kein Einziger von ihnen es für nötig hält, mal nach mir zu schauen. Bestimmt hocken sie zitternd auf dem Dachboden und beten leise vor sich hin. Oder ihnen ist langweilig, und sie wühlen in ausrangierten Sachen herum. Aber keiner von ihnen kommt auf die grandiose Idee, sich Gedanken oder vielleicht auch Sorgen um mich zu machen. Jetzt habe ich den Salat. Aber möglicherweise ist Mark gleich so geschockt darüber, dass *ich* vor ihm stehe, dass ich den Moment nutzen und flüchten kann.

Aber Mark ist überhaupt nicht schockiert. Er lässt meinen rechten Arm los und zieht mir die Maske, die Perücke und den Stoff des Tschadors von Gesicht und Kopf.

»Glaubst du etwa, ich hätte dich nicht erkannt, Sanni?«, fragt mich mein Exmann, und nun wird mir schwindelig.

Sagen kann ich nichts, nur nach Luft schnappen. Wie ist das alles möglich?

»Du gehörst ins Gefängnis«, bringe ich hervor. Warum hilft mir niemand? Warum bin ich alleine?

Mark grinst. »Natürlich hast du recht. Ich gehöre, wie sagt man so schön, in Gewahrsam genommen. Weil ich nämlich jede Menge kriminelle Energie habe. Es wird immer mehr, von Tag zu Tag. Aber nachweisen kann mir das niemand. Nicht eine Menschenseele. Doof, was? Ich denke eben immer ein bisschen weiter, während ihr nur an die nächsten Minuten denkt. Selbst schuld, sag ich da nur. Und was sagst du jetzt, Sanni … du blöde Kuh? Komm, sag was, vielleicht ist es das letzte Mal, dass du was sagen kannst. Nur zu …«

O Gott! Ich werde sterben! Und ich muss davon ausgehen, dass ich keine anständige Beerdigung bekommen werde! Mark wird mich verscharren. Im Unterholz. Oder mich ans Ruder eines Containerschiffes binden, das sich von Hamburg auf den Weg in die Karibik macht. So sehe ich nochmal was von der Welt. Mein Herz hat nun Aussetzer, weil ich nicht weiß, was ich tun soll. In Filmen heißt es immer, man soll sich mit seinem Geiselnehmer solidarisieren, ich glaube, man nennt es das Stockholm-Syndrom. Man soll reden, Vertrauen schaffen. Man muss glaubwürdig wirken.

»Wie hast du mich erkannt?« Keine Ahnung, wieso ich das frage, aber irgendetwas muss ich ja fragen, um Zeit zu schinden. Und es interessiert mich wirklich. Mich hat schon immer viel interessiert, unter anderem, warum es Schnee und Erdbeben gibt, warum Nüsse gut schmecken, warum Nonnen immer zufrieden wirken und ob aus Afrika stammende Menschen Sonnenschutzcreme benutzen sollten.

Mark grinst widerlich, dann deutet er auf meine Schuhe. »Erinnerst du dich nicht mehr? Handgenäht. Mit Monogramm auf der Seite. S. P. Ich bin mir sicher, dass es diese Schuhe nur einmal auf der ganzen Welt gibt. Außerdem haben wir sie zusammen ausgesucht und bestellt. Ich hab mir auch welche bestellt.«

Scheiße. Die Schuhe! Die hatte ich selbst total vergessen. Also nicht, dass ich Schuhe trage, sondern dass diese verflixten Schuhe total auffällig sind. Und jetzt fällt mir der ganze Vorgang auch wieder ein. Eines Tages meinte Mark, wir sollten uns was Gutes tun, und so sind wir losgelaufen und haben diese bekloppten Schuhe in Auftrag gegeben. Ein Paar für mich und zehn Paar für Mark. Klar. Pro Paar kosteten die zwischen dreihundert und sechshundert Euro. Aber wir hatten's ja. Wie nett, dass ich mir auch ein Paar bestellen durfte. Sehr großzügig.

Da fällt mir etwas ein: »Ich könnte nach Martina rufen

und ihr erzählen, was für ein Mistkerl, was für ein Betrüger du bist«, keife ich meinen Exmann an.

»Sicher«, lacht er. »Sag es ihr. Das schaue ich mir gern an. Ihr blödes Gesicht will ich sehen. Es ist nämlich schon zu spät. Dieses Haus hier und alles mögliche andere, alles gehört mir. Seit heute.«

Er beginnt, mich in eine Ecke zu drängen, und weil sich die Ecke zwischen Badewanne und einem Wandschrank befindet, ist an Flucht nicht zu denken. Ich fange an zu weinen, weil ich solche Angst habe. Und weil Mark in seine Hosentasche greift und etwas herauszieht, mit dem er mich hundertprozentig töten will! Ich wollte nie in einem fremden Badezimmer sterben. Nie!

Ich stehe jetzt mit dem Rücken zum Fenster, etwas blitzt vor meinen Augen auf, die ich sofort schließe. Ich will gar nicht wissen, was es ist.

Etwas rumpelt und zischt, es tut einen Schlag, und ich öffne die Augen wieder.

Mark steht immer noch vor mir. Noch eine halbe Sekunde lang. Er sieht verwundert aus. Dann knicken seine Beine ein, und er sinkt in sich zusammen. Ein Messer fällt auf den Boden. Oscar hatte recht mit Meuchel-Mark.

Hinter ihm steht Herr Wurzel, der gerade Pfeil und Bogen sinken lässt. Er strahlt. »Ich dachte, ich könnte es nicht mehr«, sagt er glücklich. »Aber jetzt geht es wieder, jetzt geht es wieder!«

24. Kapitel

Denn niemals gab es so ein herbes Los,
als Juliens und ihres Romeos.

(Alle ab.)
William Shakespeare: Romeo und Julia
Tragödie
5. Aufzug, 3. Szene
(Danach gehen alle von der Bühne, und das Stück ist dann zu Ende.)

Ich greife mir an den Hals, weil ich plötzlich keine Luft mehr bekomme. Der Schock, der Schock.

Herr Wurzel ist kaum zu bremsen: »Ich habe ihn sofort getroffen«, freut er sich. »Wie schön ist das denn? Nun ist er außer Gefecht gesetzt. Vorerst.«

»Was heißt das?«, frage ich matt.

»Na, das ich es noch kann. Das Pfeil- und Bogenschießen. Dabei ist es so lange her. Aber es scheint wie mit dem Radfahren zu sein. Was man einmal gelernt hat, verlernt man immer.« Jetzt kichert Herr Wurzel wie ein junges Mädchen beim ersten Rendezvous, das errötend darauf wartet, dass der Kavalier das extra fallengelassene Taschentuch aufhebt und es ihm kniend überreicht. »Ich bin sehr froh. Irgendwie musste ich dem Mann doch das Handwerk legen. Und seitdem ich das System durchschaue, sehe ich vieles klarer. Ich habe diesen Mann schon seit längerer Zeit beobachtet. Und zwei- oder dreimal kamen ja schon Betrogene zu mir, um ihn anzuzeigen. Das, was sie allesamt vorbrachten, reichte jedoch nicht aus, um den Strolch zu verhaften. Also dachte ich, das Beste sei, ihn in Sicherheit zu wiegen, um ihn dann mit seinen eigenen Waffen zu schlagen. Es wurde eine SoKo gegründet.«

»Eine SoKo?« Ich begreife überhaupt nichts. Mark grunzt. »Er wacht auf!«, rufe ich panisch.

Sofort schreitet Herr Wurzel zur Tat, spannt einen neuen Pfeil in den Bogen und schießt ihn Mark in den rechten Arm. »Erledigt«, sagt er dann und klopft sich auf die Schulter. »Ich bin ein guter Schütze«, wird dann noch als Eigenlob vorgetragen, obwohl die Entfernung weniger als dreißig Zentimeter betragen hat.

Ein Geräusch von der Badezimmertür ertönt, und da stehen sie. Die ganze Truppe. Und auch Martina Kaltenbach.

»Gott sei Dank, du bist unverletzt!«, rufen Schmolle und Spacko, während sie auf mich zurennen, um mich zu stützen, obwohl ich gar nicht darum gebeten habe.

»Wo wart ihr denn die ganze Zeit?«, frage ich leicht angesäuert.

»Herr Wurzel hatte die Idee des Jahrhunderts, nämlich die mit den Giftpfeilen! Er hat einfach welche mitgenommen«, bekomme ich von Spacko erklärt, der Herrn Wurzel dankbar in die Wange kneift.

Schmolle nickt: »Nachdem es geklingelt hat, sind wir alle Mausi nachgerannt, die meinte, in der Abstellkammer hinter der Küche seien wir sicher. Dort haben wir beratschlagt, was zu tun ist.«

»Ja!«, kommt es im Chor von der Tür her, wo alle anderen stehen.

»Und als ich den Champagner holen wollte, da kam Klara, also Mausi, wie ihr sie nennt, kurz raus aus der Kammer und hat mich informiert«, berichtet Martina Kaltenbach, die völlig verwirrt und schockiert, aber auch irgendwie erleichtert zu sein scheint.

»Jedenfalls wurde auf mein Anraten hin diese SoKo gegründet«, nun ist Herr Wurzel wieder am Zug. »Die SoKo *Königskind.*«

»*Königskind* …«, sage ich ehrfürchtig. »Das hört sich ja toll an.«

»Sanni«, sagt Schmolle. »*Königskind* wegen *Prinz.*«

»Ach so.« Ich beiße auf meine Unterlippe.

»Und dann?«, fragt Gundula heiser, die mittlerweile näher gekommen ist und schon wieder Herrn Wurzels Arm streichelt. »Jetzt geht es wieder, nicht wahr, jetzt geht es doch wieder?«, fragt sie dabei.

»Es geht, es geht sogar wunderbar!«, ruft Herr Wurzel euphorisch und wedelt mit den Pfeilen herum. »Und einige Male haben wir ihn auch vorgeladen. Zum Verhör. Zwar habe ich diese Verhöre nicht durchgeführt, weil ich nicht weiß, wie so etwas funktioniert, aber wozu hat man unfähige Kollegen?«

»Woher hatten Sie denn seine Adresse?«, will Nero wissen.

»Aus dem System«, erklärt uns Herr Wurzel stolz. »Zwar konnte ich damals noch nicht damit umgehen, wohl aber die Kollegen. Er war zwar überall in Deutschland mit Zweitwohnsitzen gemeldet, aber seinen Hauptwohnsitz hatte er in Hamburg.«

»Er kommt ja auch aus Hamburg«, sagt Marlene, und Justus hustet bekräftigend.

»Einer der Betroffenen erzählte mir mal, dass Mark Prinz ihn bedroht habe«, redet Herr Wurzel weiter.

Chris überlegt kurz. »Ich war das aber nicht«, sagt er.

»Nein, nein, Sie waren es nicht. Aber Sie waren ja, also Sie alle hier, nicht die Einzigen, die von ihm um ihr Vermögen gebracht wurden. Aber als dann Sanni Prinz zu mir kam und mir von Mark Prinz berichtete und ich herausbekam, dass Sie alle in dieser Wohngemeinschaft leben, und als ich dann wusste, dass Mark Prinz derzeit wieder in Hamburg war, und wusste, wo sich Sanni Prinz aufhielt, nämlich auf dem Dom, da hieß es vorsichtig sein. Obduzierung war angesagt. Also, wir wussten ja vorher, dass Sanni Prinz in Australien war. Eigentlich ging das alles nach ihrer Rückkehr los. Weil da der Betrug noch frisch war und wir hofften, dass sie uns helfen könnte.«

»Ja, wie denn?«, frage ich verwirrt.

»Wir haben versucht, hin und wieder zufällige Treffen zu arrangieren, in der Hoffnung, dass bei einem dieser Treffen so etwas passiert wie heute. Es hat zwar eine Weile gedauert, aber nun sind wir ja am Ziel. Es war auch sehr wichtig, dass Sie nicht eingeweiht waren, sonst wäre möglicherweise alles anders abgelaufen. Wenn Sie nämlich was gewusst hätten, dann hätten Sie zum Beispiel heute eventuell nicht authentisch reagiert. So etwas darf man nicht außer Vier lassen.«

»Ich bin ganz durcheinander«, sage ich. »Mir ist das alles zu viel.«

»Freut euch doch alle«, jubiliert Herr Wurzel.

Schmolle runzelt die Stirn. »Das verstehe ich nicht.«

»Ich auch nicht.« »Ich auch nicht.« »Ich auch nicht.« Das sind die anderen.

Ich sage auch: »Ich auch nicht«, weil ich dazugehören möchte. Davon mal abgesehen verstehe ich wirklich nicht, was Herr Wurzel uns eigentlich sagen will und warum wir uns alle freuen sollen.

»Warum sollen wir uns freuen?«, fragt Spacko und streichelt meine Hand.

Der Titus deutet auf Mark und schreit: »Tooot, huuuäh!« Das Möhrchen springt zu ihrem Sohn und beruhigt ihn mit der Beschreibung einer mumifizierten Leiche.

»Herr Wurzel«, sagt Gundula streng. »Niemand kann sich momentan freuen. Wir haben doch überhaupt keine Beweise. Dieser Herr da kann sekündlich aufwachen und behaupten, nie etwas zugegeben zu haben.«

Herr Wurzel errötet panisch und offenbar am ganzen Körper, jedenfalls werden auch seine Hände knallrot. »Was?«, fragt er dann leise. »Was? Wie? Äh …«, er windet sich. »Ich dachte, ich hätte einmal etwas falsch gemacht.«

»Sie machen immer alles falsch, Herr Wurzel«, regt Schmolle sich auf. »Immer. Sie sind eine …«

»Nein«, Herr Wurzel sinkt auf die Knie, »nicht das böse Wort sagen. Bitte, bitte nicht! Ich habe es doch nicht gut gemeint. Ich wollte doch nur helfen. Aber ich habe das Wichtigste vergessen …«

»Was denn?«, will ich wissen.

»Na, die Kollegen«, greint Herr Wurzel. »In der ganzen Hektik habe ich völlig vergessen, die Kollegen von der SoKo *Königskind* zu informieren. Ich bin so durcheinander, so durcheinander war ich schon immer!« Nun steht er wieder auf. »Ach je, ach je, was sollen wir denn jetzt nur tun? Hätte ich die Kollegen informiert, dann wäre jetzt alles auf Band aufgezeichnet. Ich wusste doch, dass ich was vergessen habe. Mir ist das so entsetzlich angenehm, das dürft ihr mir glauben!«

Schmolle schüttelt den Kopf. »O Mann«, sagt er dann nur. »Also wieder alles umsonst. Alles, alles, alles.«

»Ach, Herr Wurzel ...«, er tut mir schon wieder so leid. Einmal wollte der arme Mann etwas richtig machen und hat sogar eine SoKo mit einem so schönen Namen gegründet, und wieder ist er gestrauchelt, wieder hat er es nicht auf die Reihe bekommen. Meiner Meinung nach muss man aufpassen, dass Herr Wurzel psychisch keinen Schaden davonträgt. Am liebsten würde ich ihn fest an mich drücken und trösten, aber ich habe Angst, dass er platzen könnte, weil er so rot ist. Was sollten wir den Kollegen der SoKo dann sagen? Bei unserem Glück tauchen sie genau in dem Moment auf, in dem Herr Wurzel explodiert. Dann sind wir in Erklärungsnot.

»Alle mal herhören!«, ruft da plötzlich jemand. Der Jemand ist Spacko. Wie ein General steht er vor uns, der Rücken kerzengerade, die Augen glitzernd, die ganze Haltung strahlt Autorität aus, auch ohne Uniform. »Befindet sich in diesem Haus Klebeband?«

»O mein Gott«, kann ich eine halbe Stunde später nur dauernd sagen, falle damit aber nicht weiter auf, weil auch alle anderen dauernd nur »O mein Gott« sagen. Ich habe mich in Spackos Unterarm festgekrallt und starre in den sternenklaren Himmel. Genauer gesagt auf eine Jahrmarktsattraktion, die man Kettenkarussell nennt. Ich kenne das Gerät schon, weil ich ja kürzlich das Vergnügen hatte, darin stundenlang meine Kreise zu ziehen.

Wir haben den bewusstlosen Mark mit Klebeband umwickelt und in einem herbeigerufenen Taxi auf den Dom kutschiert, um Spackos geniale Idee Wirklichkeit werden zu lassen. Alle sind mitgekommen, und alle stehen hier und harren der Dinge.

»Du hast mir doch erzählt, dass dein Ex Höhenangst hat«, wurde ich von Spacko während der Fahrt informiert. »Wie gut, dass mir das eingefallen ist. Und wie gut, dass ich Spinne erreicht habe. Jetzt ist Prinz dran. Jetzt kommt er uns nicht mehr davon! Er wird sich in die Hose machen vor Angst. Ich kannte mal jemanden, der extreme Höhenangst hatte, das war schrecklich. Diese Menschen gestehen alles.«

Der Taxifahrer war glücklicherweise derselbe, der uns in die Elbchaussee gefahren hatte, also der, der sich sowieso über gar nichts mehr wundert, und er hat auch nicht groß nachgefragt. Vielleicht lag das auch daran, dass Oscar zu ihm gesagt hat: »Ein Wort zur Polizei oder sonst jemandem, und du kannst dich den Rest deines Lebens fragen, ob du am nächsten Tag noch leben wirst.«

»Wenn das nur gutgeht«, wispert Gundula panisch.

Auch die anderen schauen ziemlich ernst aus der Wäsche, aber eines haben wir alle gemeinsam: Wir schauen nach oben. Abwartend. Lauernd.

»Es müsste gleich so weit sein«, juchzt Herr Wurzel, der mal wieder sehr aufgeregt ist.

Neben Herrn Wurzel steht die SoKo *Königskind,* die aus sechs Beamten besteht und fast genauso aufgeregt ist wie

Herr Wurzel selbst. Die SoKo ist erkältet und schnäuzt ununterbrochen in Papiertaschentücher.

»Es tut sich was, seht ihr denn nicht?«, ruft Herr Wurzel und deutet hektisch nach oben.

In meiner linken Brustseite machen sich beginnende Herzrhythmusstörungen bemerkbar, die ich versuche zu ignorieren. Herr Wurzel hat recht. Es tut sich in der Tat etwas. In Form eines langgezogenen, nicht enden wollenden Schreis.

Unser Exmann ist aus seiner Ohnmacht aufgewacht und fuchtelt mit nicht mehr gefesselten Händen in der Weltgeschichte beziehungsweise im Hamburger Nachthimmel herum. Herr Wurzel meinte nämlich, es sei besser, das Klebeband zu entfernen, weil Mark sich gefesselt mehr in Sicherheit wiegen und keine so große Angst haben würde. Natürlich verstand mal wieder keiner, wie er das meinte, aber was tut das zur Sache?

»Wie gut, dass du mir das damals gesagt hast, Sanni.« Spacko freut sich diebisch, und ich sollte mich eigentlich auch freuen, aber ich kann nicht, so sehr ich mir die Freude wünsche. Man mag es gar nicht laut sagen, aber Mark tut mir leid. Ich weiß zwar nicht, wie es ist, an Höhenangst zu leiden, aber den Schreien nach zu urteilen muss er panische Angst um sein Leben haben. Höre ich da nicht sogar ein: »Bitte, bitte, bitte, ich flehe euch an, lasst mich runter. Lasst mich runter?«

O ja. Ich höre richtig!

»Mach hin, Spinne, schneller, lass es schneller fahren!« Mittlerweile steht Spacko neben seinem ein wenig überforderten Kollegen an der Betriebsanlage und heizt ihm verbal ein.

»Wenn ich das Ding noch schneller laufen lasse, kann es sein, dass er uns auf die Köpfe kotzt«, sagt Spinne vorsichtig, aber Spacko tötet ihn kurz mit Blicken, also folgt Spinne seinen Anweisungen. Sein Hemd ist nass vor Schweiß. »Das ist doch bestimmt illegal«, sagt er und schaut zur SoKo hinüber, die sich die Nase putzt und mit stoischer Gelassenheit den Dingen, die geschehen, zusieht. »Wenn ich meinen Gewerbeschein verliere, hack ich dir den Kopf ab«, flüstert Spinne weiter. »Dann ist Schluss mit lustig.«

Spacko hört gar nicht auf ihn. »Jetzt dreh seinen Sitz. Los!«

Spinne hebt beide Hände. »Das kann ich nicht, nicht bei dem Tempo.«

»Hat jemand eine Packung Papiertaschentücher?«, fragt einer der SoKo-Mitglieder und niest.

»Ich sterbe!«, kreischt Mark von oben.

»Er stirbt!«, ruft Nero entsetzt. »Er darf nicht sterben. Tot nützt er uns nichts. Lasst ihn leben. Leben!«

»So schnell stirbt man nicht«, sagt eine der Soko-Frauen und zieht die Nase hoch. »Machen Sie ruhig. Ein bisschen Bewegung an der frischen Luft hat noch niemandem geschadet.«

Spacko strahlt sie an. »Das stimmt. Riechen Sie auch so gern frische Luft?«

»O ja«, sagt die Frau erfreut. »Frische Luft riecht anders als abgestandene Luft.«

»Wir sind seelenverwandt«, sagt Spacko. Dass er auch immer nur seinen Geruchssinn im Kopf haben muss. Na ja, nicht immer, aber meistens. Ich ziehe ihn ein Stück mit mir von den anderen weg. Irgendwie passt es mir nicht, dass er behauptet, mit einer ihm fremden Frau gleich seelenverwandt sein zu wollen. Nicht dass es mir etwas ausmachen würde, wenn Spacko glücklich wird, aber alles zu seiner Zeit.

Während die SoKo »Hatschi!« ruft, tritt Herr Wurzel nach vorn. Von irgendwoher hat er ein Megaphon organisiert, das er nun vor seinen Mund hält. Es ist ein historischer Moment, als Herr Wurzel um zwei Uhr dreißig morgens auf dem Hamburger Dom eine Frage brüllt, die man mit Sicherheit bis nach Norderstedt hören kann: »Mark Prinz, bekennen Sie sich schuldig?«

Ein gurgelnder Laut von oben, dann ein Kreischen: »Ich kann nicht mehr!« Und dann, es ist beinahe wie ein Orgasmus für die Ohren: »Mama! Hilfe! Mama, hilf mir!«

»Huuuäh! Doofer, doofer Papi!« Der Titus.

»Drehen!«, befiehlt Spacko lautstark.

Spinne gehorcht, und eine Sekunde später wirbelt Mark wie ein Bumerang um sich selbst, und zwar ungefähr dreißig Mal. Mir wird schon vom Hinschauen schlecht.

Herr Wurzel ist kaum wiederzuerkennen: »Ich frage Sie noch einmal, Mark Prinz, ob Sie sich schuldig bekennen? Schuldig des Heiratsschwindels in mindestens dreizehn Fällen, schuldig des Betrugs und der Erpressung?«

Obwohl der Dom schon lange seine Pforten geschlossen hat, kommen von überall her Schaulustige. Wie sie hier reingekommen sind, weiß ich nicht, und es interessiert auch niemanden. Jedenfalls sind auch Reporter dabei, das erkenne ich an den Fotoapparaten. Möglicherweise sind es aber auch Touristen, das erkenne ich an den Fotoapparaten.

»Bekennen Sie sich schuldig, Mark Prinz, tun Sie das?«, Herr Wurzel gibt nicht auf, während Mark sich da oben dreht und dreht und dreht. Und dann ruft er in das Megaphon: »Ich gebe Ihnen noch fünfzehn Sekunden, dann werden die Sicherungsketten automatisch gelöst ... und dann GNADE IHNEN GOTT!«

Der Titus klatscht vor lauter Freude in die Hände.

»Das könnt ihr doch nicht machen«, stammle ich. »Dann stürzt er runter und stirbt.«

»Keine Sorge, Sanni, das geht doch gar nicht«, beruhigt mich Spacko und streichelt meine Haare, wobei er mir vor Aufregung welche ausreißt. »Das würde der TÜV doch gar nicht zulassen.«

»Welcher TÜV?«, fragt Spinne irritiert und fummelt an der Betriebsanlage herum.

Herr Wurzel hat mittlerweile Mitstreiter in Form der Menschenmenge, die sich um uns versammelt hat. Er schreit: »Gestehen! Gestehen! Gestehen!«, und die Masse schließt sich ihm an. Vereinzelt lockert der Lichtschein einer lodernden Fackel das Gesamtbild auf. Es ist wie im Bürgerkrieg, nur dass ich mich gerade weder meiner Stickerei widme noch eine Veranda auf mich wirken lasse. Nein, es ist viel aufregender.

Ein Klirren von oben bestätigt meine schlimmsten Befürchtungen, nämlich die, dass Spinne tatsächlich irgendeinen Knopf gedrückt hat, der die Sicherheitsketten löst oder zumindest lockert. Einer der SoKo-Männer, ein grobschlächtiger Kerl Mitte vierzig, hievt seine Muskelmasse zu Spinne herüber und deutet auf die Anlage: »Gibt's das auch in klein?

Ich suche noch händeringend ein Geburtstagsgeschenk für meine Tochter. Sie wird in zwei Wochen zwölf.«

Niemand antwortet, weil Marks Stimme von oben ertönt: »Ich gebe alles zu. Ich bin eine Sau, ein Schwein, ein schlechter, mieser Mensch. Ja, ich bin ein Heiratsschwindler, ich habe ganz viele Leute, Männer und Frauen, betrogen, um ihr … um ihr … o nein, mir fällt der Ausdruck nicht ein!«

»Stell die Gondel schief«, befiehlt Spacko kategorisch, und Spinne gehorcht. »Super«, sagt der Vater der bald zwölfjährigen Tochter. »Das wird ihr Freude machen.«

»Greifen Sie neben sich!«, brüllt Herr Wurzel in einer Mischung aus Strenge und Glück in Marks Richtung. »Dort befindet sich ein Schriftstück, das Sie zu unterschreiben haben!«

Sofort renne ich zu Herrn Wurzel. »Was denn für ein Schriftstück?«

Er lässt das Megaphon sinken: »Wenigstens daran habe ich gedacht. Weil ich ja jetzt mit einem Computer umgehen kann, habe ich etwas Entsprechendes vorbereitet und konnte es sogar ausdrucken. Ich hatte es nur vergessen vorhin, in der ganzen Aufregung, obwohl ich ja sonst nie etwas vergesse …«

Nein, natürlich nicht.

»Bitte, bitte! Ich verspreche alles, und ich gebe alles zu!«, kreischt Mark panisch und hält sich krampfhaft an den Ketten fest. »Aber ich muss gleich kotzen! Und mir ist schwindlig. Und mir ist schlecht. Foltert mich mit glühenden Zangen, aber lasst mich hier runter. Ich halte das nicht mehr aus!«

»Jedenfalls habe ich vorhin, als wir den noch Ohnmächtigen in das Kettenkarussell gesetzt haben, an das Schriftstück gedacht und es mit Tesafilm an die Rückenlehne geklebt. Jawohl! Übrigens habe ich einen Anwalt konsultiert, der es mit mir aufgesetzt hat. Die ganze Sache ist wasserdicht, und er wird sich auch nicht herausreden können von wegen, er sei gezwungen worden. Der Anwalt schuldete mir nämlich noch einen Gefallen. Er hat alles perfekt vorbereitet.«

»Herr Wurzel«, sage ich froh. »Sie sind mir ja ein ganz Gewiefter.«

»Ach, das hätte doch niemand getan«, sagt Herr Wurzel verlegen, und ein paar Sekunden später schweben Papiere vom Himmel, die wir hektisch aufsammeln.

Mark hat unterschrieben.

Wir jubeln auf.

Die Menschenmenge jubelt mit.

Mark kotzt.

»Wie soll es denn nun weitergehen?«, fragt Gundula.

Die Aufregung hat sich gelegt, wir sitzen in der Hein-Hoyer-Straße und trinken Tee mit Rum.

»Na ja«, antwortet Dodo. »Jetzt, nachdem Mark verhaftet wurde und vor Gericht gestellt wird, sind wir ja finanziell bald wieder gut gestellt und müssen dir nicht mehr auf der Tasche liegen. Wie gut, dass Herr Wurzel die Schriftstücke so perfekt vorbereitet hat, dass uns gar nichts passieren kann. Sogar Kontovollmacht hat Mark der Polizei gegeben, obwohl das gar nicht mehr nötig war nach dem umfassenden Geständnis. Und an alle Namen hat Herr Wurzel gedacht, unglaublich. So weit ist doch also alles gut, und nun können wir uns eigene

Wohnungen anmieten, und du hast deine wieder für dich. Dann hast du endlich Ruhe vor uns und kannst tun und lassen, was du willst. Das wolltest du doch immer.«

Gundula blitzt sie an. »Ach ja, wollte ich das immer? Und wer kümmert sich um die Kräuter auf dem Balkon, und wer füllt meine Wohnung mit Leben und Lachen? Doch höchstens du, Möhre. Du und der Titus. Und die kleinen Racker, die bald auf die Welt kommen. Du brauchst meine Hilfe und ein Dach überm Kopf. Du kannst in deiner Situation jetzt nicht ohne jemanden sein.«

Das Möhrchen wird knallrot.

»Sag doch mal was, Möhre«, fordert Gundula das Möhrchen auf. »Sag, dass du als bald vierfache Mutter nicht alleine sein kannst. Sag es jetzt.«

Das Möhrchen hat die Farbe einer Chilischote angenommen. »Nun ja«, sagt es langsam. »Die Sache ist die … ich habe mich verrechnet. Leider oder zum Glück.«

»WAS?«, brüllen wir durcheinander.

»Also … es ist so, dass ich … also … dass Mark doch nicht der Vater der ungeborenen Kinderschar ist … ich wollte euch das nicht sagen, weil ihr dann vielleicht böse gewesen wärt und mich aus der Wohnung gejagt hättet.«

»Böse? Das ist doch herrlich!«, freut sich Chris. »Es wird doch niemand verjagt, weil er die einfachsten Rechengrundarten nicht beherrscht. So was Dämliches hab ich ja noch nie gehört.«

»Ihr seid mir also nicht böse?«, wispert das Möhrchen.

»Aber nein!«, rufen wir alle durcheinander.

»Wie gut, wie gut«, nun seufzt das Möhrchen erleichtert.

»Wer ist denn der Vater?«, frage ich neugierig.

»Ein Mann«, erklärt mir das Möhrchen. »Ich werde telefonisch mit ihm Kontakt aufnehmen, sobald sich die Situation hier geklärt hat. Das heißt, wenn ich seine Telefonnummer finde. Ansonsten habe ich ja immer noch die Möglichkeit, die Kinder an die adoptionswilligen Ehepaare abzugeben. Dazu müsste ich aber erst noch die Anzeige umschreiben und aufgeben. Und dann heißt es leben.«

»Heißt das, du willst mich auch verlassen?«, fragt Gundula das Möhrchen entsetzt.

Das Möhrchen zuckt mit den Schultern.

Gundula setzt sich wieder. »Das ist also der Dank«, sagt sie leidend. »Der Dank für alles, was ich für euch getan habe. Jetzt kann ich also auf die Nächsten warten, die es dank Ihnen, Herr Wurzel, nie mehr geben wird. Ich werde einsam und allein in meiner Wohnung vor mich hin vegetieren und irgendwann versterben. Niemand wird mich vermissen. Einzig und allein an meinem überquellenden Briefkasten wird man merken, dass etwas nicht stimmt.«

Nero sagt: »Du kriegst doch nie Post«, und daraufhin bricht Gundula komplett zusammen. »Das ist also der Dank, der Dank, der Dank«, hört man nur noch von ihr, und natürlich ist Herr Wurzel sofort zur Stelle und beginnt, Gundula zu beruhigen.

Und ich, ich kann Gundula sehr gut verstehen. Mir sind nämlich alle miteinander auch ans Herz gewachsen, auch das schwangere Möhrchen. Kurz überlege ich, beim Titus eine Ausnahme zu machen, aber er gehört halt auch dazu.

Irgendwann sind alle todmüde und legen sich einer nach dem anderen schlafen. Auch Oscar und Frederik bleiben, weil sie den Titus nicht alleine lassen wollen. Lediglich Martina Kaltenbach ist nach Hause gegangen und Mausi und Spacko auch, weil Spinne eine Erklärung verlangt hat. Und Herr Wurzel ist mit aufs Präsidium, er will mit den Kollegen seine erste eigenhändige Verhaftung feiern.

Ich bleibe noch eine Weile im Wohnzimmer sitzen, denke über alles nach, aber dann kommt schlagartig die Müdigkeit, und ich beschließe, auch erst mal zu schlafen. Ausgeruht sieht man klarer. Also falle ich auf meine Matratze und schlafe sofort ein, um erst am späten Vormittag wieder aufzuwachen.

Kein Mensch ist da, und ich hocke alleine in der Küche und trinke Kaffee. Und denke nach.

Da klingelt es an der Wohnungstür. Weil ja nun die Gefahr nicht mehr besteht, dass ein Mark Prinz vor mir stehen könnte, betätige ich den Türöffner, und kurze Zeit später steht ein Mann in meinem Alter vor mir.

»Bitte«, sage ich. Wahrscheinlich ein Staubsaugervertreter oder jemand, der Erdöl verkaufen will.

»Hallo«, sagt der Mann.

»Was kann ich für Sie tun?«, frage ich immer noch müde und ausgelaugt.

»Sanni … ich bin es«, sagt der Mann. Ich schaue ihn mir näher an, aber ich kenne diesen Mann nicht. Er ist groß, hat dunkle, kurz geschnittene Haare, trägt Jeans, ein helles Hemd und eine Lederjacke. Er sieht gut aus. Nein. Er sieht sehr gut aus. Aber ich kenne ihn immer noch nicht. Woher kennt er mich?

»Sanni …«, wiederholt der Mann. »Ich bin's. Stephan.«

»Tut mir leid, ich kenne keinen Stephan.« Ich will die Tür schließen.

»Herrje, ich bin es, Spacko«, sagt der Mann.

Ich traue meinen Augen nicht. »Spacko?«, frage ich langsam. Der Mann hat nichts mit Spacko gemeinsam außer Größe und Haarfarbe. Vor mir steht ein Mensch, der offenbar beim Friseur war, auch die Brille ist weg.

»Ich trage Kontaktlinsen«, sagt Spacko, als sei das Erklärung genug. »Ich war heute Morgen beim Optiker. Ich kann keine Brillen mehr sehen. Na ja, konnte ich ja sowieso nicht, wenn ich sie nicht getragen habe. Immer diese Sucherei. Noch habe ich zwar Schwierigkeiten, die Linsen einzusetzen, aber das wird mit der Zeit immer besser, hat der Optiker gesagt. Und beim Friseur war ich auch, ich kam nämlich bei einem vorbei, der zufälligerweise gerade Zeit für mich hatte, weil jemand kurzfristig wegen eines Bandscheibenvorfalls abgesprungen ist. Höchst unangenehm. Da sitzt man ja nicht gern beim Friseur. Und neue Klamotten habe ich auch. Ich hab das alles schon heute Morgen erledigt, denn Mausi meinte, ich solle das jetzt mal alles angehen, damit du endlich siehst, dass ich doch nicht so hässlich bin. Ich bin Stephan Schulze, und ich möchte dich fragen, ob du Lust hast, dir gemeinsam mit mir die Füße zu vertreten.«

»Äh«, mache ich dümmlich, aber Spacko hat mich schon an der Hand genommen und zieht mich hinter sich her.

»Spacko«, sage ich, während wir die Hein-Hoyer-Straße entlanggehen. »Spacko«, sage ich, während wir den Weg zum Hafen einschlagen. »Du siehst … richtig gut aus!«

»Danke«, lacht Spacko. »Und jetzt traue ich mich auch, dir zu sagen, dass ich mich noch nie so wohlgefühlt habe wie mit dir.«

»Wie mit mir …«

»Ja«, nickt Spacko. »Vom ersten Moment an, als du in Schmolles Bude zusammengeklappt bist und ich dich getröstet habe. Und ich fand dich so süß und so lieb und so nett und so … so herrlich echt. Außerdem hast du so gut gerochen.«

»Ich habe gut gerochen?«

»Ja, du weißt ja …«

»… Gerüche sind enorm wichtig für dich«, beende ich Spackos Satz.

Er nickt, schaut mich an und sagt nichts. Aber er hält weiterhin meine Hand. »Dann, als Frederik das mit der Schabe zu dir gesagt hat und ich so ausgerastet bin, da hab ich mich später gefragt, warum eigentlich, und da wurde mir klar, dass dieses Gefühl, das ich hatte, Verliebtheit bedeutete. Ich hatte das ja vorher noch nie, wie du weißt. Aber es ist geblieben. Und ich glaube auch nicht, dass es wieder weggehen wird.« Er macht eine kurze Pause. »Frederik hat sich übrigens bei mir entschuldigt, und er wird sich auch noch bei dir entschuldigen. Er hat es nicht so gemeint. Er sagt, dass er nun mal so ist, wie er ist.«

Ich nicke. Langsam gehen wir weiter. Und mit einem Mal bin ich ganz ruhig und habe ein Gefühl, das ich erst nicht richtig deuten kann, aber dann doch: Es ist das Gefühl, dass alles in Ordnung kommen wird. Nach und nach zwar, denn es ist in der Tat viel passiert, aber letztendlich wird es keine Probleme mehr geben, letztendlich werde ich das sein, was ich doch eigentlich immer sein wollte: rundum glücklich.

Ich drücke Spackos Hand, und er erwidert den Druck.

Wir stehen am Hafen. Noch ist nicht so viel los. Aber das muss es auch nicht. Es war genug los in den letzten Wochen. Eine Gruppe von Touristen kommt an uns vorbei, sie haben gute Laune und freuen sich auf die anstehende Hafenrundfahrt. Sie werden von hier in einer Barkasse losfahren und genau hier auch wieder ankommen. So viel ist sicher.

Ich schaue Spacko an. Und ich sehe klar. So klar wie lange nicht. Oder so klar wie noch nie.

Ich bin zwar nicht von hier losgefahren, aber ich bin hier angekommen. So viel ist sicher. Es mag sich blöd anhören, aber ich fühle mich so, als hätte ich in meinem persönlichen Hafen festgemacht.

Spacko lächelt mich an. »Es riecht gut«, sagt er und legt den Arm um meine Schulter.

Ich nicke. »Ja«, sage ich. »Es riecht so, als würde … na ja, als würde …«

»… alles gut werden«, sagen wir dann gleichzeitig.

Und Spacko zieht mich noch näher an sich.

Epilog

Schmolle ist kurzzeitig einem Herzinfarkt nahe, als Sanni ihm mitteilt, sie wisse nicht, ob sie weiter bei ihm arbeiten möchte. Das wiederum bringt Sanni dazu, doch hin und wieder bei ihm auszuhelfen. Und so sitzt sie dreimal pro Woche bei Schmolle und verziert Lebkuchenherzen mit den unglaublichsten Sprüchen. Die neue Geschäftsidee läuft so gut, dass Schmolle sich innerhalb kürzester Zeit keine Sorgen mehr um seine Finanzen machen muss. Schmolles Oma ist mittlerweile auch gut unter die Erde gebracht. Sie hat ihrem Enkelsohn ihr Haus mit dem gesamten Inventar vermacht. Sowie Schmolle ein paar Stunden Zeit hat, sitzt er dort im Wohnzimmer und blättert in alten Fotoalben; manchmal weint er auch. Seine Säuglingserstausstattung vermacht er Sanni, für alle Fälle. Der Sauger an der Flasche ist zwar porös und nicht mehr zu gebrauchen, aber Sanni sagt nichts, weil sie Schmolle nicht noch mehr aufregen will. Das ist mit Sicherheit auch besser so.

Sanni und Spacko beziehen eine Wohnung am Hafen, die Sanni gekauft hat. Sie haben einen traumhaften Blick auf die Elbe. Sanni hat jede Menge zu tun – sie hat den Job bei Schmolle, muss sich um die *Würmelingener Wurstwaren* und die Immobilien kümmern und natürlich um Spacko, äh, Stephan. Mit der Zeit bekommt sie alles zurück, auch den Schmuck, den der Juwelier einbehalten musste. Den Ehering verkauft sie allerdings und spendet den Erlös einer gemeinnützigen Institution. Das Didgeridoo bekommt einen Ehrenplatz in der Wohnung, aber nicht lange, da sich Holzwürmer darin sehr wohlfühlen und das gute Stück langsam auffressen. Die Geräusche, die dabei von den Holzwürmern verursacht werden, empfindet Spacko als sehr beruhigend. Und natürlich bekommt Sanni ihre skurrilen Antiquitäten von den Kaisers zurück, allerdings ist sie danach betrunken, weil Frau Kaiser ununterbrochen mit ihr Likörchen trinken will. Überhaupt, die Wohnung von den Kaisers, die ja Sanni gehörte – sie lässt die alten Leute weiter darin wohnen, und auch die Möbel können sie behalten. Erstens ist es nicht gut für ältere Menschen, entwurzelt zu werden, und zweitens möchte Sanni ein neues Leben beginnen, zu dem auch neue Möbel gehören. Und leisten kann sie sich ihre Gutherzigkeit glücklicherweise.

Mausi betreibt weiter mit Spacko ihre Bude. Und jedem erzählt sie von den geilcoolen Erlebnissen mit Sanni und Schmolle. Auch einen netten Mann lernt sie kennen: Attilas Tierarzt. Um Attila kümmert sie sich nach wie vor. Der arme Dominikanische Schlitzrüssler muss sich einer strengen Diät unterziehen und auch Sport treiben, und so joggt Mausi mit ihm täglich am Hafen entlang. Manchmal besucht sie Sanni und Spacko, die sich sehr freuen. Gerade Spacko findet es gut, dass Attila so viel Zeit an der frischen Luft zubringt.

Gundula ist nicht allein, auch wenn es nicht das Möhrchen mit dem Titus und den ungeborenen Drillingen ist, die bei ihr wohnt. Die haben eine frei gewordene Wohnung über ihr bezogen. Dafür lebt nun Egmont Wurzel, die Nullnummer, die keine mehr ist, bei Gundula. Die beiden bemuttern sich gegenseitig. Egmont hätte es am liebsten, wenn Gundula nicht mehr im Panoptikum arbeiten würde, aber Gundula hat Angst davor, dass irgendwann noch eine vergessene Person dort auftaucht, die von Mark Prinz betrogen wurde. »Das würde ich mir nie verzeihen«, sagt sie gern.

Der Titus bringt ein Computerspiel auf den Markt, das von einem Heiratsschwindler handelt und zwölf Level hat. Der letzte Level ist der schwierigste, wie so oft im Leben. Da das Computerspiel einschlägt wie eine Bombe, hat der kleine Kerl schon in jungen Jahren einen Riesenerfolg, den er allerdings gelassen hinnimmt. Seine Lieblingsworte sind nach wie vor »Huuuääääh!« und »Blut«, aber laut eines hinzugezogenen Psychologen ist so etwas für die kindliche Entwicklung wichtig und wird sich mit den Jahren schon legen. Dass der Psychologe einen an der Klatsche hat, ist wiederum eine andere Geschichte, die möglicherweise an einer anderen Stelle erzählt werden wird.

Lausch-Henry fährt gemeinsam mit Justus und Marlene erst mal zur Kur ins Bayrische, wo sie auch den *Feurigen Tatzelwurm* besuchen. Justus und Marlene finden es dort so schön, dass sie beschließen zu bleiben. Da ja jetzt keine unbezahlten Rechnungen mehr ins Haus flattern, können sie sich dies nun leisten. Lausch-Henry, dessen Schulden in der *Ritze* von Sanni bezahlt wurden, sitzt dort nun wieder jeden Abend und erzählt unglaubliche, aber wahre Geschichten. Manchmal besuchen Sanni und Spacko ihn dort, auch um den bereits erneut aufgelaufenen Schuldenberg zu begleichen. »Lausch-Henry wird immer Lausch-Henry bleiben«, sagt Spacko dann, und Sanni nickt.

Frederik fährt nach Gießen-Lützellinden zurück, um kurze Zeit später einen Forschungsauftrag in Ecuador anzunehmen. Hier wurden von Ureinwohnern neue, uralte Bäume entdeckt. Frederik lernt dort Cucaracha kennen, die er als Liebe seines Lebens bezeichnet. »Als hätten wir aufeinander gewartet«, schreibt er in einer Postkarte an Sanni. »Und welch ein Zufall, dass ihr Name übersetzt ›Küchenschabe‹ heißt. Das muss Bestimmung sein!«

Oscar geht in seinem Großvaterdasein auf. Seine Alligatorendame Anastasia hat sich mit ihrem Mann Heinrich gepaart und viele Eier gelegt, aus denen der Nachwuchs geschlüpft ist, der nun gehegt und gepflegt werden muss, was Oscar mit Hingabe tut. »Ich bin zwar dauernd müde, aber die dankbaren Blicke aus den Augen der kleinen Kerlchen machen alles wieder wett«, gesteht er Sanni und Spacko glücklich.

Dodo, Vivian und Harriet mieten gemeinsam ein Haus am Stadtrand von Hamburg. Sie versichern sich gegenseitig, die Schnauze von Männern voll zu haben. Aber nach genau drei Monaten haben sie alle einen neuen Partner. Vivian kommt mit dem Besitzer des Schlachthofs zusammen, Dodo mit dem Corsagen-Designer ihrer ehemaligen Arbeitsstätte, dem *Dirty*

Nudes, und Harriet mit dem Leiter des Alphabetisierungskurses der Volkshochschule. »Ich sollte *Liebe* schreiben, dabei hat es gefunkt«, erzählt sie jedem glücklich. Ihr Buch schreibt sie mit Sannis Hilfe fertig, und tatsächlich findet sie einen Verlag, der es druckt. Harriet geht darin auf, von Talkshow zu Talkshow zu tingeln und mit ausschweifenden Worten von ihren Ehen zu berichten. Ludger H. hat nach Erhalt einer großzügigen Geldspende und nach längerer Beratung mit seinem wuscheligen Freund, dem Neufundländerrüden Boris, die Anklage gegen Sanni fallenlassen.

Nero und Chris machen sich mit ihrem zurückeroberten Vermögen mit einer Gärtnerei, die auf Kräuter spezialisiert ist, selbständig. Sie streiten zwar ununterbrochen, können aber weder mit- noch ohneeinander. Ihre gezüchtete Kirschtomate »Brennendes Rom« findet reißenden Absatz.

Martina Kaltenbach ist den Exfrauen und -männern von Mark so dankbar, dass sie ihnen allen bis an ihr Lebensende kostenlos Schnürsenkel verspricht, was die Gruppe dankbar annimmt. Wer kann schon von sich behaupten, Schnürsenkel in jeder Farbe und für jede Lebenslage vorrätig zu haben? Eben.

Und dann wäre da noch Mark Prinz. Der streitet natürlich alles ab, aber das nützt ihm nichts. Das Geständnis, das Herr Wurzel vorbereitet hat, ist tatsächlich wasserdicht.

Selbstverständlich gehen alle gemeinsam zur Gerichtsverhandlung. Und es ist ihnen allen eine Genugtuung, ihre Aussage zu machen. Und alle sind wirklich froh, dass Mark für lange Jahre hinter Gitter muss.

Am allerschönsten ist der Dienstag, an dem der Richter das Schlussurteil verkündet und an dem Mark schließlich aus dem Sitzungssaal geführt wird, eskortiert von zwei Beamten. Alle stehen sie da, und es ist ein feierlicher Moment, als Sanni Mark Prinz das von ihr persönlich designte Lebkuchenherz um den Hals hängt, bei dessen Aufschrift sie sich besonders viel Mühe gegeben hat:

Gruppen-Ex